文学地理学批评建设丛书

教育部人文社会科学研究青年基金项目
（12YJC 752006）成果

易卜生戏剧地理空间研究

Study on the Geographical Spaces in Henrik Ibsen's Dramas

杜雪琴 著

WUHAN UNIVERSITY PRESS
武汉大学出版社

图书在版编目(CIP)数据

易卜生戏剧地理空间研究/杜雪琴著．—武汉：武汉大学出版社，2015.3
ISBN 978-7-307-15187-1

Ⅰ.易…　Ⅱ.杜…　Ⅲ.易卜生,H.J.(1828～1906)—戏剧文学—文学研究　Ⅳ.I533.073

中国版本图书馆CIP数据核字(2015)第021656号

责任编辑:胡　艳　　责任校对:汪欣怡　　版式设计:马　佳

出版发行：武汉大学出版社　(430072　武昌　珞珈山)
(电子邮件：cbs22@whu.edu.cn　网址：www.wdp.whu.edu.cn)
印刷：武汉中远印务有限公司
开本：720×1000　1/16　印张:23.5　字数:335千字　插页:1
版次：2015年3月第1版　2015年3月第1次印刷
ISBN 978-7-307-15187-1　定价:48.00元

序

易卜生，挪威伟大的戏剧作家与诗人，他的名字具有世界影响力，许多专用名词都是由他而来，包括“一个伟大的问号”、“易卜生主义”、“在高处”、“现代戏剧之父”、“说不尽的易卜生”，等等。在世界上，研究易卜生及其戏剧已成为一门专门的学问——“易学”，王忠祥教授是主要倡导者之一。以我的印象而言，中外学者对于易卜生的研究，虽然取得了许多重要的成果，然而也还存在一些薄弱环节甚至是处女地，等待我们去开拓，如易卜生的诗歌、早期的诗剧与后期的象征剧，还有他的戏剧理论与文艺思想。中国学者与西方学者一样，一直以来比较关注他的社会问题剧，然而这类戏剧一共只有九部，而前期的诗剧与后期的象征剧各有八部，共有十六部之多，并且它们在世界各国都同样产生了重要的影响。因此，最近十年以来，我指导我所在的华中师范大学易卜生研究团队，对于易卜生的诗歌与前期的诗剧进行了比较系统而深入的研究，先后出版了《易卜生诗歌研究》、《易卜生诗剧研究》与《文学地理学视野下的易卜生诗歌研究》等学术专著与论文集，并发表了数十篇相关的学术论文。即使这样，易卜生的诗歌与戏剧作品还可以作进一步的、深入的研究，即将出版的《易卜生戏剧地理空间研究》，就是十年以来我们团队成员所取得的最重要成果之一，也是当代中国的外国文学学者在研究易卜生戏剧方面所取得的最重要成果之一。

本书作者杜雪琴，是我指导的第一位博士研究生，也是中国少有的几位以易卜生戏剧研究为题的博士学位获得者之一。从硕士到博士，从博士到博士后，她都以易卜生戏剧为题，发表了许多有价值的论文，对易卜生研究作出了自己的贡献。本书对于易卜生戏剧的研究，具有以下四个特点：

第一，本书从地理空间角度所提出的问题，具有很高的学术价值。据我所知，易卜生是在一个特定的地域文化中成长起来的诗人与剧作家，北欧沿大西洋一线狭长的海湾，以及以高山峡谷为主体所构成的地理环境及其在此基础上所形成的特有气候，是成就易卜生的最主要质素；同时，没有这样的地理环境与地质地相，以及相关的气候与物候，也就不会有我们现在所看到的这样一位杰出的剧作家及其大量的作品。虽然他在意大利与德国旅居达 27 年之久，但在此期间所创作的作品，仍然不能离开挪威的自然地理、人文地理与历史文化传统。因此，本书从地理空间的角度全面系统地研究易卜生的戏剧作品，提出了许多重要的问题，有一些问题是作者第一次提出，并进行了具体的分析与深入的探讨，其学术意义十分重大。比如易卜生戏剧里的南方与北方的问题，是一个与作家固有的地理观念、文化传统与艺术理想相关的重要问题，这与他的出生地与成长地所处的地理位置有密切的关系，北方的寒冷与南方的温暖不仅具有相对性，而且还具有象征性与符号性，其生理与心理、情感与思想的意义特别突出。本书作者在第一章中对以南北为框架的地理空间问题的探讨，不仅符合易卜生戏剧的实际，而且成为了她对易卜生戏剧中的时空结构与艺术建构的一种发现，对于我们深入理解易卜生的许多戏剧与诗歌作品，具有重要的意义。后面几章所讨论的内容及其批评的方法，也与此具有同样的首创意义。

第二，本书首次运用新的文学批评方法，即运用文学地理学批评理论与研究方法来研究易卜生及其作品。文学地理学批评是我近几年与我们团队成员一起，提倡并进行文学批评实践的一种文学批评方法，在对中外文学现象的研究中取得了明显的成效。从前的学者在从事生态批评、空间批评与环境批评的时候，或多或少也会有所涉及，但是基本上没有作为一种研究文学的方法来看待与运用。作为一种新的文学批评理论，文学地理学有一些新的术语与概念，包括地理基因、地理感知、地理叙事与地理意象等，而地理空间则是其中最为重要的概念之一。本书作者从一开始就与我们团队共同从事文学地理学研究，发表过好几篇关于文学地理学批评理论的论文，只是后来因为她要集中精力从事易卜生戏剧研究，完成博士学位论文，所以就没有再继续下去。但是，她从地理空间的角度对易卜生所有作品进行详细的阅读与分析之后，发现了许多重要的问题，并将其上升到地理诗学的高度来进行讨论，提出了一些重要的观点，对于文学地理学批评理论是有贡献的。其博士论文《易卜生戏剧地理诗学问题研究》，在2012年进行答辩的时候，得到了与会所有专家的高度肯定。需要说明的是，现在出版的这本专著，只是作者在原书稿前五章的基础上修改整理出来的，而不是全部。但是，从中我们也可以看出，文学地理学批评方法，对于易卜生戏剧的研究而言是合适的、实用的、有效的。易卜生戏剧作品中存在大量的地理意象与地理景观，在此基础上形成了其人物形象与主题思想赖以存在的地理空间，对于我们理解他的作品至关重要，而从前的学者较少关注过这样的现象与问题。本书作者没有停留在对于易卜生作品里的地理意象与地理景观的观照，而是在全面分析其地理意象与地理景观的基础上，将关注的重点放在地理空间的层面，使其研究上升到了整体性与学理性的高度，而且提出了五重地理空间问题进行讨论，探讨了五重地理空间之间的关系，从而为我们研究易卜生戏剧中存在的深层问题，如“易卜生主义”的问题、“在高处”哲学的问题、生存的自由与约束问题等，提供了重要的参考。这样的研究，为中外学者研究作家与作品提供了一种成功的范例，它不仅对文学地理学理论批评有所贡献，而且以个案的方式对人类的文学研究开辟了一条新路。

第三，文本研究与相关史料的有机融合。在文学研究中，对于作家作品的研究是最为基础的，因为作家作品是最为核心的文学现象，没有作品就没有作家，没有作家就没有文学的产生与发展，没有文学社团与文学流派的构成，更没有我们现在所看到的文学史与文学理论。因此，对于文学文本的分析与考察，是至为重要的为中外学者所重视的文学研究领域。本书作者以大量的时间与精力，集中研读了易卜生25部戏剧作品，发现了许多重要的问题，地理空间的生成方式与构成特点，只是其中的一个方面。作为本书重点讨论的易卜生戏剧地理空间问题，诸如以南方与北方为框架的地理空间、以高山峡湾为主体的挪威地理空间、以挪威为中心的世界地理空间、以教堂塔楼为核心的宗教地理空间、以凉亭楼阁为主体的家园地理空间，等等，通过易卜生一生的生活经历与地理旅行等相关史料，得到了全方位的印证，并且这样的史论结合方式，自然、大气、开阔。本书作者将内在的文本分析与外在的历史材料有机统一，对于相关的问题进行了科学考察，得出了令人信服的结论。由她根据相关的史料编撰的《亨利克·易卜生地理年谱》是一个重要的贡献，从来没有学者做过这方面的工作，而她做得如此系统与翔实，从中可以看到易卜生一生的生活道路、人生轨迹与创作历程，以及他与特定自然环境之间的关系，他与特定人文环境之间的关系。这个年谱虽然没有收入本书作为附录，但也是本书各章立论的根据之一。在这个地理年谱中，所有的资料都注明了原始的来源，是相当规范与科学的。

第四，大量的地图与图表的制作，为地理空间问题的研究增加了学术性与文学性。本书作者根据易卜生作品里存在的地标与地名、地理景观与地理意象，特别是地理空间的总体结构与存在状态，所制作的数十幅地图与相关的图表，是作者研究易卜生戏剧地理空间的结果，体现了作者的学术见解与学术观点，是本书的重要组成部分，也是本书在论述方式的鲜明特点与内在追求。这些图表不仅制作得美观大方，而且简洁、实用与科学，具有很强的感染力与说服力。与此相关的是本书的语言，自然畅达、准确简要、华美丰富，让学术著作的语言同时具有了文学性。本书作者把自我的气质与个性融入到了对易卜生戏剧的分析之中，在对易卜生的戏剧探讨中，自我的情感与思想与易卜生的情感与思想得到了某种程度的统一，特别是在《布朗德》、《培尔·金特》、《野鸭》、《海上夫人》、《建筑师》、《咱们死人醒来的时候》等经典名剧的分析中，达到了很高的学术与美学境界。

总之，这部学术专著的特点是相当鲜明的，从一个全新的角度深入研究易卜生的戏剧作品，研究的对象涉及易卜生全部戏剧作品，探讨的是易卜生之所以成为易卜生的最重要的、最根本的问题，有关易卜生作品与现代戏剧的许多重要问题，都可以由此得到解读与解答。我认为本书资料丰富，立论稳健，分析具体，论述深入，引文规范，外文资料齐全，具有很强的学术性、理论性与资料性，是当代中国学者研究易卜生取得重要进展的标志之一。

需要说明的是，本书只是作者从事易卜生研究的最初成果之一，其博士论文的后一部分《易卜生戏剧的地理诗学问题》，也会在不久的将来正式出版。在华中师范大学攻读博士学位之后，本书的作者又到中国人民大学从事两年的博士后研究，即将完成《易卜生戏剧的空间诗学问题》报告，相信也会成为她未来研究易卜生戏剧的重要成果之一。在此，对她在学术研究上所取得的成就，表示衷心的祝贺！

是为序。

邹建军

2014年12月16日

华中师范大学

目　录

引　论

对于挪威的文学史乃至世界文学的发展史来说，亨利克·易卜生（Henrik Ibsen，1828—1906）无疑是一个难以逾越的时代符号。众多研究者赞誉他是“自莎士比亚以来最伟大的剧作家”或“现代戏剧之父”;① 也有学者认为他是“挪威人、斯堪的纳维亚人乃至全人类永远又惊又喜的文化巨人”;② 更有学者认为他创作的25部戏剧（不包括有争议的《圣约翰之夜》③），以及丰富的诗歌、书信中，蕴含多重可供解读与想象的“代码”。④ 因而，挪威的易卜生传记作家爱德伍德·贝尔（Edvard Beyer）在阐释易卜生与现代戏剧的密切关系时，引用瑞典学者马丁·朗姆（Martin Lamm）《论现代戏剧》一书中的评语：“易卜生式戏剧，是现代戏剧的罗

① 转引自王忠祥．易卜生．北京：华夏出版社，2002：1.

② 王忠祥．易卜生．北京：华夏出版社，2002：1.

③ 1897年9月19日，易卜生在克里斯蒂阿尼亚致朱力思·伊莱亚斯信中谈到：“我在此最后一次声明：我既不希望也没有权利允许把《圣约翰之夜》这部剧作收入我的文集。这个糟糕的作品真的不是出于我的手笔。它是在我上学时一个朋友西奥多·本霍夫特（Theodore Bernhoft）粗略而笨拙的提纲的基础上写成的；虽然以前我在上面署了自己的名字，但现在我绝不能承认它是我的作品。因此我必须恳切地请求你和席伦瑟尔博士，不要再坚持出版这个糟粕。这个作品远远不可能有助于解释我的其他作品，它跟它们压根儿就没有一点联系。这也就是为什么我多年来从不认为写过它，就当它从来不存在一样。”引自易卜生：《易卜生书信演讲集》，汪余礼，戴丹妮译．北京：人民文学出版社，2012：348.

④ 王宁．易卜生创作的多重代码．外国文学研究，1995（4）：23.

马；所有的道路都通向它，复由那里出来。"① 朗姆还认为："易卜生对文学历史最大的贡献，也许还在于他把阅读戏剧与剧院戏剧融合为一。"② 勃兰兑斯评价："用文学的语言来说，他的声誉堪称誉满全球。在法语、英语或其他语文中出现了用易卜生的名字创造的词汇，如'Ibsenism'（易卜生主义）、'Ibsenite'（具有易卜生特性的人），等等。没有任何另一位斯堪的纳维亚的诗人或作家像他那样更加引起当代的注意。"③ 事实如此，与易卜生同时代以及后世的诸多革命家、理论家以及作家，都十分喜爱他的文学作品，并且深入论证其哲学思想与艺术创新方面的重大意义，充分肯定他在世界戏剧史上的卓越地位。

一、易卜生："现代戏剧之父"

易卜生之所以被称为"现代戏剧之父"，引起全世界的强烈关注，他的戏剧作品在世界文坛艺苑上经久而不衰，对 20 世纪世界文学产生至为深远的影响，有两个最为重要的原因：

其一，他不拘一格创造了新的戏剧形式，对后世许多剧作家产生了重要影响。有学者认为易卜生的戏剧灵感来源于多个方面："莎士比亚的意象表现及对人性的认识，席勒与奥伦席拉吉的知性冲突与历史观点，斯科拉纳的诡情技巧，以及布雍松的生动散文"，④ 因而"他创造了现代悲剧，这也有可能受到伟大古典希腊戏剧作家的影响，而这些现代悲剧，都是他对于世界戏剧最独创也

---

① 转引自［挪］爱德伍德·贝尔．易卜生传．杜若洲译．台北：中华日报社，1982：186.

② 转引自［挪］爱德伍德·贝尔．易卜生传．杜若洲译．台北：中华日报社，1982：187.

③ ［丹］乔治·勃兰兑斯．第三次印象．姚德俊译，高中甫编选．易卜生评论集．北京：外语教学与研究出版社，1982：69.

④ 转引自［挪］爱德伍德·贝尔．易卜生传．杜若洲译．台北：中华日报社，1982：187.

最重要的贡献”。① 也有学者评价：“易卜生之所以被尊为世界‘现代戏剧之父’，是因为他创造了‘话剧’”，“法国的启蒙戏剧家狄德罗（1713—1784）曾提出要求冲破古典主义的这一藩篱，建立一种自然而真实、能用散文表现普通人日常生活的新的戏剧体裁，即‘严肃剧’。这一尝试直到易卜生方始圆满成功。易卜生把这第三种类型的戏剧称为‘正剧’，而这类‘正剧’就是我们如今所看到的现代话剧。”② 无论是“现代悲剧”还是“现代话剧”，无一例外地说明，自古希腊以来易卜生对戏剧形式的革新，因而他在世界各地都有一批忠实的追随者，如英国的萧伯纳（1856—1950）和约翰·高尔斯华绥（1867—1933）、瑞典的奥古斯特·斯特林堡（1849—1912）、俄国的安东·巴甫洛维奇·契诃夫（1860—1904）、意大利的路伊吉·皮兰德娄（1867—1936）等一大批欧美剧作家，都把他尊为自己灵魂的“导师”，他们的创作直接或间接受到其很大影响。在爱尔兰，萨缪尔·贝克特（1906—1989）的《等待戈多》，受易卜生戏剧表现技巧的影响较大；詹姆斯·乔伊斯（1882—1941），创作出与易卜生戏剧风格近似的作品。在美国，奥尼尔（1883—1953）仔细阅读易卜生的戏剧作品，其一生的戏剧创作都受到他的影响；阿瑟·米勒（1915—2005）剧作《全是我的儿子》和《推销员之死》，更是模仿其社会问题剧；甚至好莱坞的“悬念”大师阿尔弗雷德·希区柯克（1899—1980）也承认，其不少影片中的“悬念”手法都与易卜生相关。在德国，经典乐剧《尼伯龙根的指环》作者、音乐大师威廉·理查德·瓦格纳（1813—1883），亦崇拜易卜生并将其精髓注入其音乐创作之中；如此等等。所有这些，都见证了易卜生创作的丰富性与开拓性，其作品的影响辐射到艺术的多个领域，具有强烈的现实意义与永恒的艺术魅力。易卜生是一位伟大的戏剧艺术革新者，诚如王忠祥先生所说：“和莎士比亚一样，易卜生不属于一个时代和

① 转引自［挪］爱德伍德·贝尔．易卜生传．杜若洲译．台北：中华日报社，1982：187.

② 石琴娥．拯救西方文明的救生筏．中国新闻周刊．2006（17）：72.

一个国家，而属于所有的世纪和全世界。”①

其二，易卜生戏剧内容丰富而深刻，具有一种深厚的现代品格。主要体现在三个方面：

一是执著于对人性的审判，做出了深刻探索。易卜生戏剧中的人物形象多姿多彩，而人物的性格又各自有异，人物与人物之间形成了多重结构的伦理之网；剧中不仅有对人性的美丽与善良、丑陋与罪恶等的探讨，还有描写人性的冲突以及人性的矛盾，体现了剧作家对人性的探索。易卜生有三封书信对此问题进行了探讨：1887年2月13日，在慕尼黑致比约思·克里斯腾森信中谈到《罗斯莫庄》一剧：“此剧也处理人性内在的冲突——所有严肃认真的人为了能让自己的生活与自己的信念和谐一致，而不得不经历的那种自己跟自己的斗争。”② 1890年12月4日，在慕尼黑致莫里兹·普罗佐尔信中谈到《海达·高布乐》一剧：“我主要想做的是描写人性、人的情感和人的命运，这些是以当今尚存的某些社会关系和基本观念为基础的。”③ 1891年1月14日，在慕尼黑致克里斯蒂娜·斯蒂恩的信中同样谈到《海达·高布乐》：“乔治·泰斯曼、他的两个年迈的姑母和忠诚的女佣柏蒂一起组成了一个完整的实体。他们的思维方式相近，共享着同样的回忆，保持着同样的人生观。对海达来说，他们构成一股陌生的、反对她的基本人性的敌对力量。”④ 如此看来，在易卜生戏剧创作过程中，对于人性本质问题的思考，成为一以贯之的主线。《凯蒂琳》作为其戏剧的“序曲”，在主人公凯蒂琳身上，就存在“一种能力与抱负之间的冲突，也是意志与可能之间的一种冲突。但是其中有恪尽天职与追求

① 王忠祥．易卜生和他的文学创作．易卜生文集·代序．易卜生文集（第一卷）．北京：人民文学出版社，1995：1.

② 易卜生．易卜生书信演讲集．汪余礼，戴丹妮译．北京：人民文学出版社，2012：276.

③ 易卜生．易卜生书信演讲集．汪余礼，戴丹妮译．北京：人民文学出版社，2012：314.

④ 易卜生．易卜生书信演讲集．汪余礼，戴丹妮译．北京：人民文学出版社，2012：316.

幸福之间的冲突”。① 《建筑师》中是以索尔尼斯与下一代人之间的代沟冲突、夫妻之间不和谐关系以及他本人内心深处的激烈冲突三个方面为故事主线，突显了建筑师的悲剧。《武士冢》中北方的异教徒和南方的基督教之间的冲突，南方少女心坎中有对北方古代生活的向往，两个不同地域、不同性格的人们在南方相遇、交汇与融合。因此，易卜生的每一部戏剧都可看做是对人性本质探讨的标本，“序曲”《凯蒂琳》如此，“戏剧收场白”《咱们死人醒来的时候》依然如此。

二是执著于对自我灵魂的审视，做出了深入解剖。正如爱德伍德·贝尔所说，“对于灵魂的无意识生命有相当深入了解的，正是易卜生”，② “深入到人类灵魂的深处，并且以一种毫无差错的结构意识，把戏剧的框架建立起来”。③ 易卜生的戏剧注重探索与解剖人类的灵魂，剧中人物无不拥有一颗悲凄而孤独的灵魂：《布朗德》一剧，主人公布朗德一个人在进行不懈的奋斗，就是因为认识到生命的严肃性，执著走上一条高山雪野的不归路；为了唤醒广大教民麻木的灵魂，他甚至不惜牺牲一切，只为自己高不可攀的理想抱负，最终只落得雪崩至死的悲情结局。《咱们死人醒来的时候》中的鲁贝克，他有一颗执著于追求艺术的灵魂，却因此失去自己最为心爱的女人爱吕尼，而爱吕尼的离开让他再也没有了生活的激情，不得不去寻找已经逝去的记忆，两个同样悲情的灵魂最后终于走到一起，相约走向雪山峭壁的最高处，去看那“全世界的荣华”(275)。④ 这样的人物在易卜生戏剧中不在少数，他们是伟大的，同样也是不朽的，都有一幅“完整的灵魂”。1865 年 12 月

---

① ［挪］爱德伍德·贝尔．易卜生传．杜若洲译．台北：中华日报社，1982：18-19.

② ［挪］爱德伍德·贝尔．易卜生传．杜若洲译．台北：中华日报社，1982：11.

③ ［挪］爱德伍德·贝尔．易卜生传．杜若洲译．台北：中华日报社，1982：12.

④ 本文所引《咱们死人醒来的时候》中的文字，皆出自《易卜生文集》（第七卷）．潘家洵译．北京：人民文学出版社，1995：265-333. 后文只在引文后的括号内标明页码。

3日，易卜生在罗马致玛格德琳·托雷森信中说："任何一个具有一定人类情感的人来到这里，都会强烈地意识到，有比聪明的脑袋更值得拥有的东西，那就是一个完整的灵魂。"① 1867年12月9日，易卜生致比昂斯腾·比昂松信中说："在我生命中那些安静的时刻里，我倾听过来自我灵魂最深处的声音，并有意地去探索和解剖我自己的灵魂；而这种探索与解剖越是深入，我自己也越是感到痛苦。"② 1898年3月23日，《在克里斯蒂阿尼亚一个盛宴上的讲话》："一个以四海为家的人，不论在哪里，内心深处都感觉不到自己完全是在家里，甚至在自己的祖国也是这样。"③ 以此而论，易卜生善于对自我的精神与灵魂进行反思与批判，并且其作品也注重对艺术灵魂的审视；他的一生就是一个自我灵魂解剖的过程：早期的作品注重对自我灵魂的探索；中期的作品注重对所属时代与社会的灵魂问题进行解剖；后期的作品则开始思考人生中一些重要的问题，其对艺术与人生的审视上升到了哲思的层面，同时完成对自我灵魂完整的解析。

三是执著于对自然地理的审思，寄予了深切关注。易卜生的戏剧作品对于人性本质的探索，以及对于自我灵魂的深刻解析，都是执著于对人类心理图景的描绘，④ 其一生始终都是以"人"为中心来进行创作，这些人物身上都拥有深沉而厚重的爱，也有追求自由真理的固执理想，还有自己的高尚与低微、成长与变革等，他们是人类社会中最具个性与最为典型的一员。更值得关注的是，易卜

① 易卜生．易卜生书信演讲集．汪余礼，戴丹妮译．北京：人民文学出版社，2012：34.

② 易卜生．易卜生书信演讲集．汪余礼，戴丹妮译．北京：人民文学出版社，2012：57.

③ 易卜生．一八九八年三月二十三日在斯替阿尼遏的盛大宴会上的讲话．易卜生文集（第八卷），北京：人民文学出版社，1995：230.

④ 1874年1月15日，易卜生在德累斯顿致埃德蒙·葛斯信中谈道："我试图刻画的是人类，因此我不会让他们用'天神的语言'来说话"；1898年5月26日，易卜生在克里斯蒂阿尼亚，"在挪威妇女权益保护协会一个宴会上的讲话"中亦说："我的任务一直是描写人类。"分别参见易卜生．易卜生书信演讲集．汪余礼，戴丹妮译．北京：人民文学出版社，2012：148、385.

生剧中对于形形色色“人”的刻画，其终极目标是对人类未来与社会发展的一种预言与警醒，他的立足点还是建立在观察整个自然世界之上，从而形成对人类与自然、人类与社会、人类与自我、人与人之间种种关系的思考；而对于自然世界的关注以及人类与自然关系的思考，成为他内心的一种潜意识，在四重关系上占有重要的地位，越到后期作品中表现得越为明显。易卜生于1870年10月28日，在德累斯顿致彼得·汉森信中说，“我作为诗人所创作的每一个作品都能在我的心境和处境里找到根源”,①“环境对于想象力产生的形式有很大的影响”。② 剧作家对于自由理想的向往与追求，是伴随着他生活的地理环境而出现的，比如大海、峡湾、山岭、黑夜、夏日、寒霜，以及生长在远处那不可知的自然景物等，常与作家内心的情感相通相应；剧作家内心的自我斗争，是不断朝向更高处而去的，正如剧中众多主人公为了自己的理想而不顾一切：布朗德和鲁贝克在爬向高山的时候被雪崩埋葬；索尔尼斯为了找回年轻时期的梦想，爬上教堂塔楼的最顶端跌倒摔死；罗斯莫与吕贝克为了清白的良心与高尚的美德，双双跳向罗斯莫庄远处的水车沟而殉情。如果没有悬崖陡壁的高山、高高在上的教堂塔楼、庄园远处的水车沟等这些具有北欧特色的高山峡湾与庄园风情的地理景象，那么，剧中人物高远的理想以及高尚的道德，便不会得到完整的保存以及诗意的书写。剧作家对于爱情、亲情、宗教、哲学、自然、生态以及人类命运等等诸多问题的探求，都是建立在对其出生与成长之地故国挪威以及在外流浪的各国地理的观察与想象基础之上的，或者说与各种不同的自然地理与人文地理环境存在密切的关联。

在易卜生的众多戏剧之中，都有独特而新奇的对于生存地理环境的理解，包括对远去故国家园的不时回望，还有对异国他乡的他者审视等，因此，剧作中有对各类地理现象的客观描绘，也有对各

① 易卜生．易卜生书信演讲集．汪余礼，戴丹妮译．北京：人民文学出版社，2012：96.

② 易卜生．易卜生书信演讲集．汪余礼，戴丹妮译．北京：人民文学出版社，2012：98.

种地理景物的艺术想象，不同的地理元素与人物的各个方面彼此关联。剧中对人性本质的审判、对自我灵魂的审视，以及对自然地理的审思成为三个重要的方面，相互融合而成为一个圆润的艺术品，但都与特定的地理环境相对应；同时，他选取了与此相适应的叙事手法，而形成自己不拘一格的艺术形式，在此基础之上，形成了剧作家独立而丰厚的地理诗学观念。由此可见，易卜生的戏剧能够对20世纪西方荒诞派戏剧、现代主义小说等产生重大影响，且其独特的魅力一直能够延续到今天，而被誉为“现代戏剧之父”，并不是无缘无故的。

二、易卜生及其戏剧中的地理空间

易卜生本人及其剧作离不开特定的地理环境，他的成长离不开特定的自然地理环境，他的作品只能是在特定的自然山水环境中产生；他从秀美的自然山水中得到灵感，在与自然山水的对话中产生诗意与美感。在其大部分戏剧中，亦有大量丰富的自然地理与人文地理景观①描写，有的是直接写实式的素描画，有的是浓墨重彩式的油画，有的更是浓重与浅淡色彩搭配且写实与想象的方式相互结合，而形成一幅美妙的水彩画。有的地理景观描写其故国家园挪

---

① “景观”(landscape)是一个多义术语，在英语中主要的现代用法源于早期现代荷兰语的景观画(landscape painting)，可指：一个地区的外貌、使此地区具此外貌的物体的集合、[或]这个地区本身(Jim Duncan. landscape. Dictionary of Human Geography：429)。美国学者劳伦斯·布伊尔认为：“所谓的景观可以是凌乱无序而非整齐划一的；可以是节略的，也可以是全景的；可以在城市，也可以在远郊。无论哪种情况下，景观都能指从其所在的取景点一眼望去就能包容的整体。”参见[美]布伊尔(Buell，L.)．环境批评的未来：环境危机与文学想象．刘蓓译．北京：北京大学出版社，2010：157. 英国学者迈克·克朗谈道：“地理景观首先指的是不同时期地球形态的集合。地理景观不是一种个体特征，它们反映了一种社会的——或者说是一种文化的——信仰、实践和技术。”参见[英]迈克·克朗．文化地理学．杨淑华，宋惫敏译．南京：南京大学出版社，2005：19. 本文中的“地理景观”，主要是指易卜生戏剧中出现的存在于天地之间的自然地理与人文地理的物象，只是作为一种地理的场景而存在，并不具有象征内涵。

威，处处有着故乡的自然地理与人文地理影像；有的来自世界各地与全球空间，“南方”与“北方”、“高山”与“谷地”、“大海”与“峡湾”等景观都有着不同的表现，呈现出多种多样的面貌，往往与人物的心理相结合、与人物的性格相关联、与作家的审美相契合，具有丰厚的蕴意与象征内涵。《布朗德》、《培尔·金特》与《海上夫人》等剧，都有各种各样的地理景观描写，同一处的地理景观在不同的剧本中表现却不太一样。本书以“地理空间”作为视点，重点探讨易卜生剧中存在的丰富而多样的地理空间建构，各自呈现出独特的艺术结构，与剧作家本人有着密切的联系，是其独到而深厚的地理诗学思想之反映。本书需要解决的问题主要有：剧中建构了哪些自然地理与人文地理空间？它们分别具有什么样的审美价值与意义？地理因素与情感因素、宗教因素以及伦理因素等之间存在什么关系？

第一，易卜生戏剧作品中多种类型的地理空间建构。

总体来看，其剧作中有着众多类型的地理意象：高山谷地类地理意象、大海峡湾类地理意象、冰川雪原类地理意象、凉亭阁楼类地理意象、动物植物类地理意象，等等。以此为基础形成五重不同的地理空间建构：以南方与北方为框架的地理空间建构、以高山峡湾为主体的挪威地理空间建构、以挪威为中心的世界地理空间建构、以教堂塔楼为核心的宗教地理空间建构、以凉亭楼阁为主体的家园地理空间建构；它们都是挪威、北欧以及世界的自然地理与人文地理的景观，在剧作中具体而丰富的展现。仔细分析易卜生在不同剧作中对地理的描写及其差异，可以发现剧作家对于同一处景与物的描写并不相同，能够说明他在不同创作时段不同空间的美学建构；而地理的、宗教的、哲学的、伦理的、生态的、审美的等各种观念，便在曲折而多姿的地理空间建构中，复合而生且叠映而出。“高山谷地”空间在剧作中出现的频率较高，不同剧作中表现方式不大相同：《布朗德》中是“叠景层见”式形态，是冰冷、残酷与高不可攀的，有一种令人感动的内在生命；《培尔·金特》中是“回环周旋”式形态，往往充满诗意与想象，有一种粗犷而浪漫的乡村风味；《咱们死人醒来的时候》中则是“复合交错”式形态，是高远、空灵与梦幻的，是一曲艺术与生命的悲凄挽歌。五重地理空间并不是孤立存在的，而是相互关联：以南方与北方的链接为中轴线，从故国挪威走向北欧地理，又从北欧地理走向整个世界，整体从外在的世界走向内在的宇宙，因而一幅立体的、球状艺术图式由此产生。正是多样性的地理空间建构以及艺术呈现，建构了易卜生戏剧作品的爱情、宗教、自由、伦理、生态等多重主题；体现了剧作家在人生与创作的各个历史时段，各式各样的哲学思想以及审美信息。

第二，易卜生戏剧多重艺术结构的呈现。

多种类型的地理意象之间的重生与叠加，多重地理空间之间的相互对接与分离，多种地理名称之间的排列与组合，多类地理意象组成的多重地理空间，多种地理信息之间的分布与组接，多种地理因素组合而成的地理图景，等等；剧中如此丰富多样的地理因素，作为主导元素参与到故事情节的展开、人物形象的塑造、主题思想的表达、审美发现的传达等方面，从而使作品具有一种整体的艺术建构。《布朗德》有“高山”、“雪野”、“峡谷”、“海湾”、“冰教堂”等地理空间，布朗德在不同的地理位置观察这些风景的角度不一样，对自然山水景观的情感表达各不相同；或高或低、或上或下、或远或近的地理位置，以及垂直的地理空间与水平的地理空间，主人公的情感呈现或冷或热、或悲或喜、或开阔或狭隘的状态、或高远或闭塞的不同状态。地理意象之间的链接与分离、中心与边缘，地理空间之间的重重叠生与回环往复，同时光之影像在其间的回环而生、色彩之影像在其中浓淡相宜，从而让剧中整体形成诗性、高远而悲情的审美意境。因此，此剧高山谷地、大海峡湾以及教堂塔楼的地理空间，形成了一种“叠景层见”式地理空间结构（参见第二章）。第三章“以挪威为中心的世界地理空间建构”，《培尔·金特》中有以故乡地理作为源流的挪威地理空间建构、以世界地理作为依托的培尔人生流浪轨迹，形成了一种“回环曲折”式地理空间结构；《海上夫人》中有“由小及大”式的地理空间建构，形成了一种“圆形”地理空间结构；《咱们死人醒来的时候》中“南北交织”式、“上下辉映”式世界地理空间建构，形成了一种“复合交错”式地理空间结构等。第二章“以高山峡湾为主体的挪威地理空间建构”，高山谷地地理空间形成垂直向度的地理景观；大海峡湾地理空间形成水平向度的地理景观；垂直与水平的地理景观相互交织，组接成一重立体的挪威地理空间，形成“‘垂直与水平’地理空间示意图”(图2.9)。因此，易卜生戏剧中的五重地理空间，最终形成一幅立体球状的艺术图式，即“五重地理空间示意图”(图6.1)。剧中多重形式地理空间的建构，在过去与未来之间相互交错、在故国与他乡之间交互遥望、在浓厚与浅淡的情感之间相互交织、在直观与抽象之间彼此交错；易卜生戏剧情感的表现、语言的表达、结构的安排、风格的体现，剧作家审美思想的表达与艺术风格的体现，以及作品中所体现的象征品质等，与地理空间的建构有着密不可分的联系；而地理空间对文学作品的艺术建构、审美发现的传达以及整个艺术创造起着相当重要的作用。

第三，戏剧中的地理空间与易卜生。

易卜生及其戏剧中存在着丰富的北欧与世界自然地理因子及其多样化的表现形式，因而建构了多种形态的地理空间，与剧作家本人也有着密切联系。其一，剧作中的地理空间建构是易卜生“在高处”哲学、“全有或全无”哲学、“自愿”哲学以及“生活”原则等核心思想得以生成的坚实基础：在重重上升的地理空间艺术体现中，产生了“在高处”的哲学；在地理空间不断转换中，表达了“全有或全无”的哲学；在地理空间相互对立、时空融合的艺术表现中，“自愿”哲学的思想得以完整体现；在地理空间的延伸、转换、交替中，完成对“生活”原则的探讨。如果没有地理空间的建构，那么易卜生精到而深远的思想，也就不会如此诗意而完整的展现。其二，剧中五重地理空间的建构，是剧作家对自然地理的仔细观察与发现，是其审美理想与审美观念的外在呈现：以南方与北方为框架的地理空间，是剧作家对世界地理的深切关注以及对自然地理印象与情感的表现；以高山峡湾为主体的挪威地理空间，是剧作家多年来在北欧南方各国不停流浪，而生发的一种深厚而矛盾的情感；以挪威为中心的世界地理空间，是剧作家在挪威与世界两者间的不断辗转往复，并内化在心灵中抹不掉的情结；以教堂塔楼为核心的宗教地理空间，则是剧作家对不同宗教思想的深刻认识以及对心中上帝的追寻；以凉亭楼阁为主体的家园地理空间，是剧作家多年来对于精神家园的努力寻找。可见，五重地理空间的建构无不体现剧作家对自然万物乃至人类精神的独特领悟与独到情思。因此，体现在作家身上地理情缘的内在形态与展现在作品中的外在形态之间，在不断进行着转化与再生，具有某种情感与审美的张力；在三个阶段的戏剧作品中，整体来看，地理空间建构构成了一幅完整的艺术图式。

三、国内外研究综述

(一) 国内研究现状

易卜生是19世纪挪威伟大的戏剧家和杰出的诗人，也是一位具有思想家气质与世界影响的艺术大师。在国际易卜生研究呈现欣欣向荣的景象之时，中国的“易卜生学”也以其独特的风格屹立于世界文化之巅。综观“五四”以后中国文学的创作实践，恐怕没有哪一位声名显赫的外国作家，能够取代易卜生产生的重大而深远的影响。易卜生在中国的接受已有百年历史，早在清末民初其戏剧就已传到中国，“五四”新文化运动前夕，易卜生及其剧作引起我国知识分子的密切关注，在广大群众中留下了深刻印象；鲁迅的一句：“娜拉走后怎样”,① 至今仍触发中国学者对当代女性地位的再思考。

易卜生在中国的接受经历了一段漫长的过程，在不同时期有着不同的特点；从中国易卜生评论建构与发展的历史来看，可以发现中国学术界对易卜生情有独钟，有着抹不掉的“易卜生情结”。新中国成立以来，中国学者对易卜生及其作品的研究成果也较为丰硕。据不完全统计，截至目前，国内关于易卜生的译著与专著有31本，译著9本、专著11本(其中英文著作2本)、论文集11本。

---

① 参见鲁迅．鲁迅全集（第一卷）．北京：人民文学出版社，1973：143-151.

其中，王忠祥教授审订的《易卜生文集》(人民文学出版社，1995年)，为我国学术界提供了全面而系统的易卜生作品集。此外，还包括孙建、[挪威]赫兰德(Helland，F.)主编的《跨文化的易卜生》(英文)(复旦大学出版社，2012年)，何成洲的著作*Henrik Ibsen and Modern Chinese Drama*(Oslo Academic Press，2004)，谭国根的著作*Ibsen in China* 1908—1997：*A Critical-Annotated Bibliography of Criticism*，*Translation and Performance*(The Chinese University Press，2001)，茅于美的《易卜生和他的戏剧》(北京出版社，1981年)，孟盛德等编选的《易卜生研究论文集》(中国文学出版社，1995年)，王宁、孙建主编的《易卜生与中国：走向一种美学建构》(天津人民出版社，2004年)，王忠祥的著作《易卜生》(华夏出版社，2004年)，聂珍钊与陈智平主编的《易卜生戏剧的自由观念——中国第三届易卜生国际学术研讨会论文集》(外语教学与研究出版社，2007年)，邹建军主持与王远年编选的《易卜生诗歌研究》(雅园出版公司，2006年)，邹建军主编的《易卜生诗剧研究》(世界图书出版广东有限公司，2012年)，邹建军、胡朝霞主编的《文学地理学视野下的易卜生诗歌研究》(世界图书出版广东有限公司，2013年)，汪余礼，戴丹妮翻译的《易卜生书信演讲集》(人民文学出版社，2012年)，袁艺林的著作《易卜生诗歌译介与研究》(世界图书出版广东有限公司，2013年)等。学术论文方面，据"中国学术期刊网络出版总库"(1915—2014年12月）资料显示，以"易卜生"为名，按"篇名"检索有326篇。在将近一个世纪的时间里，以对易卜生的社会问题剧研究为主，1994年后逐渐涉及后期象征剧的研究。据"中国期刊网优秀博硕论文全文数据库"(1980—2014年12月）资料与国家图书馆的资料，检索到博士论文4篇、博士后出站报告1篇：(1) 李兵《易卜生心理现实主义剧作研究》(后在此基础上形成专著《现代戏剧之父——易卜生心理现实主义剧作研究》，四川大学出版社，2009年)；(2)《灵魂自审与人性探索——易卜生晚期戏剧新论》，中央戏剧学院博士学位论文，汪余礼，2008年（导师：谭霈生)；(3)《"易卜生主义"及其对中国话剧的影响》，中央戏剧学院博士学位论文，薛晓金，1997年（导师：谭霈生）；（4）《易卜生与中国》，复旦大学博士学位论文，王晓昀，1991 年（导师：贾植芳）；（5）《易卜生戏剧的精髓及其当代意义》，武汉大学博士后报告，汪余礼，2011 年（合作导师：邹元江）。另外，硕士论文以“易卜生”为名，按“题名”检索有 24 篇；研究对象以易卜生对国内作家的影响居多，同时也涉及其早期创作的诗歌与后期的象征剧。中国的“易卜生评论”形成了自己独具特色的魅力，在翻译、出版、评介和演出等方面均取得了一定成果。

新中国成立之后，学者对易卜生的评论体现在“多重维度”之上，如研究对象、研究角度（“比较”、“文化”、“当代”等多维视野）、研究方法、研究语言的形式（双语研究）等。在多重维度之间，通过思维活动，使之彼此相互关联，并成为整体合一的状态，形成易卜生评论的“三大趋势”。

从研究对象上来看，国内对易卜生 3 个时期的作品研究，呈现出参差不齐的状况。首先，易卜生诗歌研究。据“中国学术期刊网络出版总库”（1915—2014 年 12 月）资料显示，以“易卜生诗”为名，按“主题”检索有 37 篇，最早一篇是钟翔的《读易卜生的诗作札记》，指出易卜生的诗作和他的剧作同样重要，诗与剧乃至“诗中剧”、“剧中诗”的诞生（及其创新），为挪威文学（连同北欧文学）的繁荣做出了重大的贡献，并且强调运用破译文学代码的方法，解析其中“诗化人学”与“人化诗学”的哲理信息。① 另有邹建军的《三种向度与易卜生的诗学观念——对易卜生诗歌的整体观察与辩证评价》颇具代表性，对易卜生诗歌进行了整体观察与辩证分析，认为易卜生的诗歌写作存在三种向度，即以政治事件为对象的外观向度、以人生哲学为对象的内视向度和以动物植物为对象的象征向度，以此为基础形成其诗歌的三种艺术形态，从而整体反映了易卜生特定的诗学观念，具有拓新性。② 其次，早期

① 参见钟翔．读易卜生的诗作札记．外国文学研究，1997（3）：3-7.

② 参见邹建军．三种向度与易卜生的诗学观念——对易卜生诗歌的整体观察与辩证评价．外国文学研究，2009（2）：36-46.

诗剧研究。据“中国学术期刊网络出版总库”(1915—2014 年 12 月) 资料显示，以“易卜生诗剧”为名，按“主题”检索有 37 篇，涉及《凯蒂琳》、《武士冢》、《诺尔玛，或政治家的爱情》、《厄斯特罗特的英格夫人》、《觊觎王位的人》和《培尔·金特》等六部剧本。另由邹建军主编的《易卜生诗剧研究》(世界图书出版广东有限公司，2012 年)，共收录有 37 篇论文，诚如王忠祥先生所说：“此书结合《易卜生诗歌研究》，具有先后强化易卜生研究中‘弱项’的积极意义。更为主要的是：它的‘主旋律’通过宏观把握与微观深研，凸显了锐意创新精神和辩证逻辑思维，其丰富内容涉及一系列当下的诗歌原理、戏剧理论、文艺批评方法以及比较文学学理探讨等，不乏启示引发作用。”① 再次，中期社会问题剧研究。据“中国学术期刊网络出版总库”(1915—2014 年 12 月) 资料显示，分别以各个剧本的题目为名，按“篇名”检索，《玩偶之家》研究论文有 155 篇，《皇帝与加利利人》有 1 篇，《社会支柱》有 5 篇，《群鬼》有 19 篇，《人民公敌》有 30 篇。另以《外国文学研究》杂志为例，1979—2014 年期间，共发表研究易卜生中期社会问题剧的论文 9 篇，其中研究《玩偶之家》以及与此相关的论文有 7 篇，比如鲁萌、墨哲兰的《人是怎样的和应该是怎样的——评易卜生的〈玩偶之家〉》②、马家骏的《〈玩偶之家〉的艺术结构》③、成慧芳《反思：比较的深意——两个〈玩偶之家〉的比较》④ 等；由此可以发现，中国学界对易卜生的社会问题剧最为注重。最后，后期象征剧研究。据“中国学术期刊网络出版总库”(1915—2014 年 12 月) 资料显示，分别以各个剧本的题

① 王忠祥．易卜生研究的又一力作——读邹建军主编《易卜生诗剧研究》．世界文学评论，2010 (1)：292.

② 参见鲁萌、墨哲兰．人是怎样的和应该是怎样的——评易卜生的《玩偶之家》．外国文学研究，1980 (3)：83-87.

③ 参见马家骏．《玩偶之家》的艺术结构．外国文学研究，1987 (2)：91-95.

④ 参见成慧芳．反思：比较的深意——两个玩偶之家的比较．外国文学研究，1998 (1)：12-14.

目为名，共有研究论文98篇：其中按照“主题”检索《海达·高布乐》28篇、《建筑师》11篇，按照“篇名”检索《海上夫人》28篇、《野鸭》15篇、《罗斯莫庄》7篇、《咱们死人醒来的时候》5篇、《小艾友夫》2篇、《约翰·盖勃吕尔·博克曼》2篇。以《外国文学研究》杂志为例，研究易卜生后期象征剧的论文，1979—1989年有1篇，1990—2014年有10篇；这些佳作和学界同类论著汇通联动，说明近年来国内的有关学者渐渐将重点转向后期象征剧的研究，以王忠祥的《论〈罗斯莫庄〉的悲剧精神和象征意义》①、段汉武的《论海特维格之死——对〈野鸭〉的伦理学解读》② 等为代表。

综上所述，国内易卜生评论呈现三种特征：第一，近百年以来，易卜生在中国的研究与传播主要集中在中期社会问题剧上，特别是对《玩偶之家》的评论与研究，可以说最为全面与深刻；第二，国内学界对易卜生三个阶段的大多数作品都有所涉及，但是研究状况参差不齐，早期与后期的作品研究相对来说较为薄弱；第三，国内对于易卜生及其作品的关注，正渐渐趋向对其早期的诗歌与诗剧的深度研究，并逐渐以后期象征主义戏剧作为研究的重点。

从研究角度上来看，国内研究者积极采用多种视角研究易卜生及其作品。主要集中在如下五个方面：一是伦理视角。聂珍钊英文专论《易卜生戏剧在中国及其伦理价值》（Ibsen's Play in China and Their Ethical Value：A Speech at the Closing Ceremony of the Third International Ibsen Conference in China），认为《玩偶之家》提出了一系列伦理问题，易卜生戏剧在中国的传播集中体现在伦理价值上，离开了伦理的思考就无法对易卜生的戏剧进行深入分析；易卜生的社会问题剧是伦理道德剧，无论是阅读剧本还是观看演出，无

---

① 参见王忠祥．论《罗斯莫庄》的悲剧精神和象征意义．外国文学研究，2003（2）：1-7.

② 参见段汉武．论海特维格之死——对《野鸭》的伦理学解读．外国文学研究，2005：（5）：45-50.

不感受到其中蕴涵的强大道德力量。① 此文颇具开拓创新意义。另有邹建军《无爱的悲剧：布朗德形象本质新探》② 一文，如王忠祥评价："邹文运用伦理学批评方法并结合宗教哲学、悲剧文学理论等纵横交错而深入论证了'以布朗德为中心'的三个问题：无爱的家庭伦理关系、无爱的社会伦理关系、无爱的宗教伦理关系。依论文的作者之见，易卜生的'自我'表现者布朗德的'自我主义'走向极端必然是排斥他者的，其结局只能是悲剧性的，因此'《布朗德》是一出无爱的悲剧'。这里关于布朗德形象本质的诘难，与前人有关评论不同，确有超前的新意。"③ 另有曹山珂《人生长恨水长东——〈群鬼〉的生态伦理解读》④ 也可作为代表。二是文学地理学视角。高丹《诗意的栖居：论〈培尔·金特〉中的三重地理空间建构》一文，认为其作品中存在三重地理空间："真实的地理空间——培尔的恋恋故园"、"虚拟的意象空间和意象叠加——山妖王国与索尔薇格的森林"、"现实与虚幻之间的隐喻——培尔的中年旅行足迹"，"体现了易卜生创作个性中最内在的诗性本质"；⑤ 周钢山《论〈海上夫人〉的两种地理意象及象征意义》一文，认为《海上夫人》"主要目的还是在于探讨自由的价值，呼吁人们尊重自由选择的权利，而这种自由意识、自由精神恰恰是通过剧中的大海、内陆等地理意象的对照中展现出来。因而，发掘它们背后的象征意义和深刻内涵，可以更好地帮助我们理解易

① Nie Zhenzhao. Ibsen's Play in China and Their Ethical Value：A Speech at the Closing Ceremony of the Third International Ibsen Conference in China. *Foreign Literature Studies*, 2005，27（5）：37-41.

② 参见邹建军．无爱的悲剧：布朗德形象本质新探．华南师范大学学报（社会科学版），2010（3）：70-77.

③ 参见王忠祥．易卜生研究的又一力作——读邹建军主编《易卜生诗剧研究》．世界文学评论，2010（1）：292-293.

④ 参见曹山珂．人生长恨水长东——《群鬼》的生态伦理解读．外国文学研究，2010（5）：80-87.

⑤ 参见高丹．诗意的栖居：论《培尔·金特》中的三重地理空间建构．世界文学评论，2009（2）：71-73.

卜生戏剧的精髓，也为我们研读易卜生戏剧提供一种全新的视角";① 如此等等。三是女性主义视角。以李鸿泉《易卜生与女权主义》②、何成洲《女权主义的发展：从易卜生到萧伯纳》等文为例。李文对易卜生戏剧中的女性角色进行了分类，认为女权思想是易卜生丰富深邃思想的一部分。何文则比较分析了易卜生和萧伯纳剧作中的女权思想，以此管窥西方女权主义的发展，"从易卜生笔下的'没有女人味的女人'到萧伯纳塑造的追求'超人'的安、'女基督'巴巴拉和'圣女'贞德，这一组跨越世纪的强大的女性形象撞击了人们对男女关系的固有观念，唤醒了女性自立、自强、自尊的意识，推动了西方女权主义的发展",③ 等等。四是生态视角。王忠祥《绿色之思 道德之艺——易卜生戏剧〈野鸭〉的现代阐释》认为："易卜生的杰出剧作《野鸭》通过多元艺术方法，凭借自审、辩驳的形式，表现了多重思想意义"，并且具有"三层绿色之思"，"从人物形象的象征性、各类'象征物'（森林、野鸭、照相等）的影射指向，并结合反讽式辩驳的隐形内层观察，剧作家的绿色之思并未淡化，只是处于'两难境地'"。④ 汪余礼《易卜生晚期戏剧中的生态智慧》认为："易卜生晚期戏剧凝聚了极为深邃的生态智慧和非常深远的人学关怀"，"人的精神生态与其所处的自然生态、社会生态密切相关，三者互相影响，互相制约"。⑤ 五是艺术建构研究。其中有对后期作品艺术特征的分析，也有对单部剧作艺术特点的阐释。李定清的《象征：一把打开生命奥秘之

① 周钢山．论《海上夫人》的两种地理意象及象征意义．世界文学评论，2010（1）：22.

② 参见李鸿泉．易卜生与女权主义．外国文学研究，1996（3）：64-67.

③ 何成洲．女权主义的发展：从易卜生到萧伯纳．外国文学研究，1997（2）：39.

④ 王忠祥．绿色之思 道德之艺——易卜生戏剧《野鸭》的现代阐释．信阳师范学院学报．（哲学社会科学版）2009（4）：1.

⑤ 汪余礼．易卜生晚期戏剧中的生态智慧．外国文学评论，2009（3）：185.

门的钥匙——从易卜生戏剧的象征手法切入》，以《凯蒂琳》和《罗斯莫庄》两剧为例，通过对具体的象征物“灶神殿”和“白马”的分析，来把握易卜生对象征手法的独特运用，以及由此体现的对命运、死亡等生命奥秘的深入思考。① 此文在文本细读基础之上，引发人们再思考。另有宋丽丽《论易卜生的〈爱情的喜剧〉中的反讽特征》认为：“反讽的这些特征可以使我们从不同的角度阐释易卜生对人类社会及其生存状态超然、动态的思考和关怀，以及剧作家对爱情与婚姻、灵魂与肉体等二元对立矛盾的深刻透视。”②

从研究方法上视察，国内研究者注重使用多种科学的方法研究易卜生的作品，呈现相互借鉴、相互影响之势。主要集中在如下四个方面：一是影响研究，侧重于易卜生戏剧对中国现代文学产生的影响研究，有的从变异的角度，有的从思潮的角度，有的从创作的角度，有的从翻译介绍的角度进行研究。王宁《作为艺术家的易卜生：易卜生与中国重新思考》，认为易卜生早期在中国的接受，虽起到了推进中国文化现代性的作用，但对作为艺术家易卜生形象的确立却做出了误构，“返回艺术家易卜生”的呼声则体现了国际易卜生研究的前沿取向。③ 另有李定清《从“启蒙”到“立人”：鲁迅对易卜生的接受》④、黎学文《用的选择：“易卜生主义”在中国的发生》⑤，等等。二是平行比较，涉及中国作家与易卜生的比较、国外作家与易卜生的比较，以及中外作品中不同人物形象的

① 参见李定清．象征：一把打开生命奥秘之门的钥匙——从易卜生戏剧的象征手法切入．外国文学研究，2007（3）：118-126.

② 宋丽丽．论易卜生的《爱情的喜剧》中的反讽特征．外国文学研究，2003（3）：24.

③ 参见王宁．作为艺术家的易卜生：易卜生与中国重新思考．外国文学研究，2003（3）：8-15.

④ 参见李定清．从“启蒙”到“立人”：鲁迅对易卜生的接受．文艺理论与批评，2007（4）：85-89.

⑤ 参见黎学文．用的选择：“易卜生主义”在中国的发生．戏剧文学，2007（6）：39-42.

比较等。如杨建《乔伊斯与易卜生》①、杨挺《奥尼尔与易卜生》②、何成洲《影响、抑或互文性——论〈朱丽小姐〉、〈海达·高布乐〉和〈三姐妹〉》③、吴学平《易卜生与王尔德》④、秦志希《〈雷雨〉与〈群鬼〉的比较分析》⑤，等等。三是个案研究，以《外国文学研究》杂志刊发的易卜生评论为例，1979—2014 年共有 15 篇论文，其中研究《凯蒂琳》1 篇、《武士冢》1 篇、《爱的喜剧》1 篇、《培尔·金特》2 篇、《玩偶之家》2 篇、《群鬼》2 篇、《野鸭》2 篇、《罗斯莫庄》2 篇、《海上夫人》1 篇、《咱们死人醒来的时候》1 篇。由此看来，对易卜生 3 个时期的戏剧都有所涉及，而整体来讲对于各个剧目的研究不太均衡。四是整体研究。即对易卜生的文学作品做整体的评价，易卜生以及其作品与挪威文学的联系等。对《外国文学研究》进行统计，其中 1979—1989 年期间发表论文 4 篇，1990—1999 年期间发表论文 6 篇，2000—2014 年期间发表论文 22 篇。数据呈明显上升的趋势，并在后十年达到一个高峰值。王忠祥的《关于易卜生主义的再思考》⑥、王宁的《易卜生创作的多重代码》⑦ 等颇具代表性。

从研究的语言形式看，国内易卜生研究积极与国外相链接。《外国文学研究》杂志开辟易卜生研究的英文专栏（其中，2009 年第 6 期易卜生研究英文专栏文章约占全期篇幅的五分之一），共发表外国学者论文 10 篇，促进了中外学者在学术上的交流。这些作

① 参见杨建．乔伊斯与易卜生．国外文学，2005（4）：70-78.

② 参见杨挺．奥尼尔与易卜生．外国文学评论，2003（4）：109-114.

③ 参见何成洲．影响、抑或互文性——论《朱丽小姐》、《海达·高布乐》和《三姐妹》．外国文学研究，2003（2）：31-35.

④ 参见吴学平．易卜生与王尔德．外国文学研究，1997（2）：44-46.

⑤ 参见秦志希．《雷雨》与《群鬼》的比较分析．外国文学研究，1983（4）：94-100.

⑥ 参见王忠祥．关于易卜生主义的再思考．外国文学研究，2005（5）：42-44.

⑦ 参见王宁．易卜生创作的多重代码．外国文学研究，1995（4）：23-26.

者来自于不同的国度与不同的民族，有奥斯陆大学易卜生中心克努特·布莱恩希尔沃兹(Knut Brynhildsvoll)教授、韩国建国大学金钟甲(Jonggab Kin)教授、挪威沃尔达大学安妮·玛丽·雷克德尔(Anne Marie Rekdal)教授、丹麦南方大学的乔根·戴恩斯·乔汉森(Joergen Dines Johansen)教授、卑尔根大学的阿斯比昂·阿尔塞斯(Asbjφrn Aarseth)教授，等等。他们有的注重从女性主义视角下研究易卜生的《玩偶之家》，比如安妮·玛丽·雷克德尔的《女性，自由与僭越——易卜生戏剧〈玩偶之家〉与〈群鬼〉解读新视角》(Women，Freedom and Transgression：A Perspective on Ibsen's Plays *A Doll's House* and *Ghosts*)①等;有的注重易卜生戏剧技巧与观众接受研究,比如阿斯比昂·阿尔塞斯的《透墙而视与恐狭效应:易卜生戏剧的两大技巧》(Teichoscopia and Claustrophobia：Some Characteristics of the Ibsen Stage)②,等等。王宁《"被译介"和"被建构"的易卜生:易卜生在中国的变形》:对易卜生在中国的百年做了回溯式的评述,并将《玩偶之家》、《群鬼》等剧为主体解析"翻译对文学经典形成的再识"。③ 由是观之,中外易卜生研究不谋而合地进行文化意识交流与各种形式的"对话"。

由此看来，中国的易卜生研究，正是在此语境下形成了自己的特征，初步建立了颇具中国特色的"易卜生学"，体现了中国易卜生研究的"对话"特征与"比较"特点。中国的易卜生研究积极与国际的易卜生研究接轨，国内学者注重与国外学者之间的交流，《外国文学研究》等杂志开办"易卜生专栏"，积极刊发不同国度学者的英文论文，同时注重刊发国内举办的易卜生国际学术会议信息，在中国的易卜生研究走向国外，国外的易卜生研究走向国内，

---

① Anne Marie Rekdal. Women,Freedom and Transgression:A Perspective on Ibsen's Plays *A Doll's House* and *Ghosts*. *Foreign Literature Studies*,2009,31(6):40-49.

② Asbjφrn Aarseth. Teichoscopia and Claustrophobia:Some Characteristics of the Ibsen Stage. *Foreign Literature Studies*,2009,31(6):33-39.

③ 参见王宁."被译介"和"被建构"的易卜生:易卜生在中国的变形.外国文学研究,2009(6):50-59.

发挥了重要的学术平台作用。这就是平等“对话”特征之具体体现。而“比较”之特点，体现在易卜生研究中对比较文学观念与方法的引入，易卜生在中国的接受与变形、易卜生在西方各国的接受与影响等课题，一度成为学术界研究的“热点”。易卜生的戏剧无论是对五四前后的文学，还是对新世纪以来的中国文学，都产生了重大的影响，包括易卜生戏剧在中国演出的影响、对中国现代剧作家的影响、在中国小说中的影响等，可以说易卜生的形象是在中国传统文化的特殊语境之下建构起来的。比如易卜生的《玩偶之家》，在中国就曾引起各方面的不同理解和接受，至今仍引发人们一再思考；就戏剧艺术本身的创新而言，易卜生则对曹禺、洪深、欧阳予倩等剧作家产生过重要的影响；就小说创作来看，鲁迅、茅盾、郭沫若、王蒙等人的小说都受到过易卜生的影响；新中国成立后，中国戏剧舞台上出现过两次“易卜生热”(20 世纪 50 年代和 90 年代)；易卜生的所有重要作品都被译成中文，并以不同的版本在中国出版发行，如此等等。诚如王宁所说：“对于一个北欧作家或任何其他欧洲作家来说，这种被接受的‘礼遇’实在是罕见的。”① 由是观之，中国的易卜生研究，正在比较文学的广阔视野下继续前行。

易卜生研究在中国形成三大趋势：一是从局部的研究转向了整体的研究，即从以前只关注易卜生中期的社会问题剧，渐渐转向研究其三个阶段的作品，后期的象征剧以及早期的诗歌与诗剧也有了一些重要的成果，这对于全面把握易卜生及其创作有重大的意义；二是国内与国际的易卜生研究开始接轨并形成特色，国内学者举办了多次国际性会议，形成了“以易卜生为中心”的中外互动，持续不断研讨易卜生及其剧作在中国的接受，并积极与国际易卜生研究链接；三是多维视野下的易卜生研究呈现出百花齐放的态势，易卜生研究者积极采用新视角、新观点、新材料和新方法，现在国内特别重视从地理、伦理、生态等角度研究易卜生，必将成为易卜生研究新的增长点。从近年来的研究来看，有少量从生态的角度关注

① 王宁．易卜生剧作的意义重构．外国文学研究，1997（3）：9.

易卜生作品，也有一些从伦理的角度关注他的部分作品，相比于从前发生了一些变化，说明中国学者力求从一些新的角度重新研究易卜生及其作品。

从地理的角度关注易卜生戏剧的有17篇（其中包括1篇博士论文）。其中，从地理空间角度研究的有期刊论文6篇，博士论文1篇：（1）杜雪琴：《“人怎样才能忠实于自己”——论〈培尔·金特〉“回环螺旋”式地理空间建构》；①（2）王晓燕：《凯蒂琳的命运与地理空间建构》；②（3）钟云霞：《〈咱们死人醒来的时候〉的两重地理空间》；③（4）邓岚：《〈海上夫人〉中爱情与地理空间的关系》；④（5）高丹：《诗意的栖居：论“培尔·金特”中的三重地理空间建构》；（6）余一力：《论〈海尔格伦的海盗〉中地理空间建构和人物形象的双重性》；⑤（7）杜雪琴：《易卜生戏剧地理诗学问题研究》（华中师范大学博士学位论文），⑥此文通过剖析易卜生戏剧中建构的五种地理空间，进而探讨其戏剧中呈现的繁复而深厚的地理诗学问题。可见，从地理空间的角度研究易卜生的戏剧作品刚刚开始，而易卜生本人及其作品都不能离开北欧的自然地理而存在，以文学地理学批评的相关理论术语与研究方法，重新研讨易卜生及其所有作品必然成为易卜生研究新的领域。

---

① 参见杜雪琴．人怎样才能忠实于自己——论《培尔·金特》“回环螺旋”式地理空间建构．华中学术（第九辑）．武汉：华中师范大学出版社，2014：146-158.

② 参见王晓燕．凯蒂琳的命运与地理空间建构．世界文学评论，2011（2）：17-19.

③ 参见钟云霞．《咱们死人醒来的时候》的两重地理空间．世界文学评论，2010（2）：59-62.

④ 参见邓岚．《海上夫人》中爱情与地理空间的关系．世界文学评论，2010（1）：23-25.

⑤ 参见余一力．论《海尔格伦的海盗》中地理空间建构和人物形象的双重性．易卜生诗剧研究．广州：世界图书出版广东有限公司，2012：166-173.

⑥ 参见杜雪琴．易卜生戏剧地理诗学问题研究．华中师范大学博士学位论文，2013（导师：邹建军）．

（二）国外研究现状

易卜生的诗歌、戏剧、书信以及文艺散文等，在漫长的文化交流中被译成各国的文字，在世界范围内进行广泛的传播与交流，人们对他及其创作的研究著述繁多，不同国度与不同视野下的易卜生文学作品呈现出不同的风貌。自19世纪末以来，西方文学理论批评界对其研究一直没有间断过，不同的学者有不同的理解与解读；直到今天，各国的评论界及读者对易卜生依然寄予广泛关注，有关他的传记和评论层出不穷。为什么会如此呢？不仅是因为他的作品真实反映了当时的社会文化风貌，而且因为它们也神奇折射出百年之后人们的心理状况；同时，易卜生不仅在戏剧发现领域对后世创作产生重大影响，而且在新的社会伦理方面也成为积极的革新者。正因为如此，易卜生还将继续吸引未来评论家的评介和读者们的视线。国外从事易卜生研究的专家，主要集中在挪威首都奥斯陆大学易卜生研究中心，其次是美国与西欧诸国，亚洲主要集中在日本、印度与朝鲜等国家。一百多年来，国外对易卜生及其作品研究的热度有增无减，其研究的视角和研究的方法也在不断变换之中。总体来看，主要体现在如下五个方面：

第一，生平传记与书信研究。易卜生的一生，从家道中落的少年时代，到艰苦奋斗的创业年华，以至于后来不停辗转于世界各国，而渐渐成为较有名气的“世界公民”，这样的一生虽然坎坷多难却并没有太多的传奇色彩；然而，不得不承认，其中不乏穿插有些许浪漫的情愫，为剧作家增添了一丝神秘色彩。第一位为易卜生写传记的是亨利克·杰格尔（Henrik Jager），《亨利克·易卜生：一幅生平画面》一书于1888年问世；有关资料显示，这部传记由剧作家亲自提供生平的信息和参考资料的来源，因此，在某种程度上来说，此书具有一定的权威性，成为后来者研究易卜生生平的重要资料。1898年，格奥尔格·勃郎兑斯（Georg Brandes）著有《易卜生》一书，对于戏剧作品的分析成为其主要的特色，并按照文学与美学观的基本原则，对其各个剧本进行理解与阅读。1928—1929年，杰哈德·格兰（Gerhard Gran）《亨利克·易卜生——生平和著作》出版，以自叙体和美学两者之间的关系作为主线，与剧本相结合集中探讨易卜生的生平及其著作。1931 年，哈夫丹科特（Halvdan Koht）两卷本《亨利克·易卜生——一个作家的生平》出版，后以《易卜生的生平》为名出版英文本；此传记运用的材料丰富而翔实，其叙述浩繁而琐细，是一部引人入胜而广泛流传的传记作品。20 世纪 70 年代，英国人米歇尔·梅耶尔（Michael Meyer）出版《易卜生——一部传记》，该书的作者是使用“传记”这一流派专门名词的第一人，是迄今为止备受读者关注的易卜生传记之一。1981 年，丹尼尔·哈康逊（Daniel Haakonsen）以《人和艺术家》为副标题的易卜生传记出版，依然将剧作家的生平与作品相联系，并没有逃出自杰哈德·格兰以来、挪威历史传记学派中司空见惯的写作模式；然而此部传记附有大量有关易卜生本人以及舞台剧的图画和照片，从而让读者重温了易卜生的人生历程。1996 年，罗伯特·弗格森（Robert Ferguson）出版《一部新传记》的英文传记，迅速被翻译成挪威文和德文，依然因循沿袭通常的传统，将易卜生的生平与其作品联系在一起探讨。① 除此之外，David Thomas 出版 *Macmillan Modern Dramatists*：*Henrik Ibsen*（London：Macmillan Press，1983），亦对易卜生的生平做了简要介绍，并联系其剧作进行了评述。此外，杰尔查文的《易卜生论》（李相崇，王以铸译，作家出版社，1956 年版），俄译“易卜生选集”的序言，言简意赅对易卜生的生平与剧作做了分析与评价，使中国学者对俄国学界之于易卜生的接受情况有所了解。爱德伍德·贝尔《易卜生传》（杜若洲译，台北：中华日报社，1982 年），将 19 世纪欧洲文化背景与易卜生生平故事融为一体，并重点结合其文艺作品逐一展开分析，最后探讨剧作家对世界戏剧发展的贡献，是一部较为全面而翔实论述易卜生生平的著作。哈罗德·克勒曼《戏剧大师易卜生》（蒋嘉，蒋虹丁译，湖南人民出版社，1985 年版），对易卜生早、中、晚期剧作一一进行详尽解析，注重论述许多剧作之间存在的内在联系，既

---

① 此处有关易卜生传记的资料，部分参考比约恩·海默尔《易卜生——艺术家之路》（石琴娥译，商务印书馆，2007 年版）一书中克努特·布莱恩希尔德斯瓦尔为此所作的前言（第 3-6 页）。

有对易卜生及其剧作的高度肯定，也有深入而独到的批判。2003 年比约恩·海默尔《易卜生——艺术家之路》（石琴娥译，商务印书馆，2007 年版）出版，克努特·布莱恩希尔德斯瓦尔在“前言”评价：“从整体来看，海默尔的这部传记不失为是一部内容广博、史料翔实的著作，它必将对于理解易卜生的作品、它们的问世过程以及所获得的认可和反响等历史状况到辅导作用。”①

第二，主题研究。国外学者对易卜生戏剧主题多方位进行探讨，包括自我探索、道德、女性与生态主题等。道德主题以 T. C. Theoharis 的著作 *Ibsen's Drama: Right Action and Tragic Joy*（New York: St. Martin's Press, 1996）为代表，认为易卜生戏剧对读者往往进行一种道德上的指引，也有对当时人们道德倾向的深入批判。女性主题以 John Templeton 著 *Ibsen's Women*（London: Cambridge University Press, 1997）、莎乐美《阁楼里的女人》（马振骋译，华东师范大学出版社，2004 年版）为代表。莎乐美从整体上看待了易卜生戏剧中的女性，对《玩偶之家》中的娜拉、《群鬼》中的阿尔文太太、《野鸭》中的海特维格、《罗斯莫庄》中的吕贝克、《海上夫人》中的艾梨达以及《海达·高布乐》中的海达等具有独特个性且绝望追求自我完美目标的女性，进行了精彩阐述。自我探索主题，以 Knut Brynhidsvol 的论文“Limitations of Freedom in Henrik Ibsen's Dramas”为代表，认为易卜生戏剧反映了其对自我生命、精神自由的哲理探索，表现了个人精神中具有反叛性的一面。② 近年来，学界的重点转向对易卜生戏剧生态主题的探讨：有克努特·布莱恩希尔德斯瓦尔的论文“易卜生有多‘绿’”、③ 安·玛丽·雷克德尔的论文“多色彩的易卜生”，④ 两

① 转引自比约恩·海默尔．易卜生——艺术家之路．石琴娥译．北京：商务印书馆，2007：6.

② Knut Brynhidsvoll. Limitations of Freedom in Henrik Ibsen's Dramas. *Foreign Literature Studies*, 2005, 27 (5): 16-21.

③ 参见聂珍钊，周昕主编．绿色易卜生：易卜生国际学术研讨会论文集．武汉：华中师范大学出版社，2011：1-12.

④ 参见聂珍钊，周昕主编．绿色易卜生：易卜生国际学术研讨会论文集．武汉：华中师范大学出版社，2011：13-23.

文都是以《人民公敌》为例，探讨戏剧的生态主题以及剧作家的对于自然的看法等；另有金钟甲的“作为去身体化的去自然：《野鸭》中理想的诉求”（De-naturing as Disembodiment：the Claims of Ideals in *The Wild Duck*），认为《野鸭》的核心问题之一是野鸭的象征意义，野鸭要成为一个象征，需要去其自然原始的野性，将之驯化并孕育成一种观念。① 以上论文从多个层面对易卜生戏剧中所呈现的自然山水描写以及人与自然之间的关系等方面进行了探讨。易卜生戏剧涉及的主题和其思想息息相关：剧作家一直在探索人类精神该走向何处；思考新的社会伦理的构成，妇女们该如何在这样的社会得以生存和发展；观察身边的自然与世界，思考人类该如何与自然山水和谐相处，人类该如何生存于这个世界等问题。人类的生存与死亡、人生的目的和意义、人性的真诚与虚伪，人性的善良与丑恶、真理的自由与解放、生命的高尚与生活的快乐、思想的深邃与人生价值的寻求，等等，对于这些问题的思考，成为其作品中各个不同的侧面。

第三，人物形象研究。西方学者注重对易卜生戏剧中人物形象的深入分析。John Templeton 著 *Ibsen's Women*（London：Cambridge University Press，1997）一书中，对《海尔格伦的海盗》中的悲剧女性伊厄棣斯，《布朗德》中有着神性光辉的阿格奈斯，《培尔·金特》中贞洁的索尔薇格，《玩偶之家》中崇尚自由的娜拉，《人民公敌》中的新女性裴特拉，带有部分野性的女性如《罗斯莫庄》中的吕贝克、《海上夫人》中的艾梨达与博列得等，《海达·高布乐》中英勇偏执的海达，《建筑师》中美貌与危险并存的希尔达，《小艾友夫》中为爱而生存的吕达，《咱们死人醒来的时候》中“反叛的缪斯”梅遏与爱吕尼等女性人物进行了深入剖析，认为易卜生笔下这些各具特色的女性人物，反映了剧作家现代主义的思想。另有弗罗德·海伦特的《评〈海达·高布乐〉中的否定性》一文，从“头发上插着葡萄叶”和“壮美”两个主要概念出发，

---

① Jonggab Kim. De-naturing as Disembodiment：the Claims of Ideals in *The Wild Duck*. *Foreign Literature Studies*，2009，31（6）：24-32.

深入探讨海达的多面性，以及她在全剧中所表现的核心意义，认为该剧以现代主义的方式提出一个实验性的问题。① 克努特·布莱恩希尔德斯瓦尔《从怪异美学视角论〈培尔·金特〉剧中的身份危机》一文，从怪异美学的理论视角出发，探讨培尔自我转化的多重可能性，以及延伸自我的多重可能性，看到培尔关于自我的两个意象：洋葱式的自我和线团式的自我，这两种可能性是一种开放式的相互关联的存在。② 目前，有一部分评论家则将目光更多地投向人物形象的相似与相异之处，认为在易卜生建构的永远改变的形态与组合中，可以追寻到同样的母题，如一个男性与一对姐妹之间的结构模式、善的人物形象与恶的人物形象的对立结构，等等；也可以追寻到某些类型的人物个性、人物组合与主题，如《野鸭》与《海达·高布乐》中人物形象的对应性：海德维格与海达之间、格瑞格斯与乐务博格之间、泰斯曼与雅尔马之间，等等；也可以在不断变化的新的自然地理环境里，追寻到一些反复出现的显著倾向，如“空中楼阁”对于人物性格、气质与命运的象征与影响，在众多剧本之中都有着不同的体现。总之，目前国外易卜生研究者们不断揭开剧中那些人物神秘的面纱，让他们以多样化的姿态呈现在我们面前。

第四，比较研究。易卜生的戏剧在与各民族的戏剧交流之中，不断得到重新阐释。其中以 Kenneth Muir 的著作 *Last Periods of Shakespeare and Ibsen*（Wayne State University Press，1961）最为典型，文中将莎士比亚与易卜生两位戏剧大家进行对比研究，认为其剧中的灵感来源，有部分莎士比亚的意象表现及对人性认识的影子存在；另有 A. E. Zucker 的论文分“Ibsen—Hettner—Coriolanus—Brand”，将莎士比亚笔下的人物克里奥兰迪斯与易卜生笔下的布朗德进行比较研究。③ 此外，还有 William A. Johnsen 著作 *Violence*

① 参见高中甫编选．易卜生评论集．北京：外语教学与研究出版社，1982：106-123.

② 参见克努特·布莱恩希尔德斯瓦尔．从怪异美学视角论《培尔·金特》剧中的身份危机．宋丽丽译．外国文学研究，2003（2）：16-23.

③ A. E. Zucker. Ibsen—Hettner—Coriolanus—Brand. *Modern Language Notes*，1936，51（2）：99-106.

and Modernism：*Ibsen*，*Joyce*，*and Woolf*（University Press of Florida，2003），将易卜生与乔伊斯与伍尔芙进行对比研究；在 Charles Daniel Gerould 的论文 “George Bernard Shaw's Criticism of Ibsen” 中，萧伯纳与易卜生的比较研究；① 在 Hugh Kenner 的论文“Joyce and Ibsen's Naturalism”中，乔伊斯与易卜生的对比研究；② Eric Russell Bentley 的论文“The Theatres of Wagner and Ibsen”中，瓦格纳的戏剧与易卜生的对比研究；③ 如此等等。

第五，艺术研究。Erik Østerud 著 *Theatrical and Narrative Space*：*Studies in Ibsen*，*Strindberg and J. P. Jacobsen*（Aarhus：Aarhus University Press，1998）一书，从戏剧叙事空间的角度对易卜生、斯特林堡、雅各布森三人的戏剧进行了探讨，涉及易卜生的有：探讨了《野鸭》一剧生动、专注和夸张的戏剧风格，《玩偶之家》中的意大利化装舞会，《群鬼》中的场景与死亡等。另有弗雷德里克·马克尔和丽丝罗恩·马克尔在著作《易卜生的活艺术：易卜生主要戏剧之演出研究》中认为：“似乎每一代人都在他的作品里发现了——或再次发现了——一些特殊的元素，这些元素能够恢复过去与现在的继续对话。而它们正是戏剧表演接受检验的真实的交汇点。”④ 书中从戏剧表演艺术的角度对《培尔·金特》的山妖王国、《玩偶之家》、《群鬼》中室内与室外的空间、《野鸭》阁楼空间里的梦幻、《海达·高布乐》室内的肖像画、《约翰·盖勃

---

① Charles Daniel Gerould. George Bernard Shaw's Criticism of Ibsen. *Comparative Literature*，1963，15(2)：130-145.

② Hugh Kenner. Joyce and Ibsen's Naturalism. *The Sewanee Review*，1951，59(1)：75-96.

③ Eric Russell Bentley. The Theatres of Wagner and Ibsen. *The Kenyon Review*，1944，6(4)：542-569.

④ Frederick J. Markker and Lise-Lone Marker. *Ibsen's Lively Art*：*A Performance Study of the Major Plays*. New York：Cambridge University Press，1989：ix. 此处译文为笔者自译，原文为：Each succeeding generation seems to discover-or rediscover—elements in his work that renew the dialogue in which the past and the present continue to meet. Theatrical performance is the true meeting place where these elements in a dramatist's work are tested.

吕尔·博克曼》的高山顶上等以及其中呈现的深层意蕴进行了评析，同时图文并茂地介绍了剧本的演出与舞台设计艺术。以上两部著作部分涉及了易卜生剧作中的地理空间艺术，但总体来看，国外学者从地理的角度研究易卜生及其戏剧的著作也并不多。

英属哥伦比亚大学戏剧学教授艾罗尔·杜尔巴赫（Errol Durbach）这样说过："当代易卜生研究确实是一个名副其实的盛宴（有神话的，有比较的，有关于主题的，还有女性主义的）。"① 诚如此言，对于易卜生及其戏剧的研究确实可以称得上是一个"大杂烩"，② 这个名册之中的内容十分广泛，而"每个新增加的内容只不过证实了萧伯纳的观点，那就是易卜生主义的精粹其实是悖论性的无精粹——它摒弃那些声称为总体理解之钥匙的公式，也拒绝被缩减为单一批评目标的材料"。③ 正是因为易卜生作品中存在多重代码，因而不同国度的学者都有着不同的解读，也许正如萧伯纳所言："易卜生主义的精华就在于'没有公式'。"④ 总体来看，国内外学者对于易卜生及其作品的研究各有特色，然而也存在有一定差异。在中国，他首先是作为批判现实主义作家介绍进来的，因此，《玩偶之家》、《人民公敌》、《社会支柱》和《群鬼》等社会问题剧，受到人们的强烈关注，与中国"五四"前后的社会现实与文学的接受语境有着密切的关联；直到最近十年，国内的学者才开始逐渐重视他的后期作品，并将易卜生的作品做整体研究。而在西方，由于各种新的理论学派的不断崛起，原型批评、结构主义、精神分析学、女权主义和解构主义等理论视角下的易卜生研究取得了丰硕成果，集中体现在对其后期作品研究上面，并从整

---

① ［英］艾罗尔·杜尔巴赫．二十世纪的西方易卜生批评．戴丹妮译．戏剧（中央戏剧学院学报）．2010（1）：49.

② ［英］艾罗尔·杜尔巴赫．二十世纪的西方易卜生批评．戴丹妮译．戏剧（中央戏剧学院学报）．2010（1）：49.

③ ［英］艾罗尔·杜尔巴赫．二十世纪的西方易卜生批评．戴丹妮译．戏剧（中央戏剧学院学报）．2010（1）：49.

④ Bernard Shaw. The Quintessence of Ibsenism. Constable and Company Limited，Standard Edition，1932：125.

体上把握易卜生的剧作，呈现出更加多姿多彩的态势。因而，中国的易卜生研究与西方相比，还有待更进一步的向纵深处发展。确如王忠祥所说，中国的易卜生研究还需结合其作品的“个案”进行深入研究，并不断向前发展，从而更加的系统化与理论化。第一，“我国的易卜生研究还存在亟待补上的‘空白点’，比如易卜生的诗歌系统研究（包括‘诗中剧’与‘剧中诗’）就是‘弱项’，甚至是‘缺项’；关于易卜生文学创作与北欧叙事谣曲的研究，那就更谈不上了”。① 第二，“关于易卜生早期浪漫主义历史剧和后期象征主义剧作的研究，还有‘易卜生主义’研究，也是明显的弱项”。② 第三，“关于易卜生戏剧与中国现当代戏剧比较研究（包括‘文本’与‘演出’），也要从学理上予以强化”。③ 第四，中国易卜生的研究以及“易卜生学”的建构，还未形成自己的特色。应坚持“以我为主”，要有比较文学的视野，与中国古典戏剧、当代戏剧比较，自然而自觉地立足于中华民族文化主体原则上来探究“易卜生学”。④ 易卜生之所以堪称“现代戏剧之父”，是因为其剧作中具有丰富的多重代码，而从文学地理学批评角度进行论述，不仅可以深入读解其中蕴涵的多重密码，而且也是与时俱进“中国易卜生学”之需要，对其戏剧中的地理意象、地理空间建构、地理基因、地理叙事，以及其中蕴藏的诗学观念与审美理想共存共荣等问题的探讨，对于“中国易卜生学”的向前发展具有良好而积极的促进之效应。

① 杜娟．易卜生研究的状况与发展趋势——王忠祥教授访谈录．外国文学研究．2005（1）：5.

② 杜娟．易卜生研究的状况与发展趋势——王忠祥教授访谈录．外国文学研究．2005（1）：5.

③ 杜娟．易卜生研究的状况与发展趋势——王忠祥教授访谈录．外国文学研究．2005（1）：5.

④ 杜娟．易卜生研究的状况与发展趋势——王忠祥教授访谈录．外国文学研究．2005（1）：5.

四、相关概念的界定

国内外关于易卜生及其作品的研究资料几乎是汗牛充栋，本书引入文学地理学批评的研究方法，以其理论建构作为支撑，以问题意识作为导向，期望从一个全新的角度对易卜生戏剧进行重新审视，并通过系统而详细的研究，从而得出有意义的结论。与此同时，以对作家与作品的分析作为立足点，对文学地理学批评方法进行有效的实践，借此希望能在此种批评方法的理论建树上有所拓进。本书拟采用以下五个核心概念：

（一）地理意象

在中外文学理论史上，“意象”是一个十分重要的术语，然而对它的理解与使用一直存在争议。《辞海》有这样的解释：

> ①表象的一种。即由记忆表象或现有知觉形象改造而成的想象性表象。文艺创作过程中意象亦称“审美意象”，是想象力对实际生活所提供的经验材料进行加工生发，而在作者头脑中形成的形象显现。②中国古代文论术语。指主观情意和外在物象相融合的心象。南朝梁刘勰《文心雕龙·神思》：“积学以储宝，酌理以富才，研阅以穷照，驯致以怿［绎］辞；然后使玄解之宰，寻声律而定墨；独照之匠，窥意象而运斤：此盖驭文之首术，谋篇之大端。”明清后专指借助具体外物，用比兴手法所表达的作者情思。①

由此看来，“意象”在西方文论史上主要指审美意象，有的时候与“形象”同义；而在中国文论史上，主要指由作家的主体与自然的客体相遇而形成的“心象”。那么，本书所谓的“地理意象”，是指诗人与作家以地理物象作为载体而表现自我感觉与想象、情感与思想而产生的一种“心象”。易卜生剧作中呈现出来的与地理相关的物象，实质上是剧作家心中所营构的意象的物化形

① 辞海编辑委员会．辞海．上海：上海辞书出版社，2000：5769.

态，是主观情意与客观物象的统一体，是作为审美主体的易卜生与作为审美客体的自然物象的融合与统一。意象的产生是自然而然的，剧作家通过对自然山水的观察与领悟并在其脑海里留下深刻印象，引起其感觉反映与情感波动，这就是他与自然世界的一种深层对话，此时此刻富有内涵的意象自然产生并促使他进入创作状态。“高山”、“高原”、“雪原”、“谷地”、“大海”、“峡湾”、“激流”、“教堂”、“茅屋”、“凉亭”等，都是其剧作中突出而重要的地理意象，它们不仅是自然世界中天然存在的地理景观，而且是在地理景观基础上产生的地理意象，正是以它们为主体而形成更为集中与完整的地理空间：“高山”空间、“高原”空间、“谷地”空间、“大海”空间、“峡湾”空间、“教堂”空间、“茅屋”空间、“凉亭”空间等。值得指出的是，易卜生剧作里并非所有与地理相关的地理物象都是地理意象，有的只是客观存在的地理景观；然而，地理景观与地理意象共同构成地理空间，因此，地理意象与地理景观都是地理空间构成的基本元素与物质基础。然而，相比于“地理景观”，由于“地理意象”本身的审美性质与符号性质，它在其作品里所发挥的作用更加重要，所产生的意义更加重大，所以本书主要采用“地理意象”概念。

（二）地理空间

所谓“空间”(space)，《地理学词典》中有这样的解释：

> ①物质存在的广延性。就宇宙而言，空间是无限的；就具体事物而言，空间是有限的。自人造卫星上天后，宇宙空间往往简称空间。②地理学上的空间是指地球上的空间，即以地面为基准，上下延伸到人类活动所能达到的地下和天空在内的一个圈带。在度量上是一个三维（长、宽、厚）空间。对地球上众多的空间现象，国外有些学者把它分作景观空间、经济空间、文化空间、生活空间和聚落空间等。①

---

① 地理学词典编辑委员会．地理学词典．上海：上海辞书出版社，1982：455.

不论是物质存在意义上的“空间”，还是地理学意义上的“空间”，基本上都带有哲学的意义。本书所谓的“地理空间”则是一种文学创作与文学审美意义的术语，在文学批评与研究中进行使用。在易卜生的剧作中存在着从地面到地面的、从地面向天上的、从天上到地面的、从天空到天空等时空现象，它们是在多种多样的自然地理与人文地理意象的基础上形成起来的，它们拥有各自不同的形态与结构形式，在剧中具有各不相同的审美价值与审美意义。总体而言，有以南北不同方向而对接起来的地理空间，有以挪威为中心而形成的世界地理空间，有以高山与谷地的组接而形成垂直向度地理空间，也有以大海与峡湾的连接而形成的水平向度地理空间等。具体而言，《布朗德》中有“教堂空间”与“石屋空间”，《培尔·金特》中有“森林空间”，《野鸭》中有“阁楼空间”，《建筑师》中有“空中楼阁”，《海上夫人》中有“大海空间”、“凉亭空间”与“走廊空间”，如此等等。值得注意的是，同一类地理空间在不同剧作中分别出现，然而它们却具有完全不同的意义，比如“空中楼阁”在诸多戏剧中反复出现。更值得关注的是，在其所有的戏剧作品里，不同的地理空间之间相互依赖与相互制约，形成了五重地理空间结构模式：以南方与北方为框架的地理空间结构、以高山与峡湾为主体的挪威地理空间结构、以挪威为中心世界的地理空间结构、以教堂塔楼为核心的宗教地理空间结构、以凉亭楼阁为主体家园的地理空间结构。由于剧中人物观察地理景观的角度不同，存在着远观、近视、俯视、仰望、前瞻、后顾的区别，因而地理空间大小不同、高低有别、远近不同，并且总是呈现出叠合与分离、凝聚与扩张之形态，这样的变化与人物情感与思想相互呼应，与戏剧的艺术结构形成对应与关联，因而总是呈现出多角度、多维度、多样化、多色调的形态，往往成为一种整体的诗意创造与艺术建构。地理空间是作家在地理景观与地理意象的基础上，通过艺术构思与艺术想象方式所建构起来的审美空间，它大于地理景观与地理意象，是作品中存在的具有象征意义与文化内涵的美学时空体。与此相应的就是“艺术空间”，原则上说作品里存在的一切与时间相联系的空间，都是具有审美性质的艺术空间，因为它从客观物质世界而来，然而它已经经过了作家的感觉与感情的淘洗，经过了想象与选择等艺术创造环节，它已经是艺术品中的重要组成部分。本书的目的就是通过对剧作中各类地理空间构成形态、分布方式、总体格局的分析，各种地理要素①在空间中的表现原则及变化规律的探讨，以及它们相互之间的作用与影响关系的透视，能够发现易卜生剧作中所蕴涵的生命与艺术能量，从而更准确地揭示作家的审美情趣与艺术理想，以及他最重要的哲学思想、伦理思想与宗教精神。然而，本书一般用“地理空间”概念而不用“艺术空间”概念，因为在绝大多数的情况下它们是同义语。

（三）地理圈

“地理圈”一词，来自于传统的地理学研究。首先，我们从词源学意义上探讨“圈”的本义。据《说文解字》，“圈”读 juàn，意指“养畜之闲也。从囗，卷声”。② 据《辞海》：“（quān）①圆圈。②以圆圈作记号。如：加圈；圈点。③活动的范围。如：势力圈。④划界；围住。如：圈地。⑤通‘棬’。《礼记·玉藻》：‘母没而杯圈不能饮焉。’”③ 由此看来，“圈”字既指划分的特定地理范围，也指一种环形转动的艺术。其次，“地理圈”直接来自于传统地理学理论：“地球构造的一个显著特点是它的圈层性。整个地球是由一系列具有不同物理和化学性质的物质圈层所构成。这些地球圈层称为地圈。”“在海陆表面附近的大气圈（下部）、水圈、岩

---

① 地理要素（geographic component），是指“形成地理类型、地理区之间的差异性的主要地理因素。这些地理因素在空间分布上有显著的差异，在地理环境特征的形成与演变过程中起主导作用。由于地理环境的复杂性，地理要素不是一个，而是一个以上，它们的变化往往引起或代表其他许多地理因素的变化”。参见《地理学词典》编辑委员会．地理学词典．上海：上海辞书出版社，1982：278.

② 许慎．说文解字．柴剑虹，李肇翔主编．北京：九州出版社，2001：357.

③ 辞海编辑委员会．辞海．上海：上海辞书出版社，2000：2201.

石圈（上部）和生物圈则表现为相互交织的组合形式。"① "形成一个新的、比地球其他圈层具有独特地理意义的物质体系"。② 20世纪60年代前期，这种物质体系被中国地理学者认为"是地球的一个复合圈层"，③ A. A. 格里哥里耶夫将其称做"地理壳"、④ C. B. 卡列斯尼克将之称为"景观壳"，⑤ 阿尔曼德称之为"地理圈"。⑥ 另据《地理学词典》："地理壳（geographic crust）又称"景观壳"。形成和发展于地球表面。因研究范围不同，涉及的厚度有差别。是各个地理圈层紧密接触、相互渗透的统一整体。各个组成部分之间进行着物质与能量的转换。太阳辐射与地球内能是两个基本的能量因素。这里是生命过程活跃的场所。"⑦ 因此，不论是"景观壳"还是"地理壳"，不论是"地理圈"还是"复合圈层"，所指的都是围绕地球而形成的一种物质体系，是就其结构与形态而言的。因此本书的"地理圈"是一种借用，是指在易卜生剧作中所存在的相似地质与地貌，并呈相同走向所形成的环形结构：有的地理圈往往是以某个具体地理意象作为中心，而以多个地理意象连接而成的；地理圈与地理圈的反复链接组接更广阔的地理空间，许多时候，剧作家就是以此为艺术构思方式，建构起多重独特的艺术审美空间的。其剧作中存在的立体艺术表达、圆满艺术构思、环状艺术形态，正是此种地理理念的深刻展现。值得注意的是，"地理圈"有时也可与"地理空间"相互替换，只是"地理空间"的范围更为广阔。《培尔·金特》中有"奥丝家园"、"燕汀山背"、"黑格镇农庄"、"龙德山中"四重地理圈组成的挪威地理空间；以"摩洛哥西南海岸"、"撒哈拉沙漠"、"埃及沙漠"、"开

① 刘南威主编．自然地理学．北京：科学出版社，2007：2.
② 刘南威主编．自然地理学．北京：科学出版社，2007：2.
③ 刘南威主编．自然地理学．北京：科学出版社，2007：3.
④ 刘南威主编．自然地理学．北京：科学出版社，2007：3.
⑤ 刘南威主编．自然地理学．北京：科学出版社，2007：3.
⑥ 刘南威主编．自然地理学．北京：科学出版社，2007：3.
⑦《地理学词典》编辑委员会．地理学词典．上海：上海辞书出版社，1982：266.

罗疯人院”四重地理圈建构的世界地理空间。《海上夫人》中有“花园”、“山坡”、“大海”、“挪威”、“北欧”、“世界”六重地理圈建构的世界地理空间。可以认为“地理圈”是在“地理景观”与“地理意象”基础上形成的一种独特的地理空间，地理空间是多种多样的形态，高山、峡湾、大海、高原、谷地、海滨等地理空间中，由于点与点的结合、片与片的统一、线与线的环绕，往往会形成一种圆形的或者环状的空间形态，它与作品中主题思想的表达，人物形象的塑造产生重要的关联，这就是“地理圈”的价值与意义。

（四）地理图式

从地理学的意义上来讲，“图式”是“地图图式”（map legend）的简称，指“地图测绘中表示地物、地貌形态和特征的各种符号、规格和方法。内容包括：地形图上所用符号的式样、尺寸、颜色、注记字体的大小和排列方式，以及地形图整饰形式和说明等。它是测绘和出版各种地形图所依据的范例，也是识别和使用地形图的重要工具”。① 同时，“图式”也是一个与心理学相关的概念，指人脑中已有的知识经验网络。本书中的“地理图式”，首先是一种实指：易卜生剧作中有着多重地理影像的交织，间或夹杂多调色彩的呈现，使本是平面而静态的图画，变成立体而动态的影像画面。对其作品里地理景观、地理意象、地理圈与地理空间等信息进行统计与分析，考察它们的类型、形态、特征以及形成方式等，通过图表与画面的形式表现出来，不仅可以直观展现其地理要素的分布结构，部分还原剧中人物活动的地理场景，而且还形成一幅幅自然山水与人文地理图画，能够给人带来赏心悦目之感。同时，“地理图式”也是一种虚指：那些地理的影像不仅有明暗、有色彩，更有冷暖：时明时暗的色调与人物的心情相关联，时深时浅的色彩与人物情感相呼应，时明时暗之色调、时深时浅之色彩之间，交错而生

① 《地理学词典》编辑委员会．地理学词典．上海：上海辞书出版社，1982：273.

且彼此相连，因而具有深刻而丰富的内涵。因此，“地理图式”是以自然山水等作为风景图画的内容，有的附以简要的文字说明，用以指出易卜生剧作中自然地理以及人文地理因素分布的某些特征，那些重重叠叠的自然山水意象，不仅具有让人愉悦的美感，而且同时具有丰富的价值与意义。易卜生常将大自然中的高山峡湾、大海谷地、冰川雪原、日月星辰、凉亭楼阁、虫鱼鸟兽等风景，作为戏剧中人物故事发生的地理背景，成为人物性格与情感的象征等，这些物象不仅构成了一幅幅优美的地理风景画面，而且以象征作为手段复现于人的脑海之中，如一首首诗嵌入读者的心灵，凝结成一幅幅生动的情感图式。犹如中国文化中的一架水车、一座小桥、一个牌坊……可以构成一幅风景图画，同时也能勾起人们对故乡的怀想。正如“山”之自然意象，“在希腊，奥林匹斯山被认为是诸神之家。富士山对日本人有相当大的宗教意义。把山视为地球的中心轴，视为与上天的连接点，这种思想出现在中国、朝鲜、伊朗、印度、德国等许多国家的文化中”。① 文学地理学批评中所说的“地理图式”，除了对从作品中存在的地理景观与地理意象，以及在此基础上形成的地理空间进行统计与分析，并由此产生种种图表归纳之外，更重要的是对内化在易卜生精神世界里的地理观念与地理思想的整体观照与综合概括，是对其地理诗学品质的一种独到揭示，与对其地理诗学理念的独到把握。前者可以称为“外在的地理图式”，后者可以称为“内在的地理图式”，两者相互为用，共同支持。在易卜生的每一部作品里也许存在独立的地理图式，而所有的作品加起来会形成共同的地理图式，它存在于作品的内层，是通过地理景观、地理意象、地理圈与地理空间建构而得到保存，也只有通过对它们的直观把握与理性分析才可以得出。诸如易卜生身上的地理基因在其戏剧作品里是如何发生作用的，地理空间在其戏剧作品里是如何建构起来的，地理意象与人物形象之间是一种什么样的关系，地理景观与其戏剧的民族美学思想是一种什么样的联系，如此等等，都是内在“地理图式”的重要内容。因此，它的存在以

① 陈慧琳主编．人文地理学．北京：科学出版社，2007：144.

及对于它的深入揭示，对于研究易卜生作品里的地理诗学问题，至关重要。

（五）地理叙事

"叙事"，是叙事学中的一个基本术语，热奈特在《叙事话语》中认为这一术语具有三层不同的含义：(1)"承担叙述一个或一系列事件的叙述陈述，口头或书面的话语"；① (2)"指的是真实或虚构的、作为话语对象的接连发生的事件，以及事件之间连贯、反衬、重复等等不同的关系"；② (3)"指的仍然是一个事件，但不是人们讲述的事件，而是某人讲述某事（从叙述行为本身考虑）的事件"。③ 文学地理学批评理论中所说的"叙事"，包括了以上三个层面的含义。中国戏剧理论中也存在与"叙事"相类似的"叙述"概念，可以分为"文本叙述"与"舞台叙述"。学者苏永旭认为戏剧中的"文本叙述"和"舞台叙述"包含三个层面意思："显在的戏剧叙述层"、"潜在的戏剧叙述层"、"意象叙述层"，④何谓"意象叙述层"？他认为：

> 通过灯光、布景、道具、音乐和化装等诸多舞美因素传递演员或人物和剧作家内在的复杂的情绪意念的层次，既不适宜于演员"讲"，也不适宜于演员"演"，仅只适宜于"艺术直喻"或"直现"，我们把它叫做"意象叙述层"，或者"反戏剧式的意象叙述层"。它既不通过"情节实现"，也不通过

---

① ［法］热拉尔·热奈特．叙事话语 新叙事话语．王文融译．北京：中国社会科学出版社，1990：6.

② ［法］热拉尔·热奈特．叙事话语 新叙事话语．王文融译．北京：中国社会科学出版社，1990：6.

③ ［法］热拉尔·热奈特．叙事话语 新叙事话语．王文融译．北京：中国社会科学出版社，1990：6.

④ 苏永旭．导演文本：戏剧叙事学研究不可忽略的重要的"中间转换形式"及其理论归宿．河南教育学院学报（哲学社会科学版），1999（2）：10.

> “人物塑造”完成戏剧叙述，主要靠“意象叙述”来完成。传统的情节结构剧里，“布景”就是“布景”、“道具”就是“道具”。在当今的场景结构剧里，一切舞美因素干脆都成了“角色”人格的外化，都成了剧作者主观意念的外射和象征。不仅“自然物象”、“人化物象”都成了剧作者内在精神世界的具象写照，“人物形象”也成了其内在精神分裂的意象符号。①

在易卜生的剧作中往往存在着多种层次的叙事，如《玩偶之家》第一幕中娜拉和林丹太太互诉自己的往事，以大量对话式的讲述表现了易卜生戏剧的显在叙事。《人民公敌》第一幕中斯多克芒医生向女儿讲述往事，也是对话式叙事；第三幕中，阿斯拉克莱森讲及史丹斯戈部长往事（可参见《青年同盟》），即隐喻式叙事。而《玩偶之家》剧中，多次提及意大利那不勒斯海湾喀普里岛的“塔兰特拉土风舞”(156)、②《人民公敌》中挪威南海岸“城市的活心脏”——温泉浴场（311)、③靠近磨坊沟的“臭水坑”(320)、斯多克芒医生——波兰西北部波美拉尼亚地区海盗的子孙（374）等自然物象与人化物象，是剧中人物内在精神世界的具象写照，同时也表现了剧作家内在的思想与情感，与我们所说的“地理叙事”有着共通之处。“地理叙事”是文学地理学批评理论里的一个重要概念，它是指在文学作品里存在的多种多样的叙事方式中，以地名、地标、地理方位，更重要的是以地理景

---

① 苏永旭．导演文本：戏剧叙事学研究不可忽略的重要的“中间转换形式”及其理论归宿．河南教育学院学报（哲学社会科学版)，1999（2)：10.

② 本文所引《玩偶之家》中的文字，皆出自《易卜生文集》（第五卷）．潘家洵译．北京：人民文学出版社，1995：113-208. 后文只在引文后的括号内标明页码。

③ 本文所引《人民公敌》中的文字，皆出自《易卜生文集》（第五卷）．潘家洵译．北京：人民文学出版社，1995：291-400. 后文只在引文后的括号内标明页码。

观、地理意象、地理圈、地理空间建构的方式进行的艺术传达以及所产生的艺术形态。在长篇叙事文学作品中，人物形象总是生活在特定的地理环境之间，这种特定的地理环境总会与特定的时间相统一，因此而形成一部作品的主题与人物不可能离开的艺术时空，这就是一种叙事形态。在诗歌与散文等较短的文学作品里，地理因素往往对抒情叙事起着推动与发展的作用，也形成一种特殊的叙事形态。与时间相关的，可以称为“时间叙事”；与空间相关的，可以称为“空间叙事”；与空间中的“地理”相关的，可以称为“地理叙事”。由于易卜生戏剧作品里存在大量的地理信息与丰富的地理元素，并且以地理景观、地理意象、地理圈与地理空间建构的方式出现，它们与戏剧的艺术结构、艺术形态与艺术风格之间总是发生着重要的关联，因此，“地理叙事”就成为讨论易卜生地理诗学问题的重要术语与核心概念之一。不过，值得指出的是，“地理叙事”并非易卜生戏剧里存在的所有叙事方式的总称，它只是其所有叙事方式的一种，但无疑是十分关键的一种。它在多数情况下并不是一种单一的叙事方式，而是与时间叙事、空间叙事、时空一体叙事，以及伦理叙事、生态叙事等形成一种复杂的叙事形态，但往往会以其中一种叙事方式为主导。正是与其他多种多样的叙事方式一起，共同构成了易卜生戏剧艺术广博而宏大的叙事模式。

五、本书的创新与研究方法

（一）本书的特色与创新之处

第一，研究思路的突破。本书首次集中深入地探讨易卜生25部戏剧中建构的地理空间问题，扩展了其戏剧研究的范围与思路；以其诗歌、书信等作为参照，以中外所有与其相关的研究资料作为参考，从广度与深度方面力求对前人的研究有所超越。对易卜生戏剧中的地理意象、地理空间之现象进行新的解读，并将其作为影响易卜生戏剧创作的重要因子进行探讨，揭示其剧作中存在的审美内涵；其作品中重重叠叠的自然与人文地理意象等，不仅给人带来赏心悦目的美感，而且具有某种象征的品格，与人物的性格与气质等相对应，与剧作家本人的思想与情感相联系，与一个民族独特的个性与意识相联系，与人类的过去与未来相关联，同时也全方位地展现了剧作家的审美理想与创作目标，正是剧作家独到艺术眼光与艺术气魄。也正是因为其剧作中存在丰富的地理现象，所以，其笔下人物情感的复合结构、人物形象的多样形态、审美情感的多重传达、以时间与空间为框架而形成的艺术结构等，才会有着得以承载与不断发展的基础，集中体现了一种新的诗学品质。

第二，新的理论视角与批评方法。本书首次从文学地理学批评的角度，对易卜生的全部戏剧进行系统解读，可为易卜生的研究提供更加独到、深刻而具有创造性的见解。在“地理学”与“诗学”两种学科范畴的相互交织、双向交叉影响之中，更加凸显了剧作家的生存之根与创作之源。“地理”这一重要的元素，不仅深刻地影响着剧作家的创作，而且与其他文化元素相互碰撞，从而生发出新的因子，让其剧作具有多义的阐释空间。对其剧作中呈现的地理空间进行分类研究，并提升到理论的高度进行全面观照，探讨其中所蕴涵的审美意义，深入解析易卜生的自然思想与生态意识以及体现出的地理诗学观念，与从前总是从女性主义、生态、心理、伦理的角度进行讨论相比较，有着自己不同的发现。

第三，新的理论术语的运用。本书首次运用文学地理学批评一些新的理论术语与概念，揭示易卜生戏剧中与地理相关的种种美学现象，是探讨其剧作的另一重要维度。“地理意象”、“地理空间”、“地理基因”、“地理叙事”等理论术语，是由文学地理学批评的倡导者邹建军教授首次提出。基于易卜生剧作中地理存在的现实，笔者采用图表绘制的方法，简要勾画出剧中人物活动的地理背景，部分还原剧中众多鲜活的文学场景。多幅地理图表让作者能够更为直观地对剧中人物与故事，让读者能够迅速了解故事情节结构与思想中心，有利于发掘地理空间存在的艺术结构及其审美意义。于此，以“地理图式”术语示之。易卜生剧作中的地理景观以及种种地理现象，来源于北欧诸国不同的地质与地相，来源于以挪威为中心的欧洲自然山水以及生长于其间的动物与植物，它们外在面貌与内在原因，只有运用一些新的术语才能进行有效解读。

（二）以“文学地理学批评”为中心

本书力图寻找与研究易卜生的戏剧相切合的研究方法，根据其剧作中大量存在的地理景观的现实，拟采用以“文学地理学批评”为中心的研究方法，并尽量与其他批评方法综合运用。

以“文学地理学批评”为中心。文学地理学批评之所以是一种新的批评方法，是因为它与从前的学者所从事的文学地理学研究，包括中国的与西方的学者所从事的文学地理学研究，具有很大的区别。自古以来，西方文学批评史上就存在从自然环境的角度研究文学的先例，如19世纪法国学者斯达尔夫人在她的《论文学》一文中，从环境与气候的角度认识到欧洲北方文学与南方文学的重要差别；法国学者丹纳在他的《艺术哲学》中，从人种、自然与气候三要素出发来批评具体的作家与作品，对后世文学批评产生了重要的影响。20世纪后半期以来，英美学者在注意到文学发展过程中时间因素所发挥作用的同时，也注意到空间因素所产生的意义，于是产生了影响很大的空间批评，被称为20世纪文学批评的“空间转向”。英国学者克朗撰写《文化地理学》，主要研究地理空间中的文化意义。然而，无论是空间批评还是相关的生态批评、环境批评，无论是“文化地理学”，还是被称为“地理批评”的批评理论，都不是真正意义上的“文学地理学批评”，因为在这些批评理论中，没有从根本上认识到“地理”所具有的决定性与关键性的意义，并且它们多半并不具有方法论的意义。从中国来说，刘勰在《文心雕龙》提出作家“登山则情满于山，观海则意溢于海”,① 认识到“山”与“海”等自然景观对于文学产生所具有的意义。近代学者刘师培还提出了“南北文学不同论”，认为《诗经》与《楚辞》不同，黄河流域文学与长江流域文学不同，不同的自然环境起着至关重要的作用。② 20世纪90年代以来，杨义提

① 黄霖编著．文心雕龙汇评．上海：上海古籍出版社，2005：94.

② 参见刘师培．南北文学不同论．陈引驰编校．刘师培中古文学论集．北京：中国社会科学出版社，1997：260-267.

出了“重绘中国文学地图”的主张,① 梅新林提出了“场景还原”与“版图复原”的主张，并将自己的研究命名为“文学地理学”。② 然而，它们都没有把自己的研究上升到一种批评理论的高度进行认识，虽然具有一定的方法论意义，却局限于中国古代文学与20世纪中国文学的研究领域。邹建军教授所提出的文学地理学批评，基于对西方作家作品的研究，特别是对古希腊悲剧、19世纪英国浪漫主义诗歌与美国华裔小说的研究，在此基础上形成了一系列的理论表述。③ 值得特别指出的是，“文化地理学”与“文学地理学”是具有本质不同的两门学科，“文化地理学”研究的对象是“地域文化”的特点及其产生原因，基本上不涉及文学现象与艺术问题，而所谓的“人文地理学”则更加宽泛，凡是与人类社会存在关联的物质文化与非物质文化，都成为其叙述的对象，然而它们却不关心文学的问题，因此与“文学地理学批评”相去甚远，甚至是“风马牛不相及”。

在此我们有必要区分几种相关的批评方法，以便于我们对文

---

① 参见杨义．重绘中国文学地图——杨义学术演讲集．北京：中国社会科学出版社，2003.

② 参见梅新林．中国古代文学地理形态与演变．上海：复旦大学出版社，2006.

③ 邹建军教授关于文学地理学批评理论的主要论文有：《文学地理学研究的主要领域》,《世界文学评论》2009年第1辑，第41-46页；《文学地理学批评的十个关键词》,《安徽大学学报》2010年第2期，第35-43页；《以自然风景呈现为基础的立体创构——〈老水手行〉的主题表达与自然地理的关系》,《外国文学研究》2010年第3期，第59-68页；《关于文学发生的地理基因问题》,《世界文学评论》2012年第1辑，第32-34页；《作为一种批评方法的文学地理学及其实践意义——以〈海上夫人〉为个案》,《华中学术》第6辑，华中师范大学出版社2012年第12月，第198-210页；《我们应当如何展开对文学地理学的研究》,《江汉论坛》2013年第3期，第23-29页。具体也可参见其主要论著、访谈录及主编论文集等：1.《江山之助——邹建军教授讲文学地理学》(《比较文学与世界文学名家讲堂丛书》)，中央编译出版社2014年版；2.《文学地理学与当代中国的研究生教育：邹建军教授访谈录》,世界图书出版广东有限公司2014年版；3.《文学地理学视野下的易卜生诗歌研究》，世界图书出版广东有限公司2013年版。

学地理学批评有一种准确的认识。生态批评是20世纪西方兴起的一种新的文学批评方法，“旨在对自然文学、环境文学等探索人与自然关系的文学作品进行评述与研究，同时又倡导从生态的角度来阅读古往今来的文学作品，从而使人类建立强烈的生态观念及忧患意识”。① 它关注的是文学作品里所反映的、人类所面对的生态问题与生态灾难，重视人与自然的关系问题，追求人与自然的和谐共处与共生共存。环境批评也是20世纪西方兴起的一种新的文学批评方法，关注文学与环境的关系问题，关注文学作品里的自然环境描写以及人与环境之间的关系。生态批评与环境批评具有一定程度的相似性，它们关注的中心都是人类而非自然。空间批评作为20世纪西方兴起的一种批评方法，关注文学与空间的关系、人类与空间的关系，从空间的角度研究作家作品等文学现象，在很大的程度上是一种偏向于哲学意义的寻求。与上述三种从西方传进来的批评方法有所不同，文学地理学批评关注人与地理之间的关系，文学现象与地理存在之间的关系，作家作品里的地理因素之分布结构及其审美意义。文学地理学批评方法注重文学批评的原创性与有效性，积极呼吁对人类生存自然地理环境的反思；同时针对当下流行的“理论自恋”倾向，以对具体作家作品的分析作为实践的重点。此种批评方法的提出，为当代中外文学研究提供了一条新的途径，特别是提倡对文学中地理因素的关注，注重研究文学现象里的地理因素与其他因素之间存在的关系，使之达到一种新的境界。本书从文学地理学批评的角度，对易卜生戏剧作品进行整体研究，也是一种全新的尝试；注重对剧作中的地理景观以及地理空间进行审美阐释，讲究联系作家的地理情缘对作品里的地理因素进行分析，并力求得出准确的、科学的结论。

审美批评。文学地理学批评尤其注重对作家作品的具体研究，

① 程虹．生态批评．赵一凡等主编．西方文论关键词．北京：外语教学与研究出版社，2006：487.

特别是把对作品的审美分析与实证研究作为重点。本书所有的观点都是建立在对易卜生剧本的文本细读基础之上，并对剧作中存在的地理景观进行审美观照，在此基础上探讨其地理空间建构及其意义。作家的成长离不开特定的自然山水环境，它们已成为内化到作家心灵深处独特的精神图景；其作品产生于特定的自然山水环境，也离不开对自然山水的审美体验与审美发现。如果强调从自然山水的角度对作家与作品进行研究，关注作家身上地理基因的源与流，关注作家对自然山川的观察途径与审美发现，关注作品中的地理意象与地理空间的建构问题，关注作品中的地理元素与其他因素之间的同构问题，可以有效地说明作品里存在的人与自然之间的关系、主体与客体之间的关系。易卜生剧作中出现的丰富而独特的自然地理现象，都是他对于故乡挪威以及对世界各地的地理风貌仔细观察的结果；将自然山水与自我情意相互融合，形成种种审美形态，深刻地体现了剧作家对自然山水的审美趣味、审美情感与审美理想。

图表统计。在易卜生剧作中，无论是地理意象的呈现与地理空间的建构，还是各类人物的流浪与旅行路线，或者是人物心理与地理景观的对立与融合等，可以采用艺术的方式进行分析，也可以采用科学分析的方式绘制成图或表。因此，本书针对易卜生剧作中呈现的地理景观，共设计地理图表等 39 幅，并将其分成想象图、示意图、统计表、剧照与地图 5 大类。想象图是对地理风景的构想与描绘，示意图是用文字与线段的方式绘制地理路线，也是对地理空间形成的艺术结构的阐释，统计表是对剧中地理因素作分类与统计，剧照是对易卜生戏剧演出剧照的分类组合等。需要说明的是，书中有的地理图表是笔者根据易卜生剧作中对地理背景的文字说明而做，其目的是为了能够更清晰地理解易卜生的剧作，能够直观理解作品里呈现的地理景观，以及再现剧作中人物活动的部分地理场景，并不一定十分准确与科学。39 幅图表具体在本书中以及易卜生剧作中分布情况见下表：

地理图表分类统计表

章 节	想象图(幅)	示意图	统计表	剧照	地图	合计
第一章	《布朗德》2	地理空间示意图 1				3
第二章	《布朗德》1.《培尔·金特》3.《海上夫人》1.《小艾友夫》1	地理空间示意图 2	1		1	10
第三章	《咱们死人醒来的时候》1	《培尔·金特》2.《海上夫人》1.《咱们死人醒来的时候》1. 地理空间示意图 4	2			11
第四章				《建筑师》2.《培尔·金特》4		6
第五章		《海上夫人》1.《野鸭》1		《咱们死人醒来的时候》1.《野鸭》5		8
第六章		五重地理空间示意图 1				1
合　计	9	14	3	12	1	39

在这 39 幅图表中：想象图 9 幅：《布朗德》“图 1. 1 春天‘高山雪野’想象图”、“图 1. 2 夏天‘高山绝壁’想象图”、“图 2. 2‘叠景层见’式谷地空间想象图”；《咱们死人醒来的时候》“图

3.7‘高山上荣华’地理空间想象图”；《培尔·金特》“图 2.3‘奥丝家园’小山麓与涧溪谷地想象图”、“图 2.4‘燕汀山背’与冰河谷地想象图”、“图 2.5‘龙德山中’与沼泽谷地想象图”；《海上夫人》“图 2.7‘大海’地理空间想象图”、《小艾友夫》“图 2.8 变幻的大海峡湾空间想象图”。

示意图 14 幅：《培尔·金特》“图 3.1‘回环曲折’式挪威地理空间示意图”、“图 3.2‘回环曲折’式世界地理空间示意图”、“图 3.3‘回环曲折’式地理空间示意图”、“图 2.6‘回环螺旋’式地理空间示意图”；《海上夫人》“图 3.4 以‘挪威’为中心世界地理空间示意图”、“图 3.5‘由小及大’式圆形地理空间示意图”、“图 5.1‘花园’地理空间示意图”；《咱们死人醒来的时候》“图 3.6‘南北交织’式地理示意图”、“图 3.8‘复合交错’式地理空间示意图”；《野鸭》“图 5.2‘阁楼’空间平面示意图”；另有“图 2.9‘垂直与水平’地理空间示意图”、“图 3.9‘挪威·北欧·世界’三维一体示意图”、“图 1.3 以南北为框架地理空间示意图”、“图 6.1 五重地理空间示意图”。

剧照 12 幅：《建筑师》“图 4.1‘索尔尼斯与希尔达’剧照”、“图 4.2《建筑师》‘天梯’剧照”；《培尔·金特》“图 4.3‘奥丝与培尔’剧照（一）”、“图 4.4‘奥丝与培尔’剧照（二）”、“图 4.5‘培尔与山妖共舞’剧照”、“图 4.6‘索尔薇格之歌’剧照”；《野鸭》“图 5.3‘明暗交织的阁楼’剧照”、“图 5.4‘阁楼里的野鸭’剧照”、“图 5.5‘雅尔马家宴会’剧照”、“图 5.6‘海特维格的死亡’剧照”、“图 5.7‘格瑞格斯与威利’剧照”；《咱们死人醒来的时候》“图 5.8‘鲁贝克与爱吕尼在高山’剧照”等。

统计表 3 幅：“表 2.1 涉及挪威地理元素作品统计表”、“表 3.1 涉及世界地理元素作品统计表”、“表 3.2‘全世界的荣华’统计表”。地图 1 幅：“图 2.1‘北欧诸国 The North Europe Countries’地图”。

因此，图表统计的方法与图式绘制的方法相结合，既可以增加本书的科学性与实证性，让论证具有更加严密的逻辑力量，也可为实证研究插上想象的翅膀，从而更深刻地揭示易卜生戏剧中隐含的审美价值与意义。

考证方法。易卜生自1852年到丹麦哥本哈根皇家剧院学习，访问德国德累斯顿等城市开始，共到过除挪威之外的丹麦、瑞典、德国、意大利、奥地利、捷克、匈牙利、埃及8个国家，去过这些国家的27座城市，包括德国的慕尼黑、德累斯顿、汉堡、柏林、皮尔尼茨、萨克森、贝希特斯加登和魏玛8座城市，意大利的罗马、阿里西亚、弗拉斯卡蒂、伊斯基亚岛、苏莲托、波岑、卡尔腾、阿马尔菲和索伦托9座城市，奥地利的维也纳、提洛尔、基茨比厄尔和格森萨斯4座城市，瑞典的斯德哥尔摩和乌普萨拉2座城市，丹麦的哥本哈根，捷克的波希米亚，匈牙利布达佩斯，还有埃及的城市等。通过查阅相关地理书籍，对这些城市地理景观的考察，以及查看有关易卜生的书信与传记等材料，可以发现众多国家的地理景观对其文学创作产生了重大的影响，并在其剧作中留下丰富的影像。由此，我们可以从地理的角度来探求作家身上的地理基因及其根源，以及其艺术气质与艺术风格的形成途径等。在此需要特别指出的是，本书在批评方法的使用上，坚持实证研究与审美批评的结合与统一，以易卜生的日记、书信、演讲与相关传记为参照，以其戏剧艺术作品为本体，前者是用来说明与论证后者的，探讨的所有问题都是艺术与美学问题，而不是历史与地理问题，更不是社会学与自然科学的问题。因此从本质上说，其戏剧作品里存在的一切地理现象都是作家审美的直接产物，并不一定与自然界存在的客观物象完全一致，易卜生也不可能像一部照相机一样地复制自然世界与人类社会，他所要表达的是他自己的思想与感情，他所要创造的是具有独立审美价值的文学作品。在这个过程里，地理想象所起的作用与发挥的意义是极其重要的。不论是作品里的地名地标、地理景观、地理意象、地理圈，还是作品里的地理空间、地理图式与地理叙事形态，都是作家审美想象的结果，审美想象中也包括地理想象。因此，易卜生笔下的大海峡湾与北欧自然世界里的大海峡湾没有一一对应关系，其戏剧作品里的挪威与世界地理空间，与现实里的挪威与世界也不存在完全等同的结构。正是因此，本书也不再单独讨论其戏剧作品里的地理叙事问题。因为从本质上说，其作品里的地名地标、地理景观、地理意象与地理圈，本身就是构成其地理叙事的基本内容与重要方式，地理空间建构是其中最重要的地理叙事方式。

第一章　以南方与北方为框架的地理空间建构

从地域文化的角度而言，“南方”与“北方”是两种不同文化现象的分野，也是一个古老而常新的话题。公元前一世纪到公元一世纪，斯特累波在《地理学》一书中有言：“对于微不足道的地方，被排列在北方抑或是南方是没有多大差别的；但在有人居住的世界的全部范围之上，若把北方包括到西徐亚或者凯尔特的境界内，而南方到达埃塞俄比亚部落的边界，那就构成很大的差别了。”① 1800 年，斯达尔夫人在《论文学》中梳理了“南方文学”与“北方文学”的差异：以德国为代表的北方文学带有忧郁和沉思的气质，与北方阴沉多雾的气候和贫瘠的土壤有密切的关系；而以法国为代表的南方文学，则激情想象并追求与自然和谐一致，南方清新的空气、繁茂的树林和清澈的溪流，使“人们的兴趣更广，而思想的强烈程度较逊”。② 于此而论，“南方”与“北方”是两个截然不同的地理方位，因此其地域的文学存在极大差异；因而，“南方”与“北方”的内在含义有异，分别是“热情”与“冷漠”的象征。古代中国《十三经注疏》有云：“南方，谓荆扬之南，其地多阳。阳气舒散，人情宽缓和柔，假令人有无道加己，己亦不报，和柔为君子之道，故云‘君子居之’”；“北方沙漠之地，其地多阴，阴气坚急，故人性则猛，恒好斗争，故以甲铠为席，寝宿于

---

① 斯特累波．地理学．波德纳尔斯基编．古代的地理学．梁昭锡译，赵鸣歧校，齐思和审。北京：商务印书馆，1986：173.

② 斯达尔夫人．论文学．徐继曾译．北京：人民文学出版社，1986：147.

中，至死不厌，非君子所处，而强梁者居之。”① 此意甚是明显，“南方”与“北方”之地形与地相不同，两地的文化也存在较大差异，因而，中国出现了“南人”与“北人”之别；两地因地气之不同、民风之迥异，所以文风迥然有别：“南方之文亦与北方迥别。大抵北方之地，土厚水深，民生其间，多尚实际；南方之地水势浩洋，民生其间，多尚虚无。民尚实际，故所著之文不外记事、析理二端；民尚虚无，故所作之文或为言志、抒情之体。”② 中国南方山灵水秀与北方天高地阔的地理环境差异较大，北国《诗经》恢弘大气与江南《楚辞》小巧精致，便由此而来。无论古今中外，“南方”与“北方”既是两个地域文化的分界线，同时也具有特定而丰富的象征内涵。

易卜生剧作中存在“南方”与“北方”地理意象，以此形成南北方向而组接的地理空间，内容丰富且形式多样。地理景观的方位多种多样，有时候指向故乡挪威的南方与北方，有时候指向北欧的南方与北方，有时候指向世界的南方与北方；南方与北方地区有不同的地质与地相，有生长于其间不同的动物与植物，更有不同风俗习惯的种族人类，等等。在早期诗剧《武士冢》中，布兰卡是一直生活于南方的少女，心中有对北方古代生活的向往，也有对北方自然地理炽热的情感，那些从遥远北方而来的英雄们，以十分复杂却不乏诗意的目光，打量南方这块神圣的土地；因此，来自于南方与北方两个地理方位人们的冲突在此得到展现，南方人与北方人在相互谅解中，双方的精神达到高度统一，拥有一个较为圆满的结局，表现了剧作家对故国挪威无限美好的愿景。《布朗德》中也有不一样的“南方”与“北方”，分别代表阳光灿烂的平原和阴暗忧郁的角落。布朗德从小生活在北方荒芜的山脚下，而阿格奈斯来自温暖而阳光明媚的南方；阿格奈斯为了布朗德“全有或全无”的

① （汉）郑玄注，（唐）孔颖达疏．十三经注疏．龚抗云整理，王文锦审定．北京：人民文学出版社，1999：1427-1428．

② 刘师培．南北文学不同论．陈引驰编校．刘师培中古文学论集．北京：中国社会科学出版社，1997：261．

理想，放弃南方优裕而健康的生活，与他生活在阴冷而暗无天日的山谷中，严寒气候夺去了儿子渥尔夫的性命，最后她也因为忧郁追随儿子而去。《海上夫人》中，凌格斯川在挪威北方的一个滨海小城中养病，第二年又会到南方一个叫卑尔根的城市去；神秘的陌生人随着美国大船来到肖尔得维克港口，杀死船长后向北方逃窜，在阿尔汉格尔斯克、美国的加利福尼亚、中国、澳大利亚先后给艾梨达写了四封信，之后再也没有消息。《罗斯莫庄》中的吕贝克出生于北方，那是一个长夜难明与白昼终日更迭的地方，充满暴力和凶猛犷悍的激情；她自小在北方激烈而多变的环境度过，因而，性情与气质与北方地理相近似，甚至觉得自己对罗斯莫的爱情，就是一场北方冬季的风暴："这股热情好像海上的风暴突然打在我身上。它很像在北方冬季我们有时遭到的风暴。"(211)① 这股爱情的狂潮来得那样强劲狂暴而又充满诱惑，让人根本无力抗拒。

作为诗人与剧作家的易卜生，两者不仅仅是地理意义上的"南方"与"北方"，而且也是文化意义上的"南方"与"北方"，更是其内心深处时时隐藏的"南方"与"北方"；"南方"与"北方"不同的自然风景与人文风情，一切的景象都在剧作家的视界里，并时时焕发出不同的光彩。因此，随着居住环境的不断变迁，剧作家对两个不同地域的环境有着深刻的感受，同时也有不一样的感情与体悟，因而在诗歌与剧作中就有着多种形式的表达；作为其生命历程之中两种不同的心象，时常处于对立与冲突的状态，同时又渐渐走向融通与汇合之势，具有独特而深刻的象征内涵，承载的是剧作家丰富而复杂的情感。整体来看，在易卜生的剧本中建构了以"南方"与"北方"为框架的地理空间，以高山峡湾为主体的挪威地理空间建构、以挪威为中心的世界地理空间建构、以教堂塔楼为核心的宗教地理空间建构、以凉亭楼阁为主体的家园地理空间建构，都是以南北地理空间作为基础，从而形成多重地理空间结

① 本书所引《罗斯莫庄》中的文字，皆出自易卜生文集（第六卷）．潘家洵译．北京：人民文学出版社，1995：127-224. 后文只在引文后的括号内标明页码。

构。需要说明的是，本书所说的“南方”与“北方”，是指易卜生文学作品中的“南方”与“北方”，但是也会与剧作家自身的生活经历相联系，因此，其作品中也就存在挪威地理上的“南方”与“北方”、北欧地理上的“南方”与“北方”、世界地理上的“南方”与“北方”、文化意义上的“南方”与“北方”，同时也存在剧作家心理上的“南方”与“北方”，如此等等。

第一节　“南方”与“北方”的地理空间：海滨与高山

易卜生剧作中所呈现与叙述的大部分都是发生在挪威地理上的人与事、情与景。挪威的“南方”与“北方”，因为地质特征的各不相同，而呈现出差异甚大的风貌。《辞海》中认为挪威在欧洲的最北部：

> 位于斯堪的纳维亚半岛西部，南濒北海，西、北两面滨挪威海和巴伦支海，东同瑞典、东北同芬兰和俄罗斯接壤，南与丹麦隔海相望。①
>
> 南北狭长的山国，斯堪的纳维亚山脉纵贯东部。境内多高山、冰川和林地。海岸长（约 2.1 万公里）而曲折，多峡湾、岛屿。大部分地区属亚寒带针叶林气候，南部属温带海洋性气候，沿海地区受北大西洋暖流影响，较世界同纬度其他地区温和，大部分海面冬不结冰。②

《世界国家地理图鉴》中这样介绍挪威的地理构成：“高原、山地、冰川约占全境 2/3 以上，南部小丘、湖泊、沼泽广布。该国大部分地区属温带海洋性气候。挪威地理位置偏北，其最南端比中国最北端还要偏北。北极圈横穿挪威北部，北部一些城市到了六七

① 辞海编辑委员会. 辞海. 上海：上海辞书出版社，2000：1972.
② 辞海编辑委员会. 辞海. 上海：上海辞书出版社，2000：1972.

月份就会出现极昼现象，可以看到午夜的太阳以及美丽的北极光。挪威最北端的北角也是欧洲大陆的最北点。"① 于此，挪威北部地区多以高山与高原地形为主，有一条窄长的舍伦山脉，正对着巴伦支海且多为悬崖与绝壁地貌；南部地区不断向南海岸延伸，山势渐趋平缓而为低地，更多一些海滨与湖泊的地形。与此相适应，易卜生剧作中的"南方"，正是以"海滨"地理形态作为标志，"北方"则是以"高山"地理形态作为标志；以此形成"南方"与"北方"两重地理空间，两者既各自独立又相互连通。

一、"南方"：以海滨为标志

大海是挪威突出的地理特征之一，易卜生的故乡斯基恩是一座海滨小城。1895 年，剧作家如此描绘自己的故乡："海水激荡、汹涌、沸腾的小镇。"② 最早的一位易卜生剧作英译者也曾经这样写道："仅仅是由于海上贸易而存在，它的繁荣和生存全靠大海。"③ 易卜生出生并成长于这样的"激流之城"，④ 所以他对故乡的大海情感深厚，其剧作中也处处洋溢海洋的气息。"海滨"地理成为剧作中独特的标志之一，同时作为"南方"地理风貌的代名词。在剧中的表现形态自然也各自有异：《武士冢》是一幅诗意而繁华的景象，《布朗德》则是一派富庶的海滨景象。

《武士冢》中的"南方"景象："一幅更完备的衰败的南方图

① 崔钟雷主编．世界国家地理图鉴．长春：吉林美术出版社，2010：64.

② 转引自［美］哈罗德·克勒曼．戏剧大师易卜生．蒋嘉，蒋虹丁译．长沙：湖南人民出版社，1985：3.

③ 转引自［美］哈罗德·克勒曼．戏剧大师易卜生．蒋嘉，蒋虹丁译．长沙：湖南人民出版社，1985：3.

④ 1895 年 7 月 29 日，易卜生在克里斯蒂阿尼亚致希尔德·安德森书信中说："希恩是暴雨、河流和洪水之城。至少，在我记忆中它是那样。我出生在这个激流之城并不是没有原因的……"引自易卜生．易卜生书信演讲集．汪余礼，戴丹妮译．北京：人民文学出版社，2012：337. 这里所说的"希恩"，是易卜生的出生与成长之地，亦是本书所讲的"斯基恩"。

像?”(138) 布兰卡是一直生活在南方的少女，她眼中的南方是一片宁静与祥和景象：

在这充满阳光的山谷里泉水淙淙，/河岸下河水闪着金光，波涛起伏；/那泉水的淙淙声和波涛的歌唱/都比不上那边的那些鲜花令人心醉，/它们环绕着土冢四周的边缘/一簇簇站立着，彼此亲切地点头；/它们日夜都在招引我——/我也极愿来到这里进入我的梦乡。(《武士冢》，153)①

瞧！即将隐去余晖的天空，/简直像着火的澎湃的海洋——/在我眼前一切是这样宁静，/宁静得像森林中的迷宫一样。/夏日黄昏令人沉醉的气氛/像一只鸽子歇在我们的身旁，/它像一只天鹅在海浪/和森林的繁花之上飞翔。/在那密密的橘林中沉睡着/古代的神灵和古代的女神，/这数量众多的石像让人记起了那不复存在的古老时光。(《武士冢》，138)

由此可见：第一，少女布兰卡一直生活在南方海边的小岛上，是一块风景宜人的海滨之地：那里阳光灿烂，山谷间有泉水淙淙，四周有鲜花环绕，有可爱的小鸟儿在身边歌唱，黄昏里有迷人的晚霞照耀，宁静得像森林里的迷宫一样。第二，“阳光”、“泉水”、“波涛”、“鲜花”、“天空”、“夏日黄昏”、“密密的橘林”等众多意象，组合成一重诗情画意的海滨地理空间，正是在这样一块神奇的地方，布兰卡充满了对未来生活的幻想，有着对北方之地的诗意向往。第三，如此优美、宁静、阳光灿烂之情景，布兰卡却认为是“一幅更完备的衰败的南方图像”。为什么会如此呢？一是因为布兰卡从来没有到过北方，她有限的有关北方的地理知识，只是根据罗德里克的叙述，而一个没有离开过自己故乡、去到外地的人，是

① 本文所引《武士冢》中的文字，皆出自易卜生文集（第一卷）. 黄雨石译. 北京：人民文学出版社，1995：134-181. 此剧创作于1850年，是易卜生创作的第二部诗剧，具有诗歌文体的特点，译者在翻译时分了行。后文只在引文后的括号内标明页码。

不可能知道自己家乡的风景是否更美丽、生活是否更精彩，潜意识里会觉得外面世界会更加丰富，因而抱有一种诗意的幻想；因而，布兰卡认为南方的生活已如死水一潭的寂静，而北方繁华的景象成为其日思夜想的梦幻。二是“土冢”作为剧中的主体意象，恰好与“不复存在的古老时光”形成一种对应关系。布兰卡一直认为“土冢”中埋葬的是一位逝去的武士，父亲要求她每天面对它祈祷并敬献花圈，因而在她眼中是一座“武士冢”；“土冢”代表的是一段过去的古老时光，曾经年轻鲜活的生命已不再拥有，曾经鲜亮的一段记忆已然逝去，曾经的繁华与过往的灿烂不复存在，或许人们的恩怨亦随着岁月渐渐的流逝，只余一抔杂草丛生的黄土；现在人们只是生活在对过去的记忆中，一种悲凄而荒凉的意境油然而生。南方小岛上只有布兰卡与罗德里克，还有那一座“土冢”，日复一日年复一年的宁静生活，让布兰卡觉得南方生机勃勃之景日益衰败，而北方神圣土地却有生生不息的活力，北方的天空一定会比南方更有生机。正如乔治·勃兰兑斯所说：“该剧似乎表达了一种思想，认为当时南方那种生气勃勃的生活被遗弃而转向开发北方。在南方，很久以前就已经历过繁荣的光辉业绩和艺术巨作；而现在，像诗中所说那样，那里的生活已经是‘人工雕琢和粉饰过的’；然而在北方，那里大自然却很严峻，艺术尚未存在，它的脉搏强烈地跳动着”。①

《布朗德》中的“南方”景象：“富庶的海滨”(204)。乡长劝告布朗德：“还是迁到南方去，到富庶的海滨去吧，在那儿，你可以扬眉吐气，你有权利召开大会，号召人们去流血牺牲。我们献出的不是血，而是在陡峭的山坡上为了吃东西苦干流的汗。”②(204) 艾伊纳是来自南方的俊朗小伙：“我来自南方，长途跋涉，

---

① ［丹］乔治·勃兰兑斯．第三次印象．姚俊德译．易卜生．易卜生文集．（第八卷）．北京：人民文学出版社，1995：282.

② 本文所引《布朗德》中的文字，皆出自易卜生文集（第三卷）．成时译．北京：人民文学出版社，1995：143-286. 后文只在引文后的括号内标明页码。

背着我的画囊——"（155）遇到阿格奈斯后，他们相约一起到南方结婚："我们首先得翻过这些山峰，然后下到西边峡湾的小河，再跨上神话中的骏马，风驰电掣般赶赴家里的婚宴，再像天鹅成对飞行一样，双双去那阳光灿烂的南方。"（156）如此看来：第一，此处的"南方"代表经济发达的地方，那是阳光温暖、物产富饶的海滨之地；那么，布朗德生活的"北方"，应是与"南方"不一样的地方，没有灿烂的阳光，更没有丰富的物产，是一处寒冷与贫瘠之所。第二，艾伊纳与阿格奈斯曾经是一对情侣，都来自于温暖的南方，艾伊纳十分喜欢阿格奈斯，因为她的身上有着很多美好的质素，其性格受到南方自然环境的熏陶，不仅拥有朝气蓬勃的生命，而且身心洋溢着希望，能够给人带来美丽的幻想；在遇见布朗德之前，他们对于未来有着美好的期待，打算结婚后双双去到温暖的南方生活："前面的道路铺满了阳光，一百年也走不完。"（154）第三，遇见布朗德之后的阿格奈斯，被他执著的信仰与顽强的精神所吸引，毅然离开艾伊纳而追随布朗德；她不愿意与艾伊纳到南方去过那种浑浑噩噩的舒适生活；为了精神的信仰与灵魂的洗礼，宁愿与布朗德生活在阴暗而潮湿的荒山野岭之中，那里的自然环境之恶劣，正好与南方富庶海滨之地形成鲜明对比。

可见，"南方"具有以海滨为标志的地质特征，那里风景秀丽、阳光灿烂、物产富饶，是一派富丽堂皇之景象。温暖如春的南方之地理环境，能够给人们带来美好的憧憬与对未来的想象：布兰卡正是生活在南方的环境之中，才有对北方诗意的想象；阿格奈斯正是生长于南方，整个人的身心才充满生机与活力，为北方人布朗德冷漠的生活带来绿意。虽然布兰卡认为南方是一幅衰败的景象，但是，甘达尔夫这些来自北方挪威的英雄们，不得不用诗意眼光观察那里的山山水水："南部的这些丛林看来是多么可爱；我家的松林就远远没有这样芳香。"（152）南部地区阳光灿烂、鸟语花香的自然气候，是如此的宁静与和谐，让这些以抢劫为生并见惯血腥场面的铁血男儿，心中也不由生出一丝诗情画意来。如此看来，"南方"是富有诗意的海滨之地，同时也与作品里人物的情感与命运相关联，也体现了剧作家的审美情趣与审美选择。

二、“北方”：以高山为标志

挪威北部地区大部分是高山的地貌，并以悬崖与峭壁为主体；因此，高山是“北方”最为突出的地理标志之一，亦成为易卜生剧中重点表现的对象，呈现出丰富多彩的样貌。

《武士冢》中的“北方”：高山之景象。北方的海盗汉明劝阻甘达尔夫，不要在南方之地发誓：“在这南部地区，我们的神灵绝听不见/我们的声音；只有在你们的船上，或在北部的高山上，/他们才能听见你们的祷告，但在这里可完全不行!”(149-150）布兰卡的养父罗德里克，反复向她讲述北方地区的自然景象：“你完全是在南方长大，你从没见过那些染上银色的山峰，也从未听过震耳的号角声回响——啊，只是听我说说，为何也如此心神激荡?”(142）他的思乡之情同样感动了布兰卡，她对北部地区有深情渴望与神秘幻想：“我的梦想的翅膀又一次像一只候鸟，/越过海洋的波涛，飞到了北方；/我渴望能马上飞到我要去的地方，/我愿意时刻念念不忘那神秘的力量，/它一直牢牢地统治着我的心房。/我要站在挪威的土地上，作英雄的新娘，/像一只山鹰我要在高山之巅向下观望。/在那灿烂的波涛上那巨舟已颠簸来临。——/啊，它像一只海鸥正向你的祖国飞翔！/我是一个南部的孩子，我不能再等待了。”（154）三个来自不同地域的人，带来三种与北方相关的信息：其一，汉明一直生活于挪威的北方，对那里有着十分深厚的感情，北部地区巍峨的高山有着豪迈之象，海上的船只是海盗们作战的工具，是与他们的精神相链接的。因此，对于北方他有一种神圣而奇特的信仰，认为南部的空气中有毒气，那里神灵是不会听见他们祷告的。其二，罗德里克生长于北方，后来因为海盗生活而隐居于南方，因而，他对北方的自然与生活了如指掌，知道那里有“染上银色的山峰”，与南方有显著的差异；同时他以讲故事的方式将生活经历反复告诉布兰卡，一方面，说明他对北方的生活无比热爱与留恋，另一方面，说明他只有通过不停地回忆，才能抚慰自己对北方的乡愁；因而，布兰卡通过他的感化，感觉自己“也是一个在/北部生长的孩子”(179)。其三，布兰卡是一个生活于南方的孩子，从没有见过北方的风景，对于北方总有一股神奇的向往，似乎对北方挪威的自然山水以及那些勇敢而顽强的海盗们，多年前早已熟知并念念不忘，希望能够从南方的海滨之地走出去，到北方的高山之巅而向下观望，那该是一种多么快乐而不一样的感觉呵！因此，剧中每一个人物心中都有一个不一样的“北方”形象。然而，无论是生活在南方还是在北方，抑或是在南北两方都生活过的人们，无一例外地把北方与高山高原联系起来。北方群山环绕、悬崖峭壁之景象，建构了一重以高山为标志的地理空间。

《布朗德》中的“北方”：一片悬崖峭壁之景象。布朗德出生于北方的山区，他对艾伊纳说：“你们这些南方人生性和我们不一样——我生在峡湾边、荒秃的山影子底下。”（157）他坐在高山的一块岩石上，瞭望远方自己的家乡：

> 每一个船棚，每一家房舍，那山崩造成的小山，那溪边的桦树，那赭色的老教堂，那河岸上的灌木丛——这些我从童年起就记得。不过今天看来更灰暗更小了，山上的雪堆比从前更突出，这就使谷地上空的一线天更窄了，它摇摇欲坠，发出威胁，投下暗影，把山谷封死，而且抢走了更多的阳光。（坐下，凝视远方）这峡湾，当年是不是也这样窄，这样阴森？风暴来了，有一条方帆船驶进来避风。往南，在巉岩底下，我看见有一座仓库和一个码头。在那后面是一座红色农舍，那是河口砂地上一位寡妇的房屋。它是我童年的家；它使我想起许多往事。（《布朗德》，163）

如此看来，“北方”在布朗德的生活中占据重要的位置。其一，他出生在北方“峡湾边、荒秃的山影子底下”，与南方温暖的海滨之地完全不同，显得更加荒凉与冷清。因而，他与南方出生的艾伊纳并不合群，多年之后两位老同学再次相逢时没有太深的印象，也没有很深厚的情感，相反他的言语间流露出一种不满的情绪，认为南方人对北方人有一种固有的歧视态度。其二，“船棚”、“房舍”、“小山”、“桦树”、“老教堂”、“雪堆”、“山谷”、“巉岩”、“仓库”、“码头”、“红色农舍”等众多意象，上与下、左与右、高与低、远与近的各种景物相互叠加，自然景物与人文景象相映成趣，组合成一重完整的高山谷地空间；让人感受最深的是，那里没有太多的阳光，给人一种阴森凄凉的感觉，不时会有狂风暴雨袭来。其三，北方高山谷地的地理环境，对布朗德性格影响很大，正如爱德伍德·贝尔所说：“他出生于农家，但是接受了训练而成为一个神父，他却要到外面的世界里，去进行他的战争。他的教区和他的家庭，在他的身上加了一重义务，那阴沉而偏僻的海湾教区，在他的存在根性上留下了深刻的记号：‘在那里，就在那风雨剥蚀的岩石中间，我童稚的心灵，懂得了孑然独处是什么况味’。”① 可见，布朗德小时候少有感受过阳光的温暖，似乎从没有享受过父母之爱，因而并没有形成阳光般的性格；反而高寒冰冷的自然气候，让他比一般人更为冷漠与孤傲，同时悬崖峭壁高山之地形，造就了其厚重的品德，并生发出高远的理想；因此，“全有或全无”之思想，便在高山之地得以生根与发芽。他与阿格奈斯结婚之后，一直生活于北方严寒之地：“三年以后，牧师住宅的小花园，四周有石墙围护。迎面是高山绝壁。远处可见群山环抱的窄小的峡湾。”(189) 那里是峡湾的谷地，周围是高山与峻岭，整天难以见到阳光，只有冷峻的石头，并无一丝绿意；他宁愿牺牲儿子与妻子的性命，也不愿意离开那样的高山之地，去到温暖的南方海滨，最后在通往高山冰雪教堂的路途中，在雪崩中埋葬。因此，布朗德出生与成长之地正是崇山峻岭与悬崖峭壁的北方，不仅塑造了其冷峻的性格，同时也影响了其整个人生的抉择。

于此，“南方”的海滨之地与“北方”的高山之相，在易卜生剧中呈现两种完全不同的风格：其一，前者是水平向度的走向，后者则是垂直向度的走向；其二，前者是阳光普照的温暖之地，后者是寒冷冰凉的阴暗之地；其三，不仅有着不同的地貌特征，同时各具不同的内涵，代表着剧作家甚至人类两种不同的精神形态：阳光

---

① ［挪］爱德伍德·贝尔．易卜生传．杜若洲译．台北：中华日报社，1982：50.

与阴雾。

第二节 “南方”与“北方”的精神形态：阳光与阴雾

斯基恩位于挪威的北部，挪威位于北欧的北部，因而易卜生在书信中常用“北方”指代故乡与祖国；意大利罗马、德国的德累斯顿与慕尼黑等地，位于北欧的南方，是易卜生长期旅居的国家，因而在书信中常用“南方”代之。现实生活中的“南方”与“北方”，在易卜生生命中占有重要的位置，因而时刻在文学作品中以各种方式呈现出来；其剧作中的“南方”与“北方”，来源于三个方面：一是挪威地理上存在的“南方”与“北方”，二是北欧地理上的“南方”与“北方”，三是剧作家艺术想象与艺术构思的需要。“南方”与“北方”既有独立的内在意义，同时以“南”与“北”两个方向相互对接，建构了一重整体的地理空间；因而，其剧作中的“南方”与“北方”内涵显得异常丰富。挪威与北欧的“南方”之景与“北方”之相，与剧中人物的性格与气质相互关联，并与剧作家内在的心理相互连通。两者彰显了剧作家两种不同的精神形态：一是阳光而快乐的形态，二是浓雾而阴霾的形态。两股不同的力量在剧作家心中时常交战，两种不同的人生哲学在其脑海里不断冲突，时而交战时而冲突时而又融合等，剧作家对此从未停止过追求与探索的脚步，并且具有了十分重要甚至重大的意义。

一、《布朗德》：阳光灿烂的南方与阴暗高寒的北方

《布朗德》中，虽然“南方”与“北方”出现的次数并不是很多，但两者自始至终存在有冲突：南方之地是以阳光灿烂的海滨为代表，北方之地是以阴暗忧郁的高山为代表，两者常处于相互对立的状态，人物内心时刻处于矛盾冲突之中；是去到阳光灿烂的南方生活，还是留在暗无天日的北方生活，成为阿格奈斯内心的纠结；是到富庶的海滨与妻儿过着无忧无虑的生活，还是死守于高山寒冷之处坚守自己的理想，布朗德内心无时无刻不在进行着斗争。

因此，“南方”与“北方”不只是两个不同的地域，更是两种不同的生活方式，正是两位主要人物心中的纠结。

阳光灿烂的南方之地：春天“高山雪野”的晨光。艾伊纳与阿格奈斯，是来自南方的一对情侣，艾伊纳：“我来自南方，长途跋涉，背着我的画囊——”(155) 两人相识于北方的旅途中，艾伊纳：“我路过那个村子的时光，她正好在那儿作客。她要畅饮山间的空气阳光、露水以及云杉的芬芳。一个奇迹驱使我上那儿。我的心中有一个声音在歌唱：‘到那长着云杉的荒原上，到那流过树林的河水之畔，在苍天之上飞驰的白云中去探寻美的泉源吧！’”(155) 他们相约举行婚礼后，一起去到南方，艾伊纳：“我们首先得翻过这些山峰，然后下到西边峡湾的小河，再跨上神话中的骏马，风驰电掣般赶赴家里的婚宴，再像天鹅成对飞行一样，双双去那阳光灿烂的南方。”(156) 由此可见，阿格奈斯与艾伊纳当初相恋的时候，对于前景充满了无限美好的期待，相遇于春天绿色的高原之上，尽情地在高山上歌唱、像蝴蝶一样翩翩起舞、并相互吟诗作对；这样无忧无虑的生活，对于他们两人来说，却是快乐与短暂的。当布朗德穿过浓雾弥漫的高山雪野，来到山岭的更高处，恰好遇到这对来自南方的年轻情侣，正在山岭上尽情舞蹈与歌唱：“一伙寻欢作乐的人站在晨光沐浴的群山之巅。”“有一圈光落在他们四周，好像雾在他们面前步步后退。每一道坡、每一条岭都披上石楠的绿装；春天也似乎围着他，和她笑。他们一定是兄妹俩，手携着手，在石楠色的绿毯上蹦蹦跳跳。”(152) 其一，这是一幅“春日晨光”的图画，几条清晰的线条就勾勒出一幅和谐而温馨的画面：由“晨光闪耀”、“群山之巅”、“薄雾迷离”、“坡岭相连”、“石楠绿装”、“年轻情侣”、“歌声笑声”等不同的景物相互组接，天上与地下、垂直与水平、东西与南北的景象与人物，和谐而平静的沐浴在春日的晨光之中，组成一幅美丽而生动的“春天‘高山雪野’想象图”，如图 1. 1 所示。其二，阿格奈斯是这幅图画中的女主人公，以明亮的晨光作为光源，以绿色作为主体的色调，一切浓郁而茂盛的春情、春景与绿意，洋溢在她的脸颊上，展现在她的舞姿里，融会在她的笑声与歌声里，一切都显得生机盎然，她的心

图 1.1　春天“高山雪野”想象图

情是如此愉悦，她的容颜是如此姣美，这是怎样的一个令人心动的女子！其三，毫无疑问，阿格奈斯身上洋溢着春天般的气息，正是南方阳光灿烂的自然气候，在其身上全方位的投射；婚前生活是无忧无虑的，与恋人艾伊纳一起从南方来到北方，穿过浓雾迎着夏天早晨的朝阳，跳舞经过高原翻过山峰，准备双双到阳光灿烂的南方去。但自从听到布朗德对于上帝的看法，看到他极力拯救海对岸那个杀死自己女儿的父亲时，很受感动并且非常敬畏，开始思索人生里一些重要的问题；同时被他坚强的意志所打动，选择从春天般的生活中走出来，毅然跟随他到北方阴暗的谷地里生活。来自温暖南方的她影响了北方的布朗德，为其冷漠生命带去春天般的温暖，因而他能够时刻生活于爱情之中，享受到人间的温情，其生活因此有了无限美好的愿景，而不断朝向“生命的夏天的王国”(285)。诚如布朗德所言：“有了你，爱情像春天的阳光温暖着我的心。从前我对爱一无所知。我的父母从来没有爱过我。偶尔从灰烬里燃起一点点火焰，他们也会把它扑灭。我往日压积在胸中的全部柔情，好像都是为了珍藏起来，化作金色的光轮，罩在你，我的好妻子和他的头上。”(191) 所以，对于布朗德而言，阿格奈斯就是南方的象征，一切美好元素都集中在她身上，她贤惠而不失坚定、激情而不失理性，温柔而不失大气，像春天阳光一般照亮他的心房，让他体内的柔情一点点地萌生，让他的激情一点点地升温，让他的理想一点点地升高。

阴暗高寒的北方之地：夏天"高山绝壁"外的阳光。布朗德在初遇艾伊纳时说："尽管你们这些南方人生性和我们不一样——我生在峡湾边、荒秃的山影子底下。"(157) 这一段话有多重涵义：其一，反映了南方与北方地区地貌的不同，南方多是阳光灿烂的平原地区，而北方多是高山与峡湾的高寒地区。其二，可以看出南方人与北方人性格的差别，南方人有着阳光般的性格，如艾伊纳与阿格奈斯；而北方人却有着阴郁与任性的性格，如布朗德与众乡民。其三，"峡湾边、荒秃的山影子底下"的自然环境，对于布朗德成长与发展有着很大影响，他"孤零零地度过儿时的岁月"(163)，不太关心世俗的生活，而是有一种殉道者的精神，心目中有着"崇高事业"(163)；所有这些与北方高山嶙峋、极其寒冷的自然气候条件有很大的关联。3 年以后，布朗德与阿格奈斯生活在高山绝壁的小花园中，布朗德对阿格奈斯说："我们走的是一条艰难的路"，"这地方又冷又苦；你脸上的玫瑰已经凋萎，你的温柔的心已经冻僵。我们的家在石头缝里，什么都长不好"，"太阳从来照不到我们这儿"。(190) 3 年之前，布朗德说过同样的话："在这群山之中，头顶上是巉岩峰巅，身子被关在幽暗的山谷里。从今以后，生活免不了像阴惨惨的十月黄昏。"(188) 从"图 1.2 夏天

图 1.2　夏天"高山绝壁"想象图

‘高山绝壁’想象图”中可以看出：其一，从地形上来看，他们生活在“幽暗的山谷”，四周全是“巉岩峰巅”，其家安在“石头缝里”，阳光很少照到那样的地方，“阴暗”自然是那里的显著特征。较之前面的“春天‘高山雪野’”图，是另一幅“夏天‘高山绝壁’”之景。其二，峡湾地方“又冷又苦”，他们居住在没有一丝暖意的石屋里，四周只有冰冷的溪水流过，只能见到对面山上“暖洋洋、光闪闪”(190)的阳光，根本不可能感受到春天的绿意与热烈的希望，因而，阿格奈斯“脸上的玫瑰已经凋萎”，她的“温柔的心已经冻僵”。因此，“高寒”应是北方之地的第二个重要特征。其三，“阴惨惨的十月黄昏”一句，能够形容布朗德与阿格奈斯的处境，应该是相当恶劣而凄惨的：永远只有一种季节，没有春天的绿意、夏天的火热、秋天的殷实，只有阴森而寒冷的晚秋时节；永远只有一种天色，没有灿烂的阳光清新的早晨，只有暮色来临的黄昏时分，何等的凄惨与悲凉？对于布朗德而言，北方极寒气候是对其性情的锤炼，对于自己的信仰抱有坚定之心，且有阿格奈斯一直陪伴鼓励着他，其冷漠的心也有了一丝温情，不仅关注自认为伟大的理想，而且也开始转向对自我内心的审察，转向对自我情感的审视；以前不停奔放的“内在的自我”(177)，变得更加内敛与深沉；其内心的温情，在阴暗高寒的北方天气中时隐时现。对于阿格奈斯而言，从南方温暖之地走出来且坚定地走向北方的峡湾，却是一条不归之路：她追随布朗德去到北方高寒地区生活，如此温柔的神情以及坚定的选择，一方面突出北方阴暗高寒环境之恶劣，另一方面凸显了一位女性的顽强与伟大。然而，再伟大、再顽强的女性，却终究敌不过北方恶劣环境的摧残，其心灵渐渐被高山上吹来的寒风封锁，不再有以前春天般的勃勃生机；从前她的生活恰似高山绝壁外闪耀的阳光，是那样的“暖洋洋”且“光闪闪”，而当她走进阴暗的峡谷之后，阳光却永远不会照到这里来，其思想似乎被寒冷的冰雪所凝固，儿子的死亡给了她致命的打击，她心灵的花朵一天天枯萎，时时刻刻对于儿子的思念，让一个曾经丰盈而快乐的女性，成为唠唠叨叨神经质的怨妇，最后完全没有了生活下去的勇气，直至失去性命。

《布朗德》中的“南方”与“北方”，不仅有两种不同的地貌特征，更是两种不同的精神形态之体现。存在两重对比关系：阿格奈斯现在所生活的峡湾，见不到夏日阳光之景，与春天高山雪野晨光里跳舞之景，形成第一重对比；夏天闪烁在山上温暖的阳光，与高山绝壁间见不到阳光，常年的灰暗与寒冷，形成第二重对比。眼前真实的是失去阳光之后一片衰败之景，而记忆中的过去曾经是阳光灿烂之象；眼前憔悴不堪与痛苦无比的阿格奈斯，过去曾是那样的丰润、美貌与激情；眼前呈现的只是灰暗无光之景，过去却色彩艳丽而令人欢欣。两重不一样的意境，从两幅想象图中生发出来：第二幅中冬季与春季的混乱、冬季与夏季的融合，其灰色阴暗的光影与第一幅年轻姑娘曾经的春光，彼此对照、相互叠映、错综复杂的交织着；那生死离别之情、今昔对照之感，无限的韵外之致，从地理空间之外全部涌现出来。于此，春天的“高山雪野”，是南方温暖海滨生活的象征；而夏天的“高山绝壁”，是北方高山峻岭生活的隐喻；两者之间是正反两种向度的相互阐释。阿格奈斯决定追随布朗德的时候，艾伊纳挽留她：“你在那阳光灿烂的平原和这阴暗忧郁的角落之间挑一处吧。”(187)“在风暴与安宁之间选择吧！这个去留的选择是欢悦与悲哀、清晨与黑夜、生存与死亡之间的选择。”(188) 是阳光与阴暗、风暴与安宁、欢悦与悲哀、清晨与黑夜、生存与死亡的抉择，到底是该放弃还是坚守，到底是选择信仰还是平庸，都可以归结为是对“南方”还是对“北方”的抉择，两者在其心中不断进行着斗争与较量；阿格奈斯经过反复思量之后，最终决定：“走进黑夜，经历死亡；破晓以后则是彩霞满天的早晨。”(188) 与布朗德一样，她的一生完成的是一场精神的“救赎”①。

① ［挪］爱德伍德·贝尔在《易卜生传》（杜若洲译，台北：中华日报社，1982）中这样评价布朗德：“当他看到他们都正站在‘冰雪教堂’里的时候，一时之间，他对于光明、对于太阳、对于温柔与仁慈的渴望，就迸发出来而不能遏止，而他所流出来的眼泪，却产生了一种救赎的效果。他这时候，是‘平静的、容光焕发的，就仿佛重生了一样’。”(第53页) 阿格奈斯做出的抉择，与布朗德相同相通。

二、《海上夫人》：南方大海的幻想与北方小城的忧郁

《海上夫人》中亦有不同表达：凌格斯川的艺术生命与“南方”有很大关联，看似十分短暂的生命里，却有一股新生的力量悄悄滋长；陌生人的神秘与“北方”密不可分，那是一股不可知的强大的力量，艾梨达在不知不觉中被控制，其心灵时常处于两难困境。对于艾梨达而言，“南方”是与大海、“北方”是与陆地相对应的；对于过去大海的记忆，多年来无法释怀；对于现在的滨海小城，无法融进房格尔的家庭以及海边小城的环境。

南方浩瀚的大海——“希望”的隐喻。在《海上夫人》中，故事发生在“挪威北部靠近一个海峡的小城市”。(229)① 如果以挪威作为地理坐标的原点，那么，剧中出现的“南方”与“北方”，也是与挪威的地形相一致的：“南方”以海洋与平原为主，而“北方”以高山与高原为主。从凌格斯川的人生经历中，可以做出判断。

> 凌格斯川：要是明年我能到南方去的话——
>
> 艾梨达：女孩子们告诉我，你想到南边去。
>
> 凌格斯川：我是要去。你知道，在卑尔根我有一位恩人，他答应给我想办法，明年让我去。(《海上夫人》，247)

凌格斯川从前搭过卑尔根一位恩人的船去航海，曾经有过一段短暂的航海旅行生活，两年前在英吉利海峡遇到海难，因此得了“胸口劳伤症”(247)，也许不久便会失去年轻的性命。由此可见，南方应当有汪洋的大海，但凌格斯川此次到南方去，并不是为了再去航海旅行，而是为了实现自己的艺术梦想；他对未来的艺术生活有一种诗意想象，自己的生命也许是有限的，然而希望艺术的生命

① 本文所引《海上夫人》中的文字，皆出自易卜生文集（第六卷）. 潘家洵译. 北京：人民文学出版社，1995：225-330. 后文只在引文后的括号内标明页码。

能够长久，梦想在南方雕塑一座群像，并由此成为著名的雕塑家。这样的愿景在遇见艾梨达之后更加明晰，当他来到北方的滨海小城避暑休养时，无意中发现艾梨达竟然与自己在航海中碰到的水手（即剧中的陌生人）有着一定联系，并有可能成为其雕塑作品的艺术原型。当凌格斯川向艾梨达叙述自己遭遇海难的时候，艾梨达一系列神情明显具有丰富的戏剧性；他潜意识里认为艾梨达与自己雕塑群像中的"年轻女人"相符，只是没有想到她正是与海难故事中的主人公相关；在看到艾梨达如此奇怪的表情之后，他肯定了自己的艺术灵感与设想的"模特"产生了强烈共鸣；那么，这对于他期待甚高的艺术创造来说，无疑是一个很好的开始。艾梨达却对凌格斯川所说的大海，或许就是地理位置上的南方，在情感上有千丝万缕的联系；对于大海她总有一种割舍不下的情结，说明她总也忘不掉过去的记忆。因此，南方所在的大海，对于凌格斯川而言，是一段生命中难以忘却的记忆，却让他远离了不愿从事的航海事业，而成就了自己的艺术梦想；对于艾梨达而言，是她对过去美好生活的回忆，她始终未从过去记忆的影像中走出来，是其梦想与心结之所在。因此，凌格斯川到南方有着自己的艺术梦想，艾梨达在南方曾经有着自己快乐的生活，博列得有对外面世界（或者也包括南方）的向往，是一种诗意的梦幻。在此，南方的大海，是与剧中许多人物所抱有的希望联系在一起的。

北方滨海的小城——"忧郁"的象征。"北方"在剧中出现两次：其一，故事发生在"挪威北部靠近一个海峡的小城市"(229)；其二，艾梨达告诉房格尔，说陌生人"并没有投海自杀。他坐着一条开往北方的船逃走了"。(264) 两个不一样的"北方"，到底有着什么样的内涵，又有着什么样内在联系呢？第一个"北方"，是针对挪威而言，指剧情发生的具体地理位置。剧中人物以北部海滨小城作为中心点，从四面八方不断涌向这里，他们虽然身处世界不同的地方，但不约而同来到这里，如同陌生人一样，虽一直在世界各地环海航行，却最终还是来到小城寻找艾梨达，兑现多年以前立下的誓言。身处异国他乡的人们，内心仍然向往风景秀丽的滨海小城，不同地域的人们将世界各国不同的气候带到小城，因此，小城四处充满异国的情调与他乡的风情，小城的文化具有了不同地域的色彩，人们的生活因此而变得更加丰富多彩。虽然此地自然风景十分优美，那里的人们也相当热情与周到，但毕竟只是挪威北部的一个小城市，空间范围过于闭塞且较为狭小，特别对于一直生活在其间、没有到过外面世界的人们来说（如博列得、希尔达等），或者对于不太适应那里自然气候的外乡人来说（如艾梨达等），他们的心中始终有着一种无法言语的忧愁：艾梨达有思乡的“恋海症”、博列得有向往外面世界的忧伤、房格尔的婚姻生活并不幸福、希尔达失去亲生母亲后而变得反叛、凌格斯川有“胸口劳伤症”、阿恩霍姆一直没有找到真正的爱情等，各人心中都有不同的隐忧。第二个“北方”，是针对挪威之外的城市而言，并没有明确具体的地理位置，也未指出是哪个国家或哪座城市；或许剧作家的本意，并不在于其具体的位置，而是故意塑造一个模糊的北方，或者就是指向不知名的远方，北方的不确定性正是与陌生人相关联的，更增添了他的神秘感。艾梨达与房格尔谈起他时，并不知道陌生人的具体名字，“那时候他说他叫富吕门。后来在信里又署名阿尔富吕·庄士顿”(264)，甚至剧作家自己也在剧中直接以“陌生人”称呼他；她也不知他来自何处，“他说他是芬马克人。可他是出生在芬兰”(264)；她不再清楚他的其他事情，只知道“他年纪很轻的时候就当水手，还走过多次海路”。(264) 而“北方”是十年之前陌生人杀掉船长，并与艾梨达分手之后逃跑的方向，可以说陌生人的神秘也是与“北方”相联系的。陌生人在剧中虽然是真实存在的人物，但大多数时间却是艾梨达的一种幻想，是与她的心理状态相关联的，她时刻想念与陌生人交往的过去，那是一段海上生活的记忆；其思念丝丝缕缕从未间断，伴随陌生人从北方开始并到世界各地航海旅行，因而，从来没有融进与房格尔的婚姻生活。对于艾梨达而言，有着两个“北方”的空间，也有两种不同的心理状态：一个是近处的“北方”，与房格尔生活在现在的北方小城，然而却没有幸福的感觉；另一个是远处不确知的“北方”，是她日夜思念的陌生人，留在记忆深处的依然是那开阔辽远的大海。如果说现在的“北方”小城因为离海洋很远，而让艾梨达呼吸不到自由的空气，那么，对于远处“北方”的思念，同样不能为她带来幸福，只是在现实生活中又增添了一丝苦楚而已；正如她自己所言：“你说的那种快乐正像我们在悠长光明的夏季享受的快乐，里头已经埋伏了就要来到的黑暗的预感。这种预感在人类的快乐心情上投下了黑影，正如天空浮云在海峡上投下它的黑影一样。海峡上本来是一片碧波银光，可是忽然间——”(280) 海峡上空有时阳光灿烂，也会狂风暴雨，世俗的生活常常也会让人捉摸不定，艾梨达并不是不想过幸福的生活，但是她内心渴望的自由是那样遥不可及，如果房格尔无法弄清楚她的心结所在，也就无法与之过上安静美满的生活；而到底是与陌生人一起到海上过着无拘无束的生活，还是留在房格尔花园里过无忧无虑的家庭生活，一直成为艾梨达无法抉择的痛楚；正是远、近两处不一样的“北方”，在心中不断进行着斗争，她时时陷入两难困境。

由此可见，《海上夫人》中的“南方”与“北方”，正是剧中人物两种不同的心象，前者是“希望”的隐喻，后者是“忧郁”的象征。“南方”与“北方”不仅是剧作中真实存在的地理空间，而且是南北两方的组接，形成了一重阔大的审美空间，展现了各类人物的性格特征、气质特点以及心理状态等，具有重要的审美意义。如果《海上夫人》中没有“南方”与“北方”，那么，艾梨达心中的所思与所想，便没有可以为之承载的基础；如果凌格斯川没有来到北方遇见三位女性，后又将去向南方的城市，那么，其艺术梦想也许就没有实现的可能性等等。如果剧中仅仅存在“南方”，那么，其艺术的建构也许就会存在缺失，也许凌格斯川只会停留在南方城市，而不会到北方的小城中来，更不会请求博列得在北方思念远在南方的他，凌格斯川的形象就不会显得如此丰满而耐人寻味。如果只存在“北方”，那么，艾梨达就不会思念南方的大海，也不会在挪威的北方遥望世界的远方，当然这样的远方既包括了北欧的“南方”与“北方”，也包含着世界的“南方”与“北方”。正是“南方”与“北方”在剧中的共存，组成了一重立体的地理空间，才会形成多重环形的艺术建构，一幅幅圆形的艺术图式由此而产生，体现了易卜生对自然的细致观察与艺术想象方式。①

第三节　“南方”与“北方”的对立与融合

易卜生剧中的“南方”与“北方”是两个不同的地理方位，形成相互独立的地理空间，代表两种不同的精神形态。两者之间有的时候处于对立形态，然而，更多的时候相互对接，而形成相互连通的地理空间，有的时候还走向了融合之势。《布朗德》、《武士冢》、《海上夫人》、《罗斯莫庄》等剧，亦不例外。

一、《布朗德》：南北的冲突与精神的重生

剧中的“南方”与“北方”，时常处于对立状态。主要体现在如下三个方面：第一重冲突，南方人与北方人的对立。布朗德曾对艾伊纳说：“我在你们中间感到不自在。不过我自问是很喜欢你们的，尽管你们这些南方人生性和我们不一样——我生在峡湾边、荒秃的山影子底下”。(157) 由此可以看出：第一，以布朗德为代表的北方人，出生“在峡湾边、荒秃的山影子底下”，那么，以艾伊纳为代表的南方人，一定出生在与北方不一样的环境里。第二，“生性”一词意指：一是南方与北方人自然地理环境之不同，二是两地人们性格特征天然之差异；南方人由于地理环境的优越，有一股不自觉的傲气；北方人由于出生环境的贫瘠，骨子里暗含有自卑的元素；生存环境的长期熏陶，造就了这种不同的心理特征。第三，北方人布朗德喜欢“独来独往”(157)，不愿意与南方的同学一起玩耍，内心对南方人有一种天生的排斥感，他说自己在南方人中间感到浑身不自在，承认南北地域人们之间存在隔阂。第二重冲突：真理与谎言的对立。乡长劝阻布朗德，叫他不要在偏僻山沟里“向全世界开战”，“还是迁到南方去，到富庶的海滨去吧，在那

① 法兰西斯·费格生这样评价《海上夫人》一剧：“这出剧的所有各个组成部分都极其巧妙地浑然一体。”参见高中甫．易卜生评论集．北京：外语教学与研究出版社，1982：384.

儿，你可以扬眉吐气，你有权利召开大会，号召人们去流血牺牲。我们献出的不是血，而是在陡峭的山坡上为了吃东西苦干流的汗”。(204) 当新的教堂修建完工后，乡长对布朗德所作所为又相当肯定：“对住在极北地区的人来说，简直是过于宏伟了。当然罗，我知道别的国家标准比这儿高；但是在这荒凉、闭塞、四周只见光秃秃的山岭的地方，一边是山、一边是峡湾的地方，它宏伟得叫人吃惊。”(249) 由此可见：第一，乡长已将南北的地理环境，做了相当生动形象的介绍：南方是“富庶的海滨”，而北方“荒凉、闭塞、四周只见光秃秃的山岭”，因此南方是富庶之地，北方是清贫之所。布朗德坚持要在贫穷的北方实现自己对真理之追求，希望民众们能够从麻木之中苏醒过来，过上人与人之间平等相处的新生活，挑战了以乡长为代表的官僚们的威信，民众们就不会再听从当地政府的管制；因此，乡长要求布朗德到富庶的南方去生活，而不是在阴冷贫穷的北方坚持他所谓的“真理”。第二，乡长前后两处对布朗德的态度并不一致，说明他是一个自私自利且满口谎言之人：前面的态度是否定甚至威胁的，希望布朗德能够马上带着家眷，离开这样的阴暗贫穷之地；而当布朗德要拿出所有的钱财来修建新教堂之时，他马上转变了态度，不仅否认了之前自己认为旧教堂不能拆的说法，而且在新教堂落成之后，语气又是赞扬并且有点谄媚的。乡长认为，对于贫穷的北方来说，新教堂宏伟得让人吃惊，这不仅是对布朗德谄媚式的讨好态度，而且更是对自己功绩的一种炫耀。第三，面对乡长前后不一致的谎言以及所作所为，布朗德突然醒悟，处于贫困北方的人们，并不只有自然地理条件的贫穷，精神上同样是一片贫瘠甚至荒芜。当初他还在为儿子的健康到南方温暖的海滨生活，还是留在北方的峡湾寒冷之地继续坚守自己的信仰，心中无数次的斗争而难以决定，当看到乡长如此嘴脸之后，他更加坚定留下来完成自己的使命，与那些世俗的、满口谎言的官僚们展开斗争。第三重冲突：生活与信仰的冲突。布朗德因为儿子渥尔夫居住在高寒而潮湿的峡湾，小生命将要枯萎的时候，其内心冲突得十分厉害：他并不是一个完全无情无义之人，冷漠的心房有了短暂的丝丝温情，恨不得马上离开没有阳光的地方，只是为了让可怜的小生命能够活下来。但是，“全有或全无”的思想又一次让他做出了决定，抛弃了舒适的家庭生活，妻儿也因此失去了性命；他的坚定而顽强的信仰战胜了生活中的享乐，为了信仰选择留在寒风凛冽的北方，并用母亲的遗产修建新教堂，后又在教堂建成后布道，号召教民们应该走出新教堂、离开世俗的生活，向高处去寻求伟大的真理，就是那一座在高山顶上的冰雪教堂。为此，他也付出了惨重的代价，以至于自己的性命。

布朗德时刻处于矛盾冲突之中，“南方”与“北方”正是内心两重不同的影像；两者既有对立冲突，同时也呈现出融合之势。体现在两个方面：其一，布朗德是来自北方地区且独来独往的牧师，其“全有或全无”哲学思想，对于个人圣洁生命的看法与当时的世俗社会格格不入，时时处于社会潮流的风口浪尖，世人一度认为他是冷血无情之人。但是，南方的姑娘阿格奈斯给他的生命带来春天般的生机，以前他只关注自己追求的理想，现在却转向审视自我的内心世界，很多时候人生的决定都是在妻子的引导之下完成。同时，他并不是冷酷无情，也是有情感有灵魂之人：表面上无情冷漠的他，竟然也有丝丝温情，对妻子爱护有加、对儿子疼爱有加，虽然温情只在那短暂的一瞬间闪现。正是有“南方”的温暖元素，融入到了“北方”的冷漠之中，布朗德才能享受爱情的滋养，体悟生离死别之人生百味；因而，这个人物形象才会显得如此丰满且充满意味。其二，布朗德始终坚持坚不可摧的意志，志于在“生活与信仰之间”、“教理和行动之间”(202) 铺上一条道路，他要求教民们：“下决心消除你们心中一切腐朽的东西，做崭新的人；这样，才能建成那伟大的殿堂，它必须建起来，也一定会建起来。”(263) 他为此失去了一切，终又成为孤独的人。故事结尾之时，所有的教民弃他而去，他爬上高山看到“冰雪教堂”；在人生的最后时刻，他“安静下来，容光焕发，仿佛重又恢复了青春”。(286) 正如挪威学者比约恩·海默尔所说：“他已经赢得了‘坚如铁石的精神’和‘对世事万物更高瞻远瞩的视野’。他最后达到了一个绝顶至高的境界，在地形学上和象征意义上都是如此，高高凌驾于所有人之上，那些宁愿蜗居谷底、庸碌苟且的常人之上”。①于此，所有“南方”与“北方”的冲突，一刹那消失殆尽，融合在布朗德悲情的眼泪里，他的精神由此获得了重生！

二、《武士冢》：战争的仇恨与“和平之神”

如果说《布朗德》中“南方”与“北方”，是生活与信仰的对立与融合，那么在《武士冢》中则是北方异教徒和南方基督教的遭遇，是两个不同地域人们之间信仰的战争；剧中的人们曾经经历过战争的伤害，进而相互间产生了强烈的仇恨，然而，布兰卡与甘达尔夫彼此生发的爱情，化解了所有的矛盾与冲突，南方姑娘随着北方英雄到北方天空下去生活。南方银蓝色的海洋让我们看到重生的思想，而北方巍峨的高山让我们看到和平的安详；因而，在南方与北方大融合的结局中，窥见了隐藏于其间的民族浪漫主义精神。

布兰卡与甘达尔夫之间——爱情的力量。少女布兰卡生长于南方，海盗甘达尔夫生长于北方，后者来到前者生活的小岛，本来是要为逝去的父亲报仇，然而，事实却远没有甘达尔夫想象的那样简单：他的父亲罗德里克，杀死了布兰卡所有的亲人，让她成为小岛上的孤儿，布兰卡反而救了罗德里克的性命并成为他的恩人；埋在土冢里的只是罗德里克的衣冠，他隐姓埋名成为布兰卡的养父，两人相依为命生活在南方小岛上。布兰卡与甘达尔夫相遇之前，并不知道事实的真相，他们应该算是一对仇人，有着无法超越的隔阂；但布兰卡遇见甘达尔夫后，发现他正是自己日思夜想的英雄，竟然一见钟情地爱上了他。之所以会这样，缘于罗德里克对布兰卡不停讲述北方的人与事，因而她对北方之地有着神圣的向往：“我常常在梦想中四处出游，/也曾到达过遥远的挪威，在那里看到你们，/生活在无尽的冰雪和高大而阴暗的松林之中。”(162) 她无时无刻不在幻想过上北方人那样的生活，其中寄予了少女最为纯真的梦

① ［挪］比约恩·海默尔．易卜生——艺术家之路．石琴娥译．北京：商务印书馆，2007：71.

想："我？我也是一个在/北部生长的孩子；因为我的心里最美好的/花朵早已在你的群山脚下扎下了根。/在梦中，我的思绪常不远千里飞向你，/现在，我将从你那里得到我的爱情。"(179) 甘达尔夫也为布兰卡的美丽、温婉与善良所感动："我在想你，以及你将如何把你的花朵/向北部地区移栽，因为忽然间，仿佛/完全出于偶然，我也有了自己的信念"(164)；甘达尔夫对南方的仇恨不再那么强烈，而是充满对未来的期待以及对情感的渴望："有一个，但这沉闷、潮湿的南部空气/已使他竖琴上的琴弦全松软无力——/它们已不再能发声——"(162) 由此可见，无论人类的仇恨多么深远，无论南北的距离多么遥远，爱情的力量却是伟大的，一种神圣而奇特的情愫在两位年轻人心中悄然产生，让战争为双方带来的创伤渐渐平复；布兰卡与甘达尔夫这对年轻的情侣，平静而快乐地走向北方宽阔的天空。

布兰卡与罗德里克之间——宁静的信念。罗德里克应该是一个罪孽深重之人：正是他让布兰卡家破人亡，不再拥有幸福的家园，也不再享受美满的生活，而成为一个孤苦伶仃之人。三年前的他，曾是野蛮而残暴的北方海盗，"听说西西里有一个富有的酋长，在一块大岩石上修建下坚固的城堡，居住在这岛上由高墙围绕的城堡中"，"用火和刀剑冲开了城堡的城墙"，"城堡完全倒塌，成了一片废墟"(147)，他在战争中由于流血过多而奄奄一息，是善良的布兰卡救了他，"她像一个友好的/精灵，包扎好我的伤口，对我精心照应，/她同时还时时刻刻对我讲着南部这些/过着宁静生活的人们所怀有的信念，/直到我这残暴的心最后也受到感动"。(177) 因此，两个人在小岛上相依为命，布兰卡每天晚上做一个花圈，奉献在武士冢上，每天为自己的敌人祈祷，"每天早晨向上天祈祷，拯救他们的灵魂"。(161) 罗德里克一天天被她的善良与虔诚所感动，但他始终无法对她说出事情的真相，直到他的儿子甘达尔夫等人来到小岛上，才打破了原来宁静的生活。正是因为布兰卡心中美好的信念，让原本残暴的罗德里克从此洗心革面，放弃了海盗残酷的本性，重新做回一个善良的父亲，并过上普通人的生活；在树林里修建可供居住的木屋，每天给布兰卡讲述北方的故事，照顾她的日常起居，陪伴她一起过着平凡的日子。即使后来布兰卡得知罗德里克的真实身份后，她依然把他当做自己的养父，也没有对他的仇恨，多少个日夜相依为命的生活，已让这个南方的姑娘对北方的海盗产生了深厚的情感，父女之情可以弥补战争带来的创伤。同时，布兰卡善良的品质与诚挚的信念，让罗德里克的儿子甘达尔夫同样感受到生活的希望，放弃原来血腥的复仇计划。因而，布兰卡心中宁静而诚挚的信念，正是“南”、“北”对立面融为一体的重要元素。

“南方”与“北方”之间——“和平之神”。“和平之神”在剧中多次出现。布兰卡：“你那无比残暴的誓言，和平之神只会十分厌恶。”甘达尔夫：“是的，但和平之神已经不再生活在我们中间！”布兰卡：“为了你，他还活着；因为你有一颗仁慈的心。”(173) 对话表明，“和平之神”始终在“南方”与“北方”之间游离，到底是南方宁静的信念占上风，还是北方海盗的精神处于优势？布兰卡告诉甘达尔夫，只要有一颗仁慈的心，那么“和平之神”永远会活在人类心中。甘达尔夫最终接受了她的信念：“和平之神又已得势，通过你，我的布兰卡；/我现在才看清了我的海盗生涯的意义！/并不完全是为了追求名声和财宝，才使我/离开我祖辈生活的家园，老远来到这里；/不，实际是一种秘密的愿望向我召唤，/我默默地追随和平之神。瞧吧，那渴望的/心情现已得到安抚，我们回家去吧；/在那里我将和我的人民和平地生活在一起。”(178)“和平之神”在甘达尔夫心中的再现，说明南方美好的信念已经唤醒北方和平的信仰；或者说布兰卡不计前嫌，一如既往接受作为仇人的养父，并且坚定去北方生活的信念，南方与北方的思想已完美融合在一起。故事结尾，众人“越过大海的波涛”(180)，欢天喜地一直向北方的挪威行进，布兰卡：“整个北部本身便将变成一个巨人的坟墓”，“到那时候挪威也将从那坟墓中走出，/在思想领域中向公正的事业前进！”(181) 罗德里克从武士冢中“活”了过来，重新找回了自己的身份，过往的一切成为逝去的记忆，所有的恩怨也将随风飘散，生活将在彼此谅解之中重新开始；挪威作为北方的国土，将在南方精神的感召之下，同样从坟墓之中走出来，获得新生的力量与激情，继续从事思想领域方面最伟大的事业！所有这一切，皆因“和平之神”成为人们的信念，成为“南方”与“北方”之间的一道桥梁。

《布朗德》中的主人公布朗德，在南方与北方的不断交战与冲突中，获得了精神的重生；《武士冢》中布兰卡与甘达尔夫，化解了战争带来的仇恨，共同迎来“和平之神”；《海上夫人》中的艾梨达，终于解开了自己的心结，打算从过去的记忆走出来，融入到现在的家庭生活中去；《罗斯莫庄》中的罗斯莫与吕贝克，终于平息内心中来自北方的风暴，一起投向了水车沟，追求更为高尚的人生价值；如此等等。易卜生剧中存在众多的“南方”与“北方”，而且表现形态多种多样：既形成了相对独立的地理空间，彼此之间也有着各自独立的内涵；两者连通成为整体的地理空间，且相互影响并相互关联；最终从彼此之间的对立走向融合的状态，体现了剧作家所拥有的一种诗意的情怀与美好的愿景。

第四节　两种不同人生理念的张力结构

剧中每一重地理空间的建构，都可以形成独立的艺术图式；五重地理空间形成的多幅地理的示意图等，如果加以拼贴与组装，便可以形成一整幅完整的艺术图式，即本书第六章中的“图6.1 五重地理空间示意图”。“图1.3 以南北为框架地理空间示意图”，是以南方与北方为框架地理空间而形成的第一幅示意图：图中A点指向“北方”，B点指向“南方”，O点代表“挪威”；AB线与CD线的相互垂直交叉，组成一幅简要的地理坐标图，O点是“挪威”地理的中心点。而南北地理空间的组接，以此为框架建构了整体的地理空间：“南方”与“北方”之间，不仅有着对立的形态，而且有着融合之势；情感在其间的不断回旋，时间与空间的不停穿梭，形成一重立体而具有张力的审美空间；因而，以O点为圆心，形成了一幅圆形的图式。此幅示意图的生成，是其他四重地理空间建构的基础，具有巨大的审美价值：一方面是易卜生人生体悟的外在展现，剧作家在“南方”与“北方”地理的不停辗转中，其心绪

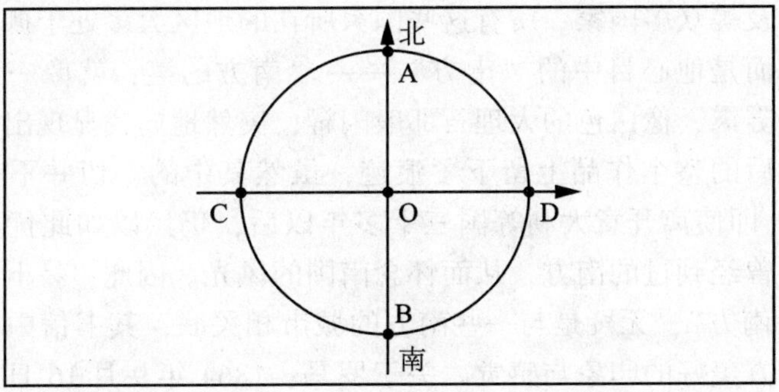

图 1.3　以南北为框架的地理空间示意图

始终无法保持平静与安宁；另一方面是两种不同人生观念的反映，在其内心不停地斗争，剧中人物往往也有激烈情绪之下的不得已。

北欧地理上的“南方”与“北方”，在易卜生的生命中占有相当重要的位置，剧作家对此有着自己独特的体验与感受。年轻时代的易卜生生活在挪威：斯基恩──→格利姆斯塔小城──→卑尔根──→克里斯替阿尼遏等城市，是剧作家心目中的“北方”——因为他曾经这样说过：“北方一些城市的人们冷漠的、不理解的眼神。”①随后，将近 27 的时间都在国外旅居与流浪：在罗马的流浪岁月（1864—1868 年）、在德累斯顿流亡时期（1868—1875 年）、在慕尼黑的流亡岁月（1875—1880 年）、在罗马的旅居岁月（1881—1885 年）、在慕尼黑的流浪岁月（1885—1891 年）；可以看出，在罗马生活将近 9 年，在慕尼黑生活将近 11 年，在德累斯顿生活将近 7 年。期间还到过丹麦的哥本哈根，瑞典的斯德哥尔摩和乌普萨拉，德国的汉堡、柏林、德累斯顿、皮尔尼茨、萨克森、贝希特斯加登和魏玛，意大利的阿里西亚、弗拉斯卡蒂、伊斯基亚岛、苏莲托、波岑、卡尔腾、阿马尔菲和索伦托，奥地利的维也纳、提洛

① 1885 年 4 月 9 日，易卜生在罗马致路德维格·约瑟夫森的信。引自易卜生．易卜生书信演讲集．汪余礼，戴丹妮译．北京：人民文学出版社，2012：258.

尔、基茨比厄尔和格森萨斯，捷克的波希米亚，匈牙利布达佩斯，还有埃及等众多国家。所有这些国家所在的地区大多处于挪威的南方，因而是他心目中的“南方”——“南方的美，就像一种特殊的光的雾霭，像白色的大理石那般闪耀，突然地向我显现出来，而在我此后的整个作品上留下了痕迹，虽然其中的一切并不都是美的。”① 即使离开意大利等国三十多年以后，仍然以如此优美的语言赞美曾经到过的南方，从而怀念南国的风光。因此，易卜生剧作中的“南方”，无疑是与一些南方的城市相关联，其书信中毫不隐藏对南方美好的印象与感觉。关于罗马：1864 年 9 月 16 日，在罗马致比昂斯腾·比昂松的信中说：“罗马这里的写作环境相当美好和平静。我正在写一首长诗（指《布朗德》），还准备写一部悲剧《背教者朱利安》，对此我充满了抑制不住的喜悦”；② 1865 年 1 月 28 日，同样谈到罗马：“这里的自然风光是多么美好啊！无论是形态，还是颜色，都有一种难以言传的和谐之美。我常常在拉丁之路或是亚壁古道的墓群间一躺就是大半天，我确信这种消遣绝不是浪费时间。而卡拉卡拉浴场则是对我有特殊吸引力的另外一个地方。”③ 关于德累斯顿：1866 年 3 月 22 日，在罗马致约翰·格里格的信中说：“几年前（1852 年），我在德累斯顿住过四个月，那时的回忆是我所拥有的所有回忆里最快乐、最美好的一部分。”④ 关于慕尼黑：1879 年 6 月 27 日，在罗马致马库斯·格隆沃尔德的信中说：“我已经有一种感觉，我必须再次离开；而且我很可能再次选择慕尼黑。慕尼黑给我提供了很多便利条件，住在那里我感觉

① 转引自［挪］爱德伍德·贝尔．易卜生传．杜若洲译．台北：中华日报社，1982：46.

② 易卜生．易卜生书信演讲集．汪余礼，戴丹妮译．北京：人民文学出版社，2012：23.

③ 易卜生．易卜生书信演讲集．汪余礼，戴丹妮译．北京：人民文学出版社，2012：27.

④ 易卜生．易卜生书信演讲集．汪余礼，戴丹妮译．北京：人民文学出版社，2012：43.

仿佛是在自己的精神故乡里。”① 从以上四封书信可以看出，南方城市美丽而自由的天空，给了剧作家以创作的灵感与激情，他可以尽情呼吸那里新鲜的空气，愉快独立地思考与自由地创作；因而，很多剧作都是南方城市的自然风景触发而成，并以此作为背景进行构思与创作。剧作家自己也承认，诸如意大利等南方城市给了他无数的创作激情，有时候甚至把它们当做自己“精神的故乡”。

易卜生对于“北方”又是如何看待呢？1883 年 1 月 17 日，在罗马致卡米拉·科莱特的信：“在我们北欧，思想观念的成长与传播是比较慢的；但尽管不太引人注意，进步还是有的。”② “不过，我希望，在您七十大寿的这一天，无需去做这样的反思。那一天将会带给您北方寒冬少有的阳光与温暖。让我这封从南方、从您所喜爱的品奇欧公园发出的信，给您带去些许暖意吧。”③ 1887 年 1 月 27 日，在慕尼黑致约纳斯·李的信中说：“无论如何，我们不想回挪威。那里的条件、人心和氛围引不起我的兴趣。尤其是他们对各种微末琐事和蝇头小利表现出来的兴趣与贪婪，让我感到很厌烦。”④ 由此可见，易卜生心目中的“北方”，是指向位于北欧北部的祖国挪威，那里的城市有少许的阳光与温暖，与南方的阳光灿烂形成鲜明对比；同时，他认为生活在北方城市的人们，思想进步比较缓慢，给予他的并不是热情，而是“冷漠的、不理解的眼神”；因此，他始终愿意居住在南国他乡，而不愿回到自己的祖国。如此看来，易卜生对于北方那一片天空，有着十分复杂纠结的情感：虽然在众多书信中，偶尔会谈到南方城市就是其精神家园，但是对南方纯净而自由的天空，始终没有“根”的感觉；他一直

① 易卜生．易卜生书信演讲集．汪余礼，戴丹妮译．北京：人民文学出版社，2012：178.

② 易卜生．易卜生书信演讲集．汪余礼，戴丹妮译．北京：人民文学出版社，2012：223.

③ 易卜生．易卜生书信演讲集．汪余礼，戴丹妮译．北京：人民文学出版社，2012：224.

④ 易卜生．易卜生书信演讲集．汪余礼，戴丹妮译．北京：人民文学出版社，2012：274.

对北方的地理与人文环境，感到无比的厌倦甚至懊恼，然而却又无时无刻不在思念故乡的大海与那一间老屋，这样的乡愁从离开祖国的那一刻开始，直到回国的那一天为止，一直不曾改变。1865 年 1 月 28 日，在罗马致比昂斯腾·比昂松的信中说："可是我总是会忍不住沉湎于一种思乡的伤感情绪之中，就算是在整个旅程里，我也常常摆脱不了这种愁绪。"① 1897 年 6 月 3 日，同样在克里斯蒂阿尼亚致乔治·勃兰克斯的信中说："一个人要是没有在国外广阔的、自由的、开放的文明世界中生活过二十七年，他不会遭受这样的后果。海湾边的这块土地是我的出生地，然而——然而——然而——在哪儿可以找到我的家乡？只有大海最吸引我，是我魂牵梦萦的地方。"② 因此，"北方"的一切自然景物与民俗风情，成为剧作家身上与生俱来的地理情缘之源泉，是其一生中悲欢离合之根源所在。剧作家虽在"南方"一直处于流浪的状态，然"北方"的一切成为心中无法忘却的伤痛，是其回忆与生存的根脉之所在；无论其生命之树再移植到何方，其所有的辛酸与苦痛，都是因为"根"的缘故。

因此，"南方"与"北方"就这样一直成为易卜生心中的纠结：对于"南方"该如何看待？对于"北方"又该如何理解？该去向"南方"还是回到"北方"？"南方"与"北方"能否成为一体化的形态？正如布朗德心中取与舍的信仰困境、"海上夫人"去与留的情感困惑、布兰卡在南方却有对北方的情殇，如此等等。剧作家倾其一生的精力，都在努力寻找自己理想的精神家园；"南方"与"北方"所体现出来的审美价值，正是剧作家人生观念复杂纠结形态之深刻展示。

一、"南方"：阳光灿烂的人生形态

欧洲南方国家多阳光与海滨的地理构造，给易卜生带来阳光而

① 易卜生．易卜生书信演讲集．汪余礼，戴丹妮译．北京：人民文学出版社，2012：26.

② 易卜生．易卜生书信演讲集．汪余礼，戴丹妮译．北京：人民文学出版社，2012：342.

积极的心态，因此在书信中他总是对南方有着更多的溢美之词，剧中塑造的人物对南方也会有更为美好的幻想与追求。《武士冢》中的布兰卡生活在南方，温暖的海洋赋予她美丽的容颜以及善良的秉性，其心中有一种和平的信念；因而，她的生活纯净而美好，正是一种积极向上的精神感化了野蛮而凶残的海盗罗德里克，改变了甘达尔夫的人生轨迹。正是这种人生的信念，化解了战争带来的仇恨，促成了南方与北方的最终融合，并对北方的挪威抱有一种美好的愿景。《罗斯莫庄》中的吕贝克来自北方的小城，后生活在南方古老的罗斯莫庄园里，她从小在北方生活中形成激烈而多变的性情，罗斯莫“快乐的高尚人物”(180) 为准则的人生哲学观，深刻地影响并改变了她，性情从此变得宁静而安详；正如她所说：“旋转激动的情欲一齐都安定下来，变得寂然无声了。一片宁静笼罩着我的灵魂——那股宁静滋味仿佛是在夜半太阳之下，在我们北方鹰隼盘踞的峭壁上头的境界一样。”(213) “夜半太阳”、“峭壁” 是挪威北方典型的地理特征；吕贝克受到罗斯莫人生观的影响，仿佛“北方鹰隼盘踞的峭壁上”，能够看到夜半太阳的持续光亮，达到一种高远的精神境界。吕贝克对罗斯莫说：“罗斯莫庄的人生观可以提高人的品质”(214)，究竟是一种什么样的人生观呢？罗斯莫说：“和平、快乐、互相容忍的美德必须在咱们灵魂里重新建立起来”(155)，“罗斯莫家庭世世代代是个黑暗和压迫的中心，所以我觉得我应该刻不容缓地在本地散播一点光明和欢乐”。(169) 可见，罗斯莫的人生观是以光明和快乐作为原则，是一种积极向上的人生观与价值观，将人生的快乐、高尚与宁静作为全部信仰；正是在南方的自然地理环境之下，熏陶出这样的人生观念，罗斯莫与吕贝克不惜牺牲自己的性命，竭力去维护高尚的理想与高远的追求。于此，“南方” 所呈现的正是作为剧作家的易卜生积极而乐观的人生观念。剧作家在南方的自然地理环境里获得持续不断的激情、自由与灵感，他的才情在那里得到淋漓尽致的发挥。如果易卜生没有到过众多的南方国家，并在当地居住如此长的时间，那么其剧作中就可能没有多种形态“南方” 与 “北方” 地理空间之展示；正是因为剧作家对于“南方” 与 “北方” 有着相当矛盾的情感，所以剧中人物的内心世界才会如此曲折与丰富。

二、“北方”：冷峻严肃的人生形态

挪威以高山为主的地理形貌，影响了易卜生本人性格与气质的形成；同样如此，其剧作中生活于北方的人，往往具有与剧作家相似的冷峻而严肃的生命。布朗德就是其中最为典型的代表之一：“生在峡湾边、荒秃的山影子底下”(157)，阴暗而寒冷的北方峡湾地理环境，造就了他孤独而冷峻的性格，与南方人有着不一样的理想与追求。他行走在冬天的高山雪野上，面临着雪崩的危险而勇往直前，只为医治一个受伤的灵魂；他在暴风雨的峡湾里行船，不顾自己的生命危险，只为去拯救一个杀死自己女儿的男人的灵魂；他一直生活在冷凝的峡湾石屋里，只为能够向当地的教民布道，希望他们摒弃世间所宣扬的宗教教义，而崇信真正的上帝，并为一种绝对理想而奋斗。最后，他的儿子与妻子先后离他而去，教民们忍受不了饥寒交迫的煎熬，而抛弃了他；他与葛德攀上了雪山的高峰，终于看到那一座梦寐以求的“冰雪教堂”，最后还是被雪崩埋葬。这是一个孤独而悲情的灵魂，也是一个严肃而冷峻的生命，不得不引起人们深深的喟叹与思考！“海上夫人”艾梨达生活在挪威北部的小城市里，日日夜夜思念的是南方海滨的生活，其心思一直追随陌生人在海上航行，因而，无法与现在的家庭生活融合在一起，其心中根本没有一点幸福感可言。大海在其生命中留下不可磨灭的痕迹，南方的大海正是其心中最为快乐的源与流，北方狭隘的天空并不能给她带来幸福的感觉，她只能在那个远离大海的花园凉亭里，孤独而悲伤地思考一些人生的问题。从某种程度来讲，艾梨达所经历的情感上的忧伤，正是剧作家思念大海的乡愁之具象化呈现。剧作家对于“北方”的思考，从来就是冷峻而严肃的：其剧作中生发的“在高处”哲学、“全有或全无”哲学、“真理的精神”、“自由的精神”、“生命原则”、“理想的要求”等哲理思考，都在北方崇山峻岭之上得到实现，在与世隔绝的“空中楼阁”之中得以保存。如果没有以“北方”为主体的地理空间，那么，易卜生冷峻严肃的人生哲学观，就不会有如此完整的显现。

“南方”正是阳光灿烂的人生之象征，而“北方”却是冷峻严肃的人生之象征，看似一对相互矛盾的观念，实则互补互释且共生共存，形成正反两种向度的阐释；剧中不仅有如布兰卡一样阳光灿烂的人生，更多的则是对冷峻严肃人生问题的探讨。亦如布朗德“冰”与“火”之性格的交锋：对待理想如同夏日的阳光一样火热，对待他人又如冬天的冰雪一样冷漠；然而，有的时候“冰”与“火”的性格又交融在一起。也许更多的人会认为他只是一个冷漠与无情的牧师，然而，当他知道儿子小渥尔夫因为生活在高寒地区、生命垂危之时，他的情绪顿时十分激动，恨不得马上离开冰冷的石屋，到温暖的南方为他治疗伤病，此举不也流露出一丝让人感动的温情吗？当所有的教民们离他而去之后，孤独地与葛德攀上了雪峰的最高处，他为了自己的理想已经丧失了一切，这个钢铁般意志男儿瞬间却抑制不住自己的泪水，难道此刻我们还能对此无动于衷吗？如此，并不能说布朗德只有冷峻的使命与漠然的生命，也不能说其没有阳光而灿烂的人生理想，对南方姑娘阿格奈斯的关爱，能够见到其内心隐现的丝丝柔情；人生的最后时刻，他多么渴望见到灿烂的阳光：“我多么渴望光明、太阳、抚慰，渴望庄严肃静的和平，渴望生命的夏天的王国（饮泣）”(285)，“（这时安静下来，容光焕发，仿佛重又恢复了青春）在律法之下过的是寒冬时节。此后，夏天的阳光重归大地”。(286）此时此刻，他才真正认识到，夏日灿烂阳光是何等的重要，在想象中的灿烂阳光的王国中，他达到了精神的最高境界。挪威学者丹尼尔·哈康逊和伊丽莎白·埃德在《易卜生在挪威和中国》一文中说：“这个剧本写的是一位年轻的牧师（布朗德的意思就是火），苛求自己，也苛求别人；这可以看做是易卜生对于与意大利和南欧的温暖相反的挪威北部严寒的反应。”① 剧作

① ［挪］丹尼尔·哈康逊、伊丽莎白·埃德．易卜生在挪威和中国．王忠祥译．易卜生．易卜生文集（第八卷）．北京：人民文学出版社，1995：411.

家自己亦言："布朗德就是最好时刻的我自己。"① "《布朗德》所包含的隐蔽的客观性比迄今为止任何人所能想到的还要多得多；作为诗人，我为此而感到非常自豪。"② 如此看来，剧作家将自己在意大利等南方国家以及与在北方祖国挪威的经历与体悟，寄托在顽强执著却不失柔情的布朗德身上：剧中不仅有"南方"的自然风景之呈现，也有"北方"的人情风俗之展示，更是剧作家之不同人生观念的充分展现；因此，其所体现的思想并不是一维的也不是两维的，而是多重维度的融合。于此而论，以"南方"与"北方"作为框架，建构了一重完整的地理空间，其中所呈现的两种不同人生观念与人生形态，成为易卜生地理诗学观念中重要的部分；如果缺少了此一重地理空间的建构，那么其剧作的艺术建构也许会显得不那么完整。

北欧的"南方"与"北方"，在易卜生的生命中占有相当重要的位置；其剧作中的"南方"与"北方"，往往是与其人生的历程相一致的，也是与其对不同自然地理的领悟相对应的。随着剧作家

① 1870年10月28日，易卜生在德累斯顿致彼得·汉森的信中说："我到达哥本哈根的时候，丹麦人正好在迪巴尔败北。我在柏林看到威廉皇帝带着各种战利品胜利入城。在那段日子里，《布朗德》开始在我心中像胚胎一样萌芽了。当我到达意大利时，那里的统一事业早已凭借一种无限的自我牺牲精神而得以实现，而在挪威——！此外，罗马是一个绝对平静安宁的地方，我和一些无忧无虑的艺术家们有了交往，这种生活氛围恐怕只有莎士比亚笔下的《皆大欢喜》才能媲美了。这样我才具备了创作《布朗德》的条件。有人说我描写的是索伦·克尔凯郭尔（Sφren Kierkegaard）的生活和事业，这是个极大的错误。他的作品我几乎没有读过，理解得就更少了。说布朗德是个神父，也纯属无稽之谈。'全有或全无'的原则要求体现在生活的各个领域：爱情、艺术，等等。布朗德就是最好时刻的我自己；与此同时，通过对我自己的剖析，我揭示了培尔·金特和斯登斯高德很多共同的特点。"引自易卜生．易卜生书信演讲集．汪余礼，戴丹妮译．北京：人民文学出版社，2012：97.

② 1869年6月26日，易卜生在德累斯顿致乔治·勃兰兑斯信中所言。易卜生．易卜生书信演讲集．汪余礼，戴丹妮译，北京：人民文学出版社，2012：77.

在南北两方的不停辗转，剧作中对于“南方”与“北方”的展现，亦越来越显得丰富与多样，有一个发展演变的过程。早期诗剧《武士冢》创作于1850年，剧作家身处北方的故国挪威，有对祖国的民族浪漫主义幻想，于是歌颂挪威并寄予美好的期望，因而有了剧中南方的布兰卡向往北方的高山，对北方的挪威有着诗意的梦想。《布朗德》创作于1866年，那时剧作家侨居意大利，1865年1月访问罗马圣彼得大教堂时，偶拾灵感而形成此剧；易卜生初到南方时，对那里的一切是感到好奇，慢慢领悟南方的自然景观与民俗风情，并没有能够很快融入到南方的生活去。后期的象征剧《海上夫人》创作于1888年，剧作家生活在德国的慕尼黑，异国他乡的他已经融入南方生活之中，如此自由而安详的倘徉其间，虽对北方故国有诸多的不满意，却时时如艾梨达一样有着思念大海的乡愁。在晚年时期，剧作家无时无刻不在牵挂着故国北方，期待着“落叶归根”。如此看来，现实生活中的“南方”与“北方”与剧作中的“南方”与“北方”意象融合在了一起，形成了某种特定的结构。剧作家有的时候居于“南方”，有的时候居于“北方”，有的时候在“北方”遥想“南方”，有的时候在“南方”思念“北方”，有的时候又在“南方”与“北方”不停徘徊；时而亲近时而疏离，时而歌颂时而批判，时而喜欢时而憎恨，不同的情感在南北不同的地理空间里不停变幻，其哲理思索也在其间反复回旋，因而其剧作的意蕴显得十分丰富。于此，并不能对“南方”与“北方”简单而论，更多的时候显得复杂多变、亦不失各自的韵味。正是有了“南方”、“北方”两重地理空间，以及以南北为框架的地理空间建构，作为诗人与剧作家的易卜生，才会产生如此富于诗意的情怀，其情感才有表达的基础与发展的途径；正是有对东西南北中自然存在之物的观察，才有对人间爱情、生命、自由、宗教等精神形态的深刻把握；其25部戏剧中表现出来的种种思想内容，在南北地理空间的建构之中得到了呈现。如果只存在地理上的“北方”，那么，易卜生就不会在“南方”获得更多的灵感，也不会有如此众多超越自我的契机，也许就不会出现众多丰富深刻的文学作品；反之，如果只存在地理上的“南方”，那么，剧作家也许不会时时陷入情感的困境之中，也许就不会有对人类精神图景的探索，也就不会出现对于人生哲理的思考等。因此，易卜生本人及其众多文学作品，与“南方”与“北方”有着密切关联，其他地理空间往往都是以此作为框架而形成；剧作中情感的反复回环、主题的多样表达、圆润的艺术手法与环形艺术结构的展现，都不能离开“南方”与“北方”以及以“南方”与“北方”为框架的地理空间而独立存在。

第二章　以高山峡湾为主体的挪威地理空间建构

在易卜生所描绘的地理长卷中，不仅有以南方与北方为框架的地理空间建构，而且有以高山峡湾为主体的挪威地理空间建构，还有以挪威为中心的世界地理空间建构；这些地理空间的建构，一环比一环的范围更大，一圈比一圈的空间更广，剧作家的视野与思想随之越来越开阔，其境界也变得越来越高远。多种多样的地理空间，是由数量繁多且形态各异的地理意象组成，其中包括“高山”、“大海”、“峡湾”、“雪原”、“高原”、“教堂”、“塔楼”、“凉亭”、“阁楼”等的丰富展现，它们就是北欧这块土地上独有的地理形貌，剧作家一直以自己的慧眼观察着这片土地，并且毫无疑问成为剧作中源源不断的素材，有的甚至成为剧中独特而典型的地理标签。它们不仅作为实实在在的地理景观存在，而且建构起一幅真实而丰富的北欧地理图景；它们融合北欧各民族的文化因子，代表了剧作家的艺术气质与审美观念。本章旨在探讨其剧中建构的以高山峡湾为主体的挪威地理空间，此处的“主体”是指“事物的主要部分”,① 并没有哲学上所讲的“主体”之意。需要厘清以下几个方面的问题：其一，为什么说挪威的地理空间是以“高山峡湾”为主体而构建的？其二，易卜生以“高山峡湾”为主体的挪威地理空间是如何建构的？具体体现在哪些剧作之中并呈现出什么样的状态？其三，以“高山峡湾”为主体的挪威地理空间建构，具有什么样的审美意义？

---

① 辞海编辑委员会．辞海．上海：上海辞书出版社，2000：3410.

第一节 “高山峡湾”：挪威的地理特征

一、挪威的地理特征

“高山”、“峡湾”、“大海”与“谷地”等地理意象，是挪威最为典型的地理标志；这些地理意象以及由此形成的多重相对而生、平行交错的地理空间，在易卜生剧作中出现频率较高，是实实在在的自然山水之直观呈现，同时具有深刻而浓厚的文化意蕴。

> “挪威”(Norway) 之名得自于 Norvegur 一词，即“北方之路”，指其西海岸航线。因布满了难以计数的峡湾，这条海岸线呈锯齿状；其直线距离为 3000 公里，而其实际长度达 20000 公里。西海岸地区山峦耸立，在维京时代，其人口局限于峡湾上游的狭窄岩架和小平原地带，各聚居地之间相对隔绝，孤立发展，形成了各自的传统和文化。挪威境内有超过一半的面积位于海拔 600 米以上，但仅有少数几处坡度较缓的沃土地带人口集中。它们分别是：位于西南部的耶伦，位于东南部的奥斯陆峡湾以及位于东北部的特伦德拉格。①

① ［英］理查兹(Richards, J. D.. 北欧海盗(The Vikings). 徐松岩译. 北京：外语教学与研究出版社，2009：170. 英文原文参见此书第 15 页：Norway took its name from the sheltered sea route down its western coast, the *Norvegur*, or ‘North Way’. The coastline is indented by countless fjords; measured in a direct line it is 3000 kilometres, but its real length is 20000 kilometres. Mountains arise directly from the western coast and the Viking Age population was confined to narrow ledges and small plains at the heads of the fjords, where communities developed in relative isolation, each with its own traditions and culture. More than half the country lies at altitudes above 600 metres, but there are just a few fertile areas of gentle slopes where population is concentrated: Jaeren, in the south-west, Oslofjord, in the south-east, and Trondelag in the north-east.

由此可见，挪威是有着“北方之路”之称的国家，有着自己独特而深厚的传统与文化，因而，易卜生常在剧作中以“北方”来称呼自己的祖国。同时，挪威是北欧的一个国家，有学者这样形容“北欧”：

> “北方”(Norden) 这个词，来划定北欧的范围，而它一直是斯堪的纳维亚的地理思想的一个组成部分。
>
> 这个名词本身指的就是“地球的北部”，但在本章中，特指北欧五国而言。这五国相互间密切的程度，大大超过其与周围任何国家的关系。这五国是斯堪的纳维亚三国，加上冰岛和芬兰。第六个地区是法罗群岛，这一地区在行政上是丹麦的一部分，但在地理上通常都被看做是这个区域的一个独特部分。①

而这五国是，“包括斯堪的纳维亚半岛上的挪威、瑞典、芬兰、日德半岛上的丹麦以及冰岛五国。全部位于北纬54°以北高纬度地区。面积132万平方公里，人口约2370万（1995年）”。② 挪威所在北欧地理的范围，如图2.1③ 所示。北欧的整体地形与地貌，“根据地质构造，可把北欧分为五个主要亚区，各亚区又包括一个或数个地形区。五个亚区是：（1）斯堪的纳维亚山地；（2）芬兰-斯堪的纳维亚地盾；（3）瑞典的波罗的海诸岛；（4）丹麦与斯科纳；（5）法罗群岛和冰岛”。④ 其中，“斯堪的纳维亚山脉的山脊大部分在挪威。该国有整整72%的领土为岩石重叠、荒芜不

---

① ［美］乔治·W. 霍夫曼主编．欧洲地理．南开大学经济研究所、山西大学编译室合译．天津：天津人民出版社，1982：141.

② 辞海编辑委员会．辞海．上海：上海辞书出版社，2000：955.

③ 图片来自中国地图出版社编制．世界地图集．北京：中国地图出版社，2008：22.

④ ［美］乔治·W. 霍夫曼主编．欧洲地理．南开大学经济研究所、山西大学编译室合译．天津：天津人民出版社，1982：147.

毛的山地和沼泽”。① 由此可见，挪威是北欧五国地形中较为独特的一个国家，地势为最高，是南北狭长的山国，斯堪的纳维亚山脉纵贯东部；境内多高山、冰川和林地，海岸长而曲折，多峡湾、岛屿；因而，大大小小的“高山”与林林总总的“峡湾”最为突出。

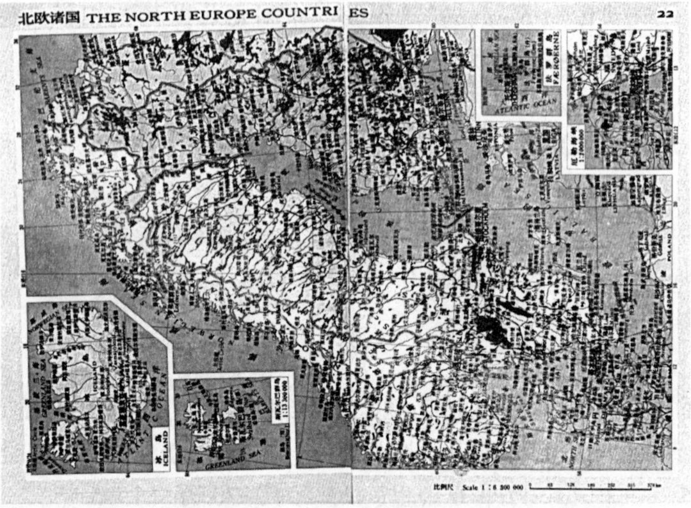

图 2.1　北欧诸国 The North Europe Countries 地图

易卜生剧作大部分都是以挪威地理作为中心，描绘挪威这片土地上的人与事、物与象、情与景，而且很多是以高山与峡湾作为故事发生的地理背景。对其剧作故事情节发生的地理空间进行简要统计，如表 2.1 所示，25 部戏剧中的 21 部是以挪威作为地理背景，其中又有 13 部是以挪威的高山峡湾作为背景，它们分别是：《厄斯特罗特的英格夫人》、《奥拉夫·里列克兰斯》、《海尔格伦的海盗》、《培尔·金特》、《布朗德》、《社会支柱》、《群鬼》、《人民公敌》、《罗斯莫庄》、《海上夫人》、《小艾友夫》、《约翰·盖勃吕尔·博克曼》、《咱们死人醒来的时候》等。可见，高山峡湾不仅

① ［美］乔治·W. 霍夫曼主编．欧洲地理．南开大学经济研究所、山西大学编译室合译．天津：天津人民出版社，1982：147.

是实实在在的挪威地理景观，易卜生对此也有细致的观察以及独到的审美发现，同时在其众多剧作中得到了完好的保存。

表 2.1　　涉及挪威地理元素作品统计表

剧本名称	创作时间	地理空间	剧本名称	创作时间	地理空间
《诺尔玛，或政治家的爱情》	1851 年	挪威晦暗的密林、祭石	《厄斯特特罗特的英格夫人》	1854 年	挪威西部特隆赫姆峡湾
《苏尔豪格的宴会》	1855 年	挪威苏尔豪格	《奥拉夫·里列克兰斯》	1856 年	挪威的高山、峡谷
《海尔格伦的海盗》	1857 年	挪威的海滨峭壁、宴会厅	《爱的喜剧》	1862 年	挪威克里斯替阿尼遏哈尔姆太太家别墅
《觊觎王位的人》	1863 年	挪威、教堂、宴会厅	《布朗德》	1866 年	挪威的峡湾小村、高山雪野、花园、教堂
《培尔·金特》	1867 年	部分场景在挪威的奥丝家园、燕汀山背、黑格镇农庄、龙德山中	《青年同盟》	1869 年	挪威的铁矿地区、房间
《社会支柱》	1877 年	挪威沿海小城、博尼克家	《玩偶之家》	1879 年	克里斯替阿尼遏、海尔茂家
《群鬼》	1881 年	挪威西部峡湾、别墅	《人民公敌》	1882 年	挪威南海岸城市、房间
《罗斯莫庄》	1886 年	挪威西部滨海小城、古老的罗斯莫庄	《海上夫人》	1888 年	挪威北部靠近海峡的小城市

续表

剧本名称	创作时间	地理空间	剧本名称	创作时间	地理空间
《海达·高布乐》	1890 年	挪威克立斯替阿尼遏城西头泰斯曼别墅	《建筑师》	1892 年	挪威索尔尼斯家
《小艾友夫》	1894 年	距首都克立斯替阿尼遏约十二三里的沃尔茂庄园	《约翰·盖勃吕尔·博克曼》	1896 年	挪威瑞替姆府邸
《咱们死人醒来的时候》	1899 年	挪威北部的海滨浴场、高山雪原			

二、什么样的“高山峡湾”

易卜生的剧作中，自然是以“斯堪的纳维亚山脉”形成的“高山”，以及与之相应的“峡湾”作为主体，即以挪威境内的“高山”与“峡湾”作为主要的地理景观，而与北欧其他四国的“高山”与“峡湾”相联相通，在剧中形成高高低低、大大小小、形态各异的“高山”与“峡湾”；有的时候是以垂直的形态而出现，主要以“高山”的地理景观为主体；有的时候是以水平的形态而展开，主要是以“峡湾”的地理景观为主体；如此等等。《奥拉夫·里列克兰斯》中有挪威的高山与峡谷的地理景象，《海尔格伦的海盗》中有挪威北部海尔格伦岛上的高山与峡湾风情，《布朗德》中有挪威峡湾山村与高山雪野的风光，《培尔·金特》有挪威的燕汀山背与世界各地的风景，①《群鬼》的故事发生在挪威西部

① 1870 年 10 月 28 日，易卜生在德累斯顿致彼得·汉森的信中说：“《培尔·金特》写于意大利南部的伊斯基亚岛和苏莲托。”引自易卜生．易卜生书信演讲集．汪余礼，戴丹妮译．北京：人民文学出版社，2012：98.

峡湾,《人民公敌》中各类人物之间的冲突发生在挪威的南海岸城市,《海上夫人》中有挪威北部的滨海小城高山与大海的景观,《小艾友夫》故事发生在距首都克里斯替阿尼遏约十二三里的沃尔茂庄园(沃尔茂也曾离开庄园到高山上疗养),《约翰·盖勃吕尔·博克曼》是以挪威瑞替姆府邸的高山雪野作为地理背景,《咱们死人醒来的时候》中有挪威北部的海滨浴场与高山雪原的风韵,《武士冢》中有南方的海滨与北方的高山的相互对照,如此等等。东西南北中挪威的地理景观,在易卜生的剧作中得到丰富展现,"高山"与"峡湾"等成为不可缺少的标志性地理意象,由此而建构了一重完整的挪威地理空间。

易卜生对于挪威的高山峡湾情有独钟。1873 年 8 月 8 日,易卜生在皮尔尼茨致弗雷德里克·海格尔信中说:"我很高兴听到您在挪威过得很愉快。我希望您下次能更多地游览这个国家的风景名胜;仅当您找到了通往高山和高山西部地区的道路时,您才会领略到这个国家的壮美之处。"① 由此可见,在剧作家的眼中,挪威的高山才是这个国家的主要地理特征,并将其称之为最为"壮美之处"。因此,其剧中有多种多样的"高山峡湾"出现,其中"高山"更多是与"谷地"相连,而"峡湾"更多的是与"大海"相接。"峡湾"是指:"滨海地区冰川侵蚀作用所成的槽谷,因海水侵入而成的狭长海湾。深入陆地数十至数百公里,两岸陡峭,海水很深。以挪威西岸为最典型。成因与峡湾相似,但湾道较宽、较低,深度较小的称为'峡江',以芬兰沿岸较为典型。"② "谷"是指:"两山之间的夹道或流水道。"③ 因而,以"高山峡湾"为主体的挪威地理空间,包括两重主要的地理空间:一是以"高山谷地"作为主体,二是以"大海峡湾"作为主体,是两重不同类型的地理空间;就地理形势而言,一重是以垂直向度而形成的垂直地

---

① 易卜生. 易卜生书信演讲集. 汪余礼,戴丹妮译. 北京:人民文学出版社,2012:142.

② 辞海编辑委员会. 辞海. 上海:上海辞书出版社,2000:2235.

③ 辞海编辑委员会. 辞海. 上海:上海辞书出版社,2000:5591.

理空间，另一重是以水平向度而形成的水平地理空间；垂直的与水平的地理空间相互交织，建构了立体的挪威地理空间。同时，“高山”与“谷地”、“大海”与“峡湾”等不仅仅是主要的地理意象，而且以此为中心形成了不同的地理空间：“高山谷地”地理空间，既包含有“高山”，也包括“谷地”；“大海峡湾”地理空间，既包含“大海”，也包含“峡湾”；除此之外，存在于其间的各种地理意象，包括生长于其间的动物与植物，都是地理空间中不可缺少的组成部分与重要元素。不同的剧作有着不同的表现形态：《布朗德》中重重叠叠的高山谷地类意象，形成“叠景层见”式高山谷地空间，同时存在平静与风浪间隔的大海峡湾空间；与布朗德的成长与发展有着密切的联系，前者是其出生与成长之地，后者是生活与信仰的承载之地。《培尔·金特》中既有想象的高山谷地空间，又有现实的高山谷地空间，在梦想与现实反复交替之间，形成“回环螺旋”式高山谷地空间；在《咱们死人醒来的时候》中，“高山顶上”不仅是巍峨雪山的最高处，而且能看见“全世界的荣华”(275)，与“深渊幽谷”形成强烈的对比，从而形成“复合交错”式高山谷地空间；在《海上夫人》中，大海承载着艾梨达对过去的回忆，过去大海的生活已成为她心中的烙印，是永远磨灭不掉的伤痕，因此，剧中形成过去与现在记忆交织的大海与峡湾空间；另《海尔格伦的海盗》中有悬崖峭壁的高山峡湾，《武士冢》中有梦想与现实交替的大海峡湾，如此等等。于此，“高山谷地”与“大海峡湾”等地理空间，以及包含在其间的多种多样的地理元素，具有挪威地理的各样特色，成为立体而完整的挪威地理空间。

第二节 “高山谷地”

易卜生剧作中以“高山谷地”作为主体的挪威地理空间，是以垂直向度为基本形态而形成的“垂直地理空间”。何谓“垂直向度”？“垂直”是指“当两直线所成的角为直角时，称它们互相垂直。这个概念也可推广到两平面间或直线与平面间的情形。"①"向度"本是一个哲学术语，在此是指自上而下、或者是自下而上的一种方向与趋势。"垂直向度"是指两个不同的平面，呈现从上而下或者自下而上的相互垂直形态。由此而论，本书所指的"垂直地理空间"，就是指以"高山"作为下垂的竖平面，"谷地"作为另一个与之垂直的底平面，两相结合而形成以"高山谷地"为主体的地理空间；这样垂直上下的地势呈现出一种显著的特征，建构了不同类型山地的垂直景观。同是一座高山，同是一片谷地，山体大小、坡度、高度以及离大海距离远近之不同，垂直地理空间景观的表现又不一样；因而在不同的剧作中，就有着不同的高山与谷地，《布朗德》中呈现"叠景层见"式的高山谷地、《培尔·金特》中有"回环螺旋"式的高山谷地。在易卜生的剧作中，多重景象的高山与形态各异的谷地相互组合成不同的地理空间，以此为基础建构了多重的审美空间，形成不同的地理空间结构，从而具有多重维度的文化与哲学意义。

一、《布朗德》："叠景层见"式

《布朗德》中有多种元素、多样层次、多重风格的地理景观之展现，是谓"叠景层见"式高山谷地：一种接一种的重重叠加，一层接一层的环环相扣、一重接一重的层层叠生，因而具有高低起伏、上下呼应、曲折多姿之态。正是剧中丰富多彩地理元素的存在，构成多重不同种类的地理空间；重重叠叠的地理元素相互组合、相互叠加，并相生而相伴，组合成复杂的、空灵的、整体的地理空间。

（一）"叠景层见"式高山

剧中有挪威春天"高山雪野"的景象，也有夏天"高山绝壁"的景观。本书第一章"图 1.1 春天'高山雪野'想象图"、"图 1.2 夏天'高山绝壁'想象图"，说明它们分别代表"阳光灿烂的

---

① 辞海编辑委员会．辞海．上海：上海辞书出版社，2000：239.

南方”、“阴暗高寒的北方”，象征着两种不同的精神形态；而“春天‘高山雪野’”、“夏天‘高山绝壁’”两重不同的高山之景，有着春与夏之景象的交融汇合以及不同季节景观的反复叠加，形成“叠景层见”式高山之景。

剧中第一幕开头，布朗德穿过高山雪野的冰湖之地，向山峦的更高处走去，在那里遇见了艾伊纳与阿格奈斯。他看到的是一幅春天“高山雪野”的景象：

> 太阳出来了，雾开始散开。我看见了整个茫茫高原。一伙寻欢作乐的人站在晨光沐浴的群山之巅。
>
> 有一圈光落在他们四周，好像雾在他们面前步步后退。每一道坡、每一条岭都披上石楠的绿装；春天也似乎围着他，和她笑。他们一定是兄妹俩，手携着手，在石楠色的绿毯上蹦蹦跳跳。瞧那姑娘几乎脚不沾地，他呢，轻巧自如，像杨柳条。（《布朗德》，153）

其一，剧中存在众多的地理意象：“太阳”、“雾”、“茫茫高原”、“晨光沐浴”、“群山之巅”、“每一道坡”、“每一条岭”、“石楠的绿装”、“石楠色的绿毯”等，它们相互整合而组成美丽而梦幻的春天高山之巅的地理空间，带给人无限愉悦的心情以及对于未来生活的希望。其二，此番春天焕发勃勃生机情景之描绘，与黄昏时分布朗德走过高山雪野、浓雾弥漫而风暴雪崩的冬天之景形成鲜明的对比。而夏天“高山绝壁”之景：

> 三年以后，牧师住宅的小花园，四周有石墙围护。迎面是高山绝壁。远处可见群山环抱的窄小的峡湾。（《布朗德》，189）
>
> 布朗德：应验了。这地方又冷又苦；你脸上的玫瑰已经凋萎，你的温柔的心已经冻僵。我们的家在石头缝里，什么都长不好。（《布朗德》，190）
>
> 阿格奈斯：这样更安全。这崖多么突出，一到树上吐新叶

的解冻时光，水就在我们头上淌过去，这牧师之家简直是藏在一道奔泻的瀑布底下。(《布朗德》，190)

其一，第一段话，是对布朗德与妻子阿格奈斯居住地理环境的描述；第二段话，是布朗德对阿格奈斯的一种怜惜与内疚，他以前告诉妻子说："我们走的是一条艰难的路"(190)；第三段话，是阿格奈斯反过来对布朗德自责情绪的一种安慰，她微微一笑说："事实不是这样，你的话没有应验。"(190) 可见他们的生存环境虽然十分恶劣，然而夫妻之间的感情却相当深厚，他们是一对相互扶持与安慰的人生伴侣。其二，"高山绝壁"、"群山环抱"、"窄小的峡湾"等是另一处高山之景，虽然那里正值夏天炎热的季节，然而多半是冬天冷酷之情景；如同布朗德形容的"这地方又冷又苦"，也如阿格奈斯所说那里的悬崖峭壁，水就从头上淌过去。那里一年四季见不到阳光，阳光只在高山之外闪耀，他们的小孩渥尔夫正是在这样极寒的条件下，丧失了幼小的生命。其三，"'叠景层见'式高山"中，"春天'高山雪野'"之景，与"夏天'高山绝壁'"之景呈现出完全不同的景象：前者是以绿色为主色调，后者是以灰色为主色调；一片生机盎然的绿色之景与阴暗寒冷的灰色之景形成鲜明而强烈的对比。为何要设置两处不同的高山雪野之景？有三个最为主要的原因：一是春天"高山雪野"、夏天"高山绝壁"之景建构了两重不同的地理空间，两者形成了鲜明的对比。有春情与夏景的相互反衬：春情是那样的美妙可人，而夏景又是那样的凄凉悲惨，两者正好相互比照。也有夏景与冬景的相互交织：到底是夏天之景，还是冬天的景象，是不可分辨的；本应是夏天火热之景，却又与冬天高寒天气并无两样，而且峡湾之内四季并不分明，一年四季只有阴寒的气候；因而，高山之情景显得高低起伏、变化多端、不可捉摸，此谓"叠景层见"式也。二是春天"高山雪野"正好对应的是南方姑娘阿格奈斯温暖而善良的性格，而夏天的"高山绝壁"正好对应布朗德冷漠的性格、严肃与厚重的心理；两者正好形成对比。三是阿格奈斯原本快乐而阳光的生活，追随布朗德之后却一直生活在北方阴冷的峡湾，是两重完全不同的世界，也是两种不一样的人生；人生道路的坎坷不平、人物命运的曲折多变、人物情感的悲情复杂，一切尽在四季高山重重叠叠景象中得到充分展现。由此可见，“叠景层见”式高山，不仅有高山地理空间之多重表现，而且有人物性格与命运的多重显现，因而，有反复重叠之美感，并生发出一种悲情的意趣与无限的韵致。

（二）“叠景层见”式谷地

剧中同时建构了另一重由“谷地”为主体的地理空间，是谓“叠景层见”式谷地。布朗德告别艾伊纳与阿格奈斯之后，路景突然转换：

> 挨着山壁的一条小路。路的右边远处是一片荒野的谷地。高处，在这座山背后，可以望见巍峨的群峰，峰巅积雪。(《布朗德》，162)
>
> 中途在一块突出的岩石上站住，下望谷地：每一个船棚，每一家房舍，那山崩造成的小山，那溪边的桦树，那赭色的老教堂，那河岸上的灌木丛——这些我从童年起就记得。不过今天看来更灰暗更小了。山上的雪堆比从前更突出，这就使谷地上空的一线天更窄了。它摇摇欲坠，发出威胁，投下暗影，把山谷封死，而且抢走了更多的阳光。（坐下，凝视远方）这峡湾，当年是不是也这样窄，这样阴森？风暴来了，有一条方帆船驶进来避风。往南，在巉岩底下，我看见有一座仓库和一个码头。在那后面是一座红色农舍，那是河口砂地上一位寡妇的房屋。(《布朗德》，163)

这是易卜生剧中最为经典的谷地空间描写，如图 2. 2 所示，其中有三重地理空间值得关注：“船棚”、“房舍”、“小山”、“桦树”、“老教堂”、“灌木丛”等地理意象，形成第一重“教堂”空间；“高山”、“雪堆”、“山谷”、“阳光”等地理意象，形成第二重“山谷”空间；“峡湾”、“仓库”、“码头”、“农舍”等地理意象，形成第三重“农庄”空间。第一重“教堂”空间，是以“赭

图 2.2　“叠景层见”式谷地空间想象图

色的老教堂”为中心，布朗德小时候眼中的这座老教堂，显得那样高大与雄伟，今天从高处望过去，它却是如此古老、灰暗与狭小；然而它一直存留在其记忆里不曾忘却。第二重“山谷”空间，山上的雪堆一年比一年厚实，摇摇欲坠随时都有倒下来的可能，再加上常年见不到阳光，整个山谷始终笼罩在暗影与威胁之下；布朗德便是一直在阴暗的地理环境下长大，因此养成冷漠、严峻的性格。第三重“农庄”空间，比第一、二重空间更为遥远，是以“峡湾”作为地理背景，显得十分窄小与阴森；不时有风暴向此处袭来，往南方望去有仓库、码头还有红色的农舍，这是布朗德童年生活过的家园。这里的三重地理空间与布朗德之间，有着不可分割的联系：第一重“教堂”空间，是他对于宗教信仰最初的启蒙，母亲从小教育他长大后一定要当牧师；因此，从小时候开始他就对教堂十分敬仰，然而今天看来，它显得如此狭小与灰暗，再也承担不了他高远的理想与信仰了。第二重“山谷”空间，没有阳光且显得十分窄小，生活在其间的人们时常感到威胁，因此布朗德从小就少有安全感，“还是孩子的时候，总是坐立不安，老想离家”。(180) 长大以后，他就一直奔波流浪在外地，没有能够回到故乡。其孤独、冷峻、好胜的性格便在此种地理环境中得以形成。第三重

"农庄"空间，是布朗德童年时候生活的家园，在岸边石头堆里孤独地度过儿时岁月，父母在利益驱使下的仓促结合，对于他来说似乎成为一个悲剧；因此，他小的时候并没有享受过父母的亲情，发誓一定要离开令人压抑的家园，到外面的世界去营造一片属于自己的天空。于此，三重地理空间中的意象重重叠加，三重地理空间一重链接一重，一重比一重更远，而且彼此相联、互相影响，具有明显而独特的审美意蕴。

《布朗德》中的"高山"与"谷地"，有春夏秋冬之景象，但有的时候四季之情景融合在一起，分辨不出哪里是春天、夏天、秋天或是冬天；峡湾之外明明是春天阳光灿烂之景，里面却是冬天高山雪野景象，明明是夏天的酷热难当季节，高山上却是冬天风暴来临之象等。这样的景象与挪威的自然气候相对应：挪威国家属于海洋性的气候，沿海地区气候相对温和，而内地山区则极为寒冷；南部首都奥斯陆等城市四季较为分明，北部地区除了夏季的三个月阳光明媚之外，其他季节零下的气温会持续数月之久，天空一直为灰色，山区的道路常被大雪封住达六七个月之久。因此，《布朗德》中描绘的"高山"与"谷地"正是挪威北部山区景象之体现，那里的四季与南部地区相比自然显得不太规律，春、夏、秋的季节持续时间并不长而且不太分明，更多是以寒冷的冬季为主，因而剧中才会出现如此多变的自然气候以及地理景观，由此给人带来了种种错觉：那高山高原之上的雪景、雪山阴影笼罩下的谷地老教堂、寒风凛冽峡湾中的房舍、高山雪原之上明媚的春光、浓雾弥漫的冬天雪原，以及冷凝的悬崖峭壁与暴风雨的峡湾等情景之描绘，可谓是百转千回，让人目不暇接。有季节瞬间变化之下的高山雪地景观之描绘，有重重叠叠之谷地深渊景象之展现，有从上而向下看的景观之展示，也有由下而仰望天上之景象呈现，上方与下方景观之融合、左边与右边景象之连接、前方与后方景象之对接、南方与北方景观之组合，四面八方的地理景观相互融合，因而建构了"叠景层见"式高山谷地地理空间；其景致描绘之繁复，其情抒发之深刻，其蕴意之丰富，不得不令人惊叹，也不能不为之深深吸引。

二、《培尔·金特》："回环螺旋"式

《培尔·金特》的地理背景是以挪威作为中心，一处的高山与谷地之景结合，或者几处的高山与谷地之景组接，组成一重又一重的地理圈："奥丝家园"小山麓之景与涧流谷地相接形成第一重地理圈，"燕汀山背"之景与冰河深渊相连接形成第二重地理圈，"龙德山中"山巅雪峰之景与迷漫着彩色烟雾的沼泽谷地相连形成第三重地理圈；三重地理圈与剧中人物的思想与情感相联系，就形成了三重回环；一重比一重位置更高，一重比一重更梦幻，一重比一重更神秘，各种地理景观在上下、高低之间不停环绕，整体呈现螺旋式的地理走向。何谓"回环螺旋"？"回环"又称"回文"，"修辞学上辞格之一。运用词序回环往复的语句，表现两种事物或情理的相互关系。"① 其包含有三重内涵：一是"循环往复"之意，如王安石《即事三首》诗之三："眇眇上古历，回环今几周？"② 二是"环绕"之意，如宋代苏舜钦《关都官孤山四照阁》诗云："旁观竹树回环翠，下视湖山表里清。"③ 三是"反复"、"来回"之意，刘勰《文心雕龙·杂文》中有云："扬雄《解嘲》，杂以谐谑，回环自释，颇亦为工。"④"螺旋"是指："具有螺纹的圆柱（或圆锥）体。作为斜面类的简单机械，可用来增力（即省力，如举重器中'力螺旋'所起的作用）。也可用来传递运动（如车床中的'丝杠'）和连接物体（如螺栓和螺母）。"⑤ 黑格尔把哲学史的发展比做圆圈："它是一个本身完整的圆圈，但它的完成同样又是到另一个圆圈的推移；——它是一个旋涡，它向着这个旋涡

---

① 辞海编辑委员会．辞海．上海：上海辞书出版社，2000：2156.

② 冯惠民，曹月堂整理．王安石集（上）．余冠英等主编．唐宋八大家全集．北京：国际文化出版公司，1997：44.

③ （宋）苏舜钦．苏舜钦集编年校注．傅平骧，胡问陶校注．成都：巴蜀书社，1991：242.

④ 周振甫．文心雕龙今译附词语简释．北京：中华书局，1986：125.

⑤ 辞海编辑委员会．辞海．上海：上海辞书出版社，2000：5299.

的中心回归，而这中心又是在一个更高的、吞没了它的圆圈的边线上。”① 列宁在《哲学笔记》中对此表示认同：“非常深刻而确切的比喻!! 每一种思想=整个人类思想发展的大圆圈（螺旋）上的一个圆圈。”② 我们根据对“回环”、“螺旋”的释义，借鉴黑格尔、列宁针对哲学史发展的“圆圈”与“螺旋”式理论，来探讨《培尔·金特》一剧中对地理空间的建构：剧中高山地势高低起伏而曲折盘旋，谷地间沟壑纵横而景象万千，高山与谷地之间自然存在一定落差，从谷地向上仰望能看见高山之景，从高山往下俯瞰能见到谷地之貌，高山至谷地间的景象飞流直下而林林总总，谷地至高山间的景观盘旋上升而景象万千；多重地理圈而构成的多重回环圈，圈与圈之间做整体螺旋上升式运动，因而建构了“回环螺旋”式的高山谷地。

剧中地理景观的上下呼应、反复回环，以及人物梦想与思念的不断萦绕，是“回环螺旋”式地理空间产生的基础；正如培尔生长于“奥丝家园”小山麓，那里寄予了他最初人生的梦想；培尔的思绪在美丽而富饶的“燕汀山背”之上翱翔，给人带来无限遐想；“龙德山中”具有魔幻般色彩之景，培尔的人生因此有了童话般的传奇色彩。“回环螺旋”式高山与谷地的构成，带给我们诸多问题：“奥丝家园”小山麓与谷地之间、“燕汀山背”与谷地之间、“龙德山中”与谷地之间，各自呈现出什么样的形态？是大山脉与谷地的连接，还是小山峦与谷地之间的组合，还是大小山峦与谷地的综合？是远方高山与远方谷地的搭配，是远方高山与近处谷地的相连，是近处高山与近处谷地的对接，还是近处高山与远方谷地的组成？“回环螺旋”式高山与谷地，到底是如何构成的？等等。总体来看，剧中高山谷地呈现高低起伏、错落有致之势，剧中人物的爱恨情愁等，在各种地理圈之间的回环再现，并在现实与梦境之中

① ［德］黑格尔．哲学史讲演录（第一卷）．贺麟，王太庆译．北京：商务印书馆，1983：372.

② 列宁．哲学笔记．列宁全集（第五十五卷）．中共中央马克思恩格斯列宁斯大林著作编译局编译．北京：人民出版社，1990：207.

来回穿梭，在过去与现在之间反复重现，在真实与梦幻之间来回切换，因此，地理圈与此相结合形成多重的回环圈。因而，“回环螺旋”式高山谷地所体现的意蕴曲曲折折：有的时候是现实中真实的存在，有的时候又是虚构与想象的；有的时候在过去的记忆中反复出现，有的时候在现实生活中不断显现，有的时候甚至是指向未来的世界；有的时候在生活与头脑中那样的清晰，有的时候却又如仙境般的模糊；有的时候主人公一直在寻找真实的自我，然而却并不知道自己真实的面目是什么。如此等等。如此看来，《培尔·金特》建构的高山谷地地理空间，是多元的、多维的以及多向度的；“回环螺旋”式的高山与谷地，呈现出多种向度的哲理意蕴，具有丰富的审美价值与意义。

（一）“回环螺旋”式高山与谷地

剧中存在三座高山与谷地，各具特色，分别如图 2.3、图 2.4、图 2.5 所示：一是培尔与母亲生活的“奥丝家园”旁的小山麓与涧流谷地；二是培尔骑着驯鹿飞翔的“燕汀山背”与冰河谷地；三是培尔在如醉似梦的幻境中，走进的“龙德山中”与沼泽谷地。不同类型的山峰，其高低、远近、大小各不相同，与谷地相组合而形成三重地理圈；随着高山地势的越来越高，呈螺旋式的形状而渐渐上升，剧中人物的情感在其间不停回环，以此形成三重回环圈；“回环螺旋”式地理空间结构由此而生。

第一，“奥丝家园”小山麓与涧溪谷地。

1867 年 8 月 8 日，易卜生在伊斯基亚岛卡萨米奇欧拉区的皮萨尼别墅致弗雷德里克·海格尔信中说：“培尔·金特是住在古德布朗德斯达尔的一个真实的人，很可能他就生活在上世纪末或本世纪初。他的名字在当地的农民中尽人皆知。但是关于他的事迹，除了在阿斯比昂森的《挪威民间故事集》的‘山景’一章中有介绍之外，就再没有什么地方为人所知了。”① 由此可见，其一，培

① 易卜生．易卜生书信演讲集．汪余礼，戴丹妮译．北京：人民文学出版社，2012：54.

尔·金特是现实生活中的人，或者是民间流传的故事中的主人公，更多的是剧作家的自由创造；其二，易卜生信中提到的“古德布朗德斯达尔”是挪威的一个峡谷，可见培尔·金特是居住在峡谷之地。作家这样描写他生活的“奥丝家园”小山麓：“树木丛生，中间流着一道湍急的涧溪。小溪对岸，有一座老磨坊。”(293) 如图 2.3 所示，那里是一个环境优美、绿意盎然的好去处。培尔出生在这座灵秀的小山麓旁，门前不远处的丛林间有一条涧溪，四周被

图 2.3 “奥丝家园”小山麓与涧溪谷地想象图

葱葱郁郁的树林包围。“奥丝家园”是小山麓与涧流谷地相结合之景，既秀丽、雅致而且灵巧，也是最为原始纯朴的山区环境，并没有受到工业文明太多污染；同时不失小市民生活的气息，有一座灵秀而精致的小山川，山间自有涧溪水湍急的流过，四周且有树林环绕而丛丛叠生，还有一座老磨坊在近旁一直守候，那是岁月留下的唯一痕迹。山峦是“小山麓”，并不是大山脉；溪流是“涧溪”、“小溪”，并不是大沟壑。唯一的一条小溪，在门前湍流而过，说明那里也有高低险峻之势。小溪对岸有一座“老磨坊”，此一“老”字，道尽了人间几多辛酸！多少年前它就已经屹立在那里，也许培尔的父辈之时就有那一座“老磨坊”，当老年的培尔从海外流浪返回家乡时，唯一没有改变的依然还是那座“老磨坊”，只是

经过岁月的洗礼而显得更加破旧不堪。此意象是与培尔的人生经历相对应的，其父辈曾有过荣耀的过去，在当地也算是显赫家族，却没能守住家业钱财，沦落到如此破败地步，到培尔这一代几乎一贫如洗了。

奥丝对家园的描述，与“老磨坊”之情境相互映照：“瞧瞧咱们这间农舍。连一扇整窗户也没有。玻璃破了就用烂布来塞。篱笆墙倒的倒，塌的塌。害得牲口挨风吹雨打。地也荒了。月月儿官府都来没收东西。”(296—297）培尔与母亲奥丝家园环境的破落，算是对小山麓与涧流谷地简朴环境的一种回应。培尔虽然一直生活在贫苦环境之下，却有奇妙而诗意的生活梦想，始终有当国王并建立王国的幻想。为什么培尔的家园是在小山麓旁与涧流谷地里，而不是在高山峻岭之中呢？看来剧作家是有意为之：其一，小山麓与小涧流，说明那里自然环境是多么的原始与简朴，较之其他的地域显得格外落后，物产相当贫瘠而不富饶，生活也就显得十分贫困，农户们不得不为了生计而时时忧愁；同时由于经济的贫困与落后，造成了知识结构的贫乏，容易形成野蛮粗暴的性格，极有可能发生有违社会道德伦理的事情，培尔接二连三的放荡行为，也许可以由此得到解释。其二，山麓是小的、涧流也是细的，然而培尔的梦想却很大，一直希望能够走出贫困山区，去到更远的大山脉或者更富足的大城市，实现自己不切实际的梦想；更希望有朝一日回到“奥丝家园”时，能够富裕发达而光宗耀祖。其三，小山麓与小涧流，是培尔出生与成长之地，深刻影响了他的性格与气质，无论攀登哪一座山峦或经过哪一个国家，这样的影响始终伴随他的一生；直到生命将要结束之时，其人生的终点仍然是自己的故乡。因此，“奥丝家园”小山麓与涧流谷地，是“回环螺旋”式地理空间建构中，一重基础的高山谷地地理圈。

第二，“燕汀山背”与冰河谷地。

“燕汀山背”的高山，是一座富有传奇色彩的山峦，如图 2. 4 所示。剧中第一幕，培尔与母亲讲起自己骑着驯鹿的故事：

> 那足有两里地长。上头窄得就像镰刀刃儿。

图2.4 “燕汀山背”与冰河谷地想象图

您到过燕汀山背儿吗？我骑着那只驯鹿，像长了翅膀似的，就在那道山背儿上飞跑起来。啊，我从来没骑过这么一匹小马驹儿。可真过瘾呀！我一边儿望着照在山头上那金煌煌的阳光，一边儿跑。朝下边一看，半空里飞着一只只满身金色的鹰，小得就像一粒粒的阳光里飞扬着的尘土。冰河上面大块大块的浮冰在裂开，可是听不见声响。山上的精灵们围着我们团团转，又唱歌，又跳舞，闹得我们眼花缭乱，听也听不清楚。(《培尔·金特》，294)

这时候，山崖在我们背后，下边是无底深渊。我们先冲破层层云彩，接着又冲散一群海鸥；它们围着我们飞了一阵，啾啾叫着，然后就飞走了。(《培尔·金特》，295)

“燕汀山背”之上明亮而艳丽：其一，“燕汀山背”之美，在于其良好的自然生态环境。金色阳光照射下的“燕汀山背”，似“镰刀刃儿”形状的“山头”上，有“金煌煌的阳光”照耀，也有“层层云彩”在上空涌现，并不是阴暗与偏僻之地，也不是狂风暴雨的恶劣气候，一切都是那样的喧嚣而美丽。其二，“燕汀山背”之富，在于其间生长的多种类型的动物与植物。优良的自然风光与原始的生态环境，给予了动植物们良好的生长环境，不仅有现实生活中的“驯鹿”、“鹰”、“海鸥”等动物在山上大量的繁殖，而且是一群群、一堆堆的蓬勃生长，同时也有幻想世界里存在的神秘“精灵们”，在身边不停地唱歌跳舞等；不同种类的动植物们相生相伴，在山脊上欢快而热闹地不断生长，由此可见“燕汀山背”上的物产之富饶。其三，“燕汀山背”之高，在于深渊望不见底。“山崖在我们背后，下边是无底深渊。我们先冲破层层云彩”(295) 中：“冲破层层云彩”一句，说明山之高大亦可触及云彩；“无底深渊”，亦可说明山峰之高，其下方的谷地深渊无法见到底。其四，“燕汀山背”之远，有两层含义：一是距离之遥远。培尔说那里“足有两里地长”，不知他们对于距离是如何测量，但是“足”字亦可说明此地距离应不短；二是象征理想之高远。培尔也许没有真正到过那样美丽的山地，也不可能骑着驯鹿飞翔在山峰之上，所有的一切只是他的想象罢了；然而，其思想无时无刻不在那块美丽富饶之地随着驯鹿在半空里不断翱翔，正是在那样自由开阔的地理空间里暂时满足了自己内心的空虚，一时间忘却了俗世的烦忧。与此同时，“燕汀山背”本身就是具有传奇色彩的地方，培尔的母亲奥丝在做姑娘的时候，就听过骑驯鹿飞翔在山峰之上的故事，她也反复将这个故事讲给培尔听，将奇特的想象力延续到了培尔身上。“燕汀山背”这一重既“美”又“富”、既“高”又“远”的地理圈，也许在培尔家园小山麓的不远处，是真实而客观的存在，是更为高大、巍峨与险峻的山川；或许根本就不存在这样的山峰，只是培尔一厢情愿的幻想罢了。无论是真实的还是虚幻的，有一点可以肯定的是，“燕汀山背”之上寄托了培尔对于未来生活的遐想，他有着一直走向高处的欲望，希望有一天能够过上富裕的上等人生活。因此，对于培尔和母亲奥丝来说，“燕汀山背”就是他们心目中的“空中楼阁”(296)。

既深又险的“燕汀山背”冰河谷地，“站在山头往下瞧啊——底下是冰河，再过去是山坡，再过去是灰糊糊的峡谷。山背儿下边一里多路的地方，周围是黑黝黝，死气沉沉的湖水”。(294)“山崖在我们背后，下边是无底深渊”。(295)“燕汀山背”高山之上光怪陆离、热闹非凡，可谓气象万千，各种各样的动物与植物顺势生长，还有精灵们在其间唱歌与跳舞，而与之相伴而生的谷地，却又是另一番情景。其一，谷地空间是丰富多彩的世界，有“大块大块的浮冰在裂开”(294）的“冰河”，再远一些是“灰糊糊的峡谷”，更远处是“死气沉沉的湖水”，还有峻峭山崖背后的“无底深渊”，这些属于“蚀余山地”与“冰蚀湖群”地形特征，具有典型的北欧地貌特色。其二，为何“燕汀山背”高山之处，是阳光灿烂而仪态万千，谷地之间却“灰糊糊”、“黑黝黝”，没有一丝生气呢？一是为了说明谷地之“深”。峡谷之所以是“灰糊糊的”，是因为其有一定的深度，因而才会让人觉得光线阴暗，给人一种阴森森的感觉，并不是阳光明媚之地，所以没有明丽的色彩，也不能给人轻松快乐之感。“黑黝黝”的湖水，同样说明湖水的深不见底；“死气沉沉”说明湖面风平浪静，没有一丝风吹过，也没有暴风骤雨来临，是对“灰糊糊”、“黑黝黝”的一种回应，足以说明“燕汀山背”的谷地空间如死水般的沉寂与阴暗。二是为了说明谷地之“险”，是对其“深”的一种延伸。因为“深”，所以如培尔看到的是“无底深渊”，也就有了“险”，不知其深度几何，更不知谷底在哪里，其中有什么生物存在？因而，培尔讲到骑着驯鹿不停向下俯冲时，母亲奥丝“（急得喘不过气来）：培尔，天保佑你！快说下去吧！”(295）可见，“燕汀山背”的地形十分的凶险，母亲很担心他出什么意外。三是“高山”与“谷地”的相互映照，象征着培尔理想与现实之间的差距。从高山向谷地间俯冲直下，也许就是从幻想到现实的回落。高山之上有着享受不尽的荣华，让培尔看得“眼花缭乱”(295)；那里承载了他无穷无尽的幻想，是理想家园的所在地，他多次徜徉在“燕汀山背”的想象中，因而多次编出传奇故事哄骗母亲。然而他又不得不面对“谷地”一样的人生，谷地之间恰是他现实生活状态的隐喻，是一种灰色的人生状态，如同谷地空间给人沉闷与压抑的感觉一样，没有一丝的生气；因此培尔一家在当地并不受人尊重，反而因为贫穷到处受人歧视。于此，“高山”与“谷地”两重空间，实际上是培尔两种不同生活状态的反映。培尔骑着驯鹿飞翔的地理路线，飞过高山越过谷地，盘旋往复而组接成一重“燕汀山背”地理圈。

第三，“龙德山中”与沼泽谷地。

“龙德山中”更是一座具有魔幻色彩的山峦，如图2.5所示。

图2.5　“龙德山中”与沼泽地想象图

峻岭下面光秃的小山。远处是积雪的山巅。(《培尔·金特》，323)

在龙德山中。日暮。四周山巅积雪熠熠发光。(《培尔·金特》，325)

它融到蓝色的烟雾里，山峦也被遮蔽起来。岩石隙缝里长的是什么树木和羊齿草呀？它们是长了苍鹭脚的巨人，如今也是一片朦胧。大气色彩斑驳，像虹一般，使我眼花心乱。(《培尔·金特》，325)

巨大参天的山坡上，风在树隙间呼啸着。星光在枝叶的夹缝里眨着眼睛。(《培尔·金特》，326)。

剧作家对“龙德山中”景物描写得相当精练与到位，整幅画面迷漫着蓝色的迷雾，显得朦胧而不真切。其一，第一段话是培尔与疯娘们在山中鬼混时的地理环境，第二段话是对“龙德山中”四周环境总的描述，第三段话是培尔在梦幻中对山中环境的观察，

第四段话是昏迷醒来后的培尔误入多沃瑞山妖王国之前的情景。其二，“龙德山中”由三重山峦之景组成：一是“光秃的小山”，二是绵延的“峻岭”，三是“积雪的山巅”。三重山峦各有特点：光秃秃的小山外有绵延不断的峻岭，绵延的峻岭之外有耸立的高山，高山的山巅上有重重积雪的堆积，小山与高山之间高低起伏，山峰与山峰之间层峦叠嶂且回环相接，蓝色的紫烟在其间盘旋缭绕，一重山峰比一重而更高，一重景观比一重而更远；由此可见，“龙德山中”的山峦之景象，并不是单调乏味的存在，而是彼此环绕相接且丰富多样。其三，为何是“光秃的小山”？因为培尔在此地与一群疯娘们鬼混，这样放肆而浪荡的生活，让其心灵的源泉处于干涸状态，“光秃的小山”与其心理状态相对应。为何有“积雪的山巅”？似乎是远方更高的山峦，有着积雪的高山顶上在向培尔发出召唤，呼唤他走向迷幻的世界。为何有“蓝色的烟雾”？培尔在“龙德山中”荒诞而放肆的行为，似乎受到鬼怪与山妖的诱惑，显得更加神秘与迷离。为何是“巨大参天的山坡”？山妖王国掩映在葱葱郁郁的森林中，而难以让人类发现；在无法见到蓝天白云而遮天蔽日的树林里，掩护着一群与人类天性相反的动物们；培尔无意中误入了山妖王国，感受了与人类生活完全不同的世界，后来为了逃避绿衣公主的纠缠，不得不到海外去流浪。一切的情境，组合成魔幻色彩的“龙德山中”之景。

黑暗而阴森的“龙德山中”谷地：

> 山湖畔，周围是沼泽地。一场暴风雨眼看就要来临。
>
> 奥丝：这烟雾，这涧流，这该死的山！下雾是为了叫他什么也瞧不见，会让他走迷了路。这涧流是要骗他跌下去，会把他淹死。山裂开口子，要把他吞进去让他粉身碎骨。(《培尔·金特》，320)

如果说“高山”之地是培尔理想生活之所在，那么，“谷地”便意味着其人生中经历的困难与险阻，因此，“高山”之处显得明亮而艳丽，而“谷地”却是黑暗而阴森的。从上面奥丝的话语中可以看出：其一，“龙德山中”谷地，没有“奥丝家园”谷地之清新雅致，也没有“燕汀山背”谷地之曲折回环，却也有自己独有的特征：山边的湖畔谷地，四周都是沼泽地，湖边有深不见底的涧流，近旁悬崖峭壁的高山裂开了口子，让人觉得十分恐怖。谷地间似有一场暴风雨将要来临，四处烟雾弥漫，更显得神秘而魔幻。不同地理意象的相互交织与呼应，组成了一重色调阴暗的谷地空间。其二，“龙德山中”谷地之特点在于“险”。“山湖畔”是危险的，一不小心就有可能掉进湖中；周围“沼泽地”更是危险的，误入其中便会无法自拔；“这烟雾”、“这涧流”、“这该死的山”，在奥丝眼中看来同样十分危险，随时可以让培尔迷失了方向、掉进涧流以及落进山口；一场暴风雨将要来临，更增添了自然气候之险恶。其三，谷地之“险”，是为了说明培尔身处险境：一是培尔行为之险恶，他到黑格镇农庄参加马斯·穆恩和英格丽德的婚礼，将新娘骗到高山之中并糟蹋了她，他只是想玩弄一下她而已，并不想真正的娶她，其行为是放肆的，人格是不完善的；二是培尔处境之危险，他在骗走了新娘之后，英格丽德的父母和村民们，在其家园与周围的高山四处追捕他，新娘的父亲发誓：“我非揍死他不可！”(317) 在此情况下，他不得不开始四处流浪，其后误入山妖王国，再次陷入了险境，到海外四处流浪，更是险境重重。

（二）“回环螺旋”式高山谷地

《培尔·金特》剧中每一重高山与每一座谷地的结合，都可以形成一重地理圈，并与剧中人物的思想与情感等相结合，就形成一重艺术的回环圈；整体形成“回环螺旋”式地理空间结构，建构了“‘回环螺旋’式地理空间示意图”，如图 2.6 所示。如果将高山与谷地形成的挪威地理空间，比喻成一个正圆柱体（如图中“1”虚线部分所示)，那么，母线以 A 点为起点出发，沿圆柱面等速向右移动，绕着圆柱体的轴线作匀速旋转，形成一条圆柱空间的曲线，即“螺旋线”(如图中“2”所示)。将这条螺旋线划为三等份：AB、BC、CD 各一段，其中从 A 到 B 的螺旋线，形成第一重回环圈，即与“奥丝家园”地理圈相对应；从 B 到 C 的螺旋线，

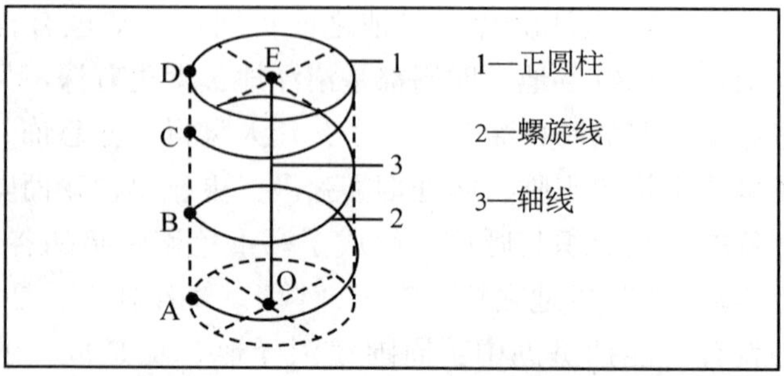

图 2.6　“回环螺旋”式地理空间示意图

形成第二重回环圈，即与“燕汀山背”地理圈相对应；从 C 到 D 的螺旋线，形成第三重回环圈，即与“龙德山中”地理圈相对应。图中从 O 到 E 的直线，是圆柱体的中心线，即“轴线”(如图中“3”所示)，与“北欧地理”相对应。以“奥丝家园”小山麓与涧溪谷地、“燕汀山背”与冰河谷地、“龙德山中”与沼泽谷地为主体，形成的三重回环圈，分别简称为示意图中的 AB 圈、BC 圈、CD 圈。三重回环圈呈现周而复始之态，从 A 到 B、又从 B 到 C、又从 C 到 D，绕着 OE 轴线不停做着旋转运动，以培尔地理路线的时间先后作为链条，匀速向右做旋转与环绕运动，联结成一重重的回环圈，一圈又一圈的呈螺旋式上升，一个圆圈就是一重地理圈，一重地理圈形成一重回环圈，一重回环圈生成一重意蕴，因而不断地旋转、不断地消亡又不断地生成；于是，圈与圈之间彼此相接，意境重重展开并回环相生。因而三重不同的回环圈，呈现大大小小、高高低低、曲曲折折之姿，既可以建构依次更迭的历时序列，又以三重地理圈为主体，建构“回环螺旋”式艺术结构，成为连绵不绝的序列。在这样的序列组合之中，后来者往往是以前者作为基础，前者成为后来者的组成部分，后来者又为后后来者打下基础，从而生发出一股生生不息的力量；因此，以培尔人生发展轨迹为中心的三重回环圈，不断向更高、更新的阶梯之上，得以全面而丰富地展开，成为“回环螺旋”式上升过程中一重又一重较为重要的环节。

《培尔·金特》的高山与谷地之间，一座山峰自有一座山峰之景，一座谷地自有一座谷地之情，三座不同的山峰各有特色，三座不同的谷地各有风情，高山与谷地之间的相互组接，建构了三重不同的地理圈，是与培尔的人生发展相联相系，是以北欧的地理作为中心线，从而形成层层上升的螺旋线："奥丝家园"是他小时候生活的家园，"燕汀山背"是其长大后梦幻中的家园，"龙德山中"是其流浪人生中遭遇的困难。三重地理圈具有不同的象征内涵，又存在必然的联系："奥丝家园"是培尔永远的精神家园，他的理想、人生的发展源于这座秀丽的小山麓；"燕汀山背"是一重幻想的艺术空间，是其不切实际理想的象征，他一天到晚在山里东跑西颠，脑子里就想建立"金特国"，幻想过上皇帝般的生活；"龙德山中"是培尔流浪生活的第一站，他误入了山妖王国，好不容易才脱险而出，此象征着他人生路途上的险阻，而他在漫长的海外流浪生活中，确实碰到了一重又一重的障碍。一系列的人生经历，具有浓厚的传奇色彩，有时候连培尔自己都不太相信："在燕汀岭上奔驰，真是想入非非，弥天大谎！带着新娘子爬上最峻峭的峦岩——痛饮一天；把老鹰和鹞鹰通通赶跑；受到鬼怪和山妖的威胁，同疯娘儿们厮混一气，想入非非，弥天大谎！"(325)秀丽的"奥丝家园"、虚幻的"燕汀山背"、魔幻的"龙德山中"，成为培尔人生中不可逾越的环节。三重地理圈之间存在必然联系：第一重地理圈是另两重的源泉之所在，如果没有第一重地理圈的存在，那么第二、三重地理圈也就不会出现；第二重地理圈是第一重地理圈的延续，因为有了第一座山麓的"小"，才幻想着有一座"大"的高山；第三重地理圈是对第一重地理圈的逃离，正因为有了第二重地理圈的幻想，所以其要脱离小山峦的束缚，而走向更远的山麓。第三重地理圈的遭遇，成为其一生中永远磨不掉的印记，也许他到海外的流浪，正是因为"龙德山中"所遇到的问题。当绿衣公主带着小孩到培尔森林里的小茅屋找他时，他毅然决定要离开索尔薇格"绕道而行"(349)；直到老年再次回到故乡的小山麓时，依然纠结于"人怎样才能忠实于自己"的问题，不断在进行探索。那么，第三重地理圈的形成，正是培尔人生的终点，是其需要用一生实践的问题，或者要实现的人生目标。

每一重完整圆圈的形成，培尔就向“自我王国”的理想迈进一步；而每一次的迈进，都必然要经历更多的困难险阻，如同谷地变化万千的景象，一处更比一处险恶。剧中多重的“高山”，更多的与培尔的理想相联系，一重山峰比另一重更高；而“谷地”处于高山的低处，一重则比另一重更低、更险。谷地有不同的地形与地相：有湖也有河、有谷也有涧、有烟也有雾、有豺狼也有野兽、有鬼怪也有山妖，因而处处险象环生。如果说培尔的理想是与高山相联系，有着高远空灵的意境；那么，他的现实生活则可与谷地相连接，正好是一生曲折坎坷状态的隐喻。“奥丝家园”的涧溪谷地，还显得较为平缓而宁静；而“燕汀山背”的冰河谷地、“龙德山中”的沼泽谷地，则具有“低”与“险”的特征，或许就是培尔低谷生活状态的象征。青年时代的生活，时刻处于风雨飘摇之中，中年、老年的海外流浪生活，也动荡不安与多灾多难。因此，剧中高山谷地空间彼此交错，山峰谷地的风景来回转换，培尔的命运在其间起起伏伏，其情感在其间不停萦绕；其人生轨迹并不是直线式的上升，而是曲曲折折的前行，剧中的三重地理圈正是与此相对应，呈现出螺旋式上升而循环往复的状态。于此，剧中高山与谷地的共同组合，与培尔的情感与命运相互联结，共同形成“回环螺旋”式艺术结构。

以上正是《培尔·金特》一剧中“回环螺旋”式地理空间所带来的审美价值与意义。

第三节 “大海峡湾”

易卜生剧作中以“大海峡湾”作为主体的挪威地理空间，是以水平向度而形成的“水平地理空间”，即以“大海”与“峡湾”作为平行或对接的平面，由此而形成的地理空间，是颇具特色的水平地理景观。《海上夫人》一剧，是过去与现在交织的大海峡湾形象；《小艾友夫》一剧，是变幻与汹涌相间的大海峡湾形象；《海尔格伦的海盗》一剧，是悬崖峭壁之间的大海峡湾形象；《武士家》一剧，是梦想与现实交替的大海峡湾形象；《布朗德》一剧，是平静与风浪间隔的大海峡湾形象。多重大海峡湾形象呈现出不同状态，具有深刻的审美与哲理意蕴。何谓“水平”？是指“与铅垂线成正交的位置”。①“水平向度”与“垂直向度”有所不同：“垂直向度”地理空间是以“高山”作为下垂的平面，“谷地”作为与之垂直的底平面；而“水平向度”是由一个、两个或多个平面组成，呈现或平行、或叠合、或组接的状态。如果以“高山”作为“铅垂线”，那么，“大海峡湾”则是另一个底平面，但与“高山谷地”中“谷地”底平面有着很大的区别：“谷地”之底平面的呈现，是以“高山”作为坐标，与“高山”相伴而生相随而行，“高山”之处则有“谷地”；“大海峡湾”以“大海”作为主体，“大海”之处会有“峡湾”，不见得会出现“谷地”，“大海峡湾”是独立的水平地理空间。因此，易卜生剧作中，“高山”与“谷地”地理空间，是不可分割、遥相呼应的形态；而“大海”与“峡湾”地理空间也是相伴相生、彼此相连的形态。不同剧作中的“大海”与“峡湾”，呈现出不同的特征：大海高低、远近与深浅之不同，峡湾则平静、风浪各不一样，因而，呈现出的地理景观各自有异，也具有不同的思想内涵与审美意义。

一、《海上夫人》：过去与现在交织

《海上夫人》的故事情节发生在挪威的一座滨海小城，剧中以大海为中心建构了一重美丽的大海峡湾空间。为何是“过去与现在交织的大海峡湾”呢？大海峡湾对于“海上夫人”艾梨达而言，具有独立而特殊的内涵，是其内心潜藏的自由影像，是任何人都无法走进的世界。具有至关重要的意义：一是剧中存在过去的大海峡湾形象，也有现在的大海峡湾形象，两者形成了鲜明对比；二是艾梨达有对过去大海峡湾的留恋，以及对现在大海峡湾的忧伤，是回到过去的海边生活，还是留在现在的滨海小城，始终成为她心中的纠结。因此，过去的大海峡湾，成为其心中永不磨灭的印痕；而现

① 辞海编辑委员会．辞海．上海：上海辞书出版社，2000：4560.

在的大海峡湾，成为她心中无法言明的伤痛；过去的大海峡湾始终在她脑海中萦绕，而现在的大海峡湾成为她心中的情殇。因而，过去的、现在的大海峡湾，在她心中反复交织成为心结之所在。

（一）过去的大海峡湾：无法逝去的影像

过去的大海峡湾景观在艾梨达心中留下深刻印象，主要体现在三个方面：第一，艾梨达从小生活在大海峡湾旁。她对一直相伴的大海有深厚而纯真的感情，而且是一种刻骨铭心的挚爱。从剧作里可以看出，少女时代的她十分喜爱海洋，大海峡湾在她生命中留下了很深的痕迹，这与她的出生与成长的地理环境有关：她出生在海边、成长于海边，那里的海风、海鸟与海鱼等，从小开始就在其生命中打上了深深的烙印，因此，她的气质和个性与大海十分相似，她自己就是一片海洋。她的生命与大海峡湾相联相系，片刻都不能离开大海峡湾而生存，一旦离开了便会相思，也会生病。第二，多年以来，哪怕是与房格尔结婚以后，她对陌生人一直无法忘怀，因为她与陌生人的情感就发生在大海峡湾里。他们就在艾梨达生活的海边灯塔相识，她曾经告诉房格尔："有一天他到灯塔来，我就是那么开头跟他认识的。"（265）常在海边约会聊天，也是在海角边有了这样的离别："有一天清早，天还没大亮，我接到他一封信，叫我一定得上布拉特海茂去见他——你知道，就是灯塔和肖尔得维克港口之间的那个海角。"（265）第三，她与陌生人对于大海有着共同的语言。艾梨达这样告诉房格尔，她与陌生人相识之时：

主要是谈海洋的事儿。

我们谈到海上的暴风恶浪和风平浪静的光景。我们还谈到海上有时黑夜沉沉，星月无光；有时旭日悬空，光辉万丈。谈得最多的还是鲸鱼、海豚、海豹什么的在赤日当空的时候爬在礁石上取暖的事儿。我们还谈鸟儿，什么海鸥、海鹰，以及各色各样的海鸟。并且，现在回想起来真奇怪！我们谈论那些事儿的时候，我好像觉得海鱼海鸟都跟他有密切关系。

我几乎觉得自己跟着那些鱼鸟也有密切关系。（《海上夫

人》，265）

图 2.7 就是根据艾梨达以上对过去大海的回忆内容而绘制的。如此看来，大海成为他们生命中重要的一部分：陌生人之于大海，似乎已连成一体；而艾梨达之于大海，有着深厚的情感。其一，过去的大海峡湾位于肖尔得维克港口，是一个浩瀚而神秘、自由自在的空间。“海峡”、“海角”、“岛屿”、“灯塔”、“轮船”、“海风”、“海浪”、“海鸟”、“海鱼”和“星夜”等，共同建构了一重丰富的大海峡湾空间；大海之上自然有风平浪静的时候，也有狂风恶浪之时，然而无论是平静也好还是风暴也罢，它都是以自然、神圣而神秘的面目出现在人类面前。其二，大海中生长着众多的植物与动物，自由自在地生长于天地之间，在阳光下、在大海里、在沙滩上自得其乐、自由生存，它们与人类保持着密切的关系，人们似乎也与它们存在着某种亲密联系，是人类与自然和谐共存的理想状态。其三，天上的星星与月亮、白天与黑夜、阳光与日落、大海与礁石，还有那些海鸟与海鱼们，天与地之间、人与自然之间，似乎达到一种“天人合一”的状态，人似乎成为自然界中的一员，而动物也成为人类中的一员；此种天上人间一体化空间形态，建构了一

图 2.7　“大海”地理空间想象图

重阔大而深邃的大海峡湾空间，因而形成了一幅美丽和谐的“‘大海’地理空间想象图”。同时，地理的、情感的、想象的空间，共同建构了一重独到而神秘的立体审美空间。

艾梨达对过去大海峡湾有无法割舍的情结，源于海上的“旧船”意象。剧本伊始，阿恩霍姆回忆起十年前与艾梨达见面时的情景：“我还记得你在灯塔里的情形！那时候老牧师叫你‘邪教徒’，他说，因为你父亲用一条旧船的名字叫你，不是基督徒的名字。”(242) 艾梨达从小就与海结下了不解之缘，甚至她的名字也是以海上行走的船只来命名，说明大海之景与象已融入她的血液甚至灵魂。在这里，“旧船”意象特别值得关注，比约恩·海默尔对此做出解释：“她家乡的牧师把她称为有趣的‘异教徒’，因为她的爸爸居然选用一艘船的名字来给她起名。(‘埃莉达’号是那个谨小慎微的弗里蒂奥夫拥有的一艘船，弗里蒂奥夫是古代萨迦传说和泰格奈尔笔下的英雄形象)。”① 艾梨达出生的时候，父亲为什么要以一条旧船的称呼作为她的名字，而不是以新船的或者是其他样式的船命名呢？从小就吹着湿湿的海风、听着海浪的声音、与海鸟海鱼对话，而父亲一直以海边船只的名字呼唤她，她无法不去关注天天相伴的大海，无法不对大海产生深厚的情感。正是这个“旧船”意象，使艾梨达的生命始终与大海相联，成为其人生中无法超越的所在，也成为其内心的纠结所在；同时似乎成为一种预言：无论她以后的人生如何发展，或者无论她将来走向哪里，对大海总有一种割舍不下的情结，或者说总也忘不掉过去的记忆。因此，艾梨达的人生注定与大海峡湾有着无法割舍的情义：最让她无法忘怀的是过去大海的生活，特别是曾经与陌生人海上恋爱的过程。两人交往主要是“谈海洋的事儿”(265)，最后一次见面是“在灯塔和肖尔得维克港口之间的那个海角”(265)，陌生人将“钥匙圈儿和两只戒指往海里一扔”(266)，要求艾梨达与他“一起跟海结婚”(266)；随后，这个神秘的陌生人便消失了。十年之后，

① 比约恩·海默尔．易卜生——艺术家之路．石琴娥译．北京：商务印书馆，2007：343.

他悄然来到房格尔的花园，让艾梨达再一次陷入情感的困境。十年以来，陌生人没有再出现在她的现实生活中，然而就是这样一个“海婚仪式”，使她对陌生人有了一种剪不断理还乱的情结。因此，直到她与房格尔结婚后，从大海峡湾边来到滨海小城里，没有哪一天不到海里去洗澡，她自己知道，“一年四季，日日夜夜，我心里老甩不掉怀念海洋的相思病”(261)，房格尔心里也明白，“只要一下海她就快活，海是她的命根子”(239)，并且亲热地称之为“美人鱼”。“旧船”意象正好与过去的大海峡湾形象相对应，也许正是如此，艾梨达无法摆脱对大海的依恋，也无法摆脱陌生人带给她的诱惑。

（二）现在的大海峡湾：无法言明的伤痛

艾梨达现在生活的大海峡湾，位于挪威北部一座小城的边缘。从房格尔家的花园向外望去，可以看见“一片海峡风景和远处连绵不断的山峰”(230)，“在海峡外极远的去处，峰峦壁立，高耸入云”(273)；从城市背后的山坡上望去，可以看到“海峡外部的岛屿和凸出的海角。看不见大海”(254)。以“海峡”、“山峰”、“岛屿”、“海角”等地理意象，共同组成了一重现在的大海峡湾空间。此景与过去的大海峡湾形成了对照：过去的大海峡湾中有海上的灯塔，有布拉特海茂的海角，有海上的波涛与迎面吹来的海风，更有一切生活在海里的生物：鲸鱼、海豚、海豹、海鸥、海鹰以及各色各样的海鸟，它们悠游自在地生活在那个宽阔自然的空间里，海岛间也有驶过的帆船、各种轮船、美国大船以及英国大船等；现在的大海峡湾却是与城市相连，人们生活在城市里而不是在海边，因此，其间少了一些自由呼吸的空气，而且也难得再见到那些自由生长的动物与植物，因而，艾梨达告诉房格尔、阿恩霍姆：“这儿的水从来没凉过——老是那么不冷不热的，一点劲儿都没有。咻！这儿海峡的水有毛病。”(240)　“并且它还能让洗澡的人得毛病。”(241)以此可以看出，她对现在的大海峡湾并不是很喜欢，或者还有一些厌倦。第一，现在的峡湾处于小城市的外围圈，与城市的距离相隔有点远。因为走向高处的山坡不太容易看见大海，生活在城市内陆的人们，也不容易看见大海，只有走出花园走上沿海大道，经过一段距离才能来到海边。然而，城市里常住满了夏季游客，正如巴利斯泰所言："我有时担心，那么些外方人闯到这儿来，咱们这块好地方恐怕会走样。"(233) 因为那样多的人们来到小城参观，现在的峡湾已没有了往日的宁静与自由，艾梨达每天见到的只有喧嚣的城市人工之景，与来来往往众多陌生的游人，再也难以见到海边自由生长的海鸟与海鱼了。第二，不可否认，现在的大海峡湾还是一个美丽诗意且较之花园与山坡更为广阔的空间。四周群山环绕、峰峦叠嶂，岛屿连绵起伏，且有秀丽之城依傍，成千上万的游客在夏季从海上乘坐轮船来到这座小城，只为看那里的"夏季的夜半太阳"(275)。城里的人们每天会到海里去洗澡，特别是"海上夫人"总是不能离开大海，凌格斯川也是因为大海而得了"胸口劳伤症"(247)。因此，大海峡湾空间是与那里人们的生命相联系的。第三，大海与外面的世界相连。如果要走出小城市去看一看外面的世界，或者外面的人们要来到小城参观，必须通过大海这条通道才能实现。所以，大海是内陆世界与外部世界的桥梁，是天然连通内与外的锁链，是两地之间交流与沟通的渠道。第四，艾梨达以前一直生活在海边，与房格尔结婚后来到滨海小城，所以她总也舍弃不掉对过去大海峡湾的思念；许多大海峡湾意象都是来自她的回忆与想象，她与陌生人的"海婚仪式"、她向往的海阔天空的世界，莫不如此。因此，大海峡湾这一意象不仅是一重实体的地理空间，而且是一重想象的艺术空间：过去大海峡湾的自由开阔之景，现在的大海峡湾喧哗闭塞之象反复地交织在一起；因此艾梨达老是摆脱不了过去大海的影像，现在大海的影像成为其心中的伤痛，过去的影像与现在的处境不断叠映在一起，多重无法理清的思绪也反复交集。

（三）过去与现在交织的大海峡湾：两种不同的生活方式

过去与现在交织的大海峡湾，是过去与现在两重空间的对立，也是两种情感的交汇，同时是两种生活的抉择。在艾梨达的生活中，过去与现在大海峡湾交织的形态，主要体现在两种方式上：第一，现在的大海峡湾中始终交织着过去的影像，因而，艾梨达一直无法融进现在的家庭生活，出现了“走廊”与“凉亭”之间的对立。艾梨达与房格尔有正式的婚姻形式，在十年以前就组成了家庭，但是他们的婚姻却处于分裂状态。房格尔大夫的花园，有一条走廊，右首是一座凉亭，中间隔着花园，是两个相互分离的空间。凉亭是房格尔为艾梨达修建的，那里成了她的私人空间，每天都在里面望望那一方狭小的天空，想着自己的心事。而房格尔的两个姑娘一直在廊下玩耍，很少到凉亭中去与继母聊天。房格尔有的时候在凉亭陪陪艾梨达，有的时候到走廊上陪孩子们玩。从房屋的分布格局来看，他们的关系显然不是很和谐的。如果艾梨达与两个继女的关系很好的话，就不会出现两个分开的空间，应该经常在一起玩耍与聊天，但是并没有这样温馨的场面出现；如果艾梨达与房格尔的关系密切的话，那么房格尔也就不会两边跑了。由此可见，这个家庭长期处于一种分裂的状态之中。艾梨达一直沉浸于对过去大海的回忆中，没有将心思放在现在生活的家庭里，与两位继女的关系比较冷淡，与房格尔之间的情感也出现了隔阂。第二，过去的与现在的大海峡湾，始终在艾梨达心中不停地斗争，多重思绪交织在一起，像一张网一样将她缚在其中而无法自拔。艾梨达对陌生人是有感情的，他一直隐藏于她的记忆深处，令她无法忘怀。她与陌生人相恋之时，阿恩霍姆曾追求过她，却遭到她的拒绝，但前者并不知道究竟是怎么回事。十年之后，当两人再次见面时，艾梨达才告诉阿恩霍姆说：“然而你知不知道在那时候我的心思全部集中在另一个地方？”(244) 艾梨达与房格尔结婚之后，她也曾明确地告诉过丈夫：“从前我喜欢过另外一个男人，并且我们还有过——一种婚约。”(263) 这里的“婚约”，是指她与陌生人之间的“海婚仪式”：陌生人将一个钥匙圈和两只戒指套在一起往海里一扔，就表示他们与海结婚了，自认为立下了山盟海誓。就是这样奇怪的、有一点莫名其妙的“海婚仪式”，却一直牵引着她的思想，因为她自己认为“一个自愿的盟誓跟一个婚约有完全相同的效力”。(305) 多少年来，她一直融入不了现在的家庭生活；一直以来，她以热爱大海的方式在表达对陌生人的思念；甚至在三年前，她发现刚出生小孩的眼睛“跟着海变颜色”，“孩子的眼睛长得跟那陌生人的一样”(271)，她就知道自己的内心实在无法忘怀那个谜一样的陌生人，正是因此，她再也不愿意与房格尔做夫妻。对陌生人无法抗拒的思念，同时对房格尔情感的歉疚，让艾梨达始终徘徊在两者之间，一直承受着巨大的煎熬，让了解她的人十分痛心。由此可见，过去大海峡湾的影像，在现在的大海峡湾中反复叠现；现在的大海峡湾，与过去的大海峡湾不停交织，成为艾梨达心中解不开的结，她生活得并不幸福。

大海峡湾往往与人类的自由精神相联系，具有深厚的哲理内蕴。大海是一种自由自在的状态，人们心中的大海也是与自由紧密相关。艾梨达之所以难以忘怀大海与陌生人，希望在海上过上自由自在的生活，是基于她对自由自在生活的渴望，也是对人类精神绝对自由的理想追求。房格尔认为：“凡是在海上生活的人跟平常人截然不同？他们的生活几乎好像就是海的生活。在他们的思想感情里都有汹涌的大浪——有时涨潮，有时退潮。他们经受不住换地方。”(297) 他理解艾梨达：“你对于海的眷恋和那陌生人对于你的吸引，都不过表现了你心里逐渐滋长的要求自由的愿望。”(328) 毫无疑问，艾梨达的爱海就是爱自由，而她所谓的自由到底是一种什么样的状态呢？笔者在“艾梨达获得自由了吗？”(待发表) 一文中，对此做过重点探讨：认为她所追求的自由与“自愿”、“约束”、“幸福”三项元素密切相关，其中“自愿”作为一种为人处世的哲学，成为艾梨达自由理想的核心精神，而“自愿”哲学成为易卜生后期戏剧中所要表达的主要人生态度与哲学思想；该文还通过对以“海洋”、“凉亭”为中心的地理意象群落在艾梨达心中投射影像的分析，发现她之所以喜爱大海并且离不开大海的根本原因，在于其灵魂深处对人性自由与解放的追求，她的生活常处于自由与约束的矛盾冲突之中。

结尾是相当具有戏剧性的：当艾梨达摆脱了陌生人对她的吸引力，不再幻想着到大海上生活而重又回归到陆地生活时，主要因为房格尔给了她一次真正自由选择的机会，要她“自由选择，自己负责”(327)。人类对自由的追求与向往是永无止境的，也应当不断地追求更为广阔的精神境界，这是剧作家所要表达的中心意图，但是人类精神的自由到底以一种什么样的状态存在呢？是一种绝对自由的状态，还是相对自由的状态呢？人类的精神自由与人类的事业、人间的爱情如何平衡呢？剧作家同时也提出了这样的疑问。

大海峡湾与人物的命运相连接并且具有深厚的哲学内涵。《海上夫人》中众多人物都与大海峡湾有着或多或少的联系，每一个人都有对于大海的情思，每一个人在心中都有一个大海的印象，不论这种感觉是向往的还是远离的，不论这种情感是平淡的还是深厚的，它们无疑都是与大海相关联。艾梨达之所以被称为“海上夫人”，陌生人之所以一直在海上航行，凌格斯川之所以有“胸口劳伤症”，房格尔之所以要远离陆地的生活，博列得之所以要改变死水般的生活，巴利斯泰之所以无法离开现在生活的滨海小城，都是因为他们对大海有着不同的理解与感受。他们的体验引发了我们对大海相关问题的诸多思考：人们到底是应该选取陆地生活，还是选取海上生活，哪种的生活方式才能给人类带来幸福，为什么海上的生活具有那么大的吸引力？为什么“海上夫人”总是向往大海，每天都要见到大海才能安心？为什么那里的人们，包括房格尔的两个女儿、凌格斯川、巴利斯泰、阿恩霍姆都喜欢在大海里游泳？房格尔为了自己的夫人多次准备搬到大海边生活，而他的事业又在这座小城里，为何到了海边他又得不到什么发展？为什么艾梨达会问凌格斯川雕塑的是“男鱼精”、“女鱼精”还是“古代的海盗”(248)？为什么凌格斯川幻想雕塑一个年轻的女人与水手的故事(248)？为什么巴利斯泰想“画一条躺着的半死的美人鱼”(231)？为什么那艘英国大轮船“像贼似的在夜里静悄悄溜进来”(324)？这些问题，无不与以大海为中心的大海峡湾空间相关联；大海峡湾具有如此神秘的魅力，每一个人物的命运都与之紧密相联，每一个人的幸福与之相关，每一个人的发展也与之相接；因而，大海峡湾是人物命运的节点，也是整个剧情得以发展的基础，是我们不得不重点加以关注的一道美丽风景线。

因此，《海上夫人》以挪威的地理风物作为背景，以过去与现在作为其中的链接线，其间人物的情感与命运，也在过去与现在之间反复交织，建构了一重美丽雅致的大海峡湾空间。

二、《小艾友夫》：变幻与汹涌相间

《小艾友夫》中的大海峡湾，与《海上夫人》是不一样的水平地理空间：《海上夫人》中是一个美丽而诗意的地方，《小艾友夫》中却是波涛暗涌的凶险之地；《海上夫人》中寄托了剧中人物过去与现在的不同理想，是各种感情的交汇之处；《小艾友夫》中却是以大海夺去小艾友夫性命作为中心，各类人物间情感纠结之处：沃尔茂——艾斯达——吕达，艾斯达——小艾友夫——吕达，沃尔茂——艾斯达——博杰姆三组人物关系，相互之间产生了激烈的冲突，多股情感的线索彼此交叉、错乱如麻。大海峡湾是汹涌的，小艾友夫被海底里的暗流卷走；大海峡湾又是无情的，一个年轻的小生命，还没有开始享受生活的乐趣，过早地就离开了人世。汹涌无情的并不只有大海峡湾，沃尔茂与吕达夫妻之间的情感，亦如不和谐的大海峡湾风景一般；沃尔茂对吕达是无情的，他之所以要与她结婚，是因为看重了她的家业与财产；吕达因为沃尔茂对她的无情，而想将他的爱从别人手中争夺过来，因而她对小艾友夫同样也是无情的，但是沃尔茂却更加地疏远她，可以说夫妻俩之间的这种“战争”，是造成小艾友夫死亡的间接原因。大海峡湾本是一片平静安详的美好景致，然而其间却蕴涵太多不稳定因素：小艾友夫的突然死亡、艾斯达的最终离开、沃尔茂与吕达的悲伤等；大海峡湾又是变幻多端的，时而风平浪静，时而暴风骤雨，时而明媚灿烂，时而灰暗阴沉等。如此看来，剧中大海峡湾的形象，是变幻与汹涌形态的相互交织，又以汹涌形态作为主导力量；各类人物的心理亦如大海的汹涌暗流形态，相互冲突与彼此纠结。剧作家对于生命、生死、命运，以及人性善恶、人类责任、人类“变化规律”①（158）的看法，都在其间得到全面而丰富的展现。

---

① “变化规律”这一关键词，在剧中共出现有7次，第144、153、158、159、165页均有提到，应当是理解剧作家主要写作意图的关键点之一。

（一）变幻的大海峡湾：多重景象的交集

剧中的大海峡湾位于沃尔茂庄园附近，如图 2.8 所示。

距克立斯替阿尼遏约十二三里。(《小艾友夫》，100)

望出去正是海峡里一片开阔的景致。(《小艾友夫》，101)

靠近海峡，在沃尔茂的地产上，横着一条狭长的小山沟。左边，一片高大古树在山沟上好像张了一把伞。从后方山坡上，流下一道溪水来，流到林子边缘的石堆里就不见了。沿溪有一条曲曲弯弯的小路。右边，只有稀稀拉拉几棵树。各自独立，谁也不挨着谁，从树缝里看得见海峡。在前方，可以看见船坞的一角，船坞里停着一条小船。(《小艾友夫》，130)

沃尔茂家花园里一片高地，长满了矮树。后面有一座峭壁，边上围着一道栏杆，左边一溜台阶通到下面。抬头远望是一片海景，海峡正在脚底下。(《小艾友夫》，155)

图 2.8　变幻的大海峡湾空间想象图

剧中的海峡是以沃尔茂庄园作为地理坐标的中心点，由此向外望去的海峡风景，一片开阔与优雅的自然地理景观；庄园之景与大海峡湾之景相互对接起来，形成了一幅和谐的“变幻的大海峡湾空间想象图”。这里有三重不同的地理景观：第一重由“古树”、“栏杆”、“台阶”、“小路”、“石堆”、“高地”、“矮树”等地理意象组成，大多以绿树之景作为主体，构成沃尔茂庄园内景；第二重由“山沟”、“山坡”、“溪水”等地理意象组成，大多以稍高点的山坡之景作为主体，构成沃尔茂庄园外景；第三重由“船坞”、“小船”、“峭壁”、“海峡”等地理意象组成，以大海之景作为主体，构成远方海峡之景。庄园内、外之景与远方的海峡景观等三处景观，彼此相联、相互组接，一重比一重更为辽远，一重比一重更为开阔，空间之景层层向远推移开去，最终的焦点凝聚于那一片海峡之上；于此，自然地理景物与人文地理风景等相互融合，组成一重开阔的大海峡湾空间，呈现出一种重重叠叠的繁复之美。如果仅仅只是沃尔茂庄园的内景，那么其景致就会显得较为封闭；如果仅仅只是沃尔茂庄园的外景，那么其景致就会显得较为单一；如果仅仅只是大海峡湾的一重景致，那么其景致也就不会显得如此丰富。既有庄园内的人文风情，又有与庄园相连接的高山景象，更有远方大海的开阔之景；空间渐渐由内向外不断扩展，最后凝聚到一点——大海峡湾之处，剧中人物的情感于此都凝结于此处；因此，近景、外景、远景三者的组合，建构了整体的大海峡湾空间，并不是单调的一重之景，而是多重景致的反复叠加，因而显得十分的丰富，同时不失开阔高远之意境。大海峡湾之丰富，不仅仅是内、外、远景的繁复多样，其本身也是变化多端的。看似一片美丽平静的和谐海湾，却是一处并不平静之地，有的时候显得魔幻而可怕：沃尔茂：“咱们知道。那些孩子看见疯婆子划着船过海峡。他们看见艾友夫一个人在码头梢儿上站着。他们看见艾友夫用眼睛盯着疯婆子——猛然间他好像一阵子头晕。（发抖）他就这么一下子掉在海里——无影无踪了。”（132）小艾友夫正是受到鼠婆子的诱惑，而掉进大海里淹死；大海似有一股强大力量吸引他，引诱他卷入海底的暗流，这样一股魔幻般超自然的力量，让剧情蒙上了一层神秘的色彩。大海也是无情的，正如沃尔茂所说：“今天的海峡多无情，看上去呆板板昏沉沉的，死灰颜色，中间夹着几片黄色，反射出天上裹雨的云彩。”（131）大海更是汹涌的，“水面上是这样，然而在海底里——却有一股汹涌的逆流的冲刷”。(131) 因此，大海峡湾之景并不是一成不变的，而是时刻处于变幻之中：本是平静之地，却有暗流不断涌动；有阳光灿烂之时，也有死灰般阴沉之日；本应是人类中最美丽的风景，然而却时常给人类带来灾难，吞噬人们的性命。大海峡湾的风景处于不停变化之中，剧中人物的情感也时常处于变幻之中，不同人物之不同情感的交织，恰似大海中一股股看不见的暗流，在不停涌动与不断交织；于此，心理空间与大海空间的结合，形成了立体而完整的审美空间。

(二) 汹涌的大海峡湾：情感交织的暗流

大海峡湾之汹涌无情，剧中并没有直接描述，但是通过小艾友夫的死，通过他者的眼光观察可以得知。剧中第二幕，沃尔茂因为小艾友夫的死，呆坐在海峡边上望着海水。此时他有这样一段话：

> 沃尔茂：(呆望着外头的海水) 今天的海峡多无情，看上去呆板板昏沉沉的，死灰颜色，中间夹着几片黄色，反射出天上裹雨的云彩。
>
> 沃尔茂：(不理会她的话) 水面上是这样，然而在海底里——却有一股汹涌的逆流的冲刷。
>
> 沃尔茂：(温和地瞧着她) 你大概以为他就躺在离这儿不远的地方吧？艾斯达，其实不是这么回事。你别那么想。别忘了，这儿的水势多凶猛——一口气直冲到大海里。(《小艾友夫》，131)

沃尔茂好像是在自言自语，也好似在与艾斯达对话；表面上看起来很平静，其实内心波涛汹涌。对此可有如下几种解读：其一，是对大海峡湾地理环境的整体描述，形成两重对照：一是无情的“海峡”——“天上裹雨的云彩”对照，“海峡”呈无情的死灰颜色，显得那样的死板而毫无生气，天空中似有暴风雨来临的迹象；二是“呆板”的“水面”——海底“汹涌的逆流”对照，看似平静的水面，海底却有不为人知的暗流在涌动，正是这股“汹涌的逆流”夺去了小艾友夫幼小的生命。其二，沃尔茂的心理与之相对应：一是他把自己未完成的事业寄托在小艾友夫身上，一心想将其培养成快乐而完美的人，然而无情的海峡却夺去了他的生命，因此，他所有的希望便没有了得以寄托的基础，再次成为一个没有灵魂的人，与“呆板板昏沉沉的”海峡形成了对应；二是他一直呆坐在海峡边凝望大海，表面上看起来十分平静，内心却波涛汹涌而思绪万千，失去爱子之痛、夫妻感情不和谐、与妹妹之间的情感纠葛，如一股股“逆流”般在其胸中反复涌动，往事历历在目而悲从中来。其三，三段话是他对艾斯达所讲，三次的表情各不相同：第一次“呆望着外头的海水”，说明他的这个姿势持续了很长时间，当艾斯达找到他的时候，他一直沉浸于丧子之痛中，难以从悲伤的情绪中走出来；第二次“不理会她的话”，当艾斯达劝告他不要老呆望着海峡时，他似乎没有在意她的到来，也没有听见她的安慰，只是自言自语重复说过多遍的话，表现出其内心的自责与无尽的悲痛；第三次“温和地瞧着她”，仿佛是思索了良久最后终于想出来的答案，伤心过度的他显得筋疲力尽，用虚弱温柔的声音告知艾斯达：也许小艾友夫不在海峡的近处，而是被海浪冲到了不可知的远方。表情一次比一次的更为生动，情感一次比一次更为悲痛，艾斯达再也不忍心看下去，也无法再听下去了。如此看来，大海峡湾的暗流不仅仅隐藏在海底，这股汹涌的波涛同样隐匿于人物心底；人物情感的变幻多端，与自然的海峡风景融合在一起，人生的失意与伤痛之情境，于变幻汹涌的大海峡湾间油然而生。

（三）变幻与汹涌相间的大海峡湾：多重意蕴的交融

《小艾友夫》剧中的大海峡湾，既有变幻之形，也有汹涌之态，两种形态之间相互交织，组合成整体的大海峡湾形象。变幻之形态多式多样，比如平静的、阳光的、阴暗的等，而变幻与汹涌相间之汹涌形态，则说明了变幻程度之来势凶猛，是一股强大的且具有破坏性的力量，与平静的、阳光的形态形成对立关系，同时与阴暗的形态形成对照关系。剧中的大海峡湾并不都是美好的形态，更多是以汹涌的形态作为主导。大海峡湾的变幻与汹涌形态，包括自然世界大海峡湾的汹涌无常，也反映出人类世界心理的变幻无常；各种人物之间的关系，如海水暗流一样反复纠结，人物的心理也随着海峡的颜色而变化。大海无情地吞噬了小艾友夫的生命，因而，沃尔茂与吕达之间本来不牢固的夫妻之情，显得更加的脆弱，其间隔阂也越来越深；沃尔茂与艾斯达之间的兄妹关系，变得更加的暧昧与离奇；吕达与艾斯达之间的关系，其矛盾变得更加清晰；艾斯达与博杰姆之间，感情变得越来越冷淡；艾斯达与死去的小艾友夫之间，却又似乎变成了同一个人；如此等等。与此同时，沃尔茂对吕达表现出的无情与冷淡，勾起了吕达心中邪恶的念头：为了自己永无止境的肉体私欲，同时能够将沃尔茂独自占有，她毅然将横亘在中间的所有阻隔全部消除掉；甚至威胁沃尔茂说，宁愿没生过小艾友夫这个孩子，如果他不爱自己了，就要去糟蹋自己的身体。吕达的性格不仅如大海峡湾般变幻无常，同时也来势汹涌，显得那样邪恶与可怕，这样的做法并没有赢得沃尔茂的真情，相反让他憎恨与厌恶。沃尔茂与艾斯达之间，曾经有过十分美好的童年记忆，两人相互关怀走过童年与青年时期，有着说不明也道不清的关系，像是兄妹却不是真正的兄妹，像是恋人却又不是恋人，想要离开却无法割舍，想要一起生活却再也没有可能；因而，两人之间的情感也是变幻无常，各自心中常常处于激烈冲突状态。由此可见，变幻的大海峡湾，正是剧中各种人物复杂关系的象征；汹涌的大海峡湾，正是表面平静之下矛盾重重心理之象征；各种人物之间的关系交叉相联，自然世界的大海峡湾成为人类心理世界的影像，而人类心理的世界，又与自然世界的大海峡湾相互对照。于此，变幻与汹涌相互交织的大海峡湾，同时具有多重的哲理意蕴，形成多重的艺术审美空间。

一是，具有多重的哲理内涵。变幻与汹涌相间的大海峡湾，与人物的内心世界相关联，与人物的命运相联系，因而其间蕴涵着丰富的哲理意蕴。主要体现在三个方面：其一是对于人类责任的探索。小艾友夫被大海夺去了性命之后，剧中人物之间的关系变得越来越复杂，各种矛盾冲突越来越明显；对于人类责任的争论与思考，成为最主要的问题之一。沃尔茂是一位学者，正在写作《人的责任》一书，因此他时刻将“人的责任”挂在嘴边。年轻之时，他对妹妹艾斯达有责任，为了她未来的幸福生活，看中了吕达的“黄金”和“绿树林”(150) 并与之结了婚；他们的婚姻并不是以爱作为基础，因而婚后两人并不幸福。中年之时，从高山上疗养回来之后，他放弃了自己的理想追求，发誓将责任转移到儿子小艾友夫身上，打算倾尽所有精力将其培养成快乐而高尚的人，但由于儿子因海浪与暗流不幸离去，他的理想再一次被中断。可以看出，一味想对他人负起责任且强调人类责任之重要性的人，也没有真正负起对他人的责任，也没有真正为家人提供生命保障：他的妹妹因为他的留恋而时刻困惑，没有正常的恋爱与家庭生活，并疏远了与追求者博杰姆之间的关系，最后不得不离开他；对于小艾友夫并没有尽到责任，因为与吕达一味纵情于肉欲享受，而忽视了小孩的安全与成长，致使婴儿时期的小艾友夫从桌子上摔下来，成为一个跛脚的孩子，并不能正常的行走与跳跃；他后来将所有希望放在儿子身上，一方面是要躲避吕达内心永无止境的私欲，另一方面是感觉到自己的理想无法实现，而将所有的希望转移到下一代身上。两种责任都不是人类真正的责任，他实际上是一个没有责任心的人，对于自己的前途没有把握，对与吕达的婚姻没有保障，也没有给妹妹带来真正的幸福，对于人生理想没有实在的内容与具体的实现方式，更无法认清人生的价值与意义。因而，大海峡湾不停变幻的景象，正是其内心空洞与虚无的影像。其二是对于生与死的思考。小艾友夫的离奇死亡，给仍然活着的大人们以警醒，他们不得不重新思考人类生与死的问题：人类的生是一种什么样的形态？死又是一种什么样的形态？人类该怎样面对生命？又该如何面对死亡？沃尔茂想起在高山上休养的经历，因为迷路在山里走了一天一夜，深刻地体验到了死亡的滋味：“我只是拖着脚步在悬崖峭壁中间走过去——仔细欣赏死后的恬静、舒服的滋味。”(168) 也许就是这样一种死亡的经历，让他回到家庭后改变了自己的想法，不再将所有的精力放在写作上，而是要全力以赴将小艾友夫培养成为自己理想中的人物，只可惜这样的想法因为儿子的离去而不得不被迫中止。后来沃尔茂与吕达发现海峡里的轮船如往常一样停在码头时，那里就是小艾友夫死亡的地点，船员们依然做着自己的事情，并没有受到死亡事件的影响，两人突然间明白这样的道理：“人生是无情的”，“生活照常进行”(164)。原来他们只是将目光集中在眼前的生活，局限于自己建构的自我的世界里，并没有看到更为广阔的大千世界；通过小艾友夫的死亡，相反两个人的心灵产生了共鸣，由此看到海峡之外更为广阔的天地，他们的精神获得了新生：“往上走——朝着山顶走，朝着星球走，朝着伟大肃静的地方走”。(173) 勃兰兑斯对此有这样的评价：“我们看到人们的感情又形成，又转化，我们看到他们死亡了，但又以另一形式重生。”① 其三是对于人性善恶的思索。海峡有时候风平浪静，能够与人类和谐相处，是人类诗意栖居的家园；海底有时候却涌动无数股暗流，更夺去了人类的性命。人性何尝不是如此？有时候很平静，一切向善，然而，有时候却有丑恶的一面，甚至走向极端。易卜生在此剧中刻画了人性丑恶的众生相：有的人自私自利，有的人不负责任，有的人意志薄弱，有的人对感情朝三暮四，有的人又放纵情欲等；这些人性的弱点，在沃尔茂、吕达、艾斯达等身上，或多或少的都有所显现，也许有的人身上并不只有一项弱点，而是有着多重的弱点存在。然而，剧作家的意图并非仅仅在于揭示人性之丑恶，更重要的在于表现人性“变化”之规律：人性之中并不只是有恶的一面，更应该朝着向善的一面发展；人类应该有能力全面负起责任，不能只是局限于自我的小圈子里，每一个人都应建立对自我、对家庭、对社会、对人类等的责任心；所有这一切，只因为宇宙间有着“变化规律”，海峡也可以从汹涌变成平静，人类也可以从无情变得有情，人性更可以从罪恶变得善良。因此，当吕达看到海滩上住在破茅草房的孩子们无家可归时，她开始转变了看法：“我要在这件事上教育自己，培养自己，锻炼自己”(171)，沃尔茂此时也意识到了自己的责任；他们第一次从自我约束的小圈子中跳了出来，找到人生责任的实在内容与意义，认识到了生存的价值与意义，最后约定要一起照顾那

① ［丹］乔治·勃兰兑斯．第三次印象．姚俊德译．易卜生．易卜生文集（第八卷）．北京：人民文学出版社，1995：317.

些无家可归的孩子们，并一起携手“朝着伟大肃静的地方走”。(173) 大海峡湾亦有平静与风暴，亦有潮涨与潮落，是宇宙间最为自然的存在物；人生亦如此，有高峰亦有低谷、有哭泣也有欢笑，人类的责任在于能够平静面对人类的生死，亦摒弃人性之恶而一切向善；这应是剧作家在大海峡湾地理空间建构之上，所要表达的真实意图罢！

其二，具有多重的象征意蕴。大海峡湾的汹涌形态，正是人物之间各种复杂关系的象征，同时是人物心理活动之影像的投射。其中存在众多地理意象，具有十分深厚的象征意蕴，在此选取两个地理意象进行探讨。一是“逆流”。“逆流”有三重含义：“①水倒流。《管子·七法》：‘不明于决塞，而欲殴众移民，犹使水逆流。’②倒流的水。比喻反动的、与主流相反的潮流。③迎着水流的方向。《后汉书·岑彭传》：‘时天风狂急，奇（鲁奇）船期逆流而上，直冲浮桥。’”① 这里如此解读作品中的“逆流”意象：第一，本意是指平静的海底下面，存在多股逆行的水流；第二，喻指人类的生活中，存在多股看不见的汹涌暗流；第三，喻指当人类面临多重困境时，应有逆流而上的勇气。“逆流”意象在剧中出现了两次。第一次的出现，是在沃尔茂与艾斯达谈话时，沃尔茂：“水面上是这样，然而在海底里——却有一股汹涌的逆流的冲刷。”(131) 第二次是在吕达与沃尔茂的争论中，吕达：“后来，来了一股水，把他冲走了。他们说那股水叫逆流。”(142) 沃尔茂与吕达所指的“逆流”，是针对小艾友夫的死亡事件而言，也指向海底潜藏着的多股暗流。具有多重象征内涵：一是“逆流”力量之强大。死气沉沉的海面一片寂静，在海底却有多股逆流在涌动，海边那些无家可归的孩子们，看见小艾友夫原来是在“海底躺着，水是碧清的”(141)，突然来了一股逆流将其冲走了，而且一下子冲得很远。正如沃尔茂所说：“这儿的水势多凶猛——一口气直冲到大海里。”(131) 由此可见，“逆流”破坏性的力量是强大的，是它无情地带走小艾友夫的性命。二是象征超自然的魔幻力量。剧中“鼠婆子”

① 辞海编辑委员会．辞海．上海：上海辞书出版社，2000：2983.

与“逆流”形成对照：“鼠婆子”来得十分突然也相当神秘，却有一股无法抵抗的魔幻力量，如无法预知的“逆流”一般悄悄潜入小艾友夫的心里，他不自觉地跟着她离开家，并独自投向大海，没有人知道为什么会这样。因此，“鼠婆子”与“逆流”都蕴涵着一股超自然的力量。三是象征人物之间复杂而纠结的关系。沃尔茂、艾斯达与吕达，艾斯达、吕达与小艾友夫，沃尔茂、博杰姆与艾斯达，夫妻、父子、母子、兄妹、恋人之间的关系错综复杂，彼此产生激烈的冲突，如三股强大的“逆流”不断涌动。剧作家对人性善恶、人类责任以及人性的变化等哲学问题的思索，在大海峡湾地理空间的建构之中，在各类人物关系的纠结之中，得到了充分展现。

二是“睡莲”。“睡莲”是剧中十分特别的植物意象，蕴涵相当丰富的哲理意蕴。“睡莲”（Nymphaea tetragona），“一名‘子午莲’。睡莲科。多年生水生草本。叶浮于水面，马蹄形，有长柄。秋季开花，花白色，亦浮水面，午后开放，傍晚闭合，可连续开闭三四日。自生或栽培池沼中。同类中有多种，均供观赏”。① “挪威文名为 Vannlilje（水里的百合花），又名 Nøkkerose（水妖的玫瑰）”。② 睡莲是山上潭水里自然生长的植物，喜好强光，早上花朵会盛开，而晚上花朵会闭合；其花色十分艳丽，花姿楚楚动人，碧波上宛若冰肌脱俗的少女，是“洁净”与“纯真”的象征；自古有“水中女神”之称，具有诱惑人的魅力，又是“妖艳”的象征。在剧中，“睡莲”是艾斯达亲手采摘下来，准备送给沃尔茂的礼物。

艾斯达：（从椅子上把睡莲拿起来）你看见这些睡莲没有？

沃尔茂：（慢慢点头）它们是从水底长出来的。

---

① 辞海编辑委员会．辞海．上海：上海辞书出版社，2000：4741．

② ［挪］比约恩·海默尔．易卜生——艺术家之路．石琴娥译．北京：商务印书馆，2007：473．

艾斯达：这些花儿我从山上水潭里拔出来的，潭水就从那儿流入海峡。

艾斯达：（噙着眼泪）这些花儿是——是小艾友夫送给你的最后一件礼物。

沃尔茂：（瞧着她）是海里的艾友夫送的？还是你送的？

艾斯达：是我们俩合送的。（《小艾友夫》，154）

通过解读艾斯达与沃尔茂之间的对话，发现“睡莲”意象具有深厚的象征内涵：一是艾斯达的象征，她是一位纯洁却不失魅力的女子，年轻时候的沃尔茂为了给她一个有保障的未来，不惜毁掉自己婚姻的幸福，与并没有多少情感的吕达结婚。但是，他的心里总也无法忘记与艾斯达一起的岁月，这种行为常常让吕达心生妒忌却又无能为力。二是“睡莲”表面上冰清玉洁，但吸取的是潭水深处黑暗污泥的营养，以此可以象征沃尔茂与艾斯达之间的情感，表面上看似纯洁无瑕的关系，背后却隐藏着说不清道不明的暧昧：两人本来应是兄妹关系，却并不是真正的兄妹，彼此心中生发了超越兄妹的情愫；是恋人却又没有恋人的实质，无法割舍却不能终生相伴，两人常常为此陷入困境。三是艾斯达采摘睡莲的行为实为一种暗喻：如果睡莲离水时间超过一个小时以上，那么就可能失去开放的能力；她将睡莲从潭水中连根拔起，似是经过很长时间的反复思考而做出的痛苦决定，那就是永远离开沃尔茂及其家庭，结束这种不明不白、尴尬且痛苦不堪的关系。因此，“逆流”与“睡莲”两种意象，一种指向人类的关系冲突，一种指向人类的精神世界；如果没有这两种意象，那么，大海峡湾之地理空间的建构，便不会如此完整与意蕴深厚，也许就会失去部分张力。两种意象的象征表达，表明剧作家并非只是停留在地理景观的表面，而是穿透了事物的本质，进入到内在的精神层面；让此物与彼物之间发生内在的联系，让此情与彼景之间产生相互的关联，不仅让我们看到挪威、北欧、世界地理具象的描述，而且所蕴涵的内涵让剧作具有了一种内在的精神，深邃而高远的意境。

第四节　垂直与水平的“高山峡湾”

一、“垂直与水平”的地理空间

如果说易卜生剧作中地理空间的建构，“南方”与“北方”是两个坐标点，以此形成了整体空间的框架；“挪威”亦是众多地理圈形成，以及世界地理空间建构的中心；那么，挪威地理空间之建构有着自己独有的特征，即由垂直与水平的两种地貌，而建构的立体地理空间。众所周知，高山之地形与峡湾之地貌，构成了挪威地理的主要特征；高山谷地地理空间，剧作家主要表现的是不断向高处行走的状态，是一种垂直的、向上的直指天穹的高度；而大海峡湾地理空间，主要表现的是现实生活中人类各种精神状态的交织，是一种俗世生活中人类灵魂的平面图景。于此，形成一幅“‘垂直与水平’地理空间示意图”，如图 2. 9 所示。“垂直地理空间”，即指以高山谷地为主体的地理空间，形成了垂直向度的垂直地理景观；“水平地理空间”，即指以大海峡湾为主体的地理空间，形成了水平向度的水平地理景观；垂直与水平的地理景观相互交织，组接成一重立体的挪威地理空间。

高山谷地地理空间，正是剧作家高远的艺术追求与人生境界的探求；大海峡湾地理空间，正是剧作家对于人类精神世界的深入思

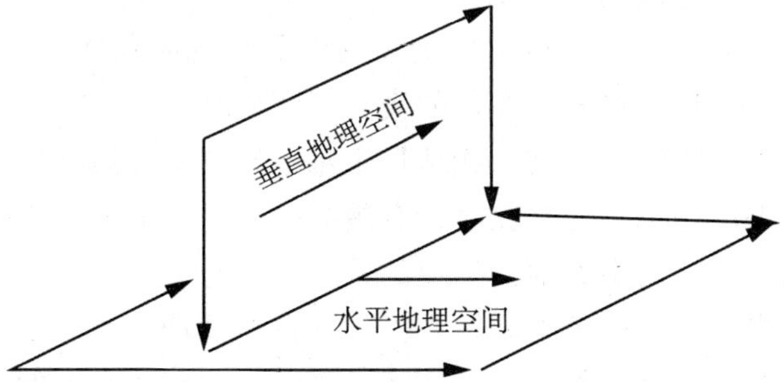

图 2. 9　“垂直与水平”地理空间示意图

索，以及人类灵魂的深刻解析。后者是前者得以承载的基石，如果没有厚重的大海峡湾作为平面的基础，那么就没有垂直的高山谷地存在；因其具有浓厚的象征内涵，也可引申为，如果没有对俗世生活的认真观察与深入思考，那么就不会对于人性有如此深刻的理解，也就不会确定高远而深邃的理想。而前者又是对后者的延伸与发展，如果只是有大海峡湾的平面形态，那么这个世界就显得过于单调而乏味；如果仅仅只是停留在俗世生活的层面，那么就失去了存在的深度意义。如果失去了高山谷地地理空间的建构，那么布朗德“全有与全无”的理想追求便失去了得以承载的基础，同样培尔·金特建立王国的梦想便难以形成；如果失去了大海峡湾地理空间的建构，那么“海上夫人”美丽而诗意的梦想，便没有了回忆与向往的基础，同样小艾友夫生与死的问题便不会引起如此强烈的反响。如果不熟悉挪威的高山险峰，那么就无从了解布朗德的所作所为，以及他所追求的高远理想；如果不熟悉挪威的雪野高原，也就无从理解鲁贝克、爱吕尼、布朗德等人对生命的态度；如果不熟悉挪威的大海风貌，也就无从了解“海上夫人”的忧愁；如果不熟悉挪威的峡湾风情，也就无从了解峡湾海盗们的英勇善战，如此等等。剧中人物的性格特点以及理想追求，都是在地理空间建构之上得到了丰富的表达；剧作家的艺术旨趣与审美理想以及一切对于艺术的向往与追求，都在此地理空间的各种要素中曲折而完整地得到了传达。正是有了高山谷地与大海峡湾的存在，才形成了完整而丰富的挪威地理空间，于此我们可以了解地理环境对北欧人们性格与气质的影响，其历史与文化生成的根源以及挪威文学的民族性，从而更独到地理解易卜生剧作的真实意图。

易卜生剧作中的各类人物从处于水平形态的大海峡湾，走向处于垂直形态的高山谷地，就会拥有更高的视界，形成更为高远的境界。正是在对以高山谷地而形成的垂直景观与大海峡湾形成的水平景观建构之中，剧中各类人物在不同的自然地理环境之中，才会产生如此富有诗情画意的美好情怀，才会产生情感与心灵的碰撞，相互之间才有了情感的基础与表达的途径；正是在对以高山、谷地、大海、峡湾为主体的地理景观与自然物象的观察之中，才有了对人类幸福生活的深刻认识、对人类责任的透彻领悟，以及对人性的善良与丑恶有充分的理解，因而才有了对人类未来生活的不断向往。高山谷地与大海峡湾的完美结合，彼此之间相互呼应，上方与下方、左边与右边、前部与后部等各个方位彼此相接并相互连通，交织成完整的挪威地理空间；从两个单调的平面而走向交叉的立体结构，因而有了立体的创构。易卜生在不同剧作中所表达的种种思想内容与反映的精神图景，正是在对不同地理空间的建构之中得以实现的。

二、以挪威为起点的地理观念

易卜生在自己的一生和文学创作中，思考了很多艺术的问题，都是以挪威为起点，体现了他独特的地理观念。因为其很多剧作都是以挪威作为故事开展的地理背景，因而是从挪威出发而走向世界、仰望星空、思考人类的发展等问题。《培尔·金特》建构了挪威——世界地理空间，如果没有培尔在挪威“奥丝家园”、“燕汀山背”、“黑格镇农庄”、“龙德山中”等地的生活，那么也就没有他在海外“摩洛哥西南海岸”、“撒哈拉沙漠”、“埃及沙漠”、“开罗疯人院”等地的流浪，而无论他在外流浪的路线有多远，其历程有多曲折与艰难，最后还是回到了索尔薇格的茅屋前，因而剧中建构了以挪威为中心的世界地理空间。《海上夫人》中更是以挪威来建构地理空间：剧中人物纷纷从世界各地来到挪威的滨海小城，众多的游客也从四面八方来到这里，因而剧中存在“花园”、“山坡”、“大海”、“挪威”、“北欧”、“世界”等地理圈，一层一层的向外扩展，形成以挪威滨海小城的“花园”为中心的世界地理空间。在《咱们死人醒来的时候》中，各类人物以前生活在挪威，后纷纷到世界各地去旅行，最后又从世界的南方与北方不约而同地回到这里，交集在挪威的“海滨浴场”；同时又以挪威的“海滨浴场”为起点，从处于低处的“海滨浴场”到稍远处地势稍高的“荒凉高原”，再到更远处位置更高的“高山顶上”，地理背景一幕幕的向远方扩展，不断地向上升高；因而，剧中也是以挪威为中心建构了世界地理空间。于此，易卜生的大部分剧作都是从挪威出发，来思考文学的、美学的、艺术的、人类的、世界的问题，体现了其以挪威为起点的地理观念，这种观念的形成并不是无缘无故的：一是因为他对于祖国挪威的自然地理很熟悉，如果以此为背景来进行创作，比较得心应手；二是因为他对于挪威有深厚的情感，不管他在外流浪了多少年，不管祖国为他带来多大的伤痛，日夜思念的还是故乡的那一方大海。正如学者比昂·亨默所说：

> 正是这种挪威特性和拥有欧洲自由文化的外国生活熏陶之间的紧张关系形成了易卜生的个性特点并使他成为一位具有独特风格的作家。他在他称之为“伟大的，自由的文化环境”中的独立地位，使他具有广阔的视野和自由发挥的天地。与此同时，作为一个挪威人，又使他渴望一种更自由幸福的生活。这是一个身处阴暗世界里的作家在渴望阳光。他从来没有否认自己鲜明的挪威人特性。①

此段话有着两个方面的含义：其一，任何一位作家都不可能离开自己的故国家园，也不可能抛弃自己的文化传统。正如《布朗德》中的布朗德所说：“一个人的家乡对这个人来说就是一棵树的根。如果家乡不需要他的工作，那么他的事业注定要失败，他要歌唱也发不出声音。”（201） 而在这一点上易卜生与布朗德是完全一致的，正如王忠祥先生所说：“勃兰兑斯认为，易卜生的创作和易卜生主义都是在那个特定的时代发芽、生长出来的。易卜生也曾强

① ［挪］比昂·亨默（Bjorn Hemmer）. 挪威戏剧家亨利克·易卜生.（*The Dramatist Henrik Ibsen*）. 孟胜德，［挪］阿斯特里德·萨瑟. 易卜生研究论文集. 北京：中国文学出版社，1995：142. 原文在该书的第 374 页：But it is precisely this tension between the Norwegian and the foreign（an element of freer European culture）in Ibsen that characterized him more than anything else as an individual and a writer. His independent position in what he called “the great, free, cultural situation” provided him with the broad perspective of distance, and freedom. Simultaneously, the Norwegian in him created a longing for the sun in the grave writer's poetic world. He never denied his distinctive Norwegian character.

调指出，祖国与人民、沸腾的生活对他的思想与创作有深刻影响。人们如欲了解他，必须先了解挪威。”① 其二，易卜生的作品是与19世纪北欧文学特别是挪威文学发展相适应的，体现了剧作家在其所在的时代对于挪威、北欧以及世界的认识，他的创作不可脱离挪威甚至北欧的历史，以及挪威的经济、社会发展的大环境而独立存在。如果失去对挪威故国家园的关注，那么剧作家所有的思考也许就失去了赖以存在的根基；剧作家正是站在挪威的国土之上，观察北欧并放眼全球，世界风云变幻了然于其胸，并以此为契机创作出众多开阔而大气的作品。因此，易卜生的创作是以挪威为起点，因而他以及其文学作品不可避免带有挪威的特性，并且在多年的旅居生活中一直不曾改变过。诚然，欧洲自由的文化给予了他自由发挥的天地，使他具有了广阔而开放的视野，但其作为挪威人以及自身所带有的挪威印记是不会改变的。因而，其剧作中建构了多种多样以高山峡湾为主体的挪威地理空间，并形成自己独特的以挪威为起点的地理观念，于是，以挪威为中心的世界地理空间由此而生。

① 王忠祥．易卜生和他的文学创作．易卜生文集·代序．易卜生文集（第一卷）．北京：人民文学出版社，1995：5.

第三章　以挪威为中心的世界地理空间建构

易卜生的文学创作，大部分都是离开了故国挪威，在德国和意大利等南方国家完成；其人生的大部分时间，都投身于比较开阔而自由的世界；同时，他始终无法忘怀自己的祖国，积极地关注并留意国内所发生的一切。因而，其文学作品体现的思想，无不与当时挪威的时代脉搏相律动，与祖国有着一种明显的联系。他的笔风犀利且言辞尖锐，在批判挪威的时候没有一丝妥协，有时候甚至是否定与无情的；然而，无论出现什么样的状况，发生什么样的事情，他都会执著地坚守一种信念，那就是他与祖国以及生活于其间的千万同胞们的命运息息相关，且不可分割。易卜生始终徘徊于“南方”与“北方”之间：当易卜生到南方的国家居住，认识到意大利、德国等国的人民在道德与人格上的独特与优越，那里的人民为了民族团结而不懈奋斗，甚至可以牺牲自我的一切；但是，挪威人民的懦弱、狭隘与冷漠，与居住地人民的勇敢、宽容与热情正好相反，他认为自己的祖国的情形令人忧虑，剧作家因此时常陷入沉思。他在南方为祖国的状况感到愤慨，同时为自己的创作找到一个出口，能够在南方更为自由而开放的生活；祖国所有的一切，随着南北距离的相隔而渐行渐远，于是有了一种从未有过的勇气与激情。只是，剧作家的思绪每时每刻都会回到北方的祖国，那里的自然山水与时事政治，不能不引起他的强烈关注。南方各国的秀丽风光，那里的一江一水、一石一木，常入驻作家的梦境，为他一直所欣赏与神往；易卜生因为那些自然风光激发了灵感，激情满怀地创作出众多的戏剧作品。而挪威的自然风光却是让人无法忘怀，有的时候甚至成为其心中永远的伤痛，那里的高山与峡湾、冰川与雪原等旖旎风光，时常在记忆里留下剪影。他笔下的文字大多数都与祖国的自然山水密切相关，大部分戏剧都是写他故乡挪威的高山与峡湾，以及故国的南方与北方发生的一切；其戏剧中那些繁复而新奇的意象群落，以及由此形成的多重地理空间建构，始终带着祖国挪威自然山川固有的影像，有着抹不掉的浓厚的故国情结；其诗歌与戏剧作品之中的山川河湾描写，始终离不开从小生活的那一片故土——斯基恩；在有些文学作品中，挪威虽然不是主要的描写对象，然而，也或多或少有故国的景与物、人与事等的影子存在。可见，挪威对于易卜生的成长与创作有着至关重要的作用，故乡在其心目中有着不可替代的位置。

易卜生思考了很多有关哲学、文学、美学、艺术，以及人类、世界的问题，都是从挪威开始出发的，是以挪威作为起点而走向世界的；因此，其剧作中建构了以挪威为中心的世界地理空间。所谓“世界”，是指：“①全地球所有地方。②世间；人间。岑参《与高适薛据登慈恩寺浮图》诗：‘登临出世界，磴道盘虚空。’③即‘宇宙’。”① 同时也“借指人类活动的某一部分或某一方面”与“境界”。② 本书中的“世界”，更多指向一种有关全球的地理范围，易卜生剧作中涉及全球的很多国家与城市，同时亦指向剧作中人物所达到的一种境界。于此，本章拟探讨三个方面的问题：其一，易卜生戏剧为何以“挪威”作为地理坐标的原点？其二，以挪威为中心的世界地理空间，在其剧中是如何建构的？这种世界地理空间具体体现在哪些剧作之中，各自呈现出什么样的状态？其三，以挪威为中心的世界地理空间建构，具有什么样的审美意义与哲理意蕴？是否反映了剧作家的审美理想与审美追求？

易卜生25部戏剧中的21部是以挪威作为地理背景，如第二章“表2.1 涉及挪威地理元素作品统计表”所示。另有4部剧作，见表3.1（这里的“世界”，是指挪威之外的地理范围）：《武士冢》虽不是以挪威作为故事发生的地理背景，但挪威成为了剧中最为重

① 辞海编辑委员会．辞海．上海：上海辞书出版社，2000：100.
② 辞海编辑委员会．辞海．上海：上海辞书出版社，2000：100.

要的地理元素，北方英雄甘达尔夫来自挪威，南方姑娘布兰卡跟随他，一起到北方挪威去过幸福生活；《野鸭》并没有具体交代故事发生的地理背景，但根据海洋水草等剧情内容可以推断，故事应该也是发生在挪威；另有《凯蒂琳》里的故事是以罗马作为地理背景，《皇帝与加利利人》是以多个国家作为地理背景。

表 3.1　　**涉及世界地理元素作品统计表**

剧本名称	时间	地理空间	剧本名称	时间	地理空间
《凯蒂琳》	1850 年	第一幕在罗马附近，第二幕在艾图瑞亚	《武士冢》	1850 年	南方海边小岛、树林、空地、古庙、土冢
《皇帝与加利利人》	1873 年	第一幕在君士坦丁堡，第二幕在雅典，第三幕在以弗所，第四幕在高卢的卢德提亚，第五幕在高卢的维埃纳	《野鸭》	1884 年	威利家、雅尔马·艾克达尔家

其剧作不仅涉及故国挪威的山山水水，而且涉及北欧许多地区的自然山水，同时还涉及世界各地的自然风光与民俗风情；总体而言，形成了以挪威的高山峡湾、冰川雪原作为地理坐标的中心，同时辐射世界的一种全球化视野。自然也会写到境外，有的是写意大利的古典山水、德国的古朴原始、非洲的异域风情，如此等等。即使剧作家没有到过的国家与地域，比如亚洲的中国、欧亚大陆的俄罗斯等，还有印度洋、太平洋等不同地球板块的风景，也在剧作中被描绘得多姿多彩。如此说来，易卜生剧作中建构的地理空间，是以挪威为中心同时与世界相连接，并以此为基础来展现全球风云的变幻，足以表现出剧作家丰富的想象力以及开阔的胸怀与视野。

剧作家以挪威作为地理坐标中心，将自己的目光逐渐向外发散，并辐射在祖国各地与世界各处，在剧作中建构了多种样式的地理空间，从而整体上形成以挪威为中心的世界地理空间。这些都是由剧作中众多“流浪者”，通过在世界各地旅行形成的地理路线图来完成的。所谓“流浪者”，是指剧中有些人物由于某种特殊原因，不得不远离自己的故国家园，到异国他乡去流浪或者旅行；他们经历的也许是一个国家，也许是许多的国家，有的甚至横跨亚洲、非洲、北美洲、大洋洲等地。《海上夫人》剧中建构了“由小及大”式世界地理空间：以挪威北部的一个滨海小城作为中心，剧中人物从四面八方涌向这个小城，正如阿恩霍姆所说：“这个地方也说得上是世界生活的局部中心——人物潮流的集合点。”(275)博列得也言：“四面八方的游客为了要去看夏季的夜半太阳从我们这儿经过。”(275)，因而所有的故事都在小城中得以展开，人物的所思与所想以及性格与气质都在小城的山坡上得到充分展现；陌生人杀掉船长之后不得不向北方国家逃窜，开始其一生的海上流浪生活，航海旅行经历了世界上许多国家和地区，其地理路线图为：挪威——芬兰——阿尔汉格尔斯克（苏联）——加利福尼亚（美国）——中国——澳大利亚——英国等国家，形成了一重阔大的世界地理空间。《培尔·金特》中的培尔，为了逃避英格丽德父母和村民的追捕，开始了自己的流浪生活，放弃索尔薇格的纯真爱情与痴心等待，一生的时间都在海外浪迹天涯；其旅行的地理路线，不仅包括挪威中部一个明朗而开阔的村落——黑格镇农庄，而且包括广阔而高远的高山谷地——燕汀山背，同时也有阳光灿烂的非洲海岸、撒哈拉沙漠、开罗疯人院，更有一望无际的海洋，等等；建构了“回环曲折”式世界地理空间。《咱们死人醒来的时候》中的爱吕尼，因为艺术家鲁贝克一味痴心于自己的艺术梦想，而放弃了对她的爱情，致使她一气之下到全世界流浪，这位年轻的女性到过很多国家，过着放荡不羁的生活，最后只剩下一副没有灵魂的躯壳；其旅行地理路线图为：南方的南美洲地区——北方欧洲俄国（现俄罗斯）的乌拉尔山——北方挪威家乡的海滨浴场，等等；另有鲁贝克与梅遏夫妻，虽然不是真正意义上的“流浪者”，然而两人的心灵从来没有共鸣，他们的灵魂一直都在外流浪，现实中也一直过着一种不稳定的旅行生活，其地理路线图为：南方不知名的城市——北方挪威陶尼慈湖边——北方挪威家乡的海滨浴场——北方的海上旅行——北极海；从而建构了“复合交错”式世界地理空间。

即使剧中没有具体说明流浪旅行路线图的人们，也都以挪威作为中心，在开始或者已经完成国内外的旅行，最为典型的是《建筑师》中的希尔达，她的“流浪”亦是一种历史的发展过程。希尔达最初是北欧神话中的人物，① 1857 年在《海尔格伦的海盗》中第一次出现，1877 年在《社会支柱》中第二次出现，1888 年在《海上夫人》中第三次出现，1892 年在《建筑师》中再次出现。也许她们并不是同一个人，然而有学者认为，第三、第四次出现的是同一个人。② 无论剧作家的真正用意如何，同一个或不是同一个希尔达，从遥远亘古的时代款款走来：想必经过了漫长的流浪经历，或者从乡下到城市、或者从海上到陆地、或者从南方到北方、或者从一个国度到另一个国度，最后从远方乡下到索尔尼斯花园，作为建筑师心目中的女神出现，引导患有“眩晕症”的索尔尼斯爬向高楼塔尖，去寻找那梦幻中的“空中楼阁”，从塔楼上摔下来失去了性命。《海上夫人》中的凌格斯川，在英吉利海峡等地曾经有过一段海上旅行的经历，后又从挪威的南方来到北方滨海小城疗养，接着又要到南方的城市去实现自己的艺术梦想，也经历了一个

① “希尔达”曾经反复出现。第一次出现在《海尔格伦的海盗》(1857)，“北欧神话中的奥丁神（Odin）手下有十二名使女，她们的职务是选定应该阵亡的战士，并且把战死者的阴魂带到伐尔哈勒（Valhalla）殿堂（即英灵殿）受享。她们总的名称叫伐尔基里（Valkyrie），其中之一叫希尔达（Hilda）”。(253) 第二次出现在《社会支柱》(1877)，“希尔达”是挪威沿海小城商人鲁米尔的女儿。第三次出现在《海上夫人》(1888)，是房格尔医生的小女儿。第四次出现在《建筑师》(1892)，是索尔尼斯心中的女神。由此可见，她在易卜生剧中有其深刻用意，也有一个发展过程。

② 《建筑师》有这样的注解：“有人认为，这里的希尔达就是《海上夫人》中房格尔医生的小女儿希尔达。”参见易卜生文集（第七卷）. 潘家洵译. 北京：人民文学出版社，1995：25. 后文引用《建筑师》(第 1-96 页) 的文字，只在引文后的括号内标明页码。

漫长的流浪过程。《约翰·盖勃吕尔·博克曼》中的遏哈特，小时候寄居在西海岸的农村，与姨母艾勒生活在一起，十五岁以后被亲生母亲耿希尔德接了回来，生活在挪威北部首都克立斯替阿尼遏附近的瑞替姆府邸；其父博克曼试图说服他一起从事未竟事业，但他对此没有一点兴趣，毅然离开了挪威，与“肌肤丰腴，美艳动人”(196)① 的威尔敦太太一起到广阔的南欧远行，他们未来旅居国外的生活到底会怎样，给人带来更多的遐想。有的也许并不是真正意义上的“流浪者”，然而，他们的心灵一直在外面流浪没有归宿，其思想一直在外面的世界翱翔，《海上夫人》中的艾梨达，虽然身在挪威滨海小城里，但其心思却一直随着陌生人在世界各地流浪；其大女儿博列得，一直居住在花园住宅里，却一直向往外面广阔的世界；如此等等。因此，易卜生剧作中的人物，大多数都是以挪威作为起点，而不断地向世界各地慢慢扩散，不仅在剧中建构了挪威与世界双重地理空间，同时“世界”又是以“挪威”作为中心点，因而，以挪威为中心的世界地理空间得以形成。

第一节　《培尔·金特》：“回环曲折”式世界地理空间建构

“回环曲折”与《培尔·金特》中呈现的艺术现实相关联。本书所讲的“回环”与修辞手法无关，“曲折”主要针对培尔·金特曲折多变的人生轨迹而言。其一，剧中地理要素的呈现丰富多彩，地名排列的重重叠叠，不仅有挪威地理景观的反复出现，而且有世界各地地理景观的不断呈现，地理圈与地理圈之间回环叠现，空间与空间之间不断转换，形成一种循环往复之态。其二，培尔流浪的地理路线不断向外延伸，其人生的轨迹亦不是一帆风顺，从充满幻想与任性妄为的少年人生，到后来冷嘲热讽的旁观者、大亨与

① 本书所引《约翰·盖勃吕尔·博克曼》中的文字，皆出自易卜生文集（第七卷）. 潘家洵译. 北京：人民文学出版社，1995：176-263. 后文只在引文后的括号内标明页码。

投机家，最后却成为一个向着救赎挣扎前进的老人。其人生的不同阶段彼此之间也存在一定的关联：爱德伍德·贝尔在《易卜生传》一书探讨三个不同时期的培尔："他们之间到底有什么样的关联呢？他们难道不是三个不同的人物吗？""不用说，皮尔当然是一个复杂的人。这部作品所描写的，在一个相当大的范围上，就是关于他的缺乏个性、他的善于应变以及他的扮演角色的行为。换句话说，确实就是在刻画他没有本来面目与内在凝聚性。"① 少年、中年、老年三个时期的培尔，其人生轨迹呈现曲曲折折、坎坷多变之态。其三，培尔在故国挪威有着"金特国"梦想，因而，他选择到海外去继续流浪，地理空间在不断向外扩张，相互之间进行着转换，并在梦想与现实之间反复交替，亦在过去与现在之间重复叠映，其内在世界与外在世界不停切换；培尔在外流浪一生，最终回到索尔薇格松林深处的茅屋，找到了真实的自我。如此，培尔坎坷与曲折的人生轨迹，其生活过的家园以及流浪的国家，正好建构一重以挪威为中心的世界地理空间，从而形成"回环曲折"地理空间结构。

本书第二章"以高山峡湾为主体的挪威地理空间建构"，认为《培尔·金特》剧中建构了"回环螺旋"式高山谷地地理空间，因而形成"回环螺旋"式地理空间结构；此处所谈"回环曲折"式地理空间结构，也是对第二章内容的一种回应，但两者之间还是存在差异：前者注重高山与谷地间地理景观的组合，其间形成多重的地理圈呈螺旋体式的层层上升形态；而后者注重一环接一环平行地理圈的建构，而且与培尔曲折的人生路线图相关联。"回环曲折"式世界地理空间，由两个部分组合而成：一是以故乡地理作为源流的挪威地理空间建构，形成"'回环曲折'式挪威地理空间示意图"(图3.1)；二是以培尔流浪轨迹为依托的世界地理空间建构，形成"'回环曲折'式世界地理空间示意图"(图3.2)。"回环曲折"式结构的形成，是剧作家独到的艺术构思方式：多重地理圈

---

① ［挪］爱德伍德·贝尔．易卜生传．杜若洲译．台北：中华日报社，1982：65. 这里的"皮尔"即培尔·金特。

之间的环环相扣，建构了挪威与世界两重地理空间，其中反复出现了两重情感回环圈，是培尔情感旅途中较为重要的环节。一个是他生活于挪威奥丝小山麓之时，有着不切实际的“金特国”幻想；在燕汀山背上骑着驯鹿遨游，就是其心中逃避现实的幻想；在撒哈拉沙漠的蛮荒之地，培尔幻想建立自己的“培尔城”，算是对前者的一种呼应。另一个是挪威高山里松林深处，索尔薇格在茅屋等待培尔的归来，是一种纯真而执著的思念之情；培尔在海外撒哈拉沙漠流浪时，镜头突然转向挪威森林某处，中年的索尔薇格依然在那里守候；剧情结束之时，培尔终于完成人生流浪的旅程，回到了索尔薇格的身边，实现了灵魂的最后回归。总体来看，挪威与世界地理空间两者之间，培尔无论在海外流浪多远、时间有多久，都是以其少年时的幻想作为前提，同时以索尔薇格的情感作为依靠，人到老年之时最终还是从海外回到了挪威的故乡，回归到索尔薇格崇高的情感里。因此，剧中虽然存在多重地理圈之间的相互链接，两重地理空间之间的彼此制约，还有情感的反复回环，但是仍然还是以挪威作为地理中心，于此，以挪威为中心的世界地理空间得以形成。而其间更有色彩的不断变化、空间的不断切换、情感反复的回旋，因而形成多重阔大的审美空间，给人带来一种循环往复、曲折多姿之审美意趣。

一、“回环曲折”式世界地理空间

《培尔·金特》建构了两重地理空间：一是以“奥丝家园”——“燕汀山背”——“黑格镇农庄”——“龙德山中”四重地理圈为主体的挪威地理空间；二是以“摩洛哥西南海岸”——“撒哈拉沙漠”——“埃及沙漠”——“开罗疯人院”四重地理圈为中心的世界地理空间。两重地理空间之间，彼此独立却又相互关联：挪威是培尔少年与青年时代生活的地理环境；世界是培尔中年时代在国外流浪所经历的地理环境。培尔正是在挪威家乡自然环境的熏陶下，养成任性而妄意为之的性格，因而，在婚礼上骗走新娘英格丽德，为了躲避其父母及村民的追捕，逃到龙德山中误入山妖王国；后又为了躲避绿衣公主的纠缠，不得不选择

“绕道而行”(337)，逃离森林深处居住的茅屋，去到海外发展；中年的培尔一直在环游世界，变成了“世界公民”(362)，在摩洛哥西南海岸炫耀财富时，被人算计变得一无所有，后又流浪到埃及等地，迷恋过阿拉伯酋长女儿安妮特拉，进过开罗的疯人院等。如果没有第二重地理空间，也就没有对第一重的再次回归：完成了两重地理空间的人生旅行之后，培尔已进入人生的老年时期，海外流浪生活让他变得一无所有，只有凄凉地再次回到故国挪威，寻找那间与索尔薇格居住的茅屋。因此，两重地理空间之间存在密切联系：第一重地理空间里有对第二重的向往，培尔心中一直梦想建立自己的“金特国”，因此决定通过到海外的流浪来实现这样的梦想；第二重地理空间中有对第一重的回望，无论培尔流浪到哪里，索尔薇格始终在森林茅屋里痴心等待；剧本结尾之处，培尔的灵魂终于回归了故里。

（一）以故乡自然作为源头的挪威地理空间建构

剧中以培尔的故乡作为源流，建构了一重挪威的地理空间，如图 3.1 所示，由“奥丝家园”、“燕汀山背”、“黑格镇农庄”与“龙德山中”四重地理圈组成；四者之间相互独立，各有不同含义，于培尔的一生来说，有着不同寻常的意义。他出生与成长于“奥丝家园”：在“古德布兰斯达尔及周围的山岭间”，位于“挪威

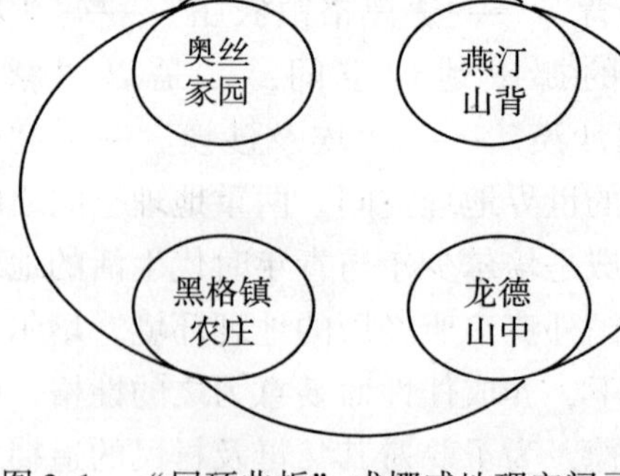

图 3.1　“回环曲折”式挪威地理空间示意图

中部偏南的洛根河谷地”(292)，① “离奥丝家园不远的小山麓，树木丛生，中间有一道湍急的涧溪流淌。小溪对岸，有一座老磨坊”。(293) “奥丝家园” 山清水秀而人杰地灵，是培尔人生旅程的起点，在无拘无束、清贫困苦的自然地理环境中，他形成了玩世不恭却好高骛远的性格。培尔向母亲奥丝编造燕汀山背骑着驯鹿飞奔的故事，并且描述得有声有色：

> 那足有两里地长。上头窄得就像镰刀刃儿。站在山头往下瞧啊——底下是冰河，再过去是山坡，再过去是灰糊糊的峡谷。山背儿下边一里多路的地方，周围是黑黝黝，死气沉沉的湖水。我骑着那只驯鹿，像长了翅膀似的，就在那道山背儿上飞跑起来。(《培尔·金特》，294)

“燕汀山背” 是一个真实存在的地理空间，也是寄予培尔理想的想象空间；与他调皮而无赖的性情有关，其内心深处潜藏着逃避现实的梦想。“黑格镇农庄” 是与 “奥丝家园” 邻近的村庄：“黑格镇一座庄园的场院。背后是农舍。已经挤满了宾客，草地上有人快活地跳舞。提琴手坐在桌子上。管家的站在门口。女仆们在一栋栋房屋间走来走去。”(307) 由此可见，“黑格镇农庄” 是一个较为富裕的农庄，有着数量可观的田产，那里正在举行庄主女儿的婚礼，然而，培尔却将新娘英格丽德在新婚之时骗走，后来只有到处逃窜以躲避众人的追捕。培尔逃进深山后，在如醉似梦幻景中进入 “龙德山中”：

> 像一座座城堡那么拔地而起，看那扇大门多么光芒四射。
>
> 伫立在风标上的雄鸡掀起翅膀像是要飞。它融到蓝色的烟雾里，山峦也被遮蔽起来。岩石隙缝里长的是什么树木和羊齿

① 本书所引《培尔·金特》中的文字，皆出自易卜生文集（第三卷）. 萧乾译. 北京：人民文学出版社，1995：287-448. 后文只在引文后的括号内标明页码。

草呀？它们是长了苍鹭脚的巨人，如今也是一片朦胧。大气色彩斑驳，像虹一般，使我眼花心乱。(《培尔·金特》，325)

在此情境下遇到绿衣公主，被带进多沃瑞山妖王国。如此看来，四重地理圈与培尔之间关系密切，有的甚至是其生命中最为重要的元素："奥丝家园"是生他养他之地，是其未来人生路上生生不息的源泉；"燕汀山背"是其成为"国王"的梦想之所，正是那样美丽高大的山峰，寄予了培尔远大的志向与幻想；"黑格镇农庄"事件发生之后，当地人们的歧视以及不停地追捕，让他不得不到"龙德山中"流浪；"龙德山中"中再遇绿衣公主的纠缠，则是其"绕道而行"，不得不去海外寻找出路的原因。四重地理圈各有蕴意，也带上不同的色彩，剧作家十分讲究色彩的运用与搭配，如果用颜色来形容四者的话，那么"奥丝家园"应与冷色调蓝色相对应，因为那里是培尔从小生长的地方，并不富裕或者说很贫寒，因此以蓝色作为主色调；"燕汀山背"应与绿色相对应，那里的植被与物产是如此的丰富，寄予了培尔的希望和幻想；"黑格镇农庄"与暖色调红色相对应，那里正在举行马斯·穆恩与英格丽德的婚礼，是喜庆的颜色，不过这种喜庆并没有持续太久，培尔就将新娘拐走了；"龙德山中"应与紫色相对应，因为那里大气色彩斑驳，到处迷漫着彩色的迷雾，培尔因而眼花而心乱了。四重不同的地理圈，分别以蓝色、绿色、红色、紫色为主色调，并以时间发生的先后作为顺序，展现的是培尔人生旅程中第一阶段的曲折地理线路图；地理圈之间环环相扣、紧密链接，成为整体的挪威地理空间，是其后来流浪海外人生轨迹的源头。培尔的情感亦在四重地理圈中不停流动：在"奥丝家园"里有贫困与卑微的忧伤，在"燕汀山背"里有当"国王"的幻想，在"黑格镇农庄"里有肆意挥霍的激情，在"龙德山中"里有对人生前途的迷惘，其情感并不是一种状态，而是呈现出高低起伏、重重叠叠、弯弯曲曲之姿态。因而，以故乡地理作为源头的四重地理圈，建构立体而厚重的挪威地理空间，形成培尔人生中第一个"回环曲折"。

（二）以世界地理作为依托的培尔人生流浪轨迹

以世界多国地理作为依托的培尔人生流浪轨迹，同样是由四重地理圈形成，建构了另一重世界地理空间。若要论及剧中呈现的世界地理，当然不可舍弃挪威这个国家，而且挪威在培尔一生中占有十分重要的位置；此处所说的“世界”，既包括挪威，也包括挪威之外的国家，不过主要还是指向后者。由图 3.2 可以看出：其一，培尔在海外流浪经历的地方，主要形成以“摩洛哥西南海岸”、

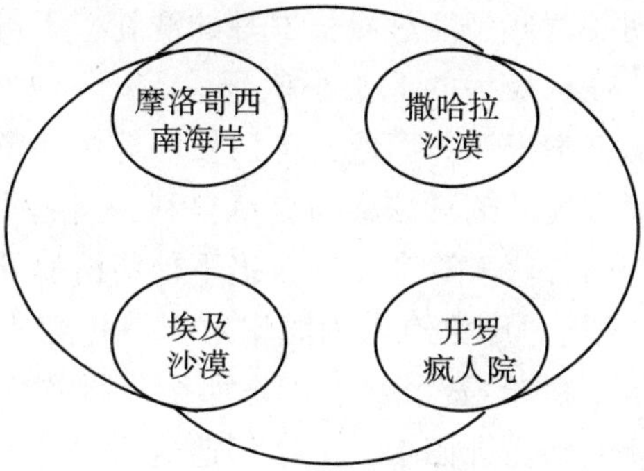

图 3.2　“回环曲折”式世界地理空间示意图

“撒哈拉沙漠”、“埃及沙漠”、“开罗疯人院”为中心的四重地理圈。其二，培尔在每一重地理圈里，都有过不同寻常的人生经历，发生了一段传奇的故事；因而，四重地理圈既相互独立，又各有深厚蕴意，于培尔的一生来说，各自有着不同的意义。其三，四重地理圈之间又相互关联，培尔的幻想、索尔薇格的思念在其间不断萦绕；四重地理圈与两重情感回环圈以及由此建构的审美空间，形成“回环曲折”式地理空间结构；同时，“世界”与“挪威”两者之间，也存在千丝万缕的联系。“摩洛哥西南海岸”时，中年的培尔已经成为“世界公民”：

我生在挪威，但是论气质，是个世界公民。我得感谢美国，它叫我尝到了富有的滋味。德国最新式的学者提供给我这样丰富的藏书。我从法国学到对衣着式样的讲究，以及我的仪

表和机智的谈吐。英国培养了我的勤奋习惯以及对个人利益的敏感。我从犹太人那里学会了忍耐。在意大利住了没多久，就养成了舒舒服服的游手好闲。我一度陷入困境，可是瑞典的钢铁救了我一命。(《培尔·金特》，362-363)

由此可见，培尔虽然出生在挪威，却受到美国、德国、法国、英国、意大利、瑞典等国家文化的滋养；对他是否真正到过这些国家暂且不论，有一点可以确信的是，他在海外的许多国家流浪过，吸取了各种文明的营养；经过漫长岁月的洗礼，不再是多年前挪威那个穷困潦倒、任意妄为的毛头小伙子，无论是从外表穿着打扮，还是从生活阅历、学识涵养而论，他已被锤炼成一位有身份、有地位的商人。然而，他的刻意炫耀与自私自利，引起朋友们的嫉妒与不满，遭到他们的合伙人算计，独自扔下他将游艇开走，最后游艇与财富被付之一炬。“摩洛哥西南海岸”是其中年人生的第一个落难点。第二站是“撒哈拉沙漠”：“是那么辽阔的、无边无际的荒地啊！远处一只鸵鸟在徘徊，当上帝创造这么一片广漠无垠的荒芜地带时，我纳闷他的用意究竟是什么？”(374) 这是一种以荒地沙漠为主的地理圈，但培尔依然有自己诗意的绿色幻想，希望在此建立自己的“培尔城”与“金特国”(375)。培尔穿过这片荒漠之地，来到绿洲中央的阿拉伯酋长帐篷前，以“先知”的身份迷恋酋长的女儿安妮特拉；此时，挪威北部一座大森林里的茅屋前，索尔薇格已经成为皮肤白皙、端庄秀丽的中年妇女，她仍在安详地等待浪子培尔的归来，坐在阳光下纺线，凝视着小径，唱起了《索尔薇格之歌》(参见剧本第四幕第十场)，① 是情感回环圈的再现。“埃及沙漠”是第三个落难点：“沙漠中央是一座门农塑像。”(390) 在这个不知名的沙漠里，培尔又开始了自己的幻想：“我要去爬金字塔。”“我要从陆地绕到红海的北岸。我也许能找到波提法王坟墓。然后，去亚细亚！我要到巴比伦去寻找空中花园和妃子

① 参见．易卜生文集（第三卷）．萧乾译．北京：人民文学出版社，1995：389.

们，那是文明最早的标志。然而，我穿上一步跨七里格的靴子，去看特洛伊的城墙。从特洛伊我再跨海到壮丽辉煌的古雅典。就在那个地方，我要一块石头一块石头地探索翁尼达斯曾经防守过的山口。”(390) 其中涉及众多地理意象：“金字塔”、“红海的北岸”、“波提法王坟墓”、“巴比伦空中花园”、“特洛伊城墙”与“翁尼达斯山口”等，多重地理名称的反复叠加、多重地理意象的重重叠生，它们有的是埃及本国的地理景观，有的是巴比伦、古雅典等亚细亚国家的地理景观，都是人类文明的标志。因此，沙漠的荒凉之景与“金特式”的幻想相互组合，成为一重独特的“埃及沙漠”地理圈，培尔幻想中的古老而繁华之地理景象，与沙漠荒凉之情境以及落魄浪子的孤独心境，自然形成鲜明对比。“开罗疯人院”是第四个落难点，也是一重具有哲理韵味的地理圈：“吉泽村附近。巨大的狮身人面像，远处还可以望到开罗的礼拜堂以及伊斯兰教寺院的尖塔。”(392) “开罗。疯人院。一个方形的大院子，周围是高墙和建筑物。加了栅栏的窗户和铁笼子。”(394) 以“狮身人面像”、“开罗的礼拜堂”、“伊斯兰教寺院”、“疯人院”等为主体的地理意象，组接成一重奇特的地理圈，与人类的信仰、人类的生命以及精神境界相联系，是剧作家对人类生命之奥秘以及自我奥秘的哲学探讨。由此可见，以“摩洛哥西南海岸”、“撒哈拉沙漠”、“埃及沙漠”、“开罗疯人院”为中心的四重地理圈，一环扣着一环的延展开去，一环的情感链接另一环，一环的意蕴紧扣另一环，世界各地不同的自然景观与人文景观，在此得到诗意而充分的展现；更有培尔的幻想、索尔薇格的思念两重情感回环圈，不间断的回环往复，共同建构“回环曲折”式世界地理空间，具有深邃而丰富的审美意义。

二、回环而曲折的艺术之美

如果对易卜生戏剧作品中的地理信息进行统计，建立一个地理信息数据库的话，那么，《培尔·金特》中地理因素数量之多、分布之广，地理信息丰富，在其剧作中应是首屈一指的。培尔传奇式的流浪汉冒险故事，给读者带来一种强烈的冲击力，其中蕴涵挪威本土的地方情调、异域他乡的风土人情以及大胆而离奇的幻想，剧作家对于人类如何真正面对自我、人类如何与自然相处、人与人之间如何相处的深刻反思，带给读者无穷的韵味。剧中不仅有多重地理圈的回环，也有两重地理空间的建构，还有培尔人生历程的曲曲折折，同时有着多种情感的反复回环，在挪威地理空间里迂回，在世界地理空间里凝结；因而，“回环曲折”式挪威与世界地理空间得以产生，繁复曲折且高远空灵。

（一）回环而曲折的艺术之美

正是数量繁多的地理意象、曲折多姿的地理圈以及多重样式地理空间的建构，在剧中形成“回环曲折”式地理空间结构，如图3.3所示，因而具有一种回环而曲折的艺术之美。“奥丝家园”、

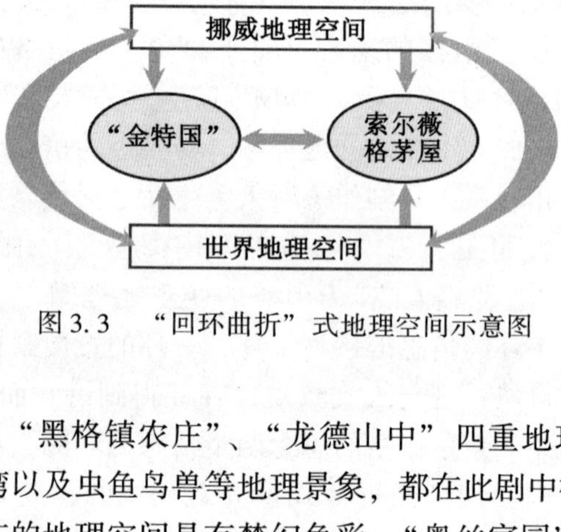

图3.3　“回环曲折”式地理空间示意图

“燕汀山背”、“黑格镇农庄”、“龙德山中”四重地理圈，崇山峻岭、大海峡湾以及虫鱼鸟兽等地理景象，都在此剧中得到完好的保存。实实在在的地理空间具有梦幻色彩：“奥丝家园”及周围小山麓、“黑格镇农庄”是山川田园之景；“燕汀山背”、“龙德山中”既是实在的地理空间，又融合了培尔无尽的想象。一圈一圈的地理之景连接在一起，一片一片的地理之象组合在一起，一环一环的人物之情交织在一起；想象的与现实的地理之象交融在一起，远处的与近处的地理之景融合成一片，高山的与峡湾的地理风情组合成一圈，浓烈的与浅淡的地理情缘凝聚成一环。由点到片，由片到面，

由面到圈，不同地理圈之间回环相生、相映成趣，让人物的情感曲折而复杂。世界地理空间中，“摩洛哥西南海岸”之绚丽多姿、“撒哈拉沙漠”之荒芜苍凉、“埃及沙漠”之地的古老而深邃、“开罗”之深厚哲理意蕴等，四重各具异域特色的地理圈，一种接一种的地理意象应接不暇，一重接一重的地理圈重重叠生，一环接一环的情感环环相扣，人物命运在其间的坎坷不平、高低起伏，因而，一种回环而曲折的美感由此而产生。《培尔·金特》中，挪威作为世界重要组成部分，世界地理又是以挪威作为起点，培尔坎坷的一生是从挪威开始，渐渐向挪威之外的世界地理扩散，随着流浪路线的越来越长，其地理的范围越来越大；于此，挪威与世界地理的组合，建构了一重阔大的世界地理空间。如果没有以挪威作为起点，也许培尔就不会向往外在广阔的世界；如果没有整个世界的丰富多彩，那么挪威只会显得单调而乏味；正是有了由挪威向世界地理的不断向外扩展，培尔的人生路线才会变得如此坎坷与曲折。正是有了挪威地理空间，世界地理空间才有了存在的基础，因而晚年的培尔才能够在海外找到回家的路，实现自己灵魂的回归；正是两重地理空间之间的相互连接、彼此影响，培尔的人生才显得如此丰富与完整。更有两重情感回环圈，在两重地理空间之间反复回环：培尔的人虽在挪威的家园，心却在世界各地徜徉；培尔虽在海外不断流浪，却也会思念挪威森林茅屋里的索尔薇格；索尔薇格虽在挪威松林深处茅屋前等待，心却随着培尔在世界各地流浪。同时培尔的幻想与内在的情感，不间断地在两重地理空间跳跃：原来是挪威国土上的人物，会突然出现在世界各地；偶尔内心隐秘的思想与渴望，突然转换成挪威现实的一部分；培尔的内在世界与外在世界，挪威地理的真实与虚假，世界地理的梦境与现实，有的时候让人分辨不出真实与虚幻来；而情感的亦浓亦淡、梦想的亦真亦假、思想的亦深亦浅，亦在地理圈的环环相扣之间循环反复。因而，以挪威为中心的世界地理空间建构，整体上形成一种回环曲折的结构。在这部作品中剧作家充分调动了自己的艺术想象，让培尔从故国出发而周游列国，人生的流浪同时也是心灵的流浪、精神的漂泊，而由挪威到世界各国的地理之旅，正是与此相适应。

（二）高远而空灵的意境之美

剧中各类地理意象的叠加、相生与重现，以及不同地理空间的再现与切换，梦幻与现实空间之间的分离与融合，因而呈现出高远而空灵的意境之美。“燕汀山背”是众多地理圈中最为奇妙的一重：不同于“奥丝家园”简朴秀丽的小山麓，也不同于“黑格镇农庄”朴实无华的田园风光，更不同于“龙德山中”的峻峭、神秘与虚幻；既是一重实实在在的高山峻岭之处，同时也是最为重要的艺术想象空间，寄托了培尔不切实际的梦想，却不乏开阔与高远的意境之美。“燕汀山背”意境之高远，在于山峰之高：“站在山头往下瞧啊——底下是冰河，再过去是山坡，再过去是灰糊糊的峡谷。”(294)“山崖在我们背后，下边是无底深渊。”(295)培尔骑着那只神奇的驯鹿，在“燕汀山背”向远望去，一切景象尽收眼底，底下是无尽的深渊，有山风在耳边不停地呼啸，金色的阳光在头顶照耀，底下有大片大片的湖水荡漾，还有冰河上的浮冰在大块大块地裂开，是何等的大气与自由之境呢！“燕汀山背”意境之高远，在于动植物之生机勃勃：有密密麻麻的鹰在半空里不停盘旋，有悬崖洞穴里突然飞出的大松鸡，有层层云彩中一群又一群的海鸥，更有山上的精灵们团团围绕，在身边不停地唱歌与跳舞；这等情境，哪是世俗人间所能见到的万象呢？随着那只驯鹿高高低低的飞翔，翻过高山越过海洋，穿过云层飞过湖面，又是何等的高远与潇洒之景呢！如果山峰不巍峨，哪来的高远之心境？如果山峰不俊秀，哪来的空灵之意境？如果山峰不富饶，哪来的丰富之想象？由此可见，“燕汀山背”之地理圈的呈现，给人带来无穷无尽的艺术想象，不仅呈现挪威自然山水田园风光之美，由此证明培尔颇具个性理想之丰富与高远，而且给人带来高远的心境与空灵之意境。为何培尔会对此有着奇异的想象？因为“燕汀山背”之高，所以是一个自由自在的地方；因为“燕汀山背”之远，所以远离了世俗生活的烦忧。“燕汀山背”地理圈，是剧作家在剧作中首先建构的实体地理空间，更是颇具艺术想象力的审美创造，众多地理圈随后的纷纷出现，却脱离不开它的影响，其所带来的优美意境始终萦绕于多重地理圈之间。培尔为什么会离开“奥丝家园”，前往“黑格镇农庄”？为什么会在“龙德山中”遇见绿衣公主？为什么会到海外流浪，经历“摩洛哥西南海岸”、“撒哈拉沙漠”、“埃及沙漠”、“开罗疯人院”等地？与他生性顽劣、自由自在的人性有关，也与他逃离社会现实的想法有关，更与他的“金特国”梦想有关，这一切都可以与“燕汀山背”之幻想相联系。他的生活常常处于真实与虚幻之间，有大胆而离奇的皇帝梦幻，有与众多山妖精灵相遇的经历，有大胆而超越的想象，也有离奇而怪异的生活，这些都在多重地理圈中得到展现；因而，全剧所有的人物与故事情节好似处于亦真亦假的梦境之中，超逸而灵动、无迹可求，使人进入一种深沉而幽远，有时候甚至是不可实指的意境。

（三）重叠而繁复的象征之美

此剧最为突出的有三重象征体：第一重出现在“龙德山中”的山妖王国，有多沃瑞大王、绿衣公主，还有“老老少少、大大小小，奇形怪状的妖臣们”(328)，一幅生动而形象的山妖动物的众生相。与人类天性截然相反的动物群体，相貌显得十分丑陋，却意义深远：首先，是与培尔身上的某些特性相一致的，是其感性与肉欲成分之象征，也是其内在不可抑制的欲望之象征；其次，索尔薇格身上所体现的一种优秀品格，那种宗教般纯净的处女属性，是与之形成鲜明对比的。第二重发生在“燕汀山背”之上，是培尔不切实际的幻想之象征。他骑着驯鹿在山上高高低低的飞翔，真实的景象是那一座高高的山峰，虚幻的景象是培尔将自己想象成为国王，凌驾于众生万物之上，而在那些山峰之上自由自在的翱翔。因此，“燕汀山背”之地理圈的建构，与其自身的国王梦幻、逃避现实的困境有关；而这样一种不切实际的幻想，无论培尔在哪个国度哪个地方，都会以不同的形式而反复出现，因为他毫无原则、投机取巧地生活在世界上，就是为了实现这个幻想。第三重出现在培尔家园梦想之上，即出生与成长的家园——“奥丝家园”。他在黑格镇农庄抢走婚礼仪式中的新娘英格丽德，因而被新娘的父母与庄园的农户追捕，不得不逃至龙德山中避难，而他与母亲奥丝极为简陋的家园，也被追捕的人们几乎夷为一片废墟，值钱的东西都被抄光拖走，本是破落的家庭显得更加凌乱不堪。当培尔准备到海外去流浪之前，回到了旧日的家园，看到此番破败之情景，一股辛酸之情油然而生。他本来就有着光宗耀祖之幻想，一直想建立自己的“金特国”；当他将母亲奥丝的灵魂送到了天堂，更加坚定了他重建家园的梦想；他过上上流社会生活的幻想，更坚定了他远离此伤心之地到海外去发展的决心。但当时所处的困境只能允许他在龙德山中的松林深处，用木材建造一座十分简陋的茅屋；这里后来成为索尔薇格一生守候之地，却是培尔一生的终点，更是其灵魂最后的归宿。于此，一重又一重象征在与各类地理圈、地理空间的相互对照中，呈现出广博、深厚、曲折而繁复的象征意蕴，生发出生生不息而别具一格的美学韵味。

以上三个方面，正是《培尔·金特》剧中“回环曲折”式世界地理空间所带来的丰富的审美价值与意义。

第二节　《海上夫人》：“由小及大”式世界地理空间建构

在《海上夫人》一剧中，故事发生在挪威北部的一个海峡小城，却涉及了整个世界，因此建构了“由小及大”式世界地理空间。所谓“由小及大”，是指剧中以挪威小城作为中心，渐渐辐射到整个大的世界，随着故事情节的展开，人物涉及的国家越来越多，空间范围就越来越大；犹如一点雨滴落到平静的水面，一圈复一圈，有规律、有韵味的向外扩散，由此形成整体的世界地理空间。房格尔大夫与他的两个女儿，生活在挪威北部的海峡小城市里，剧中很多的活动场景，都是以其美丽雅致的花园作为背景；众多人物从四面八方纷纷来到这里，在花园里、山坡上、海峡边、轮船上，人们相互之间产生了情感，发生了多种多样的故事。由此可见，“花园”作为中心点牢牢吸引着人们的视线；以此作为圆心而一圈一圈向外扩展，最后成为一个更大的涉及世界各地各国的“圆面”。因而，《海上夫人》中，“花园”⟶“山坡”⟶“大海”⟶“挪威”⟶“北欧”⟶“世界”，在圈与圈的重叠之中，建构了“由小及大”式世界地理空间，“图 3.5 ‘由小及大’式圆形地理空间示意图”由此产生。

一、“由小及大”式世界地理空间

剧中“由小及大”式世界地理空间之所以能够形成，有如下三个条件：其一，与剧中人物来自各个不同的地域有关，有的人也许多年一直固守于出生与成长之地，如房格尔、博列得等，但更多的人物则是一直在外旅行，或者居住环境变动而形成流动之势；其二，与剧中故事发生的地理背景相关，“花园”、“山坡”、“海峡”等地，无疑是故事发生的重要地点；其三，与众多人物在外流浪的路线相连，如陌生人在世界的东方与西方的流浪路线，凌格斯川的海上旅行路线，等等。

剧中人物分别从各个不同的地域，来到挪威北部的滨海小城。艾梨达原本是海上灯塔管理员的女儿，一直生活在肖尔得维克港；十年前她从海边嫁到房格尔家中，成为他的续弦妻子，也是博列得和希尔达两位姑娘的继母。巴利斯泰于十七八年前跟着希伟剧团来到小城，他很快适应了小城的生活，并竭力为外来游客服务，同时拥有了不少头衔：画家、理发师、跳舞教师、音乐协会会长、导游等；他与小城的人们建立了深厚的感情，一直舍不得离开此地。阿恩霍姆来自挪威的另一个城市“克立斯替阿尼遏”(241)（现挪威首都奥斯陆），他做过房格尔家两位姑娘的家庭教师，之所以再次来到这座滨海小城，是因为一直以为有位姑娘在这里思念与等待着他。凌格斯川也曾到各国去航行，无从知道他来自哪一个国家，现在却在房格尔居住的小城养病，并与博列得、希尔达两位姑娘有一定的情感关联，明年又会去挪威南方城市卑尔根，他有一位亲戚在那个城市，他将要到那里去发展自己喜欢的雕塑事业；另外，他希望到了南方城市之后，博列得会在这座小城里依然热烈而持续的思念他，这样他的雕塑也许就会完成得更快、更好；同时，他与希尔达之间也碰撞出情感的火花，因为他的生命可能不会很长久了，所以很喜欢她现在的青春模样，幻想多年以后如果能够再次相遇，一定是一件激动人心的事情！陌生人的身世更为离奇，即使是艾梨达也不知道他来自哪里："他说他是芬马克人。可是他生在芬兰。大概是小时候跟他父亲到挪威的"(264)，但凌格斯川又说他是"美国人"(249)，如同大海一样充满神秘感和诱惑力的他，没有人知道他来自哪里与去向何方；为了逃避杀人罪责一直向北方逃窜，也一直与大海为伴，航海环游于世界各地，他代表的也许是一种新鲜的文化，其身上有种危险而刺激的因素。所有这一切，对于小时候生活在海边、婚后生活在小城且一直向往绝对自由生活方式的艾梨达来说，无疑有着不可阻挡的魅力，因此任何其他的人与事，都进入不了她的内心世界。陌生人虽然一直在海上航行，却一直"居住"在艾梨达的心里；他流浪多年之后来到了她所在的滨海小城，打算兑现十年以前的诺言，将她带走一起到海上生活。由此可见，在《海上夫人》中，无论是哪一位人物，都从不同的区域而凝聚到了那一个点——滨海小城，他们相互之间产生了不同的联系，有的甚至还发生了情感的纠结。

不仅如此，他们还齐聚小城中房格尔医生的花园里。花园是一处秀美雅致之所，成为挪威滨海小城以及世界地理的中心点。《海上夫人》共有五幕，其中第一幕、第三幕、第四幕与第五幕，都是以花园为地理背景来展开故事情节；以花园为中心的地理圈，成为整个剧情发生与发展的重要地点，剧中众多人物的情感都在此得到充分展现；"花园"、"住宅"、"走廊"、"旗杆"、"凉亭"、"鱼池"、"篱笆"、"小门"、"沿海大道"、"古树"、"海峡"等众多地理意象，相互组合而形成一重花园地理圈。剧中所有故事情节的展开，都是从美丽的花园开始，房格尔一家人怡然自得生活于花园中，那里的一草一木都寄托了人们的情感，但是他们每一个人各自有不同的爱恨情愁。花园中的人们有不同的思想与情感体验：艾梨达有对远方大海的幻想，跨过了花园里的那道篱笆，她可以经过沿海大道到海边去感受大海的气息，亦可以欣赏远方的海峡风景，但城市边的大海怎么也不能与以前生活的大海环境相比："这儿的水从来没凉过——老是那么不冷不热的，一点劲儿都没有。哧！海峡的水有毛病。"(240) 房格尔对续弦妻子艾梨达倾尽了全部情感，然而艾梨达却一直融入不了现在的家庭生活；多少年来，她以热爱大海的方式在表达对“陌生人”的思念；甚至在三年前，她发现刚出生小孩的眼睛“跟着海变颜色”，“孩子的眼睛长得跟那陌生人的一样”(271)，她就知道自己的内心实在无法忘怀那个谜一样的“陌生人”，正是因此，她再也不愿意与房格尔“做夫妻”(304)。博列得有对外面广阔世界的渴望，花园里水池中的“老鲤鱼”意象，正是对她的一种隐喻：“我觉得我们的生活跟池子里的鲤鱼没多大分别。海峡离它们那么近，成群结队的海鱼在外头悠悠荡荡，来来往往，然而这些安分驯良的家鱼却一点儿都不知道，也没法参加。”(275) 希尔达有对生命与爱情的初步体验，在滨海小城背后一片灌木丛生的山坡上看到凌格斯川慢慢爬上山，便对博列得说：“瞧着他，让他说：他的病并不严重，他就要出去旅行，将来要当艺术家。他真相信自己这些话，并且还真高兴。其实呢，他什么事都干不成，结果无非是一场空，并且他还活不长。我一想起这些事，精神就兴奋。”(257) 希尔达的性格是顽皮、刻薄而叛逆的，表面上对凌格斯川不屑一顾，还讥笑他坚信自己的病有一天还会好起来，讽刺他身体不好还梦想做艺术家，甚至要到世界各地去旅行，也许希尔达的这些话语并不是真正的讥笑，只是从内心里认真地打量他，甚至还在为他的这些想法而感到激动与兴奋。

本来生活在花园之外的人们，纷纷从不同的地方聚集到花园中来：阿恩霍姆为了爱情的幻想，再次来到曾经生活过的小城；凌格斯川从远方来到这里，寻找青春艺术的梦想；巴利斯泰多年前来到小城，找到艺术创作的灵感；陌生人也从遥远的海上来到这里，拟兑现多年前曾经许下的诺言；如此等等。园内与园外的空间相互连通，园内与园外人们产生不同的关系，形成纷繁复杂的网络形态。因此，“花园”成为故事发展的重要处所：园内人们的家庭生活是怎样的？外来人们的生活状态是怎样的？他们由何处来又到何处去？他们到花园或者小城中来干什么？园内与园外的地理环境如何连接？园内与园外人们的命运将会如何？所有这些问题，都是“花园”首先呈现给读者的。正是花园这样美丽而诗意的地方存在，如此众多人物的情感世界才得到充分展现，人物形象才会塑造得如此独到，思想意识才会如此深刻。如果离开了对花园之景的展现，那么艾梨达与两个继女之间的关系也就无从理解，她与房格尔之间的感情纠葛也无从展现，还有艾梨达向往自由的理想、博列得渴望爱情的梦想、希尔达渴求得到母爱的意识等等，可能无法得到很好的传达，因为她们的内心世界是与园内的景物相互照应的，最为明显的便是园中“走廊”与“凉亭”两重空间的分离，正是房格尔大夫家庭长期分裂氛围的反映。因而，花园是剧中最为重要的地理背景之一。

剧中众多人物都具有一种“流浪者”的身份。以陌生人海上旅行最为典型，凌格斯川也有南方、北方的旅行，艾梨达、博列得等人的心灵在不停流浪，如此等等。正是他们完成了世界地理路线图的绘制，从而建构了以挪威为中心的世界地理空间。以作品中陌生人的航海旅行地理描写为根据，具体的路线为：挪威——→芬兰——→阿尔汉格尔斯克（苏联）——→加利福尼亚（美国）——→中国——→澳大利亚——→英国——→挪威。如图 3.4① 所示，可以看出：

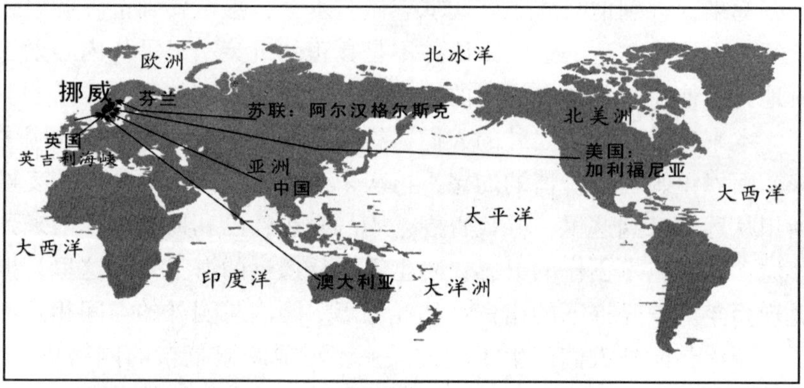

图 3.4　以挪威为中心世界地理空间示意图

① 此图采用的是中国地图出版社绘制的世界地图，在此只是为了说明剧本中陌生人的流亡路线，以及作为剧作家的易卜生开阔的全球化视野，挪威与世界各国的地理关系。

其一，涉及不同地区的七个国家，东西南北中的地域都有所涉及；其二，故事的发生与发展连通了世界的四大洲：美国属于北美洲，挪威、芬兰、前苏联、英国等国家属于欧洲，中国属于亚洲，而澳大利亚属于大洋洲；其三，以挪威作为故事的起点，也以其作为故事的终点，因而，始终以此作为地理坐标的中心；其四，陌生人为何要离开挪威到海上旅行？为何要到那么多的国家？为何又要回到挪威？他与艾梨达之间到底发生了什么？十年前，陌生人随着一条美国大船来到肖尔得维克港口，他杀死船长以后又向北方逃跑，最初在阿尔汉格尔斯克给艾梨达寄来第一封信，后来又从美国的加利福尼亚、中国、澳大利亚先后给艾梨达写了三封信，之后再也没有消息。奇特的是三年之前，凌格斯川居然有机会与陌生人在一条船上，他们二月份从美国动身，三月份船在英吉利海峡出了事。而在十年之后的今天，陌生人又两次随着一艘英国的大轮船，悄悄来到挪威的滨海小城，要兑现年轻时候的诺言，将艾梨达带走并一起去过一种海上的流浪生活。由此可见，故事的发生与发展，并不仅仅局限于挪威的花园、山坡、海滨以及小城，而是已经辐射到北欧各国甚至整个世界。无论他们来自哪里走过何处，但无不走向挪威海边小城，来到房格尔的住宅花园，世界各地的文化以及民俗风情，都集中到了挪威的这座滨海小城；在如此清秀美丽的黄昏，他们讲述着各自的人生经历，交流着自己的情感体验，并产生出浪漫诗意的情怀，似乎每个人都在演绎着自己的爱情故事。

如此看来，小城以“花园”作为地理的中心，挪威以“小城”、北欧以“挪威”、世界以“北欧”作为中心，形成一圈又一圈的向外不断扩散的态势。花园与城市地理紧密相联，形成以“花园”为中心的小城地理圈；小城地理与挪威地理相联，形成了以“小城”为中心的挪威地理圈；挪威地理与北欧地理紧密相联，形成了以“挪威”为中心的北欧地理圈；北欧地理与世界地理紧密相系，形成以“北欧”为中心的世界地理圈；六重地理圈的建构，一圈比一圈更大，一圈套上一圈，圈圈相扣、彼此链接、相互影响，因而形成一幅世界地理空间的圆形结构图（图见后文）；于此，“由小及大”的世界地理空间建构就是由此而来。

二、环环相扣的“圆形”结构

花园与山坡相连，山坡与大海相接，大海与小城相通，小城与挪威相系，挪威与北欧相关，北欧与世界相联，从花园——→山坡——→大海——→挪威——→北欧——→世界，一圈圈的渐次扩大，一环环的紧紧相扣，一圈套着另一圈，一环扣着另一环，因而建构了“由小及大”式世界地理空间，一重阔大的艺术审美空间由此产生。以“圈”为中心的艺术想象与建构，不仅让剧中充满一种重重叠叠的韵味，同时，对剧中所要表达的主题思想、人物形象的塑造、审美理想以及审美创造的凝聚等，都产生了至关重要的影响。它们体现的正是剧作家对整个世界的深切关注，从而表现了深刻而独到的地理诗学观念；它们也是剧作家宽阔视野与博大胸怀的体现。剧中不仅涉及小城的花园，而且还涉及花园外的临海大道、小城全景、旁边的山坡、城外的海洋，更涉及北欧各国以及世界各国，体现的是剧作家高远的眼光与开阔的心胸。将挪威的一座小城纳入到世界范围中去，以小城集聚世界各地的风俗人情与民族文化，世界的风云变幻在小城中不停演绎。这种对整个世界地理空间的关注，无疑是具有超前性的。

其一，挪威的临海小城，是整幅艺术图式形成的中心。阿恩霍姆对博列得说了这样一句话：“这地方也说得上是个世界生活的局部中心——人物潮流的集合点。”(275) 阿恩霍姆所说的“这地方”，就是博列得生活的临海小城。剧中的人物来自于四面八方，世界各地的游客不断涌向这座小城，来看“夏季的夜半太阳”(275)，更有陌生人环海航行在世界的各地，他们虽然身处不同的区域，但是不约而同来到挪威；他们虽然身处异国他乡，但是内心仍在向往这座滨海小城；不同地域的人们来到了小城，使这里别具异国他乡的种种风情，使小城的文化具有不同色彩。小城与外面的世界紧密相联，多姿多彩的文化从外面不停地涌来，成为多种文化的荟萃之地。各类不同的人物，也为小城增添了新鲜的色彩：艾梨达的海洋情结以及对过去的回忆，房格尔对艾梨达的深爱以及内心的烦忧，巴利斯泰的艺术家气息与热情洋溢的性格，凌格斯川的海上经历与对艺术的执著追求，阿恩霍姆对爱情的向往与不懈努力，陌生人的神秘可怕与不受约束的性格，博列得对于外面广阔世界的一心向往，希尔达的叛逆性格以及对继母艾梨达的复杂情感，等等。男性、女性人物各具自己的性格特征，各有自己的思想与苦恼，小城中人们有着各自的生活方式，以及带有本土特色的文化特征；而外来人员各有自己的理想，他们带来了不同地域的文化色彩；不同的人物如各色鲜艳的花朵，城内的、城外的、海上的、陆地的、挪威的、世界的，不同地域之花在滨海小城不停绽放。小城的花园里的各种地理景观，小城外的不同地理景物，与剧中人物的心理相对应，与他们的性格相关联，因此，在“以‘挪威’为中心世界地理空间示意图”(如图 3.4 所示）中，挪威小城处于其中心位置，不过剧作家关注的不仅仅是挪威一座小城的文化，而是整个挪威、北欧乃至全世界。

其二，以陌生人的航海线路，建构了一重独特的世界地理空间。陌生人是一位水手，长年累月的在大海上航行，无法确知他是否在进行环球的航海旅行，更无从知道其确切的航海路线；根据剧中人物的讲述以及剧作家的描绘，其航海经过的地点已经涉及整个世界：由挪威的肖尔得维克港口出发向挪威北部航行，再向东航行可到前苏联的阿尔汉格尔斯克，沿着北冰洋向东到美国的加利福尼亚，接着到太平洋向西航行到中国，再由中国向南航行到澳大利亚，接着向西航行途径印度洋到大西洋，再航行至英吉利海峡并返回挪威的滨海小城。如此看来，陌生人的航海路线横跨了四大洲：欧洲——→北美洲——→亚洲——→大洋洲，也横渡了四大洋：北冰洋——→大西洋——→太平洋——→印度洋，果真如此，其实也就是沿着地球绕了一圈。如果这样的航海路线能够成立的话，那么剧作家通过陌生人的环球航行而建构了一重广阔的世界地理空间；不仅是现实的地理空间，而且不失为一种想象性的创造。能够以此种想象方式进行写作，在 19 世纪的北欧文学作品之中，也不失为一种奇迹！因此，陌生人在海上航行的路线图，所呈现的景观与体现的价值，同样是不容忽视的：一是可以说明外面的世界是多么的广阔，那里有着无限自由的空间，而这正是艾梨达、博列得等人所一直向往的；二是可以说明陌生人的自由自在，航海所经历的地方也许连自己都说不清楚地名，然而他的一切与外在的自然世界一样，有的时候令人难以捉摸，在其身上有一股神秘莫测的力量；三是随着陌生人航海地理路线不断的向外延长，艾梨达的思念也变得更加悠长，成为其心中一直无法排挤的隐忧。陌生人之所以有这样的航行，也许是基于这样一种事实：易卜生于1881年3月27日，在罗马致哈格马德·博纳信中说：

> 我想冒昧地提请了解以下事实：当年诺登斯基尔德和帕兰德发现了“东北航道”之后，瑞典国会给了他们每人4000克朗（约1072美元）年金。我斗胆提出这样的可能图景，即比昂松和我在诗的探险过程中，已经发现了东北和西北的航道，而在将来会有很多很多的斯堪的纳维亚人去那里旅行；其人数之众，将丝毫不亚于到前述两人所辟的“东北航道”旅行的人数。①

易卜生在书信中提到的，是诺登斯基尔德和帕兰德两人，从1878年至1880年沿欧亚北部海岸线，完成大西洋到太平洋旅程；这样历史的事实显然已深深地影响了剧作家的创作，他提到的诗歌中的“东北和西北的航道”，也许只是一个比喻而已，是对自己从事的文学创作所能发挥的现实意义的一种展望，然而诺登斯基尔德和帕兰德两人的沿海旅行，也在《海上夫人》中陌生人的身上得到了展现。因此，剧作家以挪威的滨海小城作为中心，本土文化与异域文化、本国文化与他国文化之间进行着对话；虽然这样的对话并没有深入的进行下去，只是停留在对地理空间的表面叙述之上，但是，剧作家东西方空间一体化的观念以及对整个世界地理的关注，其中所体现的“全球化”视野，却是具有现代性意义的。

其三，“圆形”艺术结构，是《海上夫人》一剧的整体艺术特

① 易卜生．易卜生书信演讲集．汪余礼，戴丹妮译．北京：人民文学出版社，2012：198.

征。六重地理圈重重叠加而又环环相扣，形成了六个逐渐由小到大、一环套一环的圆形结构图式，如图 3.5 所示。六者所表现的地理疆域图景，重重建构并逐渐扩大，一地比一地更为辽阔宏大，一处比一处更为高远而开阔，表现了易卜生对人的精神问题的种种思考：彰显了人类精神不断向更高与更远处不断提升，并达至人生最高境界之心路历程；呈现了人类有一种执著地迈向全世界并走向未

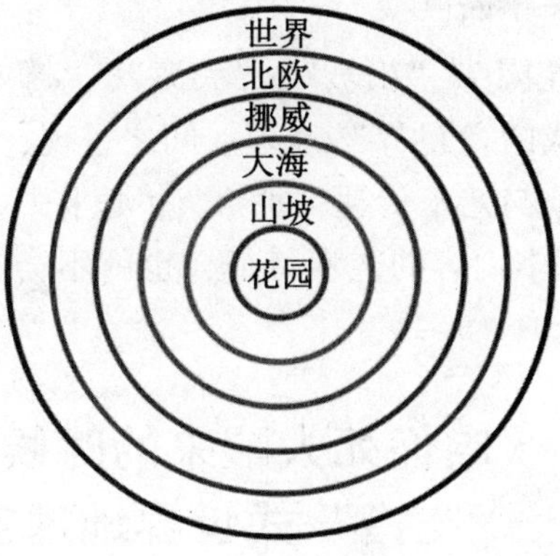

图 3.5　“由小及大”式圆形地理空间示意图

来的精神趋向。以“花园”作为中心，一圈一圈向外扩展，一环套着另一环，范围越来越广阔，意境也越来越高远，因而从整体来看，形成了一幅完整的圆形地理空间结构图。因而，“圆形结构”成为对《海上夫人》整体艺术特征的揭示，正是易卜生剧作中以“圈”为中心的艺术构思之具体展现；不仅剧作以某个地理意象为中心形成了一重地理圈，重重叠加而形成圆形的艺术图式，同时剧作家圆润的艺术想象与艺术构思方式，也由此而得到了完整的体现。“花园”地理圈是核心之所在，所有的故事都从花园里得以展开，居住在花园中的人们各自有着自己的理想追求，花园外的人们不约而同的向花园里面走去，而花园中的人们在走向山坡的过程中展现了各自之间的爱情故事，花园中的人们分别与大海有着不同的关联，更有世界各地的气候与风云在花园中得到展现，花园中的女主人公的思绪随着陌生人在世界各地环游，如此等等。因此，“花

园”是六者的“基石”，“山坡”是其眺远的“平台”，“大海”是作为一种“境界”而存在，“挪威”、“北欧”、“世界”则作为更为高远的自然景观而发挥其意义。它们具有一种层层递进的关系：人与人之间的亲情与爱情关系，形成了人类生活的各种形态特征；人类精神不断向更高处行走，是人类自我成长的发展过程；人类精神达到一种自由自在的境界，当是至为高远的追求；无论是人类的情感还是人类的生活，抑或是人类的精神，都只是全世界自然与人文气候中的一粒因子而已。

如果没有“花园”、“山坡”、“大海”、“挪威”、“北欧”地理圈，以及由此形成的“世界”地理空间之呈现，如果没有以“圈”为中心的艺术想象与艺术传达，那么，《海上夫人》就不会形成以“圆形结构”为基本内容的艺术特征，也就不会有如此丰富的蕴意与重要价值。

第三节 《咱们死人醒来的时候》：“复合交错”式世界地理空间建构

《咱们死人醒来的时候》作为“戏剧收场白”(265)，融合了易卜生多年来对自然地理的观察、对大千世界的思考以及对人类心理的探索，其间承载了复杂而矛盾的情感、高低起伏的理想，甚至流浪而多变的一生。剧中存在的地理因素，都具有十分深厚的内涵；每一重地理空间的建构，意蕴都相当深厚。各类地理要素的不同展现，建构了“复合交错”式的世界地理空间。这里不仅有挪威的南方与北方地理空间，也有世界的南方与北方地理空间，还有高山与谷地联接的地理空间，各重地理空间彼此联系、相互交错，形成一重复合、交错且完整的世界地理空间，具有繁复、曲折、深邃而诗意的美感。主要由两重地理空间组成：一是“南北交织”式，南方与北方的地理空间交错而生，剧中人物从遥远的南方不约而同来到北方，在北方交汇而产生情感的纠纷，形成南方与北方空间的交织之势；二是“上下辉映”式，上方的“高山高原”空间与下方的“深渊幽谷”空间交相辉映，以鲁贝克和爱吕尼共同携手，“上高山，去看全世界的荣华”(332)，最后葬身于雪山的最高处而结束。南方与北方相互交织在一起，上方与下方空间的交相辉映，因而两重形式的地理空间相互补充，建构了一重完整而立体的世界地理空间，并成为饱含哲理意蕴的审美空间，构成一幅“‘复合交错’式地理空间示意图”(图 3. 8)。

一、“复合交错”式世界地理空间

“复合交错”式世界地理空间建构，由“南北交织”式、“上下辉映”式两重地理空间共同组成，形成“‘南北交织’式地理空间示意图”(图 3. 6) 以及“‘高山上荣华’地理空间想象图”(图 3. 7)。

《咱们死人醒来的时候》剧中存在南方与北方地理空间，并且首先形成了“南北交织”式的地理空间。所谓“南北”，既指挪威的南方与北方，以此作为地理坐标的轴线，而且也指向世界的南方与北方；以挪威为中心南方与北方相互链接，彼此交织而成立体的地理网络，形成南北相向的世界地理空间。鲁贝克从南方一座不知名的城市，回到北方家乡的海滨浴场疗养；爱吕尼经过了在世界众多国家的流浪历程，同样来到这个海滨浴场疗养。因此，多年之后的重新遇见，过去的一切依然在他们头脑中不断浮现，点点滴滴仿佛就发生在昨天，成为各自心中无法忘却的记忆；再次的相遇，彼此的恩怨再次涌上心头，他们在埋怨之中低诉离别之情，将生命的激情再度点燃，依然没有散去的情意，重新在他们心中交织。美丽的少女爱吕尼曾是雕塑家鲁贝克的模特，她爱上了这位当时没有多大名气的艺术家，并赋予他特别的灵感从而创作了后来举世闻名的杰作《复活日》；然而鲁贝克为了自己的艺术事业，不玷污自己的艺术情感，毅然放弃了对爱吕尼的爱情，致使她悄然离开并到世界各地流浪。此后，爱吕尼到过世界很多国家，过着放荡不羁的生活，最后只剩下一副没有灵魂的躯壳回到故土。如图 3. 6 所示，其旅行的地理路线图：南美洲地区、欧洲俄国（现俄罗斯）的乌拉尔山、挪威北方的海滨浴场，等等；以剧情的发展来看，可以确定的是她有两处灵魂的短暂停留：一处是在南美洲的一个国家，第一

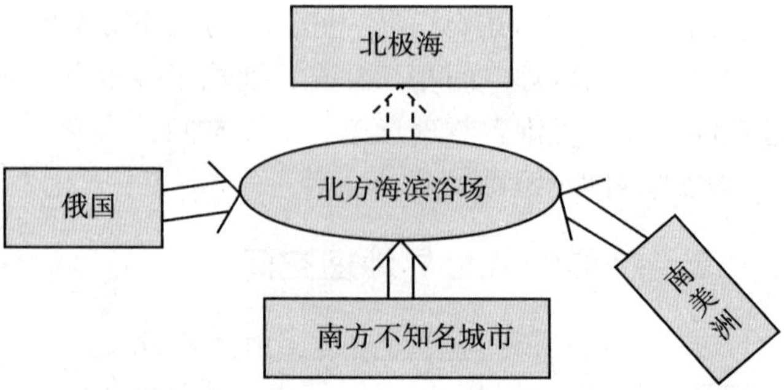

图 3.6　“南北交织”式地理空间示意图

任丈夫是一位外交家；另一处是俄国乌拉尔山，第二任丈夫是在一座金矿里；她的丈夫与孩子们先后死去，据爱吕尼所言，他们的死亡好像与她有关。无法确知爱吕尼到底去过多少国家，说明她的灵魂从来没有安宁过，在没有得到鲁贝克的爱情之后，流浪海外渐渐成为一个“活死人”。同样，鲁贝克与爱吕尼分手之后，丧失了对艺术的激情，后虽与梅遏结为夫妻，但婚后没有任何共同语言的生活，令他厌倦至极；正是因为他的心灵无法平静，因此只有在外不断旅行，来冲淡情感上的痛苦，从某种意义上来说，鲁贝克的身体与心灵一直在“流浪”，其婚后的生活一直处于动荡之中。如图3.6所示，鲁贝克的旅行地理路线图：南方不知名的城市、挪威北方陶尼慈湖边、挪威北方的海滨浴场、北方的海上旅行、北极海等。前三个地方是已经实现的地理旅行，后两者是鲁贝克打算去海上旅行的路线，“绕着海岸——穿过海峡”(282)，一直向北直到北极海；因此示意图中有三处是实线箭头，表示已经完成的旅行路线，而“北极海”处的箭头用的是虚线，是指尚未完成的旅行路线。同时，此示意图给了我们诸多启示：其一，挪威的“北方海滨浴场”，是南北方位交织的中心点，剧中人物无论是身处南方不知名的城市，还是在南美洲或俄国等遥远的国家，或者要到北极海更为遥远的地方，都是以此地为中心。他们纷纷从不同的地方走向了这里，无论是在多个国家旅行过的鲁贝克，还是在世界各地流浪过的爱吕尼，还是极不情愿跟随鲁贝克旅行的梅遏，还是那个一直以打猎为生的乌尔费姆，都不约而同地来到了“北方海滨浴场”。因此，所有的故事都在这个地方发生并得以全方位地展开。其二，每一个人都有着自己的旅行路线，呈现出分分合合的复杂状态：有的在离别之后再度重逢，比如鲁贝克与爱吕尼；有的在旅行一些时间之后再度分开，比如鲁贝克与梅遏；有的在相遇之后重新开始了生命的旅行，比如乌尔费姆与梅遏。因此，无论是南方人还是北方人，无论是到南方旅行过的人们，还是到北方旅行过的人们，他们都会在“北方海滨浴场”交集。同时，他们的旅行路线有重叠也有分离、有相聚也有离别，正是在南方与北方生活情景与地理景观的分分合合之中，交织成一重“南北交织”式的世界地理空间。其三，不仅有地理空间之间的交织，而且情感也在空间之中不停回旋，甚至彼此交错而生发出繁复的形态：有对过去生活的回忆以及对未来理想的向往，比如爱吕尼；有对现在生活的厌倦以及对过去生活的向往，比如鲁贝克；有对现实生活的不满以及对自由理想的追求，比如梅遏；有过去生活所带来的创伤以及对于美好未来的期待，比如乌尔费姆等。于此，在剧本中，挪威的“北方海滨浴场”成为它所涉猎的世界地理空间的中心，它是人们疗养身体的地方，同时也修复着各自心灵的创伤；所有情感的矛盾与冲突，都在“南北交织”式地理空间中得到充分而完整的展现。

“上下辉映”式地理空间，更多的是以挪威地理作为基础，由多重上方与下方地理景观组合而成；但其中有一处极其特别的景观，就是鲁贝克与爱吕尼不顾生命安危，携手向上攀登的那座高山，并相约去看“全世界的荣华”(332)。何谓“上下辉映”？所谓“上”，具体指剧中的“高山顶上”(326)；所谓“下”，具体指剧中的“深渊幽谷”(327)；所谓“上下辉映”，是指以“高山顶上”为“上”与“深渊幽谷”为“下”，上下空间遥相呼应且相互辉映，组合成的一重地理空间；“高山顶上”与“深渊幽谷”，既是两重实体的地理空间，也是两重虚拟的心理空间。“高山顶上”出现在剧中的第三幕：“荒芜坼裂的山腰，后方峭壁耸立。右首一列披雪的山峰，逐渐隐没在浮雾里。左首石坡上，立着一所半塌的茅屋。拂晓。天色正在发亮，太阳还没出来。"(322) 图3.7正是依据此处情景绘制，并不是用粗线条的简图方式，描绘出具体

图3.7 "高山上荣华"地理空间想象图

的地理方位及背景，而是根据剧中的描写，通过艺术的想象绘制而成；试图还原当时剧情发生的地理场景，能更为真实而直观的理解人物心理，并了解剧作家所表达的审美理想。在剧本中人物曾经六次提及"上高山，去看全世界的荣华",① "高山顶上"具有丰富而浓厚的哲理意蕴。其一，"山腰"、"峭壁"、"雪"、"山峰"、"浮雾"、"石坡"、"半塌的茅屋"、"太阳"等众多意象，组成一重立体而诗意的"高山顶上"地理空间。其二，"高山顶上"前后左右都有着不同的地理意象：前有"荒芜坼裂的山腰"，后有"峭壁耸立"；左有"石坡"与"半塌的茅屋"，右有满是积雪的高山"山峰"；所有的一切，都隐隐约约笼罩在轻轻的薄雾之中，一切显得那样的真切，却又是那样的模糊。其三，前后、上下、左右地理景观的组合，形成一幅完整的"'高山上荣华'地理空间想象图"，其中每一种地理意象都有丰富的含义。为何是"荒芜坼裂的

① 此六处分别在剧中的第275、276、303、317、326、332页，每一次的出现都有不同的含义，下文亦会做详细分析。

山腰”？说明了高山之上荒无人烟，到处都是残垣陡壁。为何后方有“峭壁耸立”？说明了山峦之高与险，那里处处都是悬崖峭壁、危峰耸立。为何是“披雪的山峰”？说明了高山之上的天气寒冷，常年的积雪不化，表明自然气候很恶劣。为何是“浮雾”？说明高山之上没有阳光视线不好。为何是“半塌的茅屋”？说明高山之上少有人居住，因为如果有人居住的话，茅屋一定会有人修缮维护，并不是“半塌的”状态了；同时，它还象征着剧中四位主要人物虚度了前半生的光阴，而他们又各自对于未来的生活已经明了，究竟需要什么样的伴侣，该选择什么样的方式去度过，等等。为何是“拂晓”？说明那时太阳没有出来，刚过黎明前黑暗的时候，然而很快就会迎来光明。鲁贝克与爱吕尼、乌尔费姆与梅遏两对伴侣，分别相约一起到高山上去，一对是“先穿过所有的迷雾，然后一直走上朝阳照耀的塔尖”。(332）一对是为了在深山野林中“去杀一只棕熊”(296)。他们虽然各自的目标不一样，却都是为了能够看到“高山上的荣华”：鲁贝克与爱吕尼是为了能够达到一种绝对艺术理想的境界，因而在狂风暴雪的天气选择了留在高山上，直至雪块坍塌而被埋在了下面，他们以自己的死亡诠释了生命的荣华；乌尔费姆与梅遏虽然是以务实作为生活的准则，是与前两者不一样的人生选择，却也并没有违背双方的心意，朝向幸福而自由的生活而努力，因而可以说也看到了“高山上的荣华”。同时，“高山顶上”还具有更为深刻的意蕴，就是“在高处”的哲学，是一种颇为高尚的人生理想以及高远的人生追求，许多人物用生命所见证所向往。作为易卜生戏剧之“序曲”《凯蒂琳》中的主人公凯蒂琳，执著于走向高处；早期重要诗剧《布朗德》中的布朗德历经千难万阻，去高山上寻找那一座冰雪教堂；后期重要象征剧《建筑师》中的索尔尼斯不顾眩晕症，爬上塔顶高楼去寻找那座“空中楼阁”；《咱们死人醒来的时候》中的鲁贝克与爱吕尼，去高山顶处寻找艺术的梦想。

“深渊幽谷”之景又如何呢？虽然剧中所呈现的下方空间之景，并不都是“深渊”与“幽谷”，而是对处于极低地理位置之景象的统称，是与“高山顶上”截然相反的一番情景。有三处提及：

一是“海滨浴场”的疗养区（269），海滨位于高山的脚下，自然是处于低处，是一片风景秀丽、宁静的“深渊”之景；二是梅遏提及的与乌尔费姆打熊的“低坡”,“在森林最深密的地方”(296)，处于疗养区附近高原的更低处，是一片神秘原始森林的“幽谷”之景；三是鲁贝克提及的“海上旅行”(272)，而被乌尔费姆讥讽为“倒霉恶心的臭沟”(282)，江河湖海一般处于低洼之地，大海亦是位置极低的去处，自然与“高山顶上”形成对比。三处“深渊幽谷”内涵丰富：第一处是众多游客疗养生息的场所，鲁贝克、梅遏、爱吕尼，还有乌尔费姆等从遥远的南方或别处来此地休养，也许他们的心情与身体都处于不和谐的状态，因而才会希望到安宁清静的地方来休息；然而，即使是再安静与再秀美的风景，却无法平息他们内心汹涌澎湃的思绪，各自的心中都有不同的隐忧：梅遏有对现实婚姻的苦闷，鲁贝克、爱吕尼有对过去生活的留恋，乌尔费姆有对过去婚姻的创伤，等等。第二处是茂密的森林之地，在那样野性与危险刺激之地打到一只棕熊是常有的事情，而这种自由、豪放与刺激的荒野生活，与鲁贝克满是艺术品的别墅高雅生活恰好相反，梅遏却能够因此摆脱婚姻的束缚与烦恼，同时可以找到自己的人生价值，应是其心中一直向往的自由自在。第三处是海上旅行，对于体面的艺术家鲁贝克而言，只有与梅遏去到海上不停旅行，见到辽阔而诗意的大海，才能平复些许内心的渴望，然而这样平静且毫无波澜的生活对于年轻而野性的梅遏来讲，并不是她一直想要过的生活，因而她最后毅然选择与乌尔费姆一起上到高山去打熊。鲁贝克只想与梅遏一起去海上旅行，并不想和她一起上到高山去，因此梅遏对于“高山上的荣华”更加向往，只是一直没有机会去到高山；而当鲁贝克遇到了爱吕尼之后，马上放弃了海上旅行的计划，决定与她一起到高山上去看那耀眼的荣华。梅遏一直向往着高山，因而当乌尔费姆约她一起去打熊时欣然前往，因为打熊对于她而言显得十分刺激，更为重要的是有人能够陪她一起上到高山，她也许能看到“高山上的荣华”。由此可见，无论是崇尚高雅艺术的鲁贝克，还是以务实为原则的梅遏，他们都选择了放弃“深渊幽谷”，而一直想到“高山顶上”去看那闪耀着光明的无尽荣华。从“深渊幽谷”到“高山顶上”，正是剧中人物所走过的心路历程，“高山顶上”的高远境界正是他们所不懈追求的。“高山顶上”与“深渊幽谷”是两重不同的地理空间，其地理的方位有所不同，其中的含义自然也有差异。“高山顶上”作为上方的地理空间，与“深渊幽谷”作为下方的地理空间，上下链接且彼此呼应，形成一重“上下辉映”式的地理空间。“南北交织”式、“上下辉映”式两重地理空间，共同组成了一重更为阔大的“复合交错”式世界地理空间。

二、空间的交错与意蕴的复合

如果说《培尔·金特》中“回环曲折”的地理空间结构、《海上夫人》中“圆形”的地理空间结构，是易卜生以“圈”为核心的艺术构思之体现，那么，最后一部戏剧《咱们死人醒来的时候》，可以说凝聚了艺术家一生对艺术的追求以及对人生的感悟、对人性的探索和对哲学宗教问题的探求等，此剧的艺术结构则更为复杂与曲折；也许并不仅仅是“圈”的艺术构思以及“圆形”的艺术结构，而是更为繁复的艺术创造，而是一种多维度、多角度的复合构成。于此，剧中南方与北方空间的相互交织，既有挪威的南方与北方的相互交织，也有世界的南方与北方的相互对接；同时也有上方与下方空间的彼此辉映，高山顶上与峡谷深渊的景象相互呼应；南方与北方、上方与下方，多重维度的相互组合，并以挪威作为地理的中心点，剧中人物从世界各地聚集到挪威的“海滨浴场区”(268)，从而形成“复合交错”式的世界地理空间；多重地理空间的反复汇合、多重象征意蕴的交织而生，以及多重解说的维度、多向领悟的空间、多重情感的交错、多种意识的复合，等等，最终形成“‘复合交错’式地理空间示意图”，如图3.8所示，“南方”与“北方”、“上方”与“下方”的地理空间彼此交织，形成一重立体的世界地理空间；无论是“南方”、“北方”，还是“下方”，都统一指向“上方”，这里的“上方”，有着极其深厚的哲理意蕴，正是剧作家“在高处”哲学的体现。因此，“复合交错”式世界地理空间，具有十分丰富而深厚的审美意蕴。主要体现在以下两个方面：

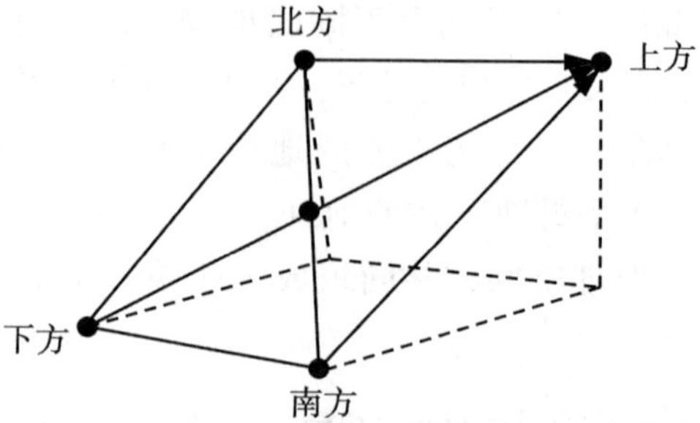

图 3.8　“复合交错”式地理空间示意图

其一，多重地理空间构成的交错之美。

《咱们死人醒来的时候》中每一种地理因素都有着丰富的内涵，因此，剧中出现多重形式地理空间的汇合，以及由此形成的曲折多姿之艺术结构。有来自不同方位的国家与城市等：南方的不知名城市、挪威的南方城市，也有位于地球南端的南美洲城市；除此之外，还有挪威北方的海滨浴场、陶尼慈湖边，还有地球最北端的北极海，等等；南方与北方的相互对接，是谓“南北交织”式地理空间结构。处于上方的“高山顶上”，是光明而辉耀的；处于下方的“深渊幽谷”，是阴暗而深沉的；上方与下方之景象相互辉映，明亮与阴暗的相互对应，是谓“上下辉映”式地理空间结构。“南北交织”式、“上下辉映”式两重地理空间，统一而成“复合交错”式的世界地理空间；地理空间之间的相互对接、交错而生，形成“复合交错”的艺术结构，具有重叠、繁复的交错之美。

地理之景随着剧中人物活动的地理背景，而一幕幕地不断升高。首先，南北之景交织在挪威北方的“海滨浴场区”(268)：“浴场旅馆外景，右首可以看见旅馆主要房屋的一部分，一片公园似的广场，一座喷水池，几簇优美古树和一丛灌木。左首有一小凉亭，几乎全被常春藤和美国藤遮住。亭外有一桌一椅。后方一片海峡景致，接连外海，远处有几个海角和小岛。”(269) 其中，“旅馆”、“广场”、“喷水池”、“古树”、“灌木”、“小凉亭”、“常春藤”、

“美国藤”、“一桌一椅”、“海峡”、“海角”、“小岛”等，组成了“海滨浴场区”的全体景象。“海滨浴场区”无疑是一处优美、安宁与静谧的好去处，也是游客可以休养身心的好地方。正如剧中所说：“这是一个宁静、和煦、晴朗的夏日清晨。”(269) 在这样夏日的清晨，面对如此美好之风景，人们的心情也应该无比美好；然而，鲁贝克与梅遏的神情却“微有疲倦之意”(269)，似乎并没有被美丽的海峡风景所感染。“常春藤”与“美国藤”意象特别值得我们关注，藤蔓植物有着弯曲、缠绕、棘刺与攀附的特性，是与人们的心情相对应的。爱吕尼第一次来“海滨浴场区”，并将凉亭租了下来供自己活动之用，小凉亭被这两种植物严严实实的遮住，象征着其内心一直没有顺畅过，过去的记忆在其心中反复缠绕，形成一丛密密麻麻的“灌木丛”，将她包裹在其中透不过气来，如同死去了一般。其次，由地理位置处于低下的“海滨浴场区”，而渐渐上升到第二幕的“无树高原”(295)：

> 山中疗养区附近。一大片无树高原，向一个长湖伸展过去。湖对岸耸立着一列山峰，峰间铺着淡青积雪。前方左首，一道潺潺的溪水分成几股细流，从一座石壁上泻下来，从高原上平滑地向右流去，直到看不见为止。沿溪杂列着矮树、花草和石头。前方右首，有一小丘，丘上有一长石椅。太阳快落山的夏日傍晚。(《咱们死人醒来的时候》，295)

地理位置稍高的“山峰”、“石壁”、“小丘”、“淡青积雪”之景，与“长湖”、“潺潺的溪水”、“矮树”、“花草”、“石头”、“石椅”等景致，构成了整体的“无树高原”之景象，比“海滨浴场区”具有更多的人文之景，也显得更加开阔与自然。随着地理位置的渐渐升高，时间亦从夏日的清晨渐渐没入夏日的傍晚，人们的心情较之以前有了些许变化：在那样的黄昏，梅遏从刚开始的疲惫而变得兴奋与开朗；鲁贝克在遇到日思夜念的爱吕尼之后，依然是那样心事重重，却也能敞开心扉与梅遏交谈。最后，处于较高地理位置的“无树高原”，上升到“荒芜坼裂的山腰”(322)，那里是高山峻岭与悬崖峭壁，剧情以高山顶上的暴风雪呼啸扫荡而结束："荒芜坼裂的山腰，后方峭壁耸立。右首一列披雪的山峰，逐渐隐没在浮雾里。"(322)"云雾四合，景物渐隐。鲁贝克教授和爱吕尼挽手走上右首雪地，不久就隐没在低云层中。猛烈的暴风一阵阵在空中呼啸扫荡。""忽听高处雪地上发出一声雷鸣似的巨响，雪块飞速盘旋而下。隐隐望见鲁贝克教授和爱吕尼裹在雪块里打转，不久就埋在雪里了。"(332)戏剧的最后一幕，鲁贝克等人从南方或者北方，纷纷攀上了那座高耸的山峰，荒无人烟之高山上，到处都是悬崖陡壁，下面是万丈深渊，暴风雪阵阵肆虐，紧接着高处的雪块开始崩塌，而鲁贝克和爱吕尼却丝毫没有后退的意思，他们迎着暴风骤雪，坚定地走向了更为光明的境界。地理位置一幕一幕向上升高，多层次地理空间的建构，全方位环境的描述以及与人物心理的相互连接交织，使全剧呈现出一种错落有致的美感。不仅是南方与北方的相互交织，上方与下方的彼此呼应，而且是自然与社会的相互映照、过去与现在的互相对话、天空与大地的深然一体、自然地理与人物心理的相互辉映！人物的思想与情感，随着地理位置的变化而不断奔腾；地理空间之间的凝聚与扩散，在不停地进行转换；因而，内在的意蕴丰厚而实在，艺术结构丰富而多样。如果仅仅只是从南方、北方或者上方、下方里的一个角度进行描写，或者只是建构一重地理空间，或者只从一个人物的角度去看待自然，那么，剧中地理空间的建构只会显得单调而乏味，整体艺术上也就没有任何创意。由此可见，剧中多重地理空间的建构，不是零散与分离的，而是完整与统一的，由小的地理空间组合成大的地理空间，由南方与北方组合为南北相向的地理空间，由上方与下方组合成上下相对的地理空间，由挪威为中心形成世界地理空间；它们是整体的、闪闪发光的与立体的艺术精品，是剧作家的精心组织与创造。

其二，多重象征意蕴构成的复合之美。

不同地理空间的建构有着各自不同的象征意蕴：南方地理空间与北方地理空间，显示了两种不同的精神形态；挪威北方海滨浴场，是人们身体疗养之处，也是心灵停歇与修复之地；从南方而来的鲁贝克，与远方城市而来的爱吕尼相逢在此，重新找回了过去的记忆，两个受伤的灵魂再次融合，曾经多灾与多难的经历让他们更加珍惜劫后重生，恰似死去的人醒来了一般；如此等等。特别值得关注的是，“高山顶上”地理空间的建构，是全剧核心思想之所在；“高山顶上”的风景，最为奇特的就是“全世界的荣华”。剧中有六次提及，见表 3. 2。

表 3. 2　　**“全世界的荣华”统计表**

次数	内　容	页码
第一次	梅遏对鲁贝克说：“你答应把我带到一座高山上，让我赏鉴全世界的荣华。”	第 275 页
第二次	梅遏对鲁贝克的埋怨：“然而你从来没把我带到高山上，让我赏鉴——”鲁贝克教授：“（烦恼）——全世界的荣华？对了，我没有。我老实告诉你，小梅遏，你不是真正天生的爬山的人。”	第 276 页
第三次	鲁贝克教授（开玩笑，想借此撇开这题目）：“难道我没答应过带你上高山、让你看全世界的荣华吗？”梅遏（神情委婉）：“也许你带我上过一座相当高的山——然而你没让我看全世界的荣华。”	第 303 页
第四次	爱吕尼：“在一个高得使人头晕的山顶上。是你把我哄上去的，你说你带我上高山，去看全世界的荣华，只要我——”(突然住嘴) 爱吕尼：“我听了你的话——跟你上高山。到了山上，我跪在地下，向你顶礼参拜，情愿为你服务。(沉默了一下，又低声说）那时候，我看见了日出。”	第 317-318 页
第五次	梅遏对乌尔费姆说：“可是他说，要把女孩子带到永远有光明和太阳的高山顶上去。”	第 326 页
第六次	爱吕尼（情不自禁）对鲁贝克言：“对，对——走上光明的高处，走进耀目的荣华！走上乐土的尖峰！”“对，先穿过所有的迷雾，然后一直走上朝阳照耀的塔尖。”	第 332-333 页

以上六组对话可以看出，“高山顶上”是一重神奇的地理空间，可以看见“全世界的荣华”(275)，这里的“荣华”不是指俗世间的荣耀显贵，而是指精神世界的光华，或者指向人世间的幸福；上到高山顶上，可以看见“日出”(318)、“光明和太阳”(326)，也可以走向“朝阳照耀的塔尖”(332-333)，一切都给人一种开阔与高远之境；到高山上去看“全世界的荣华”，是鲁贝克对爱吕尼与梅遏的承诺，两位女性因此一直相当向往。因此，“高山顶上”地理空间具有重要的内涵。一是，体现了鲁贝克与两位女性之间的情爱纠结。对于鲁贝克而言，既有对过去爱情的回忆与向往，也有对现在情感的厌倦与烦恼；其情感始终在两者之间徘徊，因而一直感到不幸福，既没有了生活的激情，也没有了艺术的灵感，这种感觉随着年龄的增大越来越明显。二是，每一个人物的表情与语气均有所不同，每一次均有不同的意义。鲁贝克与梅遏之间的谈话出现有四次：即第一、二、三、五次。对于梅遏而言，“高山顶上”的第一次出现，是对鲁贝克的无情控诉，他以前曾经许下诺言，带她去看“高山上的荣华”，也许鲁贝克当时只是无心的说起，或者只是将梅遏幻想成了日夜思念的爱吕尼，不小心说出了这样的心里话。第二次出现，是梅遏对鲁贝克的不停埋怨，因为他只是承诺带她到高山，却并没有兑现自己的诺言；对于看重世俗物质利益的梅遏来讲，并不在意到高山顶上去看那瞬间荣华，也许更在意的是鲁贝克对她的态度，因为他一直是冷淡甚至鄙视的态度待她，令她同样感到了厌倦与不满。第三次出现，梅遏已遇到打熊猎人乌尔费姆，感觉与他是同一类人，有着共同爱好与话语，约好一起到高山上去打熊；乌尔费姆虽然较为粗俗，她却能够在他面前骄纵而妄为，他也有对自己的尊重与关爱，这在与鲁贝克的生活中是从来没有的，因而其心情较之以前好了很多。梅遏此种心境之下与鲁贝克的对话，神情比从前委婉许多，是半认真半调侃地在与之交流；也许情感到了这样的程度，任何的埋怨已无任何的意义，让她能够心平气和面对与鲁贝克之间的情感。第五次出现（是上表中“高山顶上”出现的“第五次”，实际应是梅遏第四次提到“高山顶上”）是梅遏与乌尔费姆之间的对话，她明明述说着自己的故事，却好似讲述的是别人的故事；可见，梅遏已完全放弃与鲁贝克的情感纠结，能够平静地将自己的故事说与别人听。对于鲁贝克而言，他希望爱吕尼赋予过他的激情，能够再次在梅遏身上找到，所以他答应她去到高山赏鉴全世界的荣华；也许当初对梅遏抱有很美好的期待，希望与她一起探讨艺术与人生，共同走向理想的生活境界；然而，梅遏却与他并没有共同的理想与爱好并为此而感到十分烦恼，而更加的怀念与爱吕尼以前的交往。第四次与第六次的出现，是鲁贝克与爱吕尼之间的对话，他们同样有着情感的纠结。爱吕尼对鲁贝克也有过控诉与埋怨，她认为鲁贝克为了自己的艺术理想，没有接受她的爱情，只是将她当做人生中的一支插曲，因而感到恼羞成怒，一气之下离开了他，而到世界各地流浪并过上放浪形骸的生活。但与梅遏不同的是，她与鲁贝克之间有着共同的理想追求，两人的情感是相通的，哪怕失散了多年，却无法将彼此忘怀；而且，爱吕尼真正“看见过一个极美的日出”（317），此处所指的“日出”就是“全世界的荣华”。她与鲁贝克的情感是和谐的，为了去看高山上的荣华，两人相约“走上朝阳照耀的塔尖”（332-333）去寻找超凡脱俗的艺术梦想，最终被高山上的雪崩埋葬。三是，不同人物心中有着不同“高山顶上”形象：对于梅遏而言，它是一种世俗而快乐的生活方式；对于爱吕尼而言，它是对鲁贝克深挚沉痛的爱之体现；对于鲁贝克而言，它是对于艺术的执著追求以及一种理想的高远境界。而梅遏与爱吕尼的“高山顶上”，代表两种不同的生活方式，前者是对后者的一种反向阐释，正如“高山顶上”与“深渊幽谷”的对立；爱吕尼的“高山顶上”是对鲁贝克艺术生命的一种延续，如果没有她的激情与爱意，鲁贝克将无法完成艺术的追求与继续情感的生命。由此看来，人生的百味及诸多的哲理意蕴都集中在“高山顶上”，其中蕴涵的思想是如此丰厚、隐藏的情感是如此复杂。因此，多重象征意蕴等交织与融合在《咱们死人醒来的时候》一剧中，并让它包含多种解读的代码、多重阐释的空间，具有一种复合之美。然而我们也要指出，《咱们死人醒来的时候》剧中并没有以实景来建构世界地理空间，只是以人物的人生经历即他们各自的故事而构建，其中心在于挪威北部，还涉及世界其他国家。

第四节　从挪威到世界——一种想象地理空间的产生

以挪威为中心的世界地理空间建构，可以说在易卜生整个戏剧创作中，是一种特别值得提及与探讨的现象：挪威在很多时候都是地理空间形成的中心，也是剧作家心中无法磨灭的印象；剧作家在北欧诸多国家生活过，因而也成为剧作中地理景观的重要组成部分；世界地理空间成为剧作家所拥有的胸怀与视野，因而意境显得开阔而高远。于此，“挪威·北欧·世界”组合而成三维一体的地理空间，“全世界的荣华”正是此地理空间得以建构的灵魂之所在，是剧作家丰富深邃的哲学思想之再现。

一、“挪威·北欧·世界”三维一体

易卜生的剧作中，涉及挪威境内大海、高山、冰川、林地、峡湾、岛屿以及曲折海岸线等地理环境，因此形成了挪威地理空间建构，以此为基础建构了以挪威为中心的世界地理空间，除此之外，其中应包括一重北欧地理空间的建构，只是有的剧作中表现得不太明显，然而也是不可忽视的存在。北欧其他四国的地理特征：瑞典①境内多大

① 瑞典（Sverige）的地理位置与地理情况为：“北欧国家。位于斯堪的纳维亚半岛东部。西界挪威，东北同芬兰接壤；东滨波的尼亚湾，东南濒波罗的海，西南隔卡特加特和厄勒两海峡同丹麦相望。”“地势力由西北向东南倾斜，东南沿海为低地。森林占全国面积50%。河湖众多。大部分属亚寒带针叶林气候，最南部属温带气候。”参见辞海编辑委员会．辞海．上海：上海辞书出版社，2000：3460.

海、低地、森林、河湖等，芬兰①境内多大海、高地、丘陵、平原和湖泊等，冰岛②境内多大海、高原、狭小平原、温泉、瀑布和冰雪等，丹麦③境内多大海、峡湾、岛屿、起伏小丘以及曲折海岸等。它们与挪威的地形相似性很高：大部分都是濒海国家，以崇山峻岭、台地相生之地貌以及大海与峡湾作为主要的地形特征。然而各国又有不同的地理特征：挪威以高山与峡湾为主体，瑞典以低地与河湖为主体，芬兰以高地和湖泊为主体，冰岛以高原和冰雪为主体，丹麦以低地和峡湾为主体。因此，北欧各国的地形大体一致，只不过有的国家高原地形多一些，有的地方低谷地貌多一些，有的地方江河湖泊多一点，有的地方火山熔岩多一些，等等。北欧各国不同的地形与不同的地相，给剧作家带来独特的灵感：其剧中有的故事发生在高山之地，有的发生在谷地之间，有的发生在湖泊纵横之畔，有的发生在大海峡湾之旁等。于此，其众多剧作中，呈现出多种形态的地形与地貌，因而有着无比丰富之地理形态，多重意蕴由此而生发出来。北欧不同国家的地理，特别是易卜生居住过的国

① 芬兰（Suomi）的地理位置与地理情况为："北欧国家。西南濒波罗的海，西同瑞典相邻，北界挪威，东同俄罗斯接壤。""北部与东部有高地，余多丘陵和平原。冰川对地表的挖掘和堆积，形成大小湖泊约 6 万个，占总面积的 9%。在北极圈内的领土约占三分之一。属亚寒带大陆性气候，冬季严寒，仅南部较温和。"参见辞海编辑委员会．辞海．上海：上海辞书出版社，2000：1608.

② 冰岛（Island）的地理位置与地理情况为："欧洲西北大西洋上岛国，近北极圈。""全国四分之三土地是高原，沿海有狭小平原。多火山，还有温泉和瀑布。约 13% 土地为冰雪覆盖。北部属寒带苔原气候；南部属温带海洋性气候，南部沿海一带受北大西洋暖流影响，气候较同纬度其他地区温和。"参见辞海编辑委员会．辞海．上海：上海辞书出版社，2000：1048.

③ 丹麦（Danmark）的地理位置与地理情况为："北欧国家。位于波罗的海和北海之间。包括日德兰半岛的大部和西兰、菲英、洛兰、博恩霍尔姆（Bornholm）等 400 多个岛屿。南同德国接壤。""地势低平，平均海拔约 30 米（最高点海拔 173 米）。半岛东部及菲英岛等地有小丘起伏。海岸曲折多峡湾。温带海洋性气候。"参见辞海编辑委员会．辞海．上海：上海辞书出版社，2000：205.

家或者旅行经过的地方，让他不仅拥有了广阔的视野，而且不同国家中自然万物的美丽与精华，在其头脑里留下了深刻的印象，并不断成为其文学创作用之不竭的源泉。如此看来，挪威的地理景观展现虽是最为主要的表现对象，但其他四国的地理景观描写也不容忽视，以此建构了一重完整的北欧地理空间，具有丰富而深刻的审美价值与意义。

易卜生剧作中的地理景观并不是单一的组合，而是多个国家风景的复合体。易卜生于1888年10月30日，在慕尼黑致乔治·勃兰兑斯信中承认自己的创作受到了北欧国家的影响，特别是丹麦的海洋给他留下了深刻的印象，由此创作了《海上夫人》一剧："1887年10月5日，易卜生在其出版商海格尔家的宴会上曾说，在丹麦度过的那个夏天让他'发现了大海'，平静、温和的丹麦海洋给他的灵魂带来了平和与安宁，对于他的创作也将具有重要的意义。"① 如此看来，《海上夫人》原来是以丹麦国家的大海作为原型，剧情正好也发生在温暖的夏天，剧中众多人物来到那个美丽的海边小城，各自寻找属于自己温馨浪漫的爱情；正是现实生活中平静而温和的丹麦海洋，给剧作家带来诗意情怀与无尽灵感。《布朗德》一剧也可作为实证，他是在什么情况下创作出这部诗剧的？他的创作环境是不是有什么特殊性？王忠祥先生如此说："一八六二年，易卜生从奥斯陆到北部冰川区旅行，北国的风光一路上的见闻使诗人深有所感。他返回奥斯陆后，花了一年时间写出'史诗'《布朗德》"，"一八六五年一月，他有一次访问罗马圣彼得大教堂，脑海里忽然闪现出他过去写的'史诗'，这五首诗和高大雄伟的建筑、虔诚肃穆的教民联系起来了。他打算把'史诗'改编为诗剧，建造一座精神上的大教堂。"② 1870年10月28日，易卜生在德累斯顿致彼得·汉森的信中这样说：

---

① 易卜生．易卜生书信演讲集．汪余礼，戴丹妮译．北京：人民文学出版社，2012：284.

② 参见．易卜生文集（第三卷）．北京：人民文学出版社，1995. 王忠祥先生为《布朗德》所做的"题解"，第145页。

> 我到达哥本哈根的时候，丹麦人正好在迪巴尔败北。我在柏林看到威廉皇帝带着各种战利品胜利入城。在那段日子里，《布朗德》开始在我心中像胚胎一样萌芽了。当我到达意大利时，那里的统一事业早已凭借一种无限的自我牺牲精神而得以实现，而在挪威——！此外，罗马是一个绝对平静安宁的地方，我和一些无忧无虑的艺术家们有了交往，这种生活氛围恐怕只有莎士比亚笔下的《皆大欢喜》才能媲美了。这样我才具备了创作《布朗德》的条件。①

由此可见，《布朗德》一剧得以形成，不仅有着挪威“奥斯陆”的风光，也有“北部冰川区”的景象，更有“罗马圣彼得大教堂”的风情；更为重要的是，也有丹麦风土人情的滋养，还有德国柏林的地理风貌，更有意大利罗马的地域风情；因此，其剧中主体地理景观的形成，并不只是一地风光的再现，也不是一地民俗之展现，而是多个地方风土人情与地域风貌的呈现。

于此，易卜生的剧作中存在这样一个有趣的现象，那就是挪威、北欧与世界地理空间的环环相扣组合而成三维一体的地理空间，从而形成“‘挪威·北欧·世界’三维一体示意图”，如图3.9所示。如果以几何图形进行描绘的话，第一章的“图1.3 以南北为框架地理空间示意图”、第二章的“图2.9‘垂直与水平’地理空间示意图”与本章的“图3.9‘挪威·北欧·世界’三维一体示意图”，三幅示意图是“图6.1 五重地理空间示意图”（第六章）中的有机组成部分，图1.3、2.9与2.9的叠加亦建构了图6.1的基本框架；于此，易卜生剧作中五重地理空间，才能够形成一幅完整的示意图（即图6.1）。毫无疑问，“挪威”一直是几重地理空间建构的中心，其发展趋势是：“挪威”——→“北欧”——→“世界”，三重地理空间的建构，不仅形成三重地理的圆圈，一圈一圈不断向外扩展，一圈更比一圈的地理范围更为宽广，而且整体

① 易卜生．易卜生书信演讲集．汪余礼，戴丹妮译．北京：人民文学出版社，2012：97.

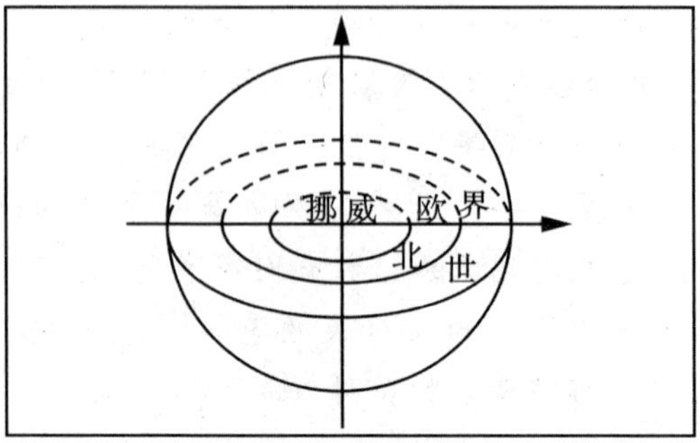

图 3.9　“挪威·北欧·世界”三维一体示意图

上形成“‘挪威·北欧·世界’三维一体示意图”。此处所说的“三维一体”，即指易卜生的剧作中，“挪威”、“北欧”、“世界”分别代表三种不同的维度，最终组合成不可分割的整体。挪威是剧作家的故国家园，其无论是旅居在北欧的哪一个国家，或者是在世界的哪一个国家旅行，抑或对自己的祖国是一种什么样复杂的情感，挪威始终是其内心最无法割舍的地方，应是其精神家园之所在。北欧有着更为广阔的地域范围，易卜生曾到过北欧国家旅行，甚至也在一些国家短暂居住过；挪威本是北欧的一部分，与瑞典、芬兰、丹麦和冰岛等国，具有大致相同的地形与地相，剧作家对北欧各国的地理环境以及民俗风情相当熟悉，因而成为其剧作中地理空间建构的来源。世界是一重更为阔大的空间，易卜生并没有走遍全世界的各个地方，然而长期旅行与居住在国外的经历，让他比一直居住在挪威的本土作家更多了一重认识世界的视野，同时拥有更多超越自我的契机，因而剧作中有多重世界地理空间的建构。于此，剧作中建构的地理空间从“挪威”走向了“北欧”，又从“北欧”走向了“世界”，是谓“挪威·北欧·世界”三维一体。因此，其剧作中亦形成一个十分有意思的景观：那就是很多剧作并不单独只有挪威地理空间的建构，也不单只是北欧地理空间的建构，更不单是世界地理空间的建构，更多是三重地理空间的同时并存，建构了“挪威·北欧·世界”三维一体空间，从而形成多幅圆形的地理空间示意图。《培尔·金特》剧中“回环曲折”式、《海上夫人》剧中“由小及大”式、《咱们死人醒来的时候》剧中“复合交错”式世界地理空间的建构，都是以“挪威”为地理的中心，或者可以说是艺术图式的圆心，而渐渐向“北欧”过渡，直至形成整个“世界”的地理空间。当然，针对不同的剧作而言，“挪威·北欧·世界”三维一体的建构，并不是单调而乏味的存在，不仅建构多重类型的地理空间，而且每一部剧作各自形成不同的地理空间结构：或“回环”、或“圆圈”、或“复合”、或“叠景”、或“螺旋”、或“垂直”、或“水平”等艺术结构的形成，由“挪威·北欧·世界”地理空间而形成的审美空间，则呈现出多姿多彩的地理风貌，具有丰富而实在的审美价值与意义。因而，易卜生的地理观念不仅仅是以挪威为起点，同时也走向北欧并辐射到了世界，有的时候还与宇宙天体相通相融，是谓“挪威·北欧·世界”的三维合体。剧中人物形象的塑造、情感的表现、主题的表达与艺术技巧的展现，都不能离开“高山”、“谷地”、“大海”、“峡湾”、“挪威”、“北欧”与“世界”等地理景观而独立存在；剧作家对自然山水的描写以及多重地理空间的建构，正是剧中多幅图式形成的基础与前提。只有当易卜生认识到自然地理对人类的生存与发展有着不可忽视意义的时候，他才能够以其卓越的艺术才华建构“高山谷地”、“大海峡湾”等地理空间，其思维才能从挪威走向北欧直到世界，并一直上升到宇宙的高度，其主题思想与美学意图，才能通过客观存在的自然意象与地理形态展现出来，也才能真正进入到对于人类精神形态的建构以及对人类精神图景的探讨层面。剧中以丰富而具体的地理因素而构成种种图式，体现了剧作家独到的艺术构思以及对艺术技巧的熟练运用，同时，体现了剧作家与自然万物、宇宙天体相互融合、共生共荣的审美理想，足以见证易卜生及其戏剧的独特价值与非凡魅力。

二、以全球为视野的博大胸怀

易卜生的作品之所以能够超越很多同时代的作家而成为经典传承下来，很大程度上是因为他能够站在全球的角度来思考文学的存在以及人类发展的问题。莫言先生曾言：“‘长篇胸怀’者，胸中有大沟壑、大山脉、大气象之谓也。”① 易卜生应是具有“长篇胸怀”之人，其剧作之所以能够引起人们不断的思考并不断获得新的启示，与他的这种“大家手笔”② 有很大关系；而这样“大家手笔”的形成，与他放眼全球的开阔视野是分不开的。剧作家以挪威为起点，但不局限于挪威一隅，而是放眼全球观察整个世界的风云变幻，并思考人类的发展问题，因而其剧作中呈现的并不是小沟壑、小山脉、小气象，剧中众多人物拥有的也是一种大抱负与大精神。正是因为拥有了如此博大的胸怀，所以其剧中对于地理的观察以及艺术的建构，并不简单而枯燥，而是多方位、多维度、多空间的构造，从而形成自己独立的艺术结构。易卜生在外 27 年的旅居生活，带给他的不仅是不同地域的生活经历，更有着多角度看待世界的视野；因而，其作品中总是会突出地表现对整个世界及全人类重要问题的思考，而不是像有些作家只局限于自我的情感以及自我的民族观念。剧作家更是将自我与故乡的自然山水连接起来，将自我与国家的历史链接起来，将自我与人类的命运对接起来，将自我的过去、现在与未来联系起来；与此同时，站在挪威的基础之上，观看整个世界的变化，因而剧中往往形成多重的世界地理空间，显得更为大气，具有一种现代性与世界性。而其剧作中的人物多半在世界各地旅行过，每一个人都有自己不同的人生经历，每一个人都有对人生、自然、世界等有不同的理解，因而，他们也就拥有属于自己的独立世界，而这样的“世界”，不仅仅局限于地理意义上的世界，更是指向人生所要达到的一种境界。正如《培尔·金特》中的培尔一样，他并没有只是将目光放在挪威的家园，而是选择了到海外流浪，国外的生活让他变成了“世界公民”：美国让他尝到了富有的滋味，德国学者为他提供了丰富的藏书，法国让他学到对衣着式样的讲究以及机智的谈吐，英国培养了他的勤奋习惯以及对个人利益的敏感，从犹太人那里学会了忍耐，在意大利养

① 莫言．捍卫长篇小说的尊严．当代作家评论．2006（1）：25.
② 莫言．捍卫长篇小说的尊严．当代作家评论．2006（1）：25.

成了舒舒服服的游手好闲，而瑞典的钢铁让他脱离了困境，如此等等。《海上夫人》中的陌生人是一个谜一样的人物，在世界各地航海旅行，无论是在哪一个国家，他都没有忘记身在挪威的艾梨达，而艾梨达在挪威滨海小城的房格尔的花园中，同样在思念世界各地远行的陌生人，他们都有着自己独立的心灵世界，同时有对彼此深深的牵挂，并且随着陌生人流浪路线的不断向外延伸，而变得如此的神奇却又绵长。《咱们死人醒来的时候》中的鲁贝克、梅遏、爱吕尼与乌尔费姆，分别从南方与北方来到了“海滨浴场”；鲁贝克与爱吕尼不顾一切攀到“高山顶上”，只为那高远而与世隔绝的艺术世界；梅遏与乌尔费姆喜欢在“深渊幽谷”中打熊，他们也在寻找让自己幸福的家园；鲁贝克与梅遏有时候也会进行“海上旅行”，他们虽是夫妻却有着不同的心灵世界；梅遏与乌尔费姆相约到高山上打猎，当暴风雪来临危及到生命时，他们选择马上下山以求得生存，如此等等。由此可见，易卜生以挪威作为自己人生与创作的起点，然而并没有将视野局限于挪威的一隅，而是将目光慢慢地向世界各地发散，不仅将自己到过的意大利罗马、德国慕尼黑、德累斯顿等欧洲之南方国家的自然地理，融合到自己的戏剧创作中去，而且也通过想象来把握与描写自己没有到过的东、西方国家，比如中国、俄罗斯、美国等国家与地区。与此同时，他还注重将外在的自然世界与人物内在的宇宙相联相通，从而外在的自然地理丰富多样，人物的内在心灵世界亦同样精彩。于此，易卜生不仅是站在挪威的角度来进行创作的，而且也是站在北欧的立场上来进行思考的，更是站在全球的高度来观察的，并以此为基础来观察人类、剖析人类；因此，可以说易卜生是一位以全球为视野的、具有博大胸怀的诗人及剧作家，其剧作往往超越了自身的局限，超越了地域的界限，超越了民族的界限。正如王忠祥先生所说：“和莎士比亚一样，易卜生不属于一个时代和一个国家，而属于所有的世纪和全世界。”① 易卜生的作品并不只是挪威的，也是北欧的，同样也是

① 王忠祥．易卜生和他的文学创作．易卜生文集·代序．易卜生文集（第一卷）．北京：人民文学出版社，1995：1.

属于全世界的。斯特累波有言："一个人只要把自己的思想提高到了这样的高度，他就决不会放弃对整个地球的描述。"① 易卜生的创作之所以能够达到一定的高度，是因为他站在全球的高度来观察这个世界，而这样开阔的视野与博大的胸怀，正是一位优秀的作家所应该具备的质素。

三、"全世界的荣华"之哲理境界

在《咱们死人醒来的时候》中，为什么鲁贝克要向两位女性许诺到高山顶上，去看"全世界的荣华"(275)？为什么梅遏一直耿耿于怀，埋怨鲁贝克没有带她去到高山看"全世界的荣华"(303) 为什么鲁贝克答应带爱吕尼去到高山，而她真正地看到了那一瞬间"全世界的荣华"(317)？为什么梅遏念念不忘且希望乌尔费姆的城堡里有"全世界的荣华"(327)？为什么鲁贝克与爱吕尼不惜被大雪掩埋，也要执著"上高山，去看全世界的荣华"(332)？要理解和回答这样的问题，不可不联系易卜生的其他一些作品：《觊觎王位的人》中亦有高山上瞥见的瞬间荣华，修士乙对斯古利国王说："我要把你带上一座高山，让你看看世界的荣华。"(127)②《小艾友夫》中的沃尔茂，上到高山也看到了与此相似的荣华："我走进了无穷的寂寞世界。在山顶上我看见了耀眼的日出。我觉得自己跟天上的星靠近了些——好像几乎跟它们有了感情，有了联系。那时候我有那么股力量。"(117)③《约翰·盖勃吕尔·博克曼》中的博克曼："他帮助我朝着我一心向往、对我招手的高山走了一半。我越走越高，一年一年越走越高。"(225) 如此

① 斯特累波．地理学．波德纳尔斯基编．古代的地理学．梁昭锡译、赵鸣歧校、齐思和审．北京：商务印书馆，1986：173.

② 本文所引《觊觎王位的人》中的文字，皆出自易卜生文集（第三卷）．潘家洵译．北京：人民文学出版社，1995：1-142. 后文只在引文后的括号内标明页码。

③ 本文所引《小艾友夫》中的文字，皆出自易卜生文集（第七卷）．潘家洵译．北京：人民文学出版社，1995：97-173. 后文只在引文后的括号内标明页码。

等等。如此之多的“全世界的荣华”，为何会有如此大的吸引力，诱惑人们不惜牺牲性命也要努力去追寻？剧中人物之所以以挪威为起点，而渐渐地走向更为广阔的世界，最为主要的原因就是要到一个更为高远之处去看那“全世界的荣华”，而这正是与剧作家一生追求的“在高处”哲学相一致的自然景观。因此，“全世界的荣华”是以挪威为中心世界地理空间的灵魂之所在，它指向的是一种高远的精神境界，一种幸福而快乐的生活方式，指向的是一个全新而高尚的世界。

“全世界的荣华”，是易卜生经过对挪威、北欧与世界自然山水、人文地理的仔细观察，凝聚了剧作家对于人生、自然与社会深层次的思考，并且与宗教与哲学联系起来，建构起来的一种至为高远与空灵的境界。世界地理空间往往是围绕着“全世界的荣华”而重重展现。《咱们死人醒来的时候》中为什么出现南方与北方的地理空间，而不是东方与西方的地理空间呢？为什么出现上方与下方的地理空间，而不是左边与右边的地理空间呢？为什么会形成南方与北方交织、上方与下方交错的地理空间而非其他？这样的世界地理空间有着什么样的哲理意蕴？剧作家自然有独特的构思与精心的考虑：鲁贝克在南方与北方地理空间之间，选择了一直在北方生活，因为那是他青春梦想的家园，曾经有过艺术追求的激情，早期也发生过爱情的故事。他将青春的激情与畅想都留在了北方，还一直想往北极海方向进行海上旅行。并且此时他正在北方的海滨浴场疗养身体，在那里意外地找到了曾经的爱情，重又忆起青春的激情从而感慨万千。对于鲁贝克与爱吕尼而言，在上方与下方的地理空间之间，他们选择了走向“高山顶上”，而梅遏与乌尔费姆选择到“幽谷”打猎，当风暴来临之时又毅然地选择了下山，是对前两者的一种反衬；在鲁贝克与爱吕尼身上，凝聚了剧作家“在高处”哲学的思考；不仅指向地理位置的更高处，也意味人类精神境界的更高处；剧中人物无不向往更高的地理位置，因为在这样高远之地才能看见“全世界的荣华”。如前文所说，剧中三幕的地理位置一幕比一幕而更高：海滨浴场——→荒凉高台——→高山顶上，其境界也渐渐变得更加高远，人物的精神境界也从小的空间范围向更为宽广的空间扩展；鲁贝克与爱吕尼希望重温旧梦，穿过雪地与迷雾挽手登上高处，一直走向“朝阳照耀的塔尖”(332-333)，去寻求更为高尚的艺术理想，最终被大雪埋葬；他们义无反顾地迈向更高而更高，“选择了远离问题诸多的现实世界走入艺术本身的、与世隔绝的王国”。① 易卜生早期长诗《在高原》，体现的就是“在高处”的哲学，那一个年轻人一直孤独地生活在高原上，其母亲被大火烧死、未婚妻成为别人的新娘，依然没有动摇独守深山的决心，因为他在高原之上能够俯视众生，从而达到一种高远的心境，能够看到“全世界的荣华”。纵观易卜生剧作中的主要人物，大多数都是为了追求理想而走向更高处，有的甚至为此献出生命：《布朗德》的同名主人公为了追求理想而一直不断地走向高山，最后由于雪崩而失去了性命；《建筑师》中的索尔尼斯不顾眩晕症而爬向自己建造的高楼，攀登那座幻觉中的塔尖“空中楼阁”，最后从上面摔下来而失去性命；《罗斯莫庄》中的罗斯莫与吕贝克为了绝对高尚的人格与理想，相约跳进了罗斯莫庄前的水车沟而失去了性命；《海上夫人》中的艾梨达一直向往大海，努力追求自由的理想，所以时常生活在痛苦与折磨之中；如此等等。他们的理想与追求都是与此意象相关联，其精神境界在特定的地理空间之中，得到了很好的展现。由此可见，“全世界的荣华”之意象在剧中的建构，凝聚了剧作家多重维度的哲理之思，体现了他对人生、自然、生态、社会、爱情、宗教、生死等的深入思考：人的一生到底该如何度过，是以艺术为主还是以生命为重？是以享乐为主还是以努力奋斗为要？人类到底该如何与自然相处？我们到底应该如何在这个世界上生存？人类的精神境界到底该走向何处？是永远向高处走，还是可以往低处行呢？人类的未来该是一种什么样的生存状态？如此等等。

由此可见，以挪威为中心的世界地理空间建构，正是易卜生以挪威为起点的地理观念之呈现，也是“挪威·北欧·世界”三维一体空间形成的基础，更是其以全球为视野的博大胸怀之反映，同

① ［挪］比约恩·海默尔．易卜生——艺术家之路．石琴娥译．北京：商务印书馆，2007：553.

时，此种对地理的观察与认识，在其剧作中有着丰富的表现，剧中许多人物都为了追求“全世界的荣华”而做出种种艰难的努力；因而，“全世界的荣华”正是剧作家内心一直的向往，也是剧中建构的多重世界地理空间灵魂之所在。同时，剧中以挪威为中心的多重世界地理空间的建构，正是易卜生以“圈”为中心的艺术构思之反映，不仅对其表达的审美思想起着至关重要的作用，而且彰显了艺术上的不断追求与不断发展的过程。如果说《培尔·金特》形成了回环的地理空间结构，“圈”的建构侧重于椭圆形的“回环”；而《海上夫人》就是多重圆圈的层层扩展，是相当标准与完整的圆形地理空间结构。由此可见，其剧作的艺术建构存在一个从回环往复的结构，渐渐趋向于多圈层的圆形结构的发展过程；到了“戏剧收场白”的《咱们死人醒来的时候》，剧作家已超越了固有的模式，不再局限于“圈”之艺术构思，在亦上、亦下、亦南、亦北的地理空间建构之中，走向了复合而交错的艺术建构。此种现象的发生，说明剧作家对于戏剧中地理空间呈现的艺术手法之运用，从最初的青涩渐渐趋向于成熟，最后达到炉火纯青的地步，终至于实现了多重意蕴交错而生的、复杂娴熟的艺术探求。在《咱们死人醒来的时候》中，鲁贝克与爱吕尼意气风发一直向高处攀登，执著而坚定地迈向更高的山峰，“猛烈的暴风一阵阵在空中呼啸扫荡”(333)，高处雪地上有“雪块飞速盘旋而下”(333)，发出震天动地雷鸣似的巨响，那是自然的世界在为他们奏鸣，鸣一曲绝对艺术理想的挽歌！他们的不懈追求与最后结局，是对易卜生一生追求“全世界的荣华”(即绝对的艺术理想）之最好诠释；剧作家穷尽毕生之力，勾画了一幅自然世界与人文社会相交织的世界远景，以及人类灵魂的宏阔图景。

第四章　以教堂塔楼为核心的宗教地理空间建构

易卜生的剧作，无论是在气宇轩昂的皇家亭院里，还是在淡泊清新的私家花园中；无论是在帝王壮丽的宫堂大殿里，还是在庶民简陋的民宅农舍中；无论是在高大耸立的宏伟教堂里，还是在低矮而简约的塔楼中，都可以发现剧作家内心深处不断涌动的，是一种平静而和谐的希望，还有高远而阔大的理想。这样的天与地相统一、人与自然和谐的理想，都在那些人文地理空间之中得到了充分的展现。当我们徘徊在布朗德所刻意追求的冰雪教堂路上时，领悟到了其痛苦而不失执著的伟大胸襟；当我们站在索尔尼斯所建造的教堂塔楼上，聆听空中轻风弹奏竖琴的回响时，体味出了清风拂来月明星稀之惬意与感伤；或是在培尔·金特所建造的索尔薇格小茅屋里，反复吟唱那一首“索尔薇格之歌”，一股人生的凄凉之感油然而生；抑或是在“海上夫人”所居住的凉亭楼阁里，随着她的记忆去到过去海上的生活里遨游，发现其中蕴藉着的期待与冀盼；抑或是在“全部斯堪的那维亚艺术里最动人的雪景”① 晚上，倾听阁楼上约翰·盖勃吕尔·博克曼不停走来走去的脚步声，人生的成功与失意便在一瞬间了然于胸！如此等等。所有这一切，让我们触摸到的是剧作家那一永恒期望的脉搏，以及执著坚持的完全诗意

---

① 艾德瓦·孟克所言，原文为：“冬天有严寒的气候，被风吹刮的白雪，以及笼罩着一切的淡淡月光；而自然里的冬天与人心里的冬天，共同构成一整幅画。艾德瓦·孟克把这叫做‘全部斯堪的纳维亚艺术里最动人的雪景’，确实不无道理。”转引自［挪］爱德伍德·贝尔．易卜生传．杜若洲译．台北：中华日报社，1982：171．可参见第七章“图 7.7‘瑞替姆府邸外冬日雪景’剧照”。

的信仰。这一脉搏随着地理空间的构成元素，包括天地日月、山水林木、秋雨春风、晨昏暮霭、天籁万物，以及亭台楼阁在内的一切富有诗意并带着某种朦胧意味的，还有着方外韵味的自然与人工的景观，一起律动且不断跳跃。于此，本章将要探讨与前三重地理空间截然不同的第四重地理空间：以教堂塔楼为核心的宗教地理空间建构，去反复体味剧作家所执意表达的浪漫神韵与空间品味。拟从以下几个方面展开论述：第一，何谓“宗教地理空间”？第二，剧中建构了什么样的宗教地理空间？第三，以教堂塔楼为核心的宗教地理空间，有着什么样的审美价值与意义？

何谓“宗教地理空间”？汉语中的“宗教”本不是一个连缀词，据《说文解字》，“宗”者：“尊、祖庙也，以宀从示。”①“示”者：“天垂象，见吉凶，所以示人也。从二；三垂，日、月、星也。观乎天文，以察時变。示，神事也。凡示之属皆从示。”②“教”者：“上所施下所效也。从攴、从孝。凡教之属皆从教。”③于此，“宗教”意指对神或人类祖先神灵的崇拜与敬仰。《辞海》对“宗教”的释义与此相近似：“社会意识形态之一。相信并崇拜超自然的神灵，是支配着人们日常生活的自然力量和社会力量在人们头脑中的歪曲、虚幻的反映。”④ 在西方，“宗教”一词最初起源于拉丁词语“religeo”，后来具有了多重的含义，不同的学者对其有不同的看法；受到强有力的、具有变革性的希腊宗教影响之后，现代学者对此存在两种分歧：一是指“一种外在于人的力量——这种力量强迫着人们采取某种行为，违则遭受可怕的赏罚报

① （汉）许慎．说文解字．柴剑虹、李肇翔主编．北京：九州出版社，2001：420.

② （汉）许慎．说文解字．柴剑虹、李肇翔主编．北京：九州出版社，2001：2.

③ （汉）许慎．说文解字．柴剑虹、李肇翔主编．北京：九州出版社，2001：183.

④ 辞海编辑委员会．辞海．上海：上海辞书出版社，2000：2866.

应——的一种禁忌”;① 二是指“一种人在面对这种力量时的内在情感”。② 根据“宗教”的定义，“宗教地理空间”是指易卜生的剧作中存在的很多教堂、塔楼、茅屋等人文地理意象，并在此基础上形成的地理空间。在其一系列的戏剧作品中，教堂低矮而幽暗的侧廊，巨大开阔而光影摇曳的中殿，融合了一种神秘的辉煌；教堂之上的尖顶塔楼直冲云霄，有着一种向上撑张之力度；森林的那一间茅屋上，却散发着一种天国的神秘之光；它们因此形成了多重宗教地理空间，给人带来一种令人畏惧与敬仰的浓烈气氛。《布朗德》中以多种富有特色的教堂意象，建构了以“三重教堂”为主体的宗教地理空间；《建筑师》中以“尖顶塔楼”、“空中楼阁”、“脚手架”、“梯子”等意象，建构了以“尖顶塔楼”为轴线的宗教地理空间；《培尔·金特》中以“奥丝的茅屋”、“山妖王国”、“索尔薇格的茅屋”等意象，建构了以“森林茅屋”为核心的宗教地理空间。这些独特的人文地理意象，以及由此形成的教堂塔楼地理空间，它们存在于天地万物之间，无不与人的精神形态相联系，具有独特而深厚的宗教内涵。

第一节 《布朗德》中的“三重教堂”

《布朗德》产生于特定的地理环境与历史背景：1865 年 1 月，易卜生在访问罗马圣彼得大教堂时，突然想起过去写的“史诗”，因而，将五首诗与此高大雄伟的建筑、虔诚肃穆的教民联系起来，那时就计划将“史诗”改编成为诗剧，从而建造一座精神上的大教堂。③ 1870 年 10 月 28 日，易卜生在德累斯顿致彼得·汉森信中说，《布朗德》一剧的形成与丹麦哥本哈根的地域风貌与特

① ［加］史密斯．宗教的意义与终结．董江阳译．北京：中国人民大学出版社，2005：20.

② ［加］史密斯．宗教的意义与终结．董江阳译．北京：中国人民大学出版社，2005：20.

③ 参见．易卜生文集（第三卷）．北京：人民文学出版社，1995. 王忠祥先生为《布朗德》所做的“题解”，第 145 页。

定的时代环境有一定的关系；同时与当时德国柏林战后的状况也有很大的关联，此剧却又是在意大利罗马完成，宁静秀丽的自然山水带给剧作家创作的灵感；所有的这一切，是《布朗德》得以产生的时代文化语境。学者们对此剧评价各有不同，比约恩·海默尔认为："这部描叙布朗德牧师的戏剧大概是这位作家的全部作品中最遭受误解的一部，这在挪威文学史上亦是绝无仅有的。"① 布雍松说："我对那种混乱以及那种粉碎了一切人性的抽象感到愤慨。我厌恶这本书！"② 温夷则取笑易卜生式的"勃朗德主义"；③ 蒙拉德虽对此剧有强烈异议，但不得不称赞其"结构的壮丽"与"全体的分量"；④ 而丹麦批评家克里门斯·彼德森虽然觉得此剧过于抽象，但它却颇具洞察力，因为它探讨的是各种意念的发展；乔格·勃朗德斯认为此剧让人从"内心深处产生了一种真正有压倒性的意象，有如跟一个天才面面相对，在他那穿透性的凝视之下，弱者就不得不低下头来。"⑤ 更多的则是对剧中宗教意义的争论：

> 《布朗德》不是一部宗教戏剧，至少不是基督教的，这一点是可以确信无疑的。易卜生在1873年被问及这样一个问题：他写这部戏剧是否为了要展示《圣经》上所说的真理，即一个人只有独自一人在场是无法为自己的行为作出辩解的。这种牵强附会按照基督教教义对慎独所做的理解遭到了易卜生的驳斥，他说道："他们完全弄错了。当我着手写作《布朗德》的

---

① ［挪］比约恩·海默尔．易卜生——艺术家之路．石琴娥译．北京：商务印书馆，2007：98.

② 转引自［挪］爱德伍德·贝尔．易卜生传．杜若洲译．台北：中华日报社，1982：59.

③ 转引自［挪］爱德伍德·贝尔．易卜生传．杜若洲译．台北：中华日报社，1982：59.

④ 转引自［挪］爱德伍德·贝尔．易卜生传．杜若洲译．台北：中华日报社，1982：59.

⑤ 转引自［挪］爱德伍德·贝尔．易卜生传．杜若洲译．台北：中华日报社，1982：59.

时候，我的本意只在于描写一个精力旺盛的人物。”①

1870年10月28日，易卜生在德累斯顿致彼得·汉森信中明确地说：“说布朗德是个神父，也纯属无稽之谈。‘全有或全无’的原则要求体现在生活的各个领域：爱情、艺术，等等。布朗德就是最好时刻的我自己。”② 无论学者们的观念如何不一致，但上述见解无一例外地说明此剧具有多重阐释的空间，以及对人类精神领域产生的巨大影响。虽然易卜生认为此剧的产生与宗教没有任何关联，但其剧中描绘的多重形式的教堂，以及由此产生的丰富而深刻的宗教意义，同样是不容忽视的。

《布朗德》剧中有十三处提到不同的教堂，具体可以分为三类：第一类是“古老的教堂”(163)，包括“古老颓屺的教堂”(167)、“巍然屹立的老古董”(225)、“老教堂”(163)、“丑教堂”(210)；第二类是“现实生活的教堂”，包括“新教堂”(242)、“小教堂”(233)、“大教堂”(265)、“山里的教堂”(166)、“谷里的教堂”(166)、“生活的大教堂”(265)；第三类是“自然世界的教堂”，包括“冰雪盖的教堂”(165)、“冰教堂”(165)。其中有“古老的教堂”与“新教堂”之间的对立、“小教堂”与“大教堂”之间的对立、“山里的教堂”与“谷里的教堂”之间的对立、“冰雪盖的教堂”与“生活的大教堂”之间的对立，如此等等。“教堂”本是“基督教举行礼拜和重要宗教仪式的场所”，③ 因而，它是与人类精神世界相联系的特殊的建筑类别，它应属于“圣域”之所：“凡属于宗教的，与某种神灵相联属的空间，如古代埃及、罗马、希腊及希伯来的神殿，或中世纪基督教堂、伊斯兰寺院、印度教神庙、日本神社、玛雅神庙等，都可以归之为圣域之属；而在

---

① ［挪］比约恩·海默尔．易卜生——艺术家之路．石琴娥译．北京：商务印书馆，2007：100.

② 易卜生．易卜生书信演讲集．汪余礼，戴丹妮译．北京：人民文学出版社，2012：97.

③ 辞海编辑委员会．辞海．上海：上海辞书出版社，2000：4177.

这些神圣的空间领域之外的空间，则应定义为世俗域。"① 在不同的文化背景下，其空间生成与发展的种种动因是不一样的，空间形式及其演变方式方法因文化不同而各自有异，相同或不同的教堂建筑形式与空间，其内在的成因也是不一样的。正如有学者所言：

> 西方中世纪建筑与传统中国受到儒教影响的建筑及佛教建筑，都不是一些由十分个性化的建筑师经过理性思考而创作的建筑作品，真正创造这些建筑的是积年弥久的文化传承本身，是传统思维中的种种象征性追求的驱动。这样一些建筑与世界上许多曾经深陷宗教迷惘与朦胧中的传统建筑一样，其基本的内在动因，是寻求与超自然力的契合与交通。而正是这种未经人类理性雕琢的传统建筑文化，才最深刻地反映了各自文化中最深层次的思维习惯，从而也最深刻地体现了各自的文化特点。②

《布朗德》剧中的各种教堂意象，并不是无缘无故产生的，而是与剧中人物对超自然力量的敬畏有关，同时与剧作家的审美理想有关，更为重要的是指向文化传承本身，与一个民族的深层思维习惯相联系；不论是平面的还是立体的、高大的还是矮小的、豪华的还是简陋的教堂空间，均具有独特而深厚的文化内涵。拟探讨以下几个问题：剧中为什么会出现如此众多的教堂意象？三重教堂地理空间具有什么样的内涵？

一、"古老的教堂"：世俗的宗教观念

《布朗德》剧中"古老的教堂"类地理意象出现频率较高，主要是以"老教堂"意象作为主体。其具体地理位置在："峡湾边，

---

① 王贵祥．东西方的建筑空间：传统中国与中世纪西方建筑的文化阐释．天津：百花文艺出版社，2006：243.

② 王贵祥．东西方的建筑空间：传统中国与中世纪西方建筑的文化阐释．"再版序言"．天津：百花文艺出版社，2006：3.

四周峭壁耸立。近旁一土丘上是那座古老颓圮的教堂。一场暴风雨即将来临。"(167) 其历史背景如乡长所言："从前这地方有一所异教寺院，大概是贝莱王时代留下来的。后来虔信基督的英雄们用掳掠来的金银修了这所教堂。它古色古香，质朴无华，然而神圣宏伟。它巍然屹立到今天。"(225) 在乡长等人眼中："布朗德，它是老掉牙了！真不明白，在今晚以前，它怎么从没有引起我注意。支风标的柱子已经歪了，使用下去不安全。再细看看那屋顶，那墙，那算什么建筑，什么风格？那拱门，你说叫它什么才合适？建筑师会说它丑不可言。我不能不说，我同意这看法。还有那屋顶上那一簇簇青苔，上帝保佑，但愿它们不是从贝莱王时代活下来的。我们看重古代的遗物，可不能做得过分！谁都看得清：这破败的老屋不过是一堆瓦砾。"(227) 以上三条引文能够说明古老教堂的整体特点：第一条，说明古老教堂所处的地理环境：处于谷地中、峡湾边，四周都是高山峭壁环绕，正因为是这样闭塞而落后的山地环境，所以才有后来新修建的教堂与古老教堂的对立，从而造成世俗的观念与新生思想的冲突；古老教堂坐落于稍高一点的土丘之上，然而经过岁月沧桑的洗礼已经变得古旧而颓废。山区的谷地空间里气候阴暗而低沉，一年四季很少见到阳光，大海峡湾边吹来的冷风异常刺骨，时时也有暴风骤雨来临的迹象，气候异常恶劣。第二条，乡长告诉布朗德这座教堂前身是一所异教寺院。所谓"异教"，是指"基督教各派对教内异己派别、个人及其思想、学说等的贬称。源自希腊语'airesis'。此词亦被用以指基督教以外的其他宗教，通常译为'异教'"。① 大多数人认为，"异教"与"邪教"、"异端"类同。而在《布朗德》中的"异教"有着深刻含义：一是说明老教堂的来历并不光明，是用掳掠来的金银修建的；二是整个教区教民的思想比较复杂，大多数的民众是基督教徒，也许还有一些不同信仰的异教徒存在；三是老教堂的年久失修，一方面说明该地域的经济落后，另一方面说明教民并不虔诚，没有人倡导修缮教堂。第三条，通过乡长对老教堂形象的描绘可以看出，由

① 辞海编辑委员会．辞海．上海：上海辞书出版社，2000：3058.

“支风标的柱子”、“屋顶”、“墙”、“拱门”、“一簇簇青苔”等地理意象，构成了一个破旧不堪的老教堂空间；乡长对此教堂极尽赞美之辞，认为它“古色古香，质朴无华，然而神圣宏伟”，也不同意布朗德将其拆毁，其实是对自己功绩的一种炫耀；但是当听到布朗德要用母亲留下来的钱，来拆毁老教堂而修建新教堂时马上转变了态度，认为“这破败的老屋不过是一堆瓦砾”；两种情境之下截然相反的态度，说明了乡长的狡猾善变以及极度的世俗功利，布朗德因此认识到这样的人在左右着教区人们的思想是很可悲的。老教堂如此破败，说明了两个问题：一是谷地里生存环境的恶劣，经济落后温饱解决不了，以至于没有钱来修复破败的老教堂；二是整个教区的人们不仅遭受着贫穷的折磨，而且精神上极度贫弱与荒芜，一年四季过着一成不变、麻木不仁的生活，没有自己独立的思想，更谈不上为了自我的灵魂而生活。

“古老的教堂”与世俗的宗教观念相对应。剧中校长的话触目惊心并且发人深省：

> 发了霉的东西注定要被霉菌吞没。腐朽了的东西终究要成为新生的东西的养料。
>
> 老教堂倒下那一天，我们的生活所赖以扎根固守的一切似乎也都随它一起倒坍了。
>
> 只要新教堂还没有结结实实地盖起来，大伙儿就觉得跟老教堂在精神上有千丝万缕的联系。因此他们怀着悲凉的期待心情看着它一步一步地修建。在它落成的好日子到来之前，在看到残破的旗子降下来，新旗子迎风飘扬之前，他们心里总不踏实。尖顶越升越高，他们的脸色越不好看，越来越沉默。如今——嘿，这一天终于来到了。(《布朗德》，246)

这里存在两种对立的情况：一是“腐朽”与“新生”的对立，二是“老教堂”与“新教堂”的对立。毫无疑问，“腐朽”正是“老教堂”的象征，是与“老祖宗定下的规矩习俗”(246）相对应；而“新生”则是与“新教堂”相对应，是打破陈规旧俗的新生力量，但是它持续时间并不长就被当地的官僚们利用；看透了这一切的布朗德，只能再次抛弃新落成的教堂，去寻找真正意义上的“生活的大教堂”。“老教堂”不可避免与人们的思想存在千丝万缕的联系，是世俗宗教观念的象征，具体表现在两个群体之上：一是当地的教民们，布朗德如此评价：“这地方的人的耳朵是聋的，几乎每一颗心都麻木不仁，心中的火都已熄灭。”（209）管事也曾说：“前任牧师在这儿时，从来听不到什么争啊，斗啊；那时候，各人自管自睡觉，你的邻居也在睡觉。”（242）可见，当地的教民们坚守着陈规旧律，只顾自己眼前的物质生活，并没有新的思想与新的活力。二是当地的官僚们，布朗德对乡长等人进行了如此的控诉：“你们在你们狭小的樊笼中摧残山民剩下的一点本性够长久了的了。你们施舍的残羹剩饭弄得人人俯首听命。你们泄尽了他们身上的朝气，掏空了他们胸中的锐气。当他们应当拧成一股绳，寸步不让的时候，你们却把他们的每一颗灵魂捶成碎片。”（203）可见，以官僚们为代表的世俗宗教思想，禁锢着人们的头脑，控制着他们的行为；在那样小小的谷地里，山民们的本性受到了摧残，一味按照老旧的观念行事，只看到眼前世俗的利益，不得不受官僚们的控制，从而丧失了人的本性，没有了前进的锐气，也丧失了自我的灵魂。当老教堂轰然倒塌之际，新教堂的尖顶越升越高，官僚们的心里开始不踏实了，因而，新教堂的修建落成意味着官僚们的权威受到了挑战，也许人们从此不再听从他们的召唤，而过上我行我素的生活。同时，新教堂的落成影响到谷地里的各个地方，全教区的人们都从老远的各处赶来：“峡湾里满是船帆，一片白色。”（242）此一“白”字意义深刻：一是对于一穷二白即封闭而落后的峡湾来说，一种新生事物的产生，无疑注入了新鲜的血液，人们驾着船帆从老远的地方赶过来，证明新教堂带来的强大冲击力；二是布朗德一个人的努力显得那样的苍白无力，新教堂虽然暂时为教民带来些许生活的激情以及未来的希望，但是，“古老的教堂”所包含的古老而世俗的宗教观念已经根深蒂固，一股新生的力量很快就会被世俗的力量所扼杀。

二、“现实生活的教堂”：务实的宗教理念

所谓“现实生活的教堂”，是指在现实生活中确实存在的，与人们的世俗生活联系紧密的教堂，是与人们的务实与随俗的法则相关联的，包括山里的教堂、谷里的教堂，最具有代表性的还是由老教堂变成的新教堂意象，它是由布朗德提议并出资修建的。新教堂落成后，布朗德反而认为“眼前这座教堂很小”(249)，因为他明白自己努力所做的一切已经成为当地官僚们弄虚作假的工具，并不能真正唤起人们内心的激情，也没有能够实现自己的理想，正是因此，他才毅然抛弃这座新的教堂，去到高山上寻找“冰雪的教堂”。新教堂在六个月后修建落成且装饰完毕，在准备举行奉献仪式之时，人们对着新教堂发出惊叹，连以前反对修建的乡长也这样认为：

> 建筑格式多么高雅，气势又多么雄浑。
>
> 对住在极北地区的人来说，简直是过于宏伟了。当然罗，我知道别的国家的标准比这儿高；但是在这荒凉、闭塞、四周只见光秃秃的山岭的地方，一边是山、一边是峡湾的地方，它宏伟得叫人吃惊。(《布朗德》，249)

新教堂是那样的宏伟与高大，与之前的老教堂之古老与破旧，形成鲜明的对比；其富贵与华丽之象，又与荒凉、闭塞、光秃秃山岭的谷地之景，形成强烈的对照；其高雅与雄浑之外观，在极为落后与贫穷的地方，显得那样突兀而极不相称。乡长谄媚的言行与新教堂的突兀，似乎与布朗德的初衷不太一致，他开始怀疑当初修建此教堂的想法：

> 穹顶、拱门、墙壁、上下左右仿佛都在向你压过来，要把琴声封在里头，像盛殓了死人，扣上棺盖一样！(《布朗德》，247)
>
> 难道这是我当初想象的能够包容世间一切苦难的庙堂么？

(《布朗德》，248)

我们让大家忘了那古老的霉痕斑驳的圆顶，给他们看一座时新的耸入高空的尖塔。以往，大家齐声喊：“多么古老!”如今高叫，“瞧，多么宏伟——从来没有见过这么宏伟的教堂!”(《布朗德》，249)

由此可以看出：其一，以“穹顶”、“拱门”、“墙壁”以及“上下左右”的物象组成的一重完整的新教堂空间，布朗德突然觉得它像棺材一样，显得如此的狭小而且压抑，没有一丝的高尚与生气，似乎不能包容世间的一切苦难。其二，布朗德开始质疑自己的一时冲动，觉得自己的行为是那样的幼稚；虽然以新教堂代替了老教堂，但是没能改变人们心中世俗的看法；虽然新教堂比老教堂更为气派豪华，却并不能唤醒麻木的灵魂。其三，为什么教区的人民看到“古老的霉痕斑驳的圆顶”，会说老教堂是如此古老，而看到“时新的耸入高空的尖塔”，会夸奖新教堂是如此宏伟呢？主要是因为教民们一直依赖于当地的官僚，从来都是人云亦云，并没有自己的主见。布朗德恰恰看透了人们的劣根性，因而，他认为新教堂的建成与他的要求相去甚远，其理想追求与现实情景陷入激烈的冲突之中。

“现实生活的教堂”：务实宗教理念的反映。为什么布朗德突然要离开耗资巨大且宏伟壮观的新教堂呢？是因为他看清了现实生活的真相，虽然老教堂变成了新的教堂，但是人们内心深处的陈旧思想并没有改变，而那些官僚们更是利用新教堂的落成，来拉拢布朗德与教民，使他们都成为国家机器中的一部分。布朗德在暴风雨的峡湾与阿格奈斯去拯救一个男人的灵魂时，就已经认识到现实大染缸是滋生各种罪孽的根源：“当灵魂应当战栗，应当大声疾呼的时刻，却没有一个人看得清：从‘生活’这个不起眼的词儿中生出了一座高耸云霄的罪孽之山。”(175) 他把教民们对生活态度的改变，寄托在新教堂之上，在他看来：“一座重建的屋宇必须要由新生的涤除了污垢的灵魂来居住。”(252) “我说的宏伟不是用尺寸可以衡量的，这种宏伟，虽然看不见，却是光芒四射；它能使灵魂冻结或者燃烧，引人梦想，令人销魂；它犹如星光闪烁的天空，使人心神飞越。"(251）为了自己虔诚的信仰，布朗德决意以自己孤独的奋斗，去唤醒民众们麻木的灵魂，改变他们依赖性的思想，希望人们能够因此认清生命的严肃性。他却受到各种权威与政府官吏的阻挡：第三、第四幕中，他多次与乡长发生激烈冲突，后者是世俗生活的代言人，不仅是一个巧言令色的民族浪漫主义者，而且是狡猾的政治投机主义者；第五幕中，他又与地方教会的副主教发生冲突，后者供职于死气沉沉的“人人都要信的基督教”国家教会：“过去你不大注意实用和随俗，而实用和随俗，虽然不见得是最伟大的原则，却是最紧要的原则”。(253）由此可见，副主教希望教区的子民能够兢兢业业、循规蹈矩做好现世的人，注重实用与随俗的原则，而不是要发扬自我的理想与精神，因此，他是最为典型的务实观念的代表。布朗德认为官僚们所做的一切都在弄虚作假，并没有真正考虑人们精神上的问题，因此打消了奉献新教堂的想法；然而在与当地教会力量的较量之中，他明白教会根本不会容纳他以及他对于个人圣洁生命的看法，因而他向人们公开发表演讲，要民众一起跟随他，去寻找真正意义上的“生活的大教堂”：

> 我要建筑一座宏伟的教堂，它不但可以包容信仰和教义，而且可以庇荫由于上帝的恩准而存在的生活中的一切：每日从早到晚的艰苦奋斗，黄昏的憩息，夜半的哀伤，青春的血气方刚的欢乐，每一个人，无论贵贱，都应正当享有的一切。底下河流的潺湲，瀑布在岩石间的喧哗，暴风雨的呼啸，大海的喃喃细语，都应当进入灵魂，和风琴的乐声、人的歌声十分和谐地溶合在一起。(《布朗德》，264)

这是一幅人类和谐社会的远景图，在这里，人类的生活与自然的世界相得益彰。为了乌托邦的理想，他聚集了所有的教民，制造了一场“信仰复兴”的运动，与他一起攀登高山寻找那一座冰雪教堂。但是，教民们后来因为地理环境恶劣而筋疲力尽，因为畏惧困难与饥饿而感到厌倦，并且发现布朗德所提供的诱因是必须继续做出更深层次的牺牲，或者就是为了实践他“全有或全无”的哲学；此时乡长诱骗说海湾里来了一大群鱼，可以吃饱肚子并过上一阵好日子，因此民众又一次受到务实原则的影响，从而背叛与抛弃了自己的牧师，转身回到了家园，去过从前一成不变的生活。于此，布朗德只能继续孤独艰难地前行，唯有葛德一直追随着他，然而他所看到的是种种心寒的未来图景——现实生活中所展现的，正是一个以唯物的资本家为主体的社会未来；物质的贪欲与精神的贫瘠，将会成为残害人民精神与道德的主要原因。因此，布朗德本来在“新教堂”上寄予了自己美好的乌托邦理想，希望一股新生的力量能够拯救民众，然而还是沦为资产阶级统治的产物；从此种意义上来说，“新教堂”正是务实的宗教理念的象征，布朗德在这里并没有实现自己真正的理想，他只有再次抛弃一切去寻找“自然世界的教堂”。

三、“自然世界的教堂”：理想的宗教信仰

所谓“自然世界的教堂”，并不只是指向存在于自然世界中的教堂，因为任何以实物形式而构造的教堂，都是处于自然的世界之中；这里更多的则是一种象征，指向自然而然地存在于天地之间，没有受到半点尘世污染、世俗影响的教堂，是布朗德心中最为理想的信仰；正如一座小教堂之于一座村庄，狄安娜圣林之于整个意大利等，也如内米湖畔日夜由人守护的那一棵圣树、伊斯兰教寺朝向麦加方向的圣龛、希伯来神殿的至圣所、西亚山岳台或者玛雅金字塔顶端的密室小庙等，它们无不例外地具有某种象征内涵，指向人类纯净、广阔而神秘的精神空间。《布朗德》中“自然世界的教堂”，是以“冰教堂”为代表的地理空间，是一种理想的宗教信仰之象征。“冰教堂”来自于布朗德的记忆：“我记得我在儿时曾听说过，在陡峰绝壁之间有一道洞穴密布的深渊。人家称它为‘冰教堂’。关于它，有好多传说：一片冰冻的湖水作了它的地板，一个大雪堆倾斜着伸出在裂开的山崖上，成了它的拱顶。”(165) 葛德极力怂恿布朗德去寻找那座冰教堂：“那儿有山泉唱弥撒曲，风吹着冰墙，那是在布道，叫你听得冷一阵热一阵。那地方秃鹰从来

不敢偷偷飞进去；它只是飞扑下来，停在黑山顶上。这丑怪的畜生，就像我的教堂尖顶上的风标。"（165—166）通过两者的描述，可以发现"冰教堂"是天地之间最为纯净的一角：以四周的"陡峰与绝壁"作为教堂墙壁，以"洞穴密布的深渊"作为主体单元，以"冰冻的湖水"作为教堂地板，以"裂开山崖上的大雪堆"作为教堂拱顶，以秃鹰作为"教堂尖顶上的风标"，以此构成冰雪教堂的基本格局；其地理空间尺度之巨大，教堂"院落"组织之繁复，其平面纵横铺陈之开阔，其自然建筑造型之丰富，其空间整体联系之紧凑，都是人工建造的教堂所不能比拟的。同时，有山泉在唱着弥撒曲，冰冷的寒风吹着冰墙，恰似牧师在布道，可见冰教堂之处是一片和谐与美好之景，正是理想与高尚生活的去处。然而，通往冰教堂的道路并非一帆风顺，相反却是崎岖不平的。剧中的背景越来越高："谷地里一座地势最高的农庄。后景的坡度越来越高，没入光秃秃的大山中。天下着雨。"（268）"景转为高山之中，一场即将来临的风暴把彤云缓缓吹到雪原上空。到处可见黑黝黝的山顶峰巅，稍后，它们又在雾中隐没。"（277）剧中的背景一幕比一幕得到显著的提升，特别是到了第五幕的时候，达到新的高潮。由地势最高的农庄——→越来越高的坡度——→光秃秃的大山——→高山之中——→山顶峰巅，地理位置在一点点地升高，直至高山的顶峰。同时，自然气候一次比一次更为恶劣：天下着雨——→即将来临的风暴——→黑黝黝——→浓雾弥漫。如此看来，通往"冰教堂"的道路，其路途遥远且有诸多艰险，一路上也要饱受饥饿与严寒的打击，因为那里只有光秃秃的山峦，什么样的动物与植物也没有，更不用说提供人类所需的食物了；高山之上寒风凛冽、暴雨滂沱，但见黑黝黝的绝壁山崖，到处险象环生、浓雾弥漫，更谈不上提供给人类休憩的家园。由此可以看出，布朗德所极力推崇的理想与信仰："完整无缺的意志，昂扬的信仰，和谐的灵魂，乐于牺牲的精神境界"（270），是超越了物质层面之上的一种虚无的精神境界。布朗德终于看到那一座冰雪教堂，此时所有的焦点都凝聚在他身上，在高山雪原之上接受终极考验：空中传来"看不见的唱诗班"的歌声，劝导他放弃自己的理想与为之所做的奋斗；阿格奈斯的幻影也再度出现，柔情地向他提出企求，劝诱他放弃不断追求的理想，这样他就会重新获得幸福；葛德将他当做救世主来崇拜，同样遭到了拒绝。雾障在开始慢慢消散，他看到了那一座“冰教堂”，内心激情澎湃：“我多么渴望光明、太阳、抚慰，渴望庄严肃静的和平，渴望生命的夏天的王国”(285)，一时之间他控制不住心中的悲苦而潸然泪下，同时“安静下来，容光焕发，仿佛重又恢复了青春”(286)。可见，“冰教堂”正是贯穿布朗德一生的主轴线，其人生的苦与乐、离与合，乃至生与死，都与此有着密切的关联。

“自然世界的教堂”：理想的宗教信仰。何谓“信仰”？1870年的梵蒂冈公会议对此做出了定义：“一种超自然的美德，凭着这种美德，在上帝恩典的激发与帮助之下，我们相信上帝所启示的东西是真实的。”① 对于布朗德而言，“冰教堂”就是其理想的信仰所在地，一直存在于记忆里并终生为之奋斗。“冰教堂”有着双重象征含义：一是指理想的自然地理环境。布朗德对理想的教堂有很好的诠释：

> 那座教堂无边无际；它似苍穹作顶，底下是绿色的大地、高原、草场、大海和峡湾。在那里，你们的劳动号子要成为唱诗班的歌声；在那里，你们可以从事每日的劳作而无须担心违反安息日的圣规；在那里，整个世界犹如一棵大树，教堂犹如树皮，一切尽在它的包裹之中。生命和信仰将融为一体。在那里，人们将承认日常的劳作和教规教义完全吻合，同天际星星的运行、圣诞节的狂欢、方舟之前的舞蹈结合成为一体。(《布朗德》，266)

在布朗德心目中，有一座无边无际的教堂空间：是以“苍穹”作为拱顶，以“绿色的大地、高原、草场、大海和峡湾”作为地板，以“世界”作为墙壁，头顶与宇宙相联，苍穹里的星星在闪

① 天主教百科全书（第十三卷）. 纽约：罗伯特·阿普尔顿公司，1912：1.

烁，人间有圣诞节的狂欢，更有方舟之前的舞蹈，如此等等。人与人之间和谐相处，人与自然之间和睦共存，天与地、人与天、人与地、生命和信仰等将融为一体。这是怎样一幅天地万象共生共荣的和谐图景呵！二是指理想的宗教信仰。布朗德如是说：

> 我们要走过冰天雪地的荒原，走过整个国土，打破每一个禁锢人们的销蚀灵魂的陷阱，使污浊变为纯洁，卑劣变为高尚，不自由者得到自由，消灭懒散心理，一点不留。每一个人都成为真正的人，每一个人都是牧师。原来的烙印辨认不清了，打上新的，使整个国土成为一座庙堂。(《布朗德》，267)

“冰教堂”寄托了他的乌托邦理想：在那里，“冰天雪地的荒原”将变成一望无际的绿洲，污浊的社会空气将会变得纯净，人类卑劣的行为将变得高尚，不自由者将会重新获得自由，人们将会消除懒散的心理，而变成真正意义上的人，每一个人都会成为牧师，懂得医治自己及他人的伤痛，从此人类的灵魂将上升到更高的层次。从此种意义上来讲，“冰教堂”代表的正是一种理想的宗教信仰。美国学者米尔希·埃利亚德说过：“房屋不是一件物体，一部‘可以居住的车辆’；它是人类模仿诸神的范例性创造物，即模仿宇宙的起源而为自己建造的宇宙。像建造和落成一所新房屋，都在某种程度上等同于一个新的开端、一个新的生命。而且，每一次新的开端都再现了那个原初的开端，即宇宙第一次看到白昼之光的开端。”① 诚如此言，“冰教堂”并不只是一件物体，而是自然的存在于天体之间的创造物，人间的种种自然物象作为其组成元素，同时与宇宙天体之间相连相通。“冰教堂”的形成正是一个良好的开端，是布朗德内心最为纯净的愿望：就是希望人类能够就此获得新生，每一位都变成自由、纯洁而高尚的人，而社会从此就会有新的开端，整个国土将成为一座新生的教堂，从此人类将全面走向和

① ［美］米尔希·埃利亚德．神秘主义、巫术与文化风尚．宋立道，鲁奇译．北京：光明日报出版社，1990：34.

谐与新生。如此，《布朗德》中通往“冰教堂”之路，似有引导人类走向全面和谐的“深绿色之路”，其中所蕴涵的地理元素与绿色意味，似乎成为具有永恒生命力的世界远景。

四、以“教堂”为主体的宗教地理空间

《布朗德》中建造了三重教堂空间：“古老的教堂”、“现实生活的教堂”以及“自然世界的教堂”，三者分别又以“老教堂”、“新教堂”、“冰教堂”作为代表，既相互独立又彼此相联，形成一重整体的宗教地理空间；更为重要的是，反映了世俗宗教与理想宗教之间的冲突，世俗生活与现实生活之间的矛盾，以及旧有的观念与新生的思想之间的较量。

三重教堂与布朗德之间有着不可分割的联系。正如有学者所言：“中世纪的西方，占主导地位的是基督教神学，上帝是世界万物的主宰，人们的思维中充满了对超自然力的迷惑、恐惧与敬畏，这一时期的建筑，在很大程度上，还不是建筑师个人或主观思维的产物，而是由一系列符号性的文化象征所限定了的东西。即使是在文艺复兴以后，一种对于教堂建筑之平面或立面的宗教象征性探索也远没有停止。”① 因此，三重教堂分别具有不同的象征意义，正是与布朗德之间形成了或者对立、或者对应、或者融合的关系，为其一生所舍弃与追求。“老教堂”代表着一种旧有的世俗宗教观念，布朗德终生执意与之战斗到底：“你们大家正站在十字路口！你们必须下定决心消除你们心中一切腐朽的东西，做崭新的人；这样，才能建成那伟大的殿堂，它必须建起来，也一定会建起来。”(263) 这里所指“腐朽的东西”，就是指向“老教堂”所代表的旧有观念：“妥协折中，闪闪发光的奴役的锁链，那些诱使你们懒散的枕头。”(270) “新教堂”又代表着现实生活中“务实”的原则，这里所指的“务实”并不是褒义，而指向“实用”与“随俗”原则，在乡长、副主教、校长、管事等官僚身上表现突出，

① 王贵祥．东西方的建筑空间：传统中国与中世纪西方建筑的文化阐释．“再版序言”．天津：百花文艺出版社，2006：2.

是布朗德极力讽刺与厌弃的对象；“新教堂”的修建落成，正是在官僚们的促进与监督中得以完成，亦将成为他们操纵教民们新的武器，布朗德明白了这一点，因而义无反顾舍弃出资筹建的教堂，进行了一次伟大的革命，引导教民走上更为艰难的“冰教堂”之路。“冰教堂”正是他所追求的理想境界，那里有宁静美丽的自然风景，也有平等而和谐的人际关系，那里的上帝年轻而普爱众生，不是禁锢人们思想的工具，这正是他毕生为之奋斗的终极目标。因此，三重教堂与布朗德之间关系密切：“老教堂”是其决意要废弃的陈规戒律，“新教堂”是其执意要抛弃的现世观念，而“冰教堂”是其刻意追求的精神境界。“老教堂”正是过去教会残留的腐朽根基，“新教堂”正是现实生活中的落后思想，“冰教堂”正是其追求的乌托邦理想；如果没有前两者的存在，那么便没有后者的发生，而只有在推翻前两者的前提下，才会达到第三种境界。因而，三者的并存构成了布朗德的整体宗教理念。

无论怎样，布朗德是一位追求真理的勇者。正如他自己所言：“我无非是坚持永恒的事理。我工作不是为了给教条和教会捧场。”(161) 他敢于与任何世俗的教会做抗争，真理是他至高无上的追求，这正是易卜生所要实现的真正意图：

> 这首戏剧诗，比原先的叙述诗的草稿，要伟大雄壮得多。当代的议论与讽刺，都被推进到背景里去，而从属于一个比较根本的涉及挪威民族与这个时代的价值总结。尤其重要的是，其中主要的人物，已经取得了远较伟大的身量，以及蓬勃的生命。在原先的草稿里，他写道，他在画家艾那（Einar）身上，看到了一种可以与他匹敌的力量：他画下的每一笔，都以独特的方式指向神——一笔是色彩，另一笔是真理。①

同时，布朗德也看到了人性中最为本质的弱点，执意要在生活

① ［挪］爱德伍德·贝尔．易卜生传．杜若洲译．台北：中华日报社，1982：48.

与信仰之间搭建一座桥梁："有一样东西是经久不灭的，那就是圣灵，他不是生下来的，而是在混沌初开的世界的早晨，从孑然一身形影相吊的状况中被救出来的。是人的信仰在凡人肉身和圣灵之源两者中间架起了一座桥梁。"（161）然而，不论他的事业是多么高尚，不论他的斗争是多么激烈，他终究避免不了悲剧的结局。他所走上的"冰教堂"之路是艰难的，他所执意追求的信仰太过完美与高深，他所要求的"全有或全无"哲学思想太过苛刻与残酷，因此他的妻子与儿子都先后离他而去，教民也无情地背叛与抛弃了他；只因一切都失去了赖以生存的根基，那就是首先要有物质作为基础，如果失去了这样的基础，追求再为远大而高尚的理想，也许都只是空谈。"冰教堂"的建立还是要以"老教堂"的传统作为厚重依托，也要以"新教堂"的世俗生活作为滋生土壤，无论这样的地理环境是如何的恶劣，人文传统是如何的低下，完全脱离赖以生存的地理环境与人文传统也是不行的；只有在循序渐进的过程中，与传统的陋习作斗争，同时包容世俗的生活，才能够真正达到理想的"冰教堂"之境。不过，他的理想与执著还是让人感动，他实际上是一个超越者，超越于所有世俗利益之上。正如英国学者约翰·希克所言："任何包含超越者且断言这个终极实在者是（从我们人的眼光看）仁慈的大图景，必须包含一个与此相容的关于宇宙结构的观念。因为诸宗教宣称，人类生命尽管有欢乐也有痛苦，但它是一个宇宙性过程的一部分，反观这一过程可知，苦难最终成了这样一个过程的一个要素，该过程大规模地向一个无限美好的未来推进。这与道德的、灵性的存在物——人类——随着此世生命的结束而完全消失不相容。"① 作为一名真正有信仰的人，布朗德所经受的苦难是必需的，至少在朝向一个无限美好的未来慢慢推进。正如学者爱德伍德·贝尔所言：

当初易卜生在格林史台德的时候，曾自称是一个无神论

① ［英］约翰·希克．第五维度：灵性领域的探索．王志成，思竹译．成都：四川人民出版社，2000：328.

者，但是像《英格夫人》、《篡夺者》、《勃朗德》与《皮尔·京特》这些作品，都带着不可磨灭的基督教二元论的痕迹。即使说勃朗德在他的教堂演说中，梦想肉体与精神的一处和谐结合，但他的整个个性，却强烈地显示了“舍己君主”凌驾于作者的那种权柄。他后来想要在他自己与勃朗德的宗教教训之间保持一个距离，他在一八七〇年表示，这首诗是一个全然审美的作品；又说：他并不关心它所建造或拆毁的是什么；此外又说：他借这部作品，而使自己摆脱了某种他在内心已经完成的事情。他既已在他内心这样热切的讨论过‘审美的观念’，他因此才能够在《皮尔·京特》里面，任其想象之所至。①

易卜生自己在书信里也如此说：“在朱利安的个性里，一如在我大部分的成熟作品里，我向大众所叙述的，实远不及我在精神上所经历的。”② 如此看来，易卜生内心所经历的冲突，远比其在剧作中表达的内容要复杂与深刻得多：作为一个基督徒所应有的诫命与对自由的渴望之间，生命的恐惧与幸福的梦想之间，禁欲主义与对美的渴望之间，这些方面都存在着很大的冲突，一直扎根于他的内心深处。无论怎样，成为一个真正有信仰的人，梦想拥有绝对的自由，已成为布朗德乃至剧作家生命中不可或缺的部分。这正是《布朗德》一剧建构的以“教堂”为主体的宗教地理空间，所能够带来的重要启示。

第二节　《建筑师》中的“尖顶塔楼”

三幕剧《建筑师》是一部相当杰出的作品，“是易卜生在国外

① ［挪］爱德伍德·贝尔．易卜生传．杜若洲译．台北：中华日报社，1982：100.

② 转引自［挪］爱德伍德·贝尔．易卜生传．杜若洲译．台北：中华日报社，1982：100.

生活了二十七年，重返挪威定居奥斯陆后写作的第一个剧本”。① 1892年12月27日，易卜生在致勃兰兑斯信中，要求人们正确解释与阐明此剧中的人物形象，“即是要把他们的特性作为现实的人加以强调”。② 挪威学者比约恩·海默尔认为：“此类饰有尖顶塔楼的住宅是19世纪90年代建筑学的一个特征，在当时克里斯钦尼亚的每个上层阶级住宅区都可以见得到。（该剧发生在首都，这已经由苏尔纳斯询问希尔达是不是到这个城市来念书的问题所挑明。）因此这位营造商想要盖造带有尖顶塔楼的住宅的愿望，其出发点既不是什么耸人听闻的‘非现实主义’，也并无特别的‘象征主义’。”③ 也有学者认为：“当此剧初次问世的时候，有许多人按照隐喻或象征来解释它的含意，而且有种种不同的说法。不过，艾德瓦·勃朗德斯驳斥了一切象征的解释，并且极力强调剧中的人物，‘都有真实人物的性质’，易卜生因此而感谢他。这并不表示，易卜生想要把他们限制在一个狭义的写实主义范围以内。事实上正好相反，他认为灵魂的复杂与非理性生命，也是真实的部分。”④ 笔者认为剧中所执意表现“灵魂的复杂与非理性生命”，是毋庸置疑的；然而，其中出现的“教堂”、“尖顶”、“塔楼”、“风标”，甚至与“住宅”相关的众多地理意象及地理空间，并不是无缘无故的，并且具有某种象征意蕴以及浓厚的宗教内涵，同时指向的是索尔尼斯复杂而“有毛病”的“良心”(83)。具体而言，剧中形成了以“尖顶塔楼”为轴线的宗教地理空间。何谓“轴线”？《建筑大辞典》中有详细解释：“轴线与中心相并列，是最基本的形态

---

① 易卜生文集（第七卷）．北京：人民文学出版社，1995. 王忠祥先生为《建筑师》所做的“题解”，第3页。

② 转引自易卜生文集（第七卷）．北京：人民文学出版社，1995. 王忠祥先生为《建筑师》所做的“题解”，第3页。

③ ［挪］比约恩·海默尔．易卜生——艺术家之路．石琴娥译．北京：商务印书馆，2007：416.

④ ［挪］爱德伍德·贝尔．易卜生传．杜若洲译．台北：中华日报社，1982：165. 引文中的“艾德瓦·勃朗德斯”即前文所指丹麦文学评论家“勃兰兑斯”。

秩序之一。可以发现，轴线适用于各种各样的阶段之中。如一般地被称为巴西利卡式的教堂形式，大空间由于轴所具有的方向性与运动的效果而被统一；又如丹下健三的东京规划，城市尺度的造型被道路所形成的轴线所统辖等。因人在轴线上是否可以移动，其实际效果大不相同。"① 于此，"轴线"应与"中轴线"、"中心线"相对应，是一条可以把平面或立体分成对称部分的直线。正如学者所说的那样：

> 在建筑的空间组合中，轴线可以由一条街道，一系列的门殿厅堂，一座或数座牌楼或凯旋门所组成。轴线一经形成，一个制约力场条件的骨骼也就形成了。其余的附属性建筑，将被附着性地分布在轴线之上或轴线的两侧。然而，这一轴线骨骼的形成，则取决于某种历史的，文化的，宗教的，民俗的，习惯的以及地理的，气候的等因素的影响。这些诸多的因素也就造成了建筑空间形式的多样性与复杂性。②

可见，一座建筑物，轴线是处于其中心的位置，是其构成的基础，是与支撑的梁与柱相对应的一道直线。"尖顶塔楼"对于一座教堂或一幢住宅相当重要，对于索尔尼斯更是具有重要的象征内涵，是其现实世界与内在世界的中轴线，其建筑生涯的开始是以此作为基础，建筑生命的辉煌是以此作为中心，自身性命的结束是以此作为原由，标志着其人生的方向与灵魂的归宿。而"空中楼阁"是与"尖顶塔楼"相对应的，是教堂空间中所蕴含的灵魂；同时，他一次又一次执意朝向"尖顶塔楼"最高处爬上去，此过程中出现的"梯子"意象，成为建筑师朝圣之路的一种象征。

一、"尖顶塔楼"：索尔尼斯世界的轴线

为什么说"尖顶塔楼"是索尔尼斯世界的轴线呢？无论是在

---

① ［日］建筑大辞典（第2版）．东京：彰国社，1993：687.

② 王贵祥．东西方的建筑空间：传统中国与中世纪西方建筑的文化阐释．天津：百花文艺出版社，2006：342.

新老教堂的穹顶之上，还是在平常人家的住宅之上，索尔尼斯都要加上高高的“尖顶塔楼”，这样的“尖顶塔楼”对于笃信宗教的他来说，具有特殊而深厚的意蕴。从宗教的角度来理解，“尖顶塔楼”类似于宗教中所讲“世界中心”或“世界之柱”。埃利亚德对此作了较为详细的描述：“没有事先的定向，什么事也不能开始，什么事也不能做——而且任何一种定向都意味着需要一个固定的点。正是由于这个原因，宗教信徒才总是试图在‘世界的中心’确定他的居所。”① 他还认为“世界之柱”具有普遍的意义，因为“在世界许多地区，这个世界之轴不是用支撑着其房屋的中心柱，便是以称为‘世界之柱’的一个个孤立的桩子这种形式具体地体现出来的。换言之，在日常住宅的特定结构中都可以看到宇宙的象征符号。房屋就是世界的成像。因为人们把天想象成由一根中心柱支撑着的广大无边的篷帐。所以，帐柱、或房屋的中心柱便也被比作世界之柱并且也就是这样给它命名的”。② 从此种意义上来讲，“尖顶塔楼”支撑着索尔尼斯的整个世界，就是其建筑生命的轴线，也是其内在世界的中心。如果失却了这样一根轴线与中心，那么其人生将失去奋斗的目标，内心世界也会显得苍白而无力。

索尔尼斯与希尔达第一次相遇，是在十年前的夏天，在莱桑格给那座老教堂建造尖顶塔楼。十年之后两人再次相遇，他们不由自主地回忆起第一次见面时的情景：

希尔达：你爬上脚手架，一直爬到塔楼顶。你手里还拿着个大花圈，把它挂在风标上。

索尔尼斯：（直接插嘴）从前我一向是那么办。那是老规矩。（《建筑师》，30-31）

希尔达：（又活泼起来）哦，真是惊心动魄！从前我简直

① ［美］米尔希·埃利亚德．神秘主义、巫术与文化风尚．宋立道，鲁奇译．北京：光明日报出版社，1990：27.

② ［美］米尔希·埃利亚德．神秘主义、巫术与文化风尚．宋立道，鲁奇译．北京：光明日报出版社，1990：32.

不信世界上有个建筑能盖那么高的塔楼。你自己还亲身站在塔楼顶上！并且你一点儿都不头晕！可是，这个把事我一想起来就头晕。(《建筑师》，31)

索尔尼斯：(摇头) 我生平从来没唱过一句歌。

希尔达：那一次你确实唱过。你的声音很像天空中的竖琴声。(《建筑师》，31)

由此可以看出：其一，“老教堂”、“脚手架”、“塔楼顶”、“大花圈”、“风标”等主要的意象，应和着“天空中的竖琴声”，而形成一重“尖顶塔楼”的教堂地理空间。其二，在希尔达看来，她不相信索尔尼斯能够登上那么高的塔楼，说明塔楼并不是一般的高度，而是有着冲上云霄之高与险，而登上这样的高度一般人是超过极限的；同时她对于十年前的记忆，在今天看来仿佛历历在目，说明此件事情在其心目中占有十分重要位置，索尔尼斯爬上高高塔楼的情景，点点滴滴一直留在其记忆的最深处。其三，索尔尼斯“直接插嘴”这一动作，极为生动形象暴露了其心理活动：说明其动作之迅速与神情之急切，一方面认可希尔达的说法，证明自己在年轻的时候经常会很轻松地爬上“尖顶塔楼”；另一方面似乎预示着那样的辉煌只是在年轻时代出现，而在后来的建筑生涯中再也没能延续，特别是在其功成名就之后，就再也没能爬上那么高的塔楼。其四，“天空中的竖琴声”这一意象值得特别关注：希尔达一直认为是索尔尼斯征服高处之后，在高空中自在而得意的歌声，十年前的这一幕在她脑海里反复呈现，并经过反复的回想而成为一种诗意的想象。而她听到的“天空中的竖琴声”，实际上是当时年轻自负的索尔尼斯在与上帝说话：“伟大的主宰！听我告诉你。从今以后，我要当一个自由的建筑师——我干我的，你干你的，各有各的范围。我不再给你盖教堂了——我只给世间凡人盖住宅。”(90)因此，“尖顶塔楼”就地理位置而言，有相当的高度；对于索尔尼斯而言，意味着一种人生的高度；他站在高高的塔楼之上，俯视平凡世界中的一切，那时候他更能接近自己的上帝，天地间的一切似乎都在他的掌握之中。与上帝的那一场对话之后，他就开始了与上帝的较量，信仰开始发生改变，决计不再去信奉上帝，只遵循自己的处世原则。多年以后，再来回顾这段历史时，他认为最终还是上帝占了上风，后来他的家庭遭遇了灾难，事业开始走下坡路，也许与没有再给教堂盖尖顶塔楼有关联。于此，“尖顶塔楼”对于索尔尼斯的一生来说，显得十分的关键。

“尖顶塔楼”是索尔尼斯整个世界的轴线。“轴线”亦即“中心”，而“尖顶塔楼”与宗教中“世界之柱”有相通之处：“尖顶塔楼”是位于索尔尼斯世界的中心，“世界之柱”是位于整个世界的中心，两者都是具有支撑天与地、沟通上与下等功能的空间象征物。正如日本神话《古事记》中，由两位创世神伊邪那歧命和伊邪那美命，在创世之初所树立的“天之御柱”，或者北欧神话中《埃达诗歌》中所反复提到的“连天接地的世界树”，“也都是人类早期‘世界之柱’观念的一些不同的映象”。① 如同“天之御柱”、“连天接地的世界树”的意象一样，“尖顶塔楼”同样具有深刻的意蕴，在索尔尼斯的一生中，占有十分重要的位置。他与希尔达的第一次相遇，缘于为老教堂盖尖顶塔楼，那时他做了一件在常人来说几乎不可能的事情，就是站在高高的塔楼顶上将花圈挂在风标上；但自从那一次之后，他决定不再将所有的精力放在盖教堂塔楼上。剧中第二幕，索尔尼斯与希尔达有这样一段对话：

索尔尼斯：我已经够伤心了，可是艾林比我伤心十倍。（含怒捏拳）噢，世界上竟有这种惨事！（斩钉截铁的口气）自从孩子死了以后，我就没有心情盖教堂了。（《建筑师》，54）

索尔尼斯：从今以后我绝不——绝不再盖那种东西了！教堂也好，教堂塔楼也好。

希尔达：（慢慢地点头）只盖人住的房子。

索尔尼斯：对，住人的家宅。

① 王贵祥．东西方的建筑空间：传统中国与中世纪西方建筑的文化阐释．天津：百花文艺出版社，2006：62.

希尔达：可是上头有高塔楼和尖顶。(《建筑师》，54)

也许在索尔尼斯的潜意识之中，认为一直所虔诚信奉的上帝并没有给他带来幸福，相反却带来了很多的灾难：自己的家园被烧毁、小孩也因此而死掉、妻子也变得忧郁不堪，夫妻关系也显得异常的紧张，因此他打算离弃上帝，去遵从自己的信仰，也就是为世间的凡人盖住宅，而人世间最平凡的幸福，恰恰是他最为之向往的。但是，后来他认为这样做是毫无价值的："人们用不着这种住宅——他们不能住在里面过快活日子。"(91) 因此，他为了治疗自己病态的良心，重新获得青春时的激情，他重又为自己的住宅盖上高高的塔楼：

索尔尼斯：(高兴了些) 现在我正在给自己盖个住宅——就在这对面。

希尔达：给自己盖的？

索尔尼斯：是。差不多完工了。屋顶上有座塔楼。

希尔达：一座高塔楼？

索尔尼斯：是。

希尔达：很高的吗？

索尔尼斯：人家一定会说太高了——跟住宅不相宜。(《建筑师》，37)

住宅上盖有一座高高的塔楼，如建筑师索尔尼斯所言，是与当时的建筑风格不相适宜的，显得那样的突兀，但是，它却是对索尔尼斯良心的一种安慰，是他对以往生活的一种忏悔，是他对自己信仰缺失的一种弥补。因而，在索尔尼斯的心目中，"尖顶塔楼"意味着其人生的高度、自由的渴望、家庭的幸福、信仰的忠诚，同时意味着自己的良心，是贯穿其一生的中轴线，他的幸福、信念以及未来与此相关联。挪威学者比约恩·海默尔指出：

尖顶塔楼作为建筑物通常被描绘为是"一步登天的自由

之路”，由此可以被理解为是一种显示强烈的追求自由的冲动和愿望的隐喻性表达方式，这种冲动力旨在攫取一个比周围的芸芸众生平庸凡俗的人生更高高在上的地位；而这种愿望则是想要平步青云直上凌霄，并且俯视睥睨一切。尖顶塔楼居于鹤立鸡群的地位，居高临下通观四周，其视野之开阔使人看得见平地上极目远眺所见不到的景物。（易卜生自己经常指出：艺术家、作家都既要具备看得清楚被观察的物体的视力，又要具备能够同它保持距离的本领。距离位置亦往往令人联想到高度，诸如峡谷、高原，等等。）①

按照比约恩·海默尔的理解，“尖顶塔楼”可以看作索尔尼斯登天的“自由之路”，是与其要求自由的理想相对应的，同时“尖顶塔楼”有着一定的高度，在这样的高处可以居高临下眺望远方，从而达致一种高远的境界，因此为索尔尼斯所一直向往。而作为艺术家与作家的易卜生，抑或是如索尔尼斯这样的建筑家，应该经常为自己设置这样的高度，并拉开与观测物体之间距离，只有这样才能达到另一种境界。于此，索尔尼斯能够爬上“尖顶塔楼”的时候，正是其人生中最为美好的时光，他的事业也处于最为辉煌的时刻；然而当他再也不能登上“尖顶塔楼”的时候，他已经失去了青春年华，事业也岌岌可危，家庭也不再完整，夫妻两人形同陌路，他的良心也时刻处于病态之中。因此，为了找回失去的青春、过去的辉煌以及曾经的记忆，不得不重新走上“尖顶塔楼”之路，然而一切为时已晚。由此可见，“尖顶塔楼”是索尔尼斯自我世界的一条轴线。

二、“空中楼阁”：索尔尼斯灵魂的核心

如果说“尖顶塔楼”是索尔尼斯世界的中轴线，是其人生在没有获得幸福的情况下，内心对于上帝态度的离与合，与其现实的

① ［挪］比约恩·海默尔．易卜生——艺术家之路．石琴娥译．北京：商务印书馆，2007：437-438.

生活有关联，也与其对待宗教的态度相链接，那么，“空中楼阁”则是比“尖顶塔楼”更为虚无的一重境界，与其理想与信念相联系，是他人到中年后对于青春与幸福的极力追寻，是其内在灵魂中最为核心的元素。

毫无疑问，“空中楼阁”是与希尔达分不开的。1893 年 2 月 13 日，易卜生在克里斯蒂阿尼亚致奥古斯特·林德伯格信中，认为希尔达是一个绝对真实可信而且必要的人物：“在我剧本（指《建筑大师》）中，希尔达在所有方面都是绝对正确的，而且对于这个作品具有本质上的重要性。”① 不可否认，希尔达在索尔尼斯的生命中占有重要的位置，是她引导索尔尼斯去找回青春的梦想，并诱导他去建造人间所没有的“空中楼阁”，最后成为他从塔楼顶上摔下来死亡的主要原因。十年之后，当希尔达再次找到索尔尼斯，向他索要“桌面上的王国”② 的时候，索尔尼斯问希尔达，她想象中的城堡到底是什么样子？

> 希尔达：（慢慢地）我的城堡必须盖在高地上——一片极高的地方——四面都没有遮拦——可以使我望见周围很远的地区！
>
> 索尔尼斯：不用说，一定得有一座高塔楼喽！
>
> 希尔达：一座极高的塔楼。塔楼顶上还得有个阳台！我站在阳台上——
>
> 索尔尼斯：（不由自主地抓抓前额）你怎么偏喜欢站在那么个叫人头晕的高处？

① 易卜生．易卜生书信演讲集．汪余礼，戴丹妮译．北京：人民文学出版社，2012：325.

② 剧中有这样一个情节：在第三幕中，希尔达用手指敲了敲桌子，并向索尔尼斯说道：“城堡快到桌子上来！这是我的城堡！我马上就要！”（81）实际上，希尔达要求索尔尼斯建造的王国，只是“桌面上的王国”，与文中所指的“空中楼阁”一样，只是一个空虚的幻想而已，并不是一个真实存在的王国，如同两个人之间玩的一种童话游戏一样。而希尔达想要的只是一种承诺，哪怕是一个无法兑现的承诺。

希尔达：我站在上面，瞧底下的人——瞧那些盖教堂和给父母儿女盖住宅的人。你也不妨上来瞧瞧。(《建筑师》，82)

接下来，索尔尼斯又问：

索尔尼斯：你说咱们一同去盖世上最可爱的东西，那究竟是什么？

希尔达：（沉默片刻，然后带着难以形容的眼神）空中楼阁。

索尔尼斯：空中楼阁？(《建筑师》，82)

接着，希尔达对“空中楼阁”做进一步的阐释：

希尔达：（愤然起立，做一个嫌恶的手势）噢，当然是喽！空中楼阁——是极容易藏身的地方。并且也容易盖——(用嘲笑的目光瞧他）——尤其是良心有毛病的建筑师盖空中楼阁最省事。

索尔尼斯：（起身）从今以后，咱们俩一同盖房子吧，希尔达。

希尔达：（半信半疑地一笑）盖一个真的空中楼阁？

索尔尼斯：是。底下有个结实的基础。(《建筑师》，83)

三段对话有着一种层层递进的关系。第一段对话，希尔达所指的“城堡”是一幢真实存在的建筑，也许是与尖顶塔楼的教堂相类似的建筑，同样处于一个极高的地理位置，是一般人所不能达到的地方，城堡的四周视野非常开阔，目光能够望向很远的地方；更为重要的是，城堡上面有一座极高的塔楼，塔楼顶上还有一块阳台空地，从上面可以俯瞰人间众生。天上与地下的空间彼此相接，而形成一重辽阔而远大的空间，站在其上可以达致一种实在而高远的境界。第二段对话，希尔达所说的“空中楼阁”，也许并不是一个真正存在的去处，是对真实“城堡”的进一步阐释，也许在“城堡”之上能够俯视芸芸众生，能够获得一种高处不胜寒的满足，能够与自己的上帝接近并进行对话，然而“城堡”能够遮蔽一时自然世界的风雨，但精神之上的风雨如何能够荫蔽？第三段对话，希尔达对此作了进一步阐述，“空中楼阁”是比“城堡”更容易藏身的地方，也是一座更容易盖的居所，而且认为“良心有毛病的建筑师盖空中楼阁最省事”，“空中楼阁”实际上是与人的精神相关。为什么良心有毛病的建筑师更容易修建这座阁楼？因为每个人的心中本就有一座“楼阁”，只是有的“楼阁”保存完好不需要修建，而有的“楼阁”却千疮百孔需要反复修缮，索尔尼斯就是属于后者；于此，“空中楼阁”实际上指向虚无而漂渺的思想境界，是人的精神所要达到的高远与完好的境界。

“空中楼阁”是索尔尼斯内在灵魂的核心元素。如果说站在“尖顶塔楼”上，索尔尼斯能够自由地与上帝对话，那么，“空中楼阁”的存在，则是其内心不安灵魂的栖居之处，是对现实生活的一种逃避，对自我心理的一种安慰。故事结束之时，希尔达在了解索尔尼斯有严重的眩晕症之后，仍然坚持要他爬向尖顶塔楼的最高处：“让我看你自由而伟大地站在高处！”（92）她有两种意愿：一是想满足自己再次看见索尔尼斯一如十年前那样，风光无限站在最高处的愿望；二是她希望引导索尔尼斯走向一条更为高远而空灵的境界，以此来平复他时刻处于不安之中的内在灵魂。听到这样的鼓励，索尔尼斯静静地凝神注视着她：

> 索尔尼斯：希尔达，如果我上得去的话，我要站在高处，像上次一样跟他说话。
>
> 希尔达：（越来越兴奋）你想对他说什么？
>
> 索尔尼斯：我要对他说：听我告诉你，伟大的上帝，你喜欢怎么裁判我，就怎么裁判我。然而从今以后，别的东西我都不盖了，我只盖世上最可爱的东西——（《建筑师》，92）

此时索尔尼斯已经下定决心走向“尖顶塔楼”，并且要像从前一样站在最高处与上帝说话，向他忏悔自己这些年来所做的一切。

我们可以做这样一个假设，在索尔尼斯的生命里，希尔达实际扮演的是一个年轻上帝的角色，索尔尼斯自从见到她之后，他情愿将所有的人生创伤袒露给她看，并在她面前不停地忏悔，同时通过她的引导试图走出人生的困惑。此时，他人生的这块土地上已是一片荒芜，有意识或无意识之间他做过很多错事。现实的“城堡”是可以修砌的，教堂塔楼也是可以建造的，然而“空中楼阁”却是人工所不能建造的；“空中楼阁”之路，正是希尔达引导他走向的一条道路，也是能够拯救其痛苦与罪恶灵魂最后的选择，唯有以自己的性命作为代价，才能够真正的向上帝赎罪，才能够找回曾经失去的青春梦想。剧中结尾，希尔达用欢呼鼓掌的方式，对他进行赞赏与鼓励：“啊，索尔尼斯先生！我的可爱的、十分可爱的城堡！咱们的空中楼阁！”(93) 从现实的“城堡”走向虚幻的“空中楼阁”，即从“尖顶塔楼”走向“空中楼阁”，建筑师走上了一条精神的赎罪之路，也是一条朝圣的不归之路。

三、“梯子”：建筑师的朝圣之路

这里所说的“梯子”，与宗教意义上的“天梯”相类似。何谓“天梯”？是一个在早期文化中非常普遍的具有形而上意义的空间观念形态。《圣经·旧约》有这样一个故事：“因惧怕盛怒的哥哥，雅各向东迁移，停留在一个叫伯特利的地方（也是亚伯拉罕和罗得当年分手的地方）。看天色已晚，雅各取了块石头作枕头，进入梦乡。他看见一架巨大的梯子连接天地，许多天使在梯子上不停地爬上爬下。这时上帝就上站在他身边。”①（《旧约·创世纪》第28章）《木兰经》第70章也是以《天梯》为主题：“［3］那是真主——天梯的主宰——发出的，［4］众天神和精神在一日之内升到他那里。那一日的长度是五万年。”② 其中可能暗示着，虔诚的信徒可以借此而步入到真主那里，即天国的乐园。“中国人心目中

① ［法］德布雷．100名画：《旧约》．张延风译．桂林：广西师范大学出版社，2007：58.

② 古兰经．马坚译．北京：中国社会科学出版社：448.

的‘天梯’，往往是一座可供群巫升降的神山。”① 由此可见，《建筑师》中“梯子”意象，具有特别的宗教内涵：剧中出现的索尔尼斯两次爬上梯子，而攀登到尖顶塔楼之上，是两次不同的接近上帝的经历，与索尔尼斯的宗教观念相联，也暗示着他梦想步入天国乐园的朝圣之路；索尔尼斯的人生之路曲折而艰难，在此过程中有过虔诚也有过背离，有过忏悔也有过苦恼，而在背离之后，最终又朝向圣灵所在的方向，完成对自己灵魂的救赎。

“梯子”类意象在剧中出现过两次，每一次出现的背景与意义都不一样。第一次是“脚手架”意象，出现在剧中第一幕。希尔达：“你爬上脚手架，一直爬到塔楼顶。你手里还拿着个大花圈，把它挂在风标上。”(30-31) 第二次是“梯子”意象，出现在剧中第三幕（即最后一幕）。贺达尔大夫：“(指远处) 瞧！工头上梯子了。”(94) “脚手架”与“梯子”，本是生活中常见的升降的用具或设备，是索尔尼斯用以攀登到尖顶塔楼上去的工具，此处却等同于宗教意义上的“天梯”意象，具有丰富的内涵。第一次出现是在十年前，索尔尼斯当时正值年轻气盛，对于从事的建筑事业充满信心，对于自己的人生有着美好憧憬，他能够轻而易举地通过脚手架直接攀爬到塔楼的最顶端，将大花圈直接挂在风标上，这样的行为既危险又刺激。危险是因为塔楼有相当的高度，一般人是不能够攀登上去，为了能够爬到尖顶之上，“工人们两次从上面摔下来，每次都是当场摔死的。”(93) 刺激的是站在尖顶塔楼之上，一切风景尽收眼底，从而有一种居高临下之高远心境。年轻的索尔尼斯潇洒地站在塔楼最高处，春风得意而玉树临风，那样的情景打动了年幼的希尔达，并一直存留于她的记忆里，不曾忘记。第二次是在十年之后，索尔尼斯已不再年轻，甚至有了一些衰老，他经受过人生的风风雨雨：在家庭方面，家中老房子被一场大火烧得精光，两个可爱的小孩在此事故中死去，妻子因此得了忧郁症，与他没有了共同语言而形同陌路；在事业方面，他挤垮了从前的建筑师布罗维

① 转引自王贵祥．东西方的建筑空间：传统中国与中世纪西方建筑的文化阐释．天津：百花文艺出版社，2006：63.

克，并且利用小姑娘开雅的感情，处处压制与算计瑞格纳，不让他单独承担工程任务。索尔尼斯的人生有对自我的维护，也有对自我的讽刺；有对青春的敬慕与恐惧，也有对年轻女性的贪恋与自责；有对妻子与儿女的内疚，也有对上帝的不断忏悔；有不懈追求精神之崇高，却也有安于现状之平易，因而他拥有一幅矛盾而病态的良知。如图4.1①所示，穿着红色连衣裙、年轻富有朝气的希尔达的

图4.1 “索尔尼斯与希尔达”剧照

出现，无疑给建筑师死寂而恐惧的生活带来了一丝新鲜的空气。国家话剧院评论员颜榴谈到林兆华执导的话剧《建筑师》：“当陶虹到来时，沉闷的空气改变了，她像一只小鹿般撩拨起老人青春的意绪，然而他们之间的谈话恐怕又要让人失望了，他们确乎只是在谈，言语中不夹杂一个‘爱’字，既没有彼此的思念，也没有肉体的欲望，身体也始终保持着距离，但是这种忘年恋已然超乎了世俗的爱情。那也许是老易卜生本人、老歌德、老海德格尔都曾亲历过的高峰体验吧。”② 由此可见，希尔达在索尔尼斯生命中占有重要的位置，他们更多的是精神上的彼此依恋。通过她的回忆，他感受到了自己年轻时的朝气，同时也明白自己罪恶的灵魂，也许来自

① 剧照来自导演林兆华执导的话剧《建筑师》（即《建筑大师》），由濮存昕、陶虹分别饰演索尔尼斯、希尔达，于2006年8月下旬和9月初在首都剧场首次上演，后在全国巡回演出。

② 颜榴．《建筑师》，大师的高峰体验．中国新闻周刊，2006（33）：73.

于对上帝的不敬；在希尔达的鼓励之下，他开始了第二次的攀登之旅，上到工头准备的梯子之上，准备去寻找那一座“空中楼阁”。这是惊心动魄的一幕！

> 希尔达：（身子不动，眼睛盯着索尔尼斯）他在往上爬，越来越高了！越来越高了！瞧！快瞧！
>
> 希尔达：他站在最高的那层木板上了。到了极顶了！
>
> 希尔达：（暗中非常得意）到底上去了！到底上去了！现在我又看见他那副自由伟大的神气了！
>
> 希尔达：过去这十年中，在我眼睛里，他一直是这样。他站得多稳！虽然看起来十分惊心动魄！快瞧！他正在把花圈挂在风标上！（《建筑师》，95）
>
> 索尔尼斯太太和女客们：（同时）他摔下来了！他摔下来了！
>
> 希尔达：（好像着迷似的暗自得意）然而他究竟爬到了顶上。我还听见空中弹竖琴的声音呢。（《建筑师》，96）

这一系列连续不断的动作，生动而形象地记录了索尔尼斯登上尖顶塔楼的全过程：他开始登上梯子，一步一步地往上爬，越来越高，渐渐接近尖顶，最后终于到达木板最高处，依旧像过去一样将花圈挂在风标，有着一幅自由而伟大的神气，同时开始了与上帝的对话，然而最终还是摔下来了。

导演林兆华执导的话剧《建筑大师》（即《建筑师》）中，“梯子”意象亦是最为主要的道具之一。如图4.2① 所示，左边两幅图是此话剧的宣传海报，第一幅海报中，两架“梯子”位于图片的中心位置；第二幅海报，占据了三分之一的画面，而且配有图

---

① 图4.2从左往右数，第一、三幅图来源于2012年7月18日（http://blog.sina.com.cn/s/blog_40033d450100kqjg.html），第二幅图来源于2012年7月18日（http://image.jike.com/so? q=%E6%98%93%E5%8D%9C%E7%94%9F&fm=sesop）。

图 4.2 “《建筑夫师》‘天梯’”剧照

片说明：“通天塔边令人眩晕的意识流动”；由此可见，“梯子”意象在剧中所处的位置十分重要。最右边的一幅剧照是对“梯子”的特写镜头，可以看出“梯子”很长、很陡，也很窄，阶梯的级数也很多；年轻时代的索尔尼斯，三步并成两步不费任何力气就可以到达顶部，而年老的他则一步步向上攀登，似乎还有一点力不从心。与此同时，“梯子”意象的象征意蕴丰厚，国家话剧院评论员颜榴，更是将其理解为“天梯”：“一把红椅子、逼仄的大背板以及最后打开的天梯十分凝练，象征意味恰到好处。”① 而“雅各的梯子”被解释成一种宗教修炼的过程，意味着从低俗世界向理想世界的攀登。“雅各的梯子”也是欧洲绘画中重要的寓意性题材。每上一级踏脚都意味着迈向完美的更高阶段。② 因而，《建筑师》中的“梯子”与雅各的天梯有着相似之处，是索尔尼斯宗教修炼的过程，也意味着他从世俗的生活向理想的境界攀登。索尔尼斯上到尖顶塔楼去，为什么剧作家第一次用的是“脚手架”，而第二次用的是“梯子”呢？脚手架是指施工现场中，供工人们操作且解决垂直与水平运输而搭建的各种支架。可见，十年之前索尔尼斯爬上的“脚手架”，只是用几根木头或钢筋搭建的支架，也许更为粗糙与简陋，有的时候也并不安全，但他可以毫不费力地通过它，到达尖顶塔楼的顶端；而十年之后用的“梯子”，从图 4.2 中可以看

① 颜榴．《建筑师》，大师的高峰体验．中国新闻周刊．2006（33）：73.

② ［法］德布雷．100 名画：《旧约》．张延风译．桂林：广西师范大学出版社，2007：58.

到其两边还有护栏扶手，因而应比“脚手架”更为精致与安全，索尔尼斯如十年前一样，手里依然拿着花圈，却没有了当时的意气风发，可见他的步履是如何的蹒跚，其心情是如何的复杂了。从“脚手架”到“梯子”，由“梯子”行到“塔楼顶端”，再由“尖顶塔楼”到“空中楼阁”，建筑师索尔尼斯走过了他不平凡的一生；在那架象征着“天梯”的“梯子”之上，他一步一步地不断向高处攀登，此时，也许他忆起的是沧桑岁月的点滴辛酸，还怀抱着对幸福生活的无限向往，努力去寻找心中的那座“空中楼阁”。

索尔尼斯的朝圣之路是曲折而艰难的，至少有三个转折点。第一个转折点出现在十年前的莱桑格，给老教堂盖尖顶塔楼的时候，他通过脚手架能够轻松地到达最高处，自从上到顶端与上帝的对话之后，他就不再敬仰心目中的神；正如他自己所说：“自从孩子死了以后，我就没有心情盖教堂了。”(54) 他认为上帝并没有关爱他，也没有带给他人生的幸福，因此，他决定远离上帝，不再将他作为敬仰的唯一的神。第二个转折点出现在十年后，他在给自己盖住宅时，顶端加上了“高塔楼和尖顶”(54)，这样的建筑风格与当时的民情风俗是不太相宜的。这恰恰是索尔尼斯内心不安的影像，多年来他一心只为平凡大众盖住宅，希望人们能够过上幸福而快乐的生活，那么自己也就会过上幸福生活。然而总是事与愿违，他的家庭越来越不幸福，夫妻之间相互避开甚至互不见面，他的精神也越来越不安宁，此时认为盖住宅的行为没有任何意义，物质上的满足并不能带来生活上的幸福。同时，他发现那一次远离上帝并背叛他的行为是错误的，为了弥补自己对上帝的不敬以及求得自己灵魂的安宁，他决定在自己的住宅上加盖尖顶塔楼，希望能够再次取得上帝的信任与关爱。第三个转折点发生在希尔达出现的时候，她为他的生活注入了新的活力，为他有罪的灵魂找到了一条出路，那就是从“尖顶塔楼”走向“空中楼阁”，这样正好能够治疗建筑师有病的良心。对于索尔尼斯而言，这样一条朝圣之路并不是一帆风顺的，他的信仰时有时无，与上帝之间的关系若即若离，因而呈现出一种高低起伏、曲曲折折的状态。“尖顶塔楼”是现实世界里真实存在的物象，是可以触摸并能够感知到的，因而通过“脚手架”

能够攀爬至最高处；而“空中楼阁”则是虚幻的理想之处，是只可感知而无法触摸的，通过“梯子”能够达到“尖顶塔楼”最高处，也许不可能达致“空中楼阁”的境界。作为“天梯”类意象之“脚手架”与“梯子”，既可看做是一条下界至天上的一条通道，也可看做是人间的世俗生活到天国快乐的途径，也可看做是对“尖顶塔楼”到“空中楼阁”之路的向上延伸；毕竟去往天国的路途过于遥远，索尔尼斯身上存在的各种“妖魔”,① 一直在与他做着各种斗争，他对于上帝时远时近的态度，让他的思想时刻处于矛盾冲突之中；他所追求的“空中楼阁”之路，也许只有舍弃自己的性命，才能达到那样高的境界，从而换来刹那的永生。

A. K. 库马拉斯瓦米曾言：“人的躯体，人所创造的建筑物以及外在的宇宙万物，是近似的相互等同的。组成建筑的各个部分，对应于人体的各个部分。不比对应于宇宙自身的各个部分少多少。所有这些具有量度的形体，都不外乎是某种‘房子’，其中居住着或充满着某种不可见的存在物，并在时间与空间两个方面表达出这种存在物的确实存在。”② 由此可见，“尖顶塔楼”、“空中楼阁”与“梯子”建筑类的意象，与剧中主人公索尔尼斯息息相关：“尖顶塔楼”是他精神世界的中轴线，“空中楼阁”是他追求的理想居所，“梯子”代表着他曲折而复杂的朝圣之路。三者之间相互影响，并相互关联：“尖顶塔楼”正是索尔尼斯倾尽一生都在经营的事业，其间也有隔离、遗弃与反复无常，正是其人生波动与内心冲突的不得已；“空中楼阁”是对“尖顶塔楼”意义的一种延伸，可以让他从俗世的烦忧中解脱出来，以及从有罪的灵魂中拯救出来，而极力去追求一种虚无高远的境界，人至老年的他超越了世俗的利益，其精神进入一种空灵的境界，因而，“尖顶塔楼”只是其精神

① 剧中索尔尼斯对希尔达说：“像我一样，你身上也有山精。是咱们内部的山精——是它在发动咱们身外的力量。”“希尔达，世界上有数不尽的妖魔，我们却永远看不见他们。”(63)

② 转引自王贵祥．东西方的建筑空间：传统中国与中世纪西方建筑的文化阐释．天津：百花文艺出版社，2006：230.

领域的一部分，其终极目标却是“空中楼阁”；与“天梯”类似的“梯子”等意象，是通往“尖顶塔楼”、“空中楼阁”之路的必然通道，是其朝圣之路的隐喻。因此，三种与宗教相关的地理意象，具有丰富而深刻的宗教内涵，而且与索尔尼斯的人生与梦想相联系，也与其宗教理念相关联，整体建构了以“尖顶塔楼”为主体的宗教地理空间。

第三节　《培尔·金特》中的“森林茅屋”

《培尔·金特》一剧中，存在三重以地理空间作为主体的象征体，其间充斥着几股强大的宗教力量，在主人公培尔·金特身上相互交织并相互影响，成为改变其人生轨迹的多股气流。一是以“奥丝的茅屋”作为象征体，是其与生俱来的原始而冲动的宗教力量，正是在那样封闭而落后的山区，这股宗教的气流显得原始而自然，既质朴又粗糙，完全没有受到世俗社会的感染，培尔虽然生性顽劣且爱好幻想，但在他的心目中始终存在一种美好的向往，那就是纯净而圣洁的宗教情结。二是以“山妖王国”作为象征体，是其内心虚伪而邪恶的宗教力量的反映，培尔迷失在龙德山中的山妖王国里，而助长了其性格中较为邪恶的那一部分力量，在海外众多不同国家地域的流浪经历，他所见到的形形色色的人类，可以看做是龙德山中的“山妖”在人间的各种化身，“山妖”的力量化作培尔身上潜藏的部分宗教伪善的因子，因而他的一生为了能做国王的梦想，做过很多不耻的事情。三是以“索尔薇格的茅屋”作为象征体，是其一生渴望与追求的纯净而善良宗教理念的反映；正如有的学者所指出的那样：“另外有些人接受这样一个结局，但是把它做宗教的解释：索尔薇格是一个圣洁的处女，她为皮尔的漂流赎了罪，而且为他居间说话；她救他的情形，一如比阿利斯救但丁、格蕾倩救浮士德、与爱尔玛救亚当·霍模。”① 索尔薇格正是作为一

① ［挪］爱德伍德·贝尔．易卜生传．杜若洲译．台北：中华日报社，1982：67. 引文中的“索尔薇格”即本书所指“索尔薇格”。

个圣洁的救赎者形象而出现，成为培尔一生中始终向往与坚守的宗教信仰。于此，剧中建构了以“森林茅屋”为核心的宗教地理空间，其间有三股宗教力量的综合，组接而成强大的气流；剧作家意图体现的正是人性善与恶两股力量的较量，同时人的本性中有着向善的与纯洁的因子，因而，流浪一生的培尔最后还是回到自己的故乡，在索尔薇格的面前忏悔多难与罪恶的一生。

一、“奥丝的茅屋”：原始而冲动的力量

如第二章“图 2.3‘奥丝家园’小山麓与涧溪谷地想象图”所示，“奥丝的茅屋”位于一个封闭而落后的山区，是培尔赖以生存的家园。其实那里是一个美丽而雅致的好去处：“离奥丝家园不远的小山麓，树木丛生，中间流着一道湍急的涧溪。小溪对岸，有一座老磨坊。夏季酷热的一天。”(293) 奥丝埋怨年轻的培尔整天不务正业：奥丝：“住嘴，别打岔！瞧瞧咱们这间农舍。连一扇整窗户也没有。玻璃破了就用烂布来塞。篱笆墙倒的倒，塌的塌。害得牲口挨风吹雨打。地也荒了。月月儿官府都来没收东西。”(296-297) 由此可以看出：其一，剧中存在两重地理空间：第一重是以“小山麓”为主体的地理空间，四周有着茂密的“树木”，还有“湍急的涧溪”与“老磨坊”；第二重是以“农舍”为中心的地理空间，包括“玻璃”、“烂布”、“篱笆”、“牲口”等意象；两重空间的交织，组成了一重完整的“奥丝的茅屋”地理空间。其二，奥丝破旧不堪的小茅屋，坐落于小山麓之旁，四周树木丛生且绿意盎然，还有一条小溪从屋前面急流而过，小溪对岸亦有一座老的磨坊日夜守候，多少年亦是如此。当老年的培尔再次回到故乡时，还是那样的小山麓，清亮湍急的小溪却不复存在，只剩下一道干涸的河床，河畔对岸的那座老磨坊已经坍塌，四周的土地已经荒芜，满目疮痍！可见，从培尔的青年到老年，他从小成长的故乡地理环境变得越来越落后，越来越贫穷，甚至到最后失去了灵气；这样的一种改变，与培尔多灾多难的一生相对应。其三，“奥丝的茅屋”处于一个偏僻与封闭的山区，可见当地的经济相当落后，民众的宗教信仰自然相对保守与封闭；小屋的破败与寒酸，说明培尔与母亲的

生活极其贫寒，在那样的生存环境之下，他们没有尊严可言，相反还处处受着别人的欺负。因此，这样的地理环境影响了培尔性格的形成，他一方面养成了任性与顽劣的品性，另一方面还保留有山里人特有的、原始而纯洁的天性。

“奥丝的茅屋”保守而落后的地理环境，正是原始而冲动的宗教力量之象征。“奥丝的茅屋”是一重独特的地理空间，在自由自在且少有约束的环境里，培尔可以四处游荡，到周围大山麓里到处乱窜，年轻气盛的他血气方刚，对世界充满各种奇异的幻想，骑着驯鹿在燕汀山背上飞翔，正是其最为奇特的想象之一。如图 4. 3① 中左边一幅剧照所示，培尔正在与奥丝讲述燕汀山背上的故事，他绘声绘色地描述，仿佛这件事真的发生了一般，而奥丝也听得津津有味，面部显露出惊奇与满足之情。这种幻想给了他各种各样的诱惑，并且引诱他逃避贫穷的现实生活，因而他的意志得不到成长的机会，到处流荡而不务正业，成为他天性中的一部分。母亲奥丝常常抱怨他：一天到晚“在山里东跑西颠，在雪地里追鹿，把衣裳撕得这么乱七八糟地回来。”(293)“在家的时候，你也只是捅捅炉子，旁的什么都不干。左近村子里的姑娘们一去跳舞会，你就把她

① 两幅剧照来自王延松导演的话剧《培尔·金特》，由孙海英与吕丽萍主演，于 2009 年 12 月 9—13 日在北京保利剧院公演，后又在上海、深圳、武汉等 13 个城市有 40 场巡演。2012 年 1 月 7—8 日，此剧在武汉琴台大剧院上演。文中的部分剧照来源于王延松导演话剧《培尔·金特》以及《〈培尔·金特〉节目单》。王延松如此评价此剧：“培尔·金特一生的经历有点像一个现代寓言。最后他还是顺服了，因为他还是拥有爱，那是索尔薇格用信心给予他一生无私的等待和爱，他谦卑地意识到自己一生中的种种罪过，使观众看到人的悔改是多么美好的事情。”“易卜生在一百多年前写道：‘在生活中任何杰出的人物都是象征’。人生充满了种种困苦，《培尔·金特》讲的坏事发生在好人身上的故事，是让人更有力量来面对自己，使自己更有力量来面对人生的困苦，这苦难主要还不是指‘物质贫穷’，而是指‘精神困苦’。”(王延松:《〈培尔·金特〉节目单》，《导演的话》，2009 年 11 月 9 日。)

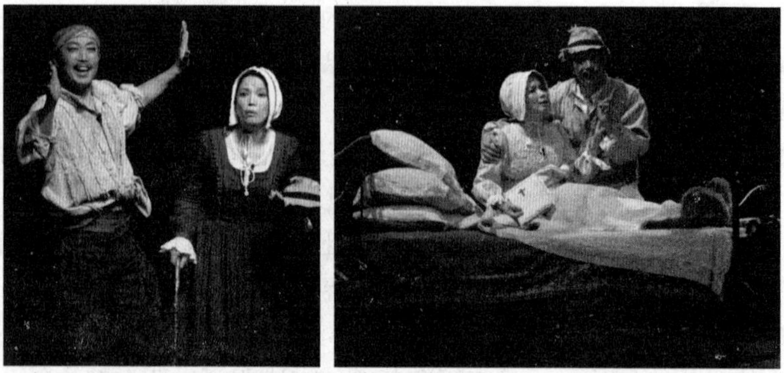

图 4.3　“奥丝与培尔” 剧照（一）

们吓跑。你跟流氓恶棍打架，害得人人都笑话我。”(297) 如图4.4① 中左边一幅剧照所示，培尔在去黑格镇的途中，母亲奥丝极力阻拦不让他去惹祸，因此他只有将母亲放到磨坊屋顶上，后来奥丝在屋顶上拼命地叫喊，众乡邻才将她解救下来。由此看来，贫穷而落后的奥丝家园，给培尔的性格中增添了一些顽劣的成分，其间有一股野蛮的宗教力量在涌动；正是这种原始蛮荒的冲动使然，他到黑格镇后将新娘英格丽德骗到深山之中，糟蹋之后又不想与之结婚。因而引来了英格丽德父母与村民们的追捕。随后，母亲奥丝等在山湖畔的沼泽地里四处寻找：

奥丝：（哭起来）啊，我的培尔！我可怜的迷路羔羊！

索尔薇格之父：（轻轻点头）你说得对，他迷了路。

① 两幅剧照来自挪威易卜生剧院（The Ibsen Theatre）、北京歌剧舞剧院、中国杂技团、中国人民武警军乐团联合演出的话剧《培尔·金特》，由拉斯·维克（Lars Vik）导演，卡尔·亨瑞克·伊克布鲁姆（Carl Henrik Ekbiom）饰演青年培尔，欧拉·奥特奈斯（Ola Otnes）饰演老年培尔，盖迪·艾尼克斯德尔（Geddy Aniksdal）饰演索尔薇格，于 2004 年 4 月 30 日晚在北京天桥剧场首演；此话剧的演出，正值中挪建交 50 周年之际，由挪威易卜生剧院与中国演员合作，是第二届北京国际戏剧演出季的一部分。

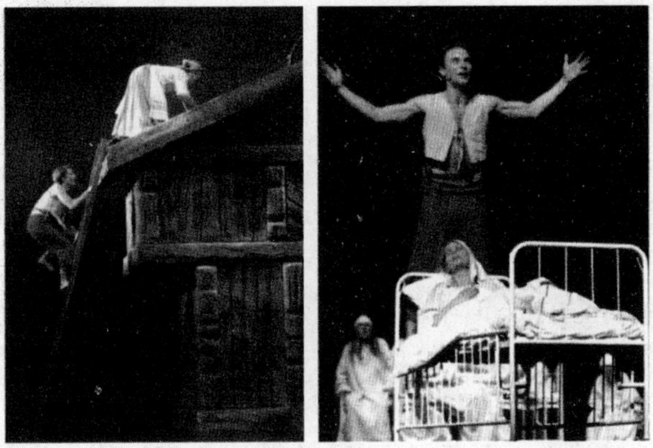

图 4.4　“奥丝与培尔”剧照（二）

奥丝：不，不，你别这么说！他多么机灵啊。再也找不到一个像他那样的人。

索尔薇格之父：你真是个糊涂女人！

奥丝：是的，是的，我知道！我也许糊涂，可我儿子好得很。

索尔薇格之父：（仍然安详、温和地）他是个没心肝的人，他已经失掉了灵魂。(《培尔·金特》，321)

正如他们所言，年轻时代的培尔就像一只迷途的羔羊，在奥丝家园小山麓间到处乱窜，没有自己人生的方向，没有了自我的灵魂，因此做出了一些有违伦理道德的事情。

与此同时，母亲奥丝对培尔的影响也很大。奥丝家中因为他的任性妄为而变得一无所有，黑格镇中的农户和法警，将其家中洗劫一空，并且农庄和田地也被抢光，“奥丝家里的一个房间。屋中凌乱不堪。箱子空了，衣服丢得满处都是。”(343) 但是，奥丝天真地认为：“那个谎言之父诱惑了我那可怜的儿子。”(344) 这里的“谎言之父”，就是指上帝，不管培尔做了什么样的错事，她都认为并不是他的错，而是上帝在诱惑他，让他走上了一条邪路；同时，她教导培尔依靠自由无边的想象，来逃避现实生活中一切的苦难。这样一种浪漫主义的人生观、厚实淳朴的性格以及对于生活无比的幻想能力，正是培尔的性格中最为原始的一股力量。他对母亲奥丝感情十分深厚，当告别森林里的索尔薇格之后，在奥丝弥留之际，他回到茅屋去送了她最后一程。如图 4.3 右边剧照所示，培尔正在用自己奇特的想象，与奥丝一起追忆儿时的景象，为她编织了一个华丽的梦境；如图 4.4 右边一幅剧照所示，奥丝已经奄奄一息，培尔用幻想的故事陪她去赴天堂的盛筵，帮助她度过了生命中的最后一刻，让她免除了人间的悲伤和苦难，其灵魂安详而宁静地进入了天堂。而这种丰富的想象力，正是来自于奥丝的影响。同时，培尔敏感的内心也发现了索尔薇格，对于纯洁、善良与羞涩的她，有着发自内心的喜欢与向往。培尔："她多美啊！没见过比她更漂亮的！她眼睛总朝下望着。她穿的围身多么白呀！还有，她扯着她妈妈的裙褶时候的那种神态！而且手里还拿着用手绢包着的祈祷书！我还得去见见她。"(309)"白色的围身"、"手绢"、"祈祷书"等都是与宗教相关的圣洁之物，因此，索尔薇格代表着圣洁的宗教信仰；对于如此纯净而圣洁的索尔薇格的向往，是培尔内心深处最原初的情感，这样一种情感伴随了他的一生，以至于老年后的培尔在外面流浪了大半生，依然还是要回到故乡，寻找心中那一片净土。因此，"奥丝的茅屋"空间，具有浓厚而深刻的宗教内涵，正是培尔内心原始而冲动的宗教力量之象征。

二、"山妖王国"：虚伪而邪恶的力量

培尔为了逃避村民的追捕而误入了"山妖王国"，位于"四周山巅积雪熠熠发光"(325)的龙德山中。在那里他进入如醉似梦的幻景：

> 像一座座城堡那么拔地而起，看那扇大门多么光芒四射。停下来！你停下来好吗？怎么越飘越远呢？伫立在风标上的雄鸡掀起翅膀像是要飞。它融到蓝色的烟雾里，山峦也被遮蔽起来。岩石隙缝里长的是什么树木和羊齿草呀？它们是长了苍鹭

脚的巨人，如今也是一片朦胧。大气色彩斑驳，像虹一般，使我眼花心乱。(《培尔·金特》，325)

如图 4.5① 所示，在蓝色朦胧烟雾弥漫的山中，培尔受到鬼怪与山妖的威胁，以及内在邪恶因子的驱使，与三个牧牛女在山中共舞，并厮混一气而想入非非，从而迷失在龙德山中。醒来后在山坡上遇到山妖大王的绿衣公主："巨大参天的山坡上，风在树隙间呼啸着。星光在枝叶的夹缝里眨着眼睛。一个穿绿衣的女人路过山

图 4.5　"培尔与山妖共舞" 剧照

坡。培尔·金特跟在后边，向她做着种种求爱的表示。"(326) 绿衣公主告诉他："我父亲的宫殿盖在龙德山的深处。"(327) 由此可以看出：其一，龙德山中不仅有高大的"城堡"矗立，而且有光芒四射的"大门"，还有各色各样的动物与植物，比如"雄鸡"、"树木"、"羊齿草"等，更有远处与近处的山峦与岩石相互连接，天空中还弥漫着"蓝色的烟雾"，也有"风"在不停呼啸，天上有着"星光"在不时闪烁，天上与地下的地理景象相接，上下与左右的地理空间相连，因而，形成了一重整体的"龙德山中"地理

① 剧照来源于 2012 年 7 月 20 日，http：//ent. sina. com. cn/j/2009-12-06/21272800444. shtml。

空间，而“山妖王国”的宫殿正好处于龙德山的最深处。其二，龙德山中“大气色彩斑驳”以及“风在树隙间呼啸”，还有“星光在枝叶的夹缝里眨着眼睛”，周围的环境显得那样迷离与神秘，似乎有着一股邪恶的力量在空气中萦绕。培尔欺骗绿衣公主说自己是王子，正是在这样的环境与谎言之下，绿衣公主将他带进了“山妖王国”：“在多沃瑞山妖大王的宫殿里。老老少少、大大小小，奇形怪状的妖臣们麇集一堂。山妖大王坐在宝座上，头戴王冠，手持节仗。王子王孙、皇亲国戚簇拥在两旁。”(328) “山妖王国”中，老的、少的、大的、小的，以及长得奇形而怪状的山妖们聚集在一起，它们是一群与人类的长相不太一样的动物，而且其思维方式、处世原则与人类也完全相反；正如绿衣公主所说：“在龙德，我们用另一种眼光看待事物，什么都好像有两重形状。等你进了我父王的宫殿里面，你也许会认为是一堆破砖乱瓦。”“恶的看成善，黑的看成白。”(327) 于此，“山妖王国”实际上不是一座皇宫殿院，而是一堆破砖与乱瓦，那里的山妖们长得奇丑无比，培尔因此“看到了再丑不过的东西：一头脖子上带铃的母牛用蹄子在拨动着琴弦，一口穿了短袜的母猪不合拍地跳着舞。”(332) 因而，在“山妖王国”里，山妖们的眼光与人类的不太一样，人间丑的事物在那里往往被认为是美的，恶的经常被看成善的，黑的也被当做是白的，一切与人类的观念与看法都是颠倒的，体现的是一种以自我为中心的人生观与价值观；而这样的观点，却成为培尔海外流浪生活中的行为准则。

“山妖王国”的神秘与丑陋，正是虚伪而邪恶宗教力量的象征。首先，山妖王国里的山妖们与基督教是不相容的，它们应是与异教徒相似的一群，有着自己的一整套价值观。

> 众妖臣：杀死他！一个基督教徒竟然敢来诱惑多沃瑞王的掌上明珠！(《培尔·金特》，328)
>
> 山妖大王：你得脱掉你那套基督教徒的服装。(《培尔·金特》，331)
>
> 培尔：要不要我放弃基督教的信仰？

> 山妖大王：要是保留那信仰使你更心安一些，就保留着吧。信仰是自由的，不抽税。山妖显示身份靠的是装束打扮。只要在风尚和服装上咱们取得一致的意见，你尽管去保留那使我们毛骨悚然的信仰。(《培尔·金特》，331)

培尔误入山妖王国之后，山妖大王要他加入他们的队伍，虽然不需要完全脱离信仰，但是必须脱掉那一身基督教徒的服装，因为在他们看来，基督教是“毛骨悚然的信仰”，与他们所信奉的原则不相融。其次，山妖们有着自己的行事原则：“山妖——为你自己就够了”(330)，而这种利己主义的原则，确是贯穿了培尔海外流浪的一生，正如山妖大王所说：“你像山妖那么活着，可是你瞒着不让人晓得。我教给你的这句格言使你成为一个八面玲珑的世故人。它给了你名声。”(435)“山妖王国”带给培尔的一切，是只为自己而活的生活准则，可以说有一股邪恶的宗教力量，驱使培尔做着一些违背道德的事情。中年的培尔到海外去寻找自己的天地，他成为一个贩卖黑奴与偶像的商人以及驰名国际的资本家：“每年春天我仍旧往中国运偶像，可是一到秋天，我就送一批传教士，连同供他们传教的全部用品：长袜子和《圣经》，罗木酒和大米。”(361）这个时候的培尔已经悖逆了基督教的信仰，他认定宗教是伪善而残酷的，只有金钱和利益才是最为实在的；同时他的内心里又有些惶恐，一方面做着贩卖黑奴的生意，一方面又输送传教士过去传教，以此减轻自己心理的负担，求得内心的一丝安宁。随后他满载财宝的游艇却遭到算计，沉到了海底。此后，他又成为先知、学者，也曾迷恋过阿拉酋长的女儿安妮特拉；他还走进过开罗的疯人院，打发胡胡去翻译摩洛哥猩猩的语言，还建议农民上吊，以便成为阿皮斯王的样子，结果那个农民真的上吊了，紧接着霍显将自己幻想成一支笔也自杀了。培尔望着眼前突然发生的一切，筋疲力尽而昏倒在地：“（疯狂的）我该做什么？我是什么？老天，紧紧抓住！我代表你一切的心愿：我是个土耳其人，一个罪人，一个山妖——可是请帮助我，我内心有什么在爆炸。”(402）那个时候的培尔，将“山妖只为自我”的原则运用到了炉火纯青的地步，他最后成为了“自我的皇帝”，加冕之地就在那一家疯人院里，然而他最终还是丧失了自我，无法找到自己的真正面目，内心陷入极度恐惧之中。老年的培尔与山妖大王再次相遇时，山妖大王仍然说培尔是一个真正的山妖：“为自己就够了！一个山妖！一个不折不扣的利己主义者!”(435) 美国学者哈罗德·布鲁姆在《西方正典》一书中有这样的论述：

> 穆里尔·布拉德布鲁克将山妖称为“人类在动物界中的翻版”，然而，活力无穷的彼尔·金特身上动物般的旺盛精力却抵制着妖性。我将要用的是罗尔夫·福杰尔德的《彼尔·金特》译本，他比布拉德布鲁克更胜一筹地认为“山妖在近代历史中控制着死亡营”。易卜生笔下的山妖本身的确卑鄙污秽，尤其在《彼尔·金特》，但是比起犯下种族灭绝罪行的技术统治论者们，他们更像是些跋扈专横、心理失常的儿童。简而言之，山妖是处在善恶之前的，或者不如说是超越善恶的。①

确如此言，《培尔·金特》中的山妖外表丑陋且行为反常，更像是“跋扈专横、心理失常的儿童”，然而他们并不是超越善恶的，而是有着与人性之善相反的邪恶的一面；在培尔的身上，存留有最为原始与基本的人性内容，但是体内还有一股“山妖”所控制的力量，是与善的宗教力量相反的一股气流，甚至带有某种妖性的邪恶特征，影响了其中年与老年的人生阶段，这股邪恶的宗教力量，终究让他变得一无所有。年老的他似乎慢慢开始觉醒，渴望找回自我的人生价值，弄清楚自己的真实面目。培尔在“山妖王国”的那一段遭遇，似乎就是其一生经历的缩影：当一切的危难再次来临时，“远处的教堂鸣钟”(336) 敲响了，淘气的众小妖们吓得四处逃窜：“山谷里的钟声响啦！黑袍母牛来啦!”(336) 随着他们的

① ［美］哈罗德·布鲁姆．西方正典．江宁康译．南京：译林出版社，2005：275.

喧哗与尖叫声，山妖大王的宫殿在教堂的钟声中坍塌下来，一切消失了，培尔重又回到了自己的家园。培尔的一生处处受制于那股邪恶的宗教力量，其人生因此经历了一重又一重的困难；而每当灾难来临之时，仿佛又有一股纯净的宗教力量在庇护着他，就像他在“山妖王国”遇到危难之时，远处教堂里响起的钟声，似乎冥冥中有一股神奇的力量，指引着他一直走向“索尔薇格的茅屋”。

三、“索尔薇格的茅屋”：纯净而善良的力量

“索尔薇格的茅屋”① 位于森林深处，剧中有四次出现：第一次在第三幕第三场：“森林里，一幢新盖成的茅屋前。门楣上挂着驯鹿的犄角。积雪成堆。黄昏时分。培尔·金特站在茅屋门外，正在装一大根门栓，不时地停下来大笑一阵。”(345) 第二次在第四幕第十场：“挪威北部一座大森林里的一幢茅屋。门敞开着，门上有一道粗木门栓。茅屋门上悬挂着驯鹿的犄角。茅屋左近有一群山羊。是一个晴朗的夏日。索尔薇格此时已成为一个皮肤白皙、端庄秀丽的中年妇女。她正坐在阳光下纺线。她凝视着小径，唱了起来。”(389) 第三次在第五幕第五场：“五旬节前夕。森林深处，前面一片空地上，有一幢茅屋，门楣上挂着驯鹿的犄角。培尔·金特趴在地上在摘野葱头。”(422) 第四次在第五幕第十场：“他朝茅屋奔去。这时，索尔薇格走了出来。她是一身进教堂的打扮：手绢里包着祷告书，手里拿着一根拐杖，直直地、安详地站在那里。”(446) 由此可见：其一，剧中众多意象如“森林”、“门楣”、“驯鹿的犄角”、“粗木门栓”、“空地”等，建构了一重“索尔薇格的茅屋”空间；并且形成历时性的线索：第一次出现是培尔逃进森林深处后，为了能够遮避风雨盖的一座茅屋，却没有想到成为索尔薇格一生为之等候的去处；第二次出现索尔薇格已由年轻的姑娘变成了中年妇女，一直在茅屋里平静地生活并等待培尔归来；第三次出现是培尔老年的时候，在经历了海外流浪的生活之后，开始探索

① “索尔薇格的茅屋”在剧中出现频率较高，分别在第 345、347、351、389、422、424、446-448 页均有出现。

其人生真正的价值，他偶尔路过索尔薇格的茅屋，却只是在远方观看并没有靠近；第四次出现，培尔终于明白他的人生归宿在哪里，而迫不及待朝索尔薇格的茅屋奔过去，紧紧依偎在她的怀里，最终完成了他的赎罪之旅。其二，“索尔薇格的茅屋”的四次出场，索尔薇格从“积雪成堆的黄昏时分”，等到“晴朗的夏日阳光”时刻，又从“晴朗的夏日阳光”时刻，等到“积雪成堆的黄昏时分”；春夏秋冬四季的阳光，在森林茅屋之前不断变幻，从春到夏、从夏到秋、又从秋到冬，不知经历了多少个四季的轮回，唯一没有改变的，依然是那一个静静守候的人，以及不变的森林茅屋之景。但她已经从天真的少女变成中年妇女，又从中年妇女变成双眼瞎了的老人，培尔亦从激情澎湃的青年变成自负与富足的商人，又从商人变成老态龙钟且一无所有的老人。多少年的风风雨雨与岁月沧桑，洗净的只是茅屋上面的荣华，却从不曾改变其样子：多年以前，茅屋在新盖成时，“门楣上挂着驯鹿的犄角”；若干年以后，培尔在撒哈拉沙漠迷恋阿拉伯酋长的女儿安妮特拉时，挪威北部大森林中的茅屋前，门楣上依然挂着那一只驯鹿的犄角；多年以后，老年培尔从海外流浪归来，茅屋的门楣上挂着的，还是那一只“驯鹿的犄角”。正是如此，森林中茅屋一成不变的之景，似乎与索尔薇格执著的信念融成了一体。其三，年轻的姑娘索尔薇格，义无反顾地告别了父母与妹妹，到森林深处寻找培尔，她的性格中有着一份坚贞与执著，还有着一份为之坚守的信仰；面对这位年轻纯洁姑娘的到来，培尔的心里由衷地感到欣喜：“我就不需要挡住精灵和鬼念头的钉子、门栓和木板了。倘若你敢在这里和我同住，我这茅屋就是圣洁的了。”（346）由此可见，索尔薇格以及她所居住的茅屋，是圣洁的象征，是任何的山妖与邪恶的东西所不能侵犯的，这恰恰是培尔为自己留下的人生的最后归宿。

“索尔薇格的茅屋”，正是纯净而善良的宗教力量的象征。可以说它是剧中的一个中轴线，是剧情发展的核心元素；无论培尔的人生如何发展，无论其人生如何的变幻，索尔薇格在森林茅屋里的守候，始终没有改变过。这种亘古不变的东西，正是在培尔生命弥留之际，索尔薇格如同母亲对孩子一般对他所讲的：“信念”、“希望”与“爱情”(447)。年轻时候的索尔薇格，不顾一切地选择走向培尔，认为森林里培尔的茅屋就是她的家园：

> 索尔薇格：大也好，小也好。我都喜欢，因为这是你的。这里可好呼吸啦！在山谷里太憋闷啦，我觉得简直埋进坟墓了。这也是我来这儿的一个原因。这儿我可以听到松涛——有时寂静，有时歌唱。这儿，我是住在家里。(《培尔·金特》，347)

由此可见：其一，她对爱情的信念是忠贞的，无论居住的茅屋是如何的简陋，无论山上的环境是如何的恶劣，她都会用自己的一生去守候，只因那是培尔能够回家的居所。其二，她的信仰是阳光而灿烂的，她不肯让自己的欲念囚禁于深山谷地之中，因为那里光线是阴暗的，空气也并不自由与新鲜；而宁愿选择高山之上阳光明媚的天空，微风吹过片片松林，一阵阵的波浪起伏，时而寂静时而喧闹，唱着一曲曲自然世界之歌，正是她所向往的自由而快乐的家园。其三，她对未来也是充满希望的，无论培尔在外面的世界如何流浪，过着怎样放荡不羁的生活，她始终相信总有一天他会回来，因而，她一直守候在最初承诺的茅屋里，饲养着一只只可爱的山羊，享受着夏日晴朗的阳光，轻轻地纺织棉线，凝视着小径反复吟唱思念的歌曲——“索尔薇格之歌”；于此，笔者将与索尔薇格相关的三张剧照，以“索尔薇格之歌”命名，如图 4.6 所示。亦如法国学者巴什拉所言：“隐士的小木屋是修道院的原型。集中的孤独向四周发散出一个冥想和祷告的宇宙，一个宇宙之外的宇宙。小木屋不能从‘这个世界’接受任何财富。它幸福地拥有强烈的贫穷。隐士的小木屋是光荣的贫穷。越是赤贫，我们就越接近绝对的庇护。”① 如“图 4.6‘索尔薇格之歌’剧照”② 所示，索尔薇格

---

① ［法］加斯东·巴什拉．空间的诗学．张逸婧译．上海：上海译文出版社，2009：32.

② 剧照来源于王延松导演的话剧《培尔·金特》节目单。

是一位圣洁而高尚的教女，并没有一点尘世的污染，如同一朵洁白的雪莲花，在那高山上独自散发着淡雅的馨香；而其一直居住的森林茅屋，就是一个孤独向四周发散出一个冥想和祷告的宇宙，这个宇宙里有着强烈的贫穷，但也有着人世间的幸福与荣光，正是纯净

图 4.6 “索尔薇格之歌”剧照

而善良的宗教力量之象征；培尔的流浪生涯始于此处，而其一生也结束于此地，当他在海外流浪的时候，正是这样一股神圣的力量，在暗中时刻庇佑着他，让他能够从重重险阻中脱离出来。比约恩·海默尔这样评价索尔薇格：“由于她义无反顾地作出了这个抉择，作者便只让她表现为唯一的形象，扮演唯一的人生角色：代表光明、信念坚定和对爱情忠贞的女人。”“她代表着‘自我享受，人生足矣’的利己主义的对立面。作者把她描绘塑造成为培尔的对立面，这就使我们察觉到一个暗示，即张扬自我之中其实也包容着为了别人，至少是为了另外一个人，那个高山上的农夫就是为他的妻室而度过一生的。”① 索尔薇格为了培尔而度过自己的一生，在剧中作为培尔的对立面而存在：培尔是一个恣意妄为且毫不收敛的利己主义者，她却是一个纯净而圣洁的教徒，没有沾染一点世俗之气，一直在森林里等待着培尔的归来；培尔在海外奢华而放荡的流浪生活，她却在高山森林之处过着简单、安宁、自给自足的生活；

① ［挪］比约恩·海默尔．易卜生——艺术家之路．石琴娥译．北京：商务印书馆，2007：142.

培尔展现的是人生稍纵即逝与变化无常的一面，而索尔薇格的世界则是真实而稳定的："待到所有的过眼烟云灰飞烟灭之后，不可变更的真实仍然屹立，用她自己的和《圣经》的语言来说，就是信念、希望和爱情。"① 因而，培尔的与索尔薇格的世界，是两个截然不同的世界：培尔背叛的不仅仅是索尔薇格的信仰，同时背弃的是自己为善的做人准则；在山妖王国的遭遇影响了他的一生，始终遵循"为自己就够了"的准则；绿衣公主在森林里的威胁，让他选择离开索尔薇格"绕道而行"；直至风烛残年才最终回顾前生，发现自己原来走上的是一条邪路，以至于最终一事无成；因此，他又开始踏上寻找"自我"的道路，此时他才真正认识到，他的一生不仅作恶多端，而且真是虚度光阴，从来没有找到过真正的"自我"，在人生的垂暮之年，所有的光环在他的头上已经消失，他所经历的一切，在宇宙天地间显得那样的渺小，他痛苦地走进了人生的荒原。

临终之际，培尔不顾一切地奔向索尔薇格，匍匐在茅屋门前向她赎罪，也许此生此世最对不起的就是眼前这个爱他的女人，而这个女人却又是最能够包容他的人，也是引导他的灵魂走进天堂的人。

> 培尔：那么你就说吧。我自己，那个真正的我，完整的我，真实的我到哪儿去啦？我额上带着上帝打的烙印，到哪儿去了呢？
>
> 索尔薇格：你一直在我信念里，在我的希望里，在我的爱情里。(《培尔·金特》，447)

于此，培尔的灵魂终于安定下来，他最终完成了对自己的救赎，实现了自己的终极目标："我要攀登顶峰的顶峰，我要再一次看看日出，我要把上帝许下的那块福地看个饱，看到眼睛疲倦了为

① ［挪］比约恩·海默尔．易卜生——艺术家之路．石琴娥译．北京：商务印书馆，2007：143.

止。"(445) 正如法国学者加斯东·巴什拉所言："集中的孤独所形成的中心所被赋予的价值是如此强烈、如此原始、如此不容置疑，使得遥远的光芒能够为没有非常清浊定位的形象提供参照。"① 王延松在《新解读〈培尔·金特〉——导演王延松札记》中，对此亦有自己的理解："我对《培尔·金特》的总体演出形象的阐述，用三句话表述：灵火焚烧、活水涌流、神性光照。""神性光照：是在全剧高潮处全面出齐的语汇，是前两组语汇互相交替使用的无处不在的能量。"② 这种神性的光芒正是从索尔薇格身上所散发出来的，她所坚持的信仰，是一种强烈、集中而高尚的孤独，其深刻地影响了培尔的一生，给他的心中带来了遥远的光芒。从而培尔第一次攀登到了高山的顶峰；也许，他第一次也是最后一次看到了日出——那高山之上"全世界的荣华"。一个不羁的浪子，终于找到了回家的路！

第四节　宗教信仰的载体与对彼岸世界的探索

一、宗教地理空间——"庄严崇高的理想与抱负"

易卜生的剧作中，往往存在对某些大型建筑物的描写。除了以上三剧较多出现的"新老教堂"、"森林茅屋"、"尖顶塔楼"等外，诗剧《凯蒂琳》中也涉及灶神殿，《觊觎王位的人》中部分故事情节发生在挪威地区的教堂之中，《皇帝与加利利人》中涉及较多教堂等。这些教堂等建筑不仅与宗教有着密切的关联，同时也是剧作家内在宗教观念的外在显现；不仅反映了布朗德、索尔尼斯、培尔·金特等的宗教观念，更是易卜生对人类生与死、人生理想以及对世间万物善恶观念的体现。正如哈罗德·克勒曼所说："教堂的塔楼实际上自然而然地联系着庄严崇高的理想与抱负。在易卜生

① ［法］加斯东·巴什拉．空间的诗学．张逸婧译．上海：上海译文出版社，2009：32-33.

② 引自王延松导演话剧《培尔·金特》节目单。

出生地斯基恩的对面就有一座高高的钟楼。”① 易卜生在《童年的回忆》一文中亦有详细说明：“我其实是出生在市场边上一座名叫斯多克芒的房子里的。这幢房子面朝教堂正前方，教堂的楼梯是很高很陡，顶上有着宏伟的塔楼。教堂右边矗立着镇上的绞颈架，左边则是市政厅以及监狱和‘疯人院’。拉丁学校和普通学校占据了广场的第四面。教堂就坐落在广场的正中央。”② 剧作家后来又对这座教堂做了进一步的说明，它本身就有着一段曲折的历史：

> 这座教堂自然是镇上最宏伟的建筑。上世纪末的一个平安夜，由于一个女仆的粗心引发了一场大火，镇上大部分建筑都遭了殃，这座老教堂也不例外。正如人们所料，这个女仆被处以了极刑。不过这座小镇却得以重建，宽阔笔直的街道依山而建，穿越山谷，一座新教堂又出现了，居民们都有几分引以为荣地说，这教堂是用黄色的荷兰产的砖块建造的，由一位来自哥本哈根的建筑师设计，而且几乎跟康斯堡的教堂一模一样。那时候，我还欣赏不了这些精美建筑的特色。给我印象最深的是一个结实的、四肢粗壮的白色天使，平日里高高地挂在拱形屋顶上，手里捧着一只碗。可一到周日，每当有小孩受洗礼时，天使就会被轻轻地放下来，站在我们的中间。③

1891 年 3 月 13 日，易卜生在慕尼黑致海特维格·斯都兰德信中说：“我出生以及度过童年的那栋房子，还有那座教堂——那座屋顶椽条下挂着洗礼天使的老教堂——都被烧毁了。所有那些跟我

---

① ［美］哈罗德·克勒曼．戏剧大师易卜生．蒋嘉，蒋虹丁译．长沙：湖南人民出版社，1985：213.

② 易卜生．童年的回忆．易卜生书信演讲集．汪余礼，戴丹妮译．北京：人民文学出版社，2012：389.

③ 易卜生．易卜生书信演讲集．汪余礼，戴丹妮译．北京：人民文学出版社，2012：390.

早年记忆密切相联的东西，都被烧毁了——一件也不剩。”① 从上述材料可以发现，其中有些元素是如此的熟悉：“斯多克芒”——抑或是《人民公敌》中的“斯多克芒医生”？“教堂的楼梯”——抑或是《建筑师》中通往尖顶塔楼的“脚手架”与“梯子”？“宏伟的塔楼”——抑或是《建筑师》中的“尖顶塔楼”？“疯人院”——抑或是《培尔·金特》中的“开罗疯人院”？“女仆”——抑或是《凯蒂琳》中灶神殿的女尼弗瑞亚？“山谷”——抑或是《布朗德》、《培尔·金特》、《咱们死人醒来的时候》等剧中的“高山与谷地”？“老教堂”、“新教堂”——抑或是《布朗德》中的“新老教堂”？由此可见，剧作家对童年的记忆是无法避开与宗教相关的教堂类地理空间，“易卜生成年后曾向人追述过他三岁时被保姆抱上教堂塔顶，面对新奇世界举手欢呼，使母亲吓得昏晕过去。他对世界的‘最初一瞥’，竟在日后的生活与创作中留下了很深的痕迹。”② 其童年时代所生活的斯基恩的自然地理环境以及人文地理环境，特别是那座宏伟的教堂和高耸的塔楼以及当地人们的宗教信仰，对其早期宗教观念的形成有着重大影响，甚至相伴终生。因而，剧作中出现多种形式的宗教地理空间，饱含着剧中人物丰富多样的情感，他们与上帝之间的联系是多样性的：《布朗德》中布朗德对年轻上帝是赞许的，对年老的上帝是批判的；《建筑师》索尔尼斯年轻的时候对上帝是远离的，中年的时候又想与上帝亲近，因而时刻处于矛盾之中，等等。正像易卜生对挪威的情感若即若离一样，剧作家对上帝也保持着这样一种关系；然而，无论剧中人物与上帝的关系如何，有一点是值得肯定的，那就是始终联系着剧作家“庄严崇高的理想与抱负”。而这种伟大而庄严的理想与抱负，无疑也来自其剧中的各位丰满的人物，他们是《爱的喜剧》的福克，“力量来自上帝的真理”，“真理使我坚强刚毅”

① 易卜生．易卜生书信演讲集．汪余礼，戴丹妮译．北京：人民文学出版社，2012：319.

② 王忠祥．易卜生年表．易卜生文集（第八卷）．北京：人民文学出版社，1995：431.

(362)；《社会支柱》的那一位女性楼纳，“真理的精神和自由的精神才是社会的支柱”(112)；《人民公敌》的斯多克芒医生：“世界上最有力量的人正是最孤立的人！”(400)《罗斯莫庄》的罗斯莫：“和平、快乐、互相容忍的美德必须在咱们灵魂里重新建立起来。”(155)《海上夫人》的艾梨达不断追求“自由选择”(327)的权利；《咱们死人醒来的时候》的鲁贝克与爱吕尼：“带我上高山，去看全世界的荣华。”(275)还有《布朗德》的布朗德：“全有或全无”(188)，《培尔·金特》的培尔·金特：“保持自己真正的面目。”(330)如此等等。他们大多数为了追求真理、自由之理想而奋战：斯多克芒为了自然的生态环境而不惜与整个社会为敌，布朗德在为寻找一个全面和谐的乌托邦世界而努力，罗斯莫倾尽一生在追寻更为高尚而快乐的品性，培尔·金特穷其一生在追求自我的本来面目，等等。不管怎样，他们的精神无不联系着自然的世界与人文的世界，那些“新老教堂”、“森林茅屋”、“尖顶塔楼”等之上，寄予了他们各自不同的理想抱负，譬如布朗德与“新老教堂”相联系，索尔薇格与“森林茅屋”相关联，索尔尼斯与“尖顶塔楼”相联系，等等；正是在这样一些宗教地理空间之上，同样寄予的是剧作家的宗教思想、哲学思想与他的人生观与世界观，而其剧作中人物形象的塑造、艺术结构的形成与艺术风格的产生，都与此有着重大的关联。

二、“尖顶塔楼”——向上腾飞之“力”

本章着重探讨了三部戏剧中的宗教地理空间建构以及其中所蕴涵的深厚意蕴：《布朗德》建构了以“三重教堂”为主体的宗教地理空间，反映的是世俗宗教与理想宗教观念之间的冲突；《建筑师》建构了以“尖顶塔楼”为轴线的宗教地理空间，是索尔尼斯对理想宗教信仰的追求；《培尔·金特》建构了以“森林茅屋”为核心的宗教地理空间，是正义与邪恶两股宗教力量在培尔·金特心中的反复交织与纠结。有学者这样说：“一般地说来，在一个建筑组群中，总有一个中心存在。这一中心有如一个巨大的磁石，一般附属性的建筑空间，都被吸附在这一中心的周围。这种具有中心吸附性的建筑空间组成方式，几乎是普遍存在的，甚至在一些游牧部落的临时性聚落组群中，也不例外。”① 因而，在以“新老教堂”、“尖顶塔楼”、“森林茅屋”等为主体建构的众多宗教建筑组群中，是以“尖顶塔楼”作为中心，“新老教堂”以其作为轴线，“森林茅屋”以其作为思想与灵魂的核心，因而，“尖顶塔楼”是这一组建筑群落中的中心，它具有一定程度的吸附力，将周围的建筑牢牢地吸引住，成为一个有序的整体。为什么“尖顶塔楼”具有如此强大的吸附力呢？因为它是与“在高处”相联系的，主人公们的理想无不指向那不可攀登的“最高处”：布朗德要寻找的那一座“冰雪教堂”就在高高的悬崖峭壁之上，培尔·金特执著坚守的宗教理想存在于索尔薇格身上而那样的高不可攀，生命结束之时他仍然以匍匐的姿态向她膜拜：“（匍匐在门口）向我这个罪人宣判吧！”(446）索尔尼斯更是不惜以生命作为代价要爬上那座高高的“尖顶塔楼”，因为那上面有他追求的“空中楼阁”。鲁贝克与爱吕尼的艺术理想是与世隔绝的，只有以死作为代价才能达到那光明的“塔尖”，才能在高山上看到“全世界的荣华”，如此等等。由此可见，“尖顶塔楼”正是与剧中人物走向高处的理想相联系的，也是其追求“全世界的荣华”理念之反映。

“尖顶塔楼”不仅处在极高的地方，而且那高高在上的建筑之上，具有一种内在的、强大的“力场”：“按照贡布里希的意见，某种文化的、心理的或习惯的力量，可能会影响到造型艺术，如绘画、雕塑等的组成方式甚或影响到某种音乐的构成方式。这种文化的心理的或习惯的力量，就形成了造型艺术的空间组织，以及音乐艺术的结构组织中的所谓‘力场’。”② 因而，“新老教堂”、“尖顶塔楼”、“森林茅屋”等地理空间，与社会的、宗教的、文化的诸多因素有着密切关联，同时也是一种“力”的象征：这种“力”

① 王贵祥．东西方的建筑空间：传统中国与中世纪西方建筑的文化阐释．天津：百花文艺出版社，2006：339.

② 王贵祥．东西方的建筑空间：传统中国与中世纪西方建筑的文化阐释．天津：百花文艺出版社，2006：337.

是一种向上的“力”，似乎每一种“力”都直指浩渺的苍穹，剧中的主要人物无不向最高处攀登，向更为高远的理想而前进；正是这样一股向上的“力”，这样一种博大的“力”，也是一股神秘的宗教力量，吸引着剧中的各类人物，引导他们屡屡翘首仰望那无边无际的穹宇，向上不断地攀登并不断地超越，努力去实现自己崇高的理想抱负，直至达到一种神奇而高远的境界。正如哥特式的建筑也集中表现出这样的特征，那就是其中有一种向上的且腾飞的“力”：那些建筑上高耸的尖塔以及腾空跨越的飞扶壁，还有山花与侧檐墙上向上耸起的小尖塔与塑像，它们似乎都被一种不断向上之力着意拉拽，从而成为竖长条状附在建筑外壁上的人物雕像以及尖拱形的侧壁窗框，无不给人一种强大的力场。索尔尼斯之所以要在老教堂、甚至在普通人家住宅之上加盖“尖顶塔楼”，也许就是因为对于宇宙间神秘力量之追求；布朗德之所以要拆掉古老的教堂，后又抛弃新修的宏伟教堂，而踏上更高更险的崎岖山路，寻找高山上的冰雪教堂，也许就是因为对于一种更高处理想的追求；培尔·金特之所以要到海外去过流浪的生活，并不惜背弃索尔薇格忠贞不渝的爱情，乃是一种对于更大权力之欲的渴求。按照创作年限来排序：《布朗德》（1866）⟶《培尔·金特》（1867）⟶《建筑师》（1892），亦即“新老教堂”⟶“森林茅屋”⟶“尖顶塔楼”，“新老教堂”与宗教有着直接关联，“森林茅屋”则是另一重意义上的教堂，它们最终的目标都是指向“尖顶塔楼”。此三重地理空间的发展，似乎就是被一种“力”所吸附并且一直向上延展，乃至不断向外扩张：从“新老教堂”到“森林茅屋”，这种力表现为由外向内的撑张，从室内空间渐渐向自然世界扩张，从外在宇宙转向人物内宇宙的关注，其间有一股神秘的力量，从室内的教堂走向自然世界的天堂，同时一步步紧逼人物的内心，一步步解剖人物的灵魂。从“新老教堂”到“尖顶塔楼”、从“森林茅屋”到“尖顶塔楼”，是一种由下向上力的延伸与扩张，以“尖顶塔楼”为核心，地理空间一步一步地提升，直至朝向更为广阔的天体宇宙，布朗德、培尔·金特、索尔尼斯等主人公，更不时遥望宇宙与星空，与宇宙天体进行着对话，并且不断向更为高远的地方前行。正如培尔·金特在临终之时，依然遥望那远方神秘的宇宙星球："可爱的地球，不要因为我白白在你上面踩了这么一辈子没有留下什么痕迹而生我的气吧。可爱的太阳，你浪费了你的光辉，你那灿烂的光辉徒然照耀在一间空屋子上。屋子的主人走了，没有人来享受你所给舒适和温暖。可爱的地球，可爱的大地，你们浪费了温暖和营养，白白孕育了我。精神界有多么吝啬，自然界却有多么慷慨！"(445) 当他结束海外的流浪生涯重又回到故乡时，望向了那遥远的星空，生命在此时显得如此的渺小，而他的精神世界却一片空白，却始终无法明白自己的真实面目是什么。因而，面对丰富而神秘的自然世界以及高高在上的上帝，他开始忏悔自己的一生，决定再去攀登一次顶峰："我要攀登顶峰的顶峰，我要再一次看看日出，我要把上帝许下的那块福地看个饱，看到眼睛疲倦了为止。"(445) 而那一座高高的山峰，就在索尔薇格贫穷的茅屋里，当培尔询问索尔薇格："那么你就说吧。我自己，那个真正的我，完整的我，真实的我到哪儿去啦？我额上带着上帝打的烙印，到哪儿去了呢？"(447) 索尔薇格说："你一直在我信念里，在我的希望里，在我的爱情里。"(447) 于此，"森林茅屋"中圣洁的荣光与"尖顶塔楼"高远的信念，两者融合在了一起，培尔不安的灵魂复归于平静，因此找到了回家的路。

综上所述，以"尖顶塔楼"作为中心建构的多重宗教地理空间，具有较为强大的"力场"，与易卜生的艺术旨趣与审美理想相一致，剧作家所表现的一切艺术向往和追求，都引导着读者走向更为广阔无垠的宇宙。

第五章　以凉亭楼阁为主体的家园地理空间建构

对于众多作家与诗人来说，“家园”一词具有特别重要而深厚的象征内涵。作家与诗人小时候生活的自然地理环境，对其一生的成长起着至关重要的作用；有一些地理要素甚至内化到其灵魂深处，成为一个个鲜活的生命共同体，对人的个性、气质、思维、观念与行为等，起着一种制约与调剂作用。何谓“家园”？有两层含义：“①私人的田园。潘岳《橘赋》：‘故成都美其家园，江陵重其千树。’②家乡。元好问《九日读书山》诗：‘山腰抱佛刹，十里望家园。’”①“家园”一词，大到可以指一个国家，是一片富饶而广阔的国土，即故国；也可以指向一个国家的城镇或乡村等，一个家庭或家族祖祖辈辈居住的地方，即家乡；小到可以指一间小小的居室，或者就是一间茅屋或者矮房等，即家宅。正如法国学者巴什拉所言：“家宅是一种强大的融合力量，把人的思想、回忆和梦融合在一起。在这一融合中，联系的原则是梦想。过去、现在和未来给家宅不同的活力，这些活力常常相互干涉，有时相互对抗，有时相互刺激。在人的一生中，家宅总是排除偶然性，增加连续性。没有家宅，人就成了流离失所的存在。家宅在自然的风暴和人生的风暴中保卫着人。它既是身体又是灵魂。它是人类最早的世界。”②巴什拉所说之“家宅”，既指向人类世界的“茅屋”、“地窖”、“阁楼”、“卧室”、“抽屉”、“箱子”、“柜子”，甚至指向自然世界

---

①　辞海编辑委员会．辞海．上海：上海辞书出版社，2000：2903.

②　［法］加斯东·巴什拉．空间的诗学．张逸婧译．上海：上海译文出版社，2009：5.

的“鸟巢”、“贝壳”以及“角落”等实体的地理空间，同时也是身体的“藏身所”、精神的“庇护所”之隐喻；本书所说的“家园”，更多的指向“家宅”地理空间，有时也指向家乡的田园或城填地理空间，以及故国地理空间。如巴什拉所言，家园既是客观存在的物体，又是人类精神的归处；如果没有家园，那么人类将成为流离失所的存在。布朗德曾经这样说：“一个人的家乡对这个人来说就是一棵树的根。如果家乡不需要他的工作，那么他的事业注定要失败，他要歌唱也发不出声音。”(201) 从某种意义上来讲，“家园”是等同于“根”之意象：对于一个普通人而言，如果没有故园之“根”，他的灵魂就会像浮萍一样四处流浪，其事业就失去了得以承载的基础，也许就不能获得成功；对于作家与诗人而言，其文学创作便失去了源泉，自然是一件无法想象的事情。“家园”正是他们回忆一生的根脉之所在，是众多文人学者内心深处挥之不去的乡愁；他们的生命之树不断进行“再移植”，其经受的酸甜苦辣人生百味，与“家园”往往有着密切的关联。对于易卜生而言，故国挪威的高山峡湾地理景观，故乡斯基恩之山川河流，斯基恩镇上的教堂与房屋等，成为其心灵不可或缺的因子，并以不同的形态表现出来。他在国外经历了 27 年的流浪生活，一方面，对于故国家园的山山水水有着十分深厚的感情；另一方面，挪威的社会现实以及他受到的不公正待遇，让他有着说不清道不明的怨尤；旧的家园与新的家园相互比照，那种时而远离却又时而亲近的感情，那种想要舍弃却无法割舍的情感，彼此交织而相互冲突，总是以多种多样的方式体现出来；剧作家不时在异国他乡反复遥望自己远方的家园，书写挪威那片山峦与海湾间发生的人与事，频繁出现众多家园地理意象，并以此形成多种形态的家园地理空间，正是剧作家心中故国与家园影像的外在显现形态。

何谓“家园地理空间”？即以家宅、家乡、故国为主体而形成的地理空间，具体指家宅中以某一种地理意象为主体而形成的地理空间，比如花园、凉亭、走廊、阁楼、别墅、房子、茅屋等地理空间；也指家乡的某一个地理位置为主体而形成的地理空间，比如挪威小城斯基恩的地理空间；也指以南方或北方的具体国家为主体的地理空间，比如挪威、意大利、德国、奥地利、雅典、丹麦等地理空间。故国家园的一切对易卜生产生了重大影响，因此他在剧作中十分关注家园地理空间的建构。众多别墅与花园成为故事发生的地理背景：《厄斯特罗特的英格夫人》中涉及屋子与宴会厅，《觊觎王位的人》部分故事情节在挪威地区的宴会厅中展开，《青年同盟》涉及挪威一个铁矿地区的房所，《海尔格伦的海盗》涉及挪威海滨地区的一个宴会厅，《皇帝与加利利人》中也涉及众多的房间，《人民公敌》涉及挪威南海岸城市的某个居所；《爱的喜剧》故事发生在别墅花园中，《群鬼》的故事涉及挪威西部峡湾的别墅地理空间，《海达·高布乐》的故事发生在一间别墅中；《海上夫人》中艾梨达生活在花园凉亭中，却一直向往远方的大海世界；《咱们死人醒来的时候》中，鲁贝克远远看见日思夜想的恋人爱吕尼，突然出现在海滨浴场的花园凉亭里，曾经那样熟悉却又是那样的遥远，陶尼慈湖边的那一幢别墅，正是他为了纪念过往的岁月而修建。《布朗德》涉及挪威的某个峡湾小村以及花园之地，布朗德坚持生活在峡湾谷地冷凝的石屋里："这是我的家，我要在我的家园发动我的战争"(204)；《培尔·金特》从小生活在小山麓旁的奥丝茅屋中，索尔薇格在高山上的森林茅屋里，倾尽一生等待他的归来；《社会支柱》各类人物之间的冲突发生在挪威沿海小城博尼克家；《玩偶之家》故事发生在克里斯替阿尼遏的海尔茂家，《建筑师》中索尔尼斯与希尔达相遇在索尔尼斯家中，《罗斯莫庄》涉及挪威西部滨海小城古老的罗斯莫庄，《小艾友夫》中人物的情感纠结于沃尔茂庄园中，《约翰·盖勃吕尔·博克曼》的脚步声时常在挪威瑞替姆府邸的楼上响起，《野鸭》两代人的恩怨发生在威利家与雅尔马·艾克达尔家，如此等等。综上所述，"屋子"、"宴会厅"、"别墅"、"别墅花园"、"花园"、"花园凉亭"、"房间"、"居所"、"茅屋"、"奥丝家园"、"罗斯莫庄"、"沃尔茂庄园"、"瑞替姆府邸"、"博尼克家"、"海尔茂家"、"索尔尼斯家"、"威利家"以及"雅尔马·艾克达尔家"，等等，都是与家园有着密切关联的各类地理空间；有的家园地理空间，是以"花园"作为主体而构建，有的是以"别墅"为中心而建构，有的是以"凉亭"

为核心而建构，有的又是以“楼阁”为主体而构建，有的又是以“茅屋”为主体而建构，有的又是以“房屋”为主体而建构，因而，家园地理空间在剧中的表现形态多种多样。当然，也并不是单一性的存在：《爱的喜剧》是从“花园”到“别墅”空间的链接，《咱们死人醒来的时候》又是“凉亭”与“楼阁”空间的组合，《小艾友夫》是“房间”与“海湾”空间的对接，《野鸭》从房屋的“客厅”到室内的“阁楼”，《约翰·盖勃吕尔·博克曼》从内在的“卧室”到外在的“花园”，《海上夫人》中从左边的“鱼池”到右边的“参天大树”、从前面的“走廊”到后面的“凉亭”空间等等；天上与地下、前面与后面、左方与右方，各种方位的相互组接，而成为丰富多彩的家园地理空间。其中，“花园”与“别墅”在剧中出现的频率较高，“凉亭”与“楼阁”亦是不可或缺的地理元素，剧中因此建构了一个无比温情的角落——以凉亭楼阁为主体的家园地理空间。

美国学者米尔希·埃利亚德曾经指出：“我们在各种传统社会的房屋、茅舍或营帐结合中所看到的也是这种宇宙论象征符号，甚至在最古老和最‘原始的’社会的房屋结构中也仍复如是。”① 也就是说，地球上的一切人文之景并非单一的存在，往往与天地宇宙相连相通，并成为某种象征。他还说：“人类在其中生活的空间是取向性的，因而也是各向异性的，因为每一维和每一方向都有其特殊的价值；例如，沿着垂直轴，‘上’与‘下’的价值是不同的；沿着水平轴，左与右在价值上也是有别的。”② 可见，家园地理空间所具有的象征意义，无论是最原始的还是最现代的，无论是在深山之中的还是在都市之中的，无论其空间是大的还是小的，无论其建筑格局是方的还是圆的，其每一重维度、每一个方向，都具有特别而深厚的内涵，同时联系着剧作家的审美理想与审美发现。本章

① ［美］米尔希·埃利亚德．神秘主义、巫术与文化风尚．宋立道，鲁奇译．北京：光明日报出版社，1990：31.

② ［美］米尔希·埃利亚德．神秘主义、巫术与文化风尚．宋立道，鲁奇译．北京：光明日报出版社，1990：38.

拟提出以下问题进行讨论：其一，“花园”、“别墅”、“凉亭”、“楼阁”、“房间”等家园地理空间，其具体表现形态如何？其二，为什么会出现如此繁复的家园地理空间？其三，家园地理空间与外在的自然世界存在何种的联系？其四，家园地理空间具有什么样的审美价值与意义？于此，本章拟以三部剧作为例进行探讨：一是《海上夫人》中建构了以“凉亭”、“走廊”等为主体的“花园”地理空间，二是《野鸭》中建构了“海洋深处”的“阁楼”地理空间，三是《咱们死人醒来的时候》中建构了以“茅屋”与“别墅”为核心的家园地理空间。

第一节　《海上夫人》里的“凉亭”与“走廊”

《海上夫人》共有五幕，其中四幕都是以医生房格尔的住宅花园为地理背景来展开故事情节，因此人物内心的情感、人物形象的塑造、艺术审美的表达等，都在这样的地理空间里得到充分展现。可见，“花园”是整个剧情发展的重要处所，也是剧中人物各种情感交织之处；围绕“花园”形成一幅优美的“‘花园’地理空间示意图”，如图 5.1 所示。不同的地理元素恰如其分的点缀于花园各处，每一种地理元素都可以单独形成独特的地理空间；以某一种地理元素为主体建构的地理空间，都具有独到而深厚的内涵。剧中对“花园”的具体环境有这样的描写：

> 左首是房格尔大夫的住宅，屋前和周围都是花园的景致，靠近走廊有一根旗杆。右首园内有一座凉亭，里面摆着桌椅。后方有一道矮树篱笆，开着个小门。篱笆外面有一条沿海大路，两旁遮着密密的树木。从树木中间望出去，可以看见一片海峡风景和远处连绵不断的山峰。（《海上夫人》，230）
>
> 右望可以看见一池死水的边缘。（《海上夫人》，273）

由图 5.1 可以看出：第一，“住宅”、“走廊”、“旗杆”、“凉亭”、“桌椅”、“篱笆”“小门”、“鱼池”、“死水”、“古树”、“沿

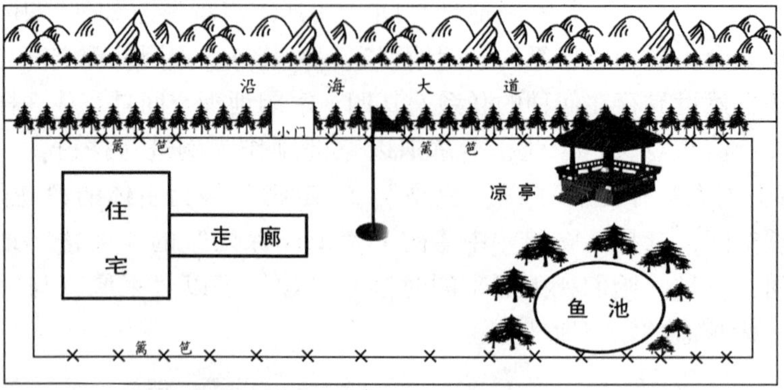

图 5.1 “花园”地理空间示意图

海大道”、“海峡”以及“山峰”等等，各种地理元素的前后左右彼此相接，远方与近处相互链接，错落而有致，共同建构了一个美丽而雅致却又不失大气的“花园”地理空间。第二，“花园”地理空间的形成，标示着房格尔住宅的具体位置以及整个家庭的总体布局与分布，作为医生的房格尔其家庭的基本经济与生活状态也就一目了然，艾梨达正是生活这样一个“花园”环境之中，各类人物之间的感情在花园里得到充分展现，各种情感也在此处彼此交织，又相互联系。第三，“花园”位于挪威海峡不远的一座滨海小城之内，园内众多意象井井有条地点缀于各处。正是夏季灿烂而热烈的气候，优美雅致的花园风光吸引着各个地域的人们，他们不约而同地选择来到这里，在如此诗情画意的季节里，各自寻找着属于自己的爱情。第四，园中各种意象不仅仅是一个个单独存在的物体，而且每一种特定的地理意象都有着其独特的意义，同时形成了多重形态的地理空间，彼此之间相互对接，与人物的心理相联系，与人物的情感相关联，与剧作家的审美理想相呼应。第五，“花园”之中，有四处标志特别值得关注：“住宅”、“走廊”、“凉亭”与“鱼池”，并以此建构了四重主要的地理空间，共同形成一重完整的“花园”地理空间；除此之外，“花园”中的“篱笆”作为室内与室外隔开的意象而存在，“小门”作为连通室内与室外的意象而存在。

“花园”是一个诗情画意的地方，那里有花、有草、有树、有凉亭、有鱼池，“花园”之外更有海峡的风景与山峦的景观；“花园”是家园地理空间中一个重要组成部分，同时也是人类的精神得以安慰的居所，是人类身心得以休憩的港湾；正如巴什拉所说：“家宅庇佑着梦想，家宅保护着梦想者，家宅让我们能够在安详中做梦。”①“花园”是梦想者能够做梦的地方，也是让人们安详做梦的场所；在那样的地方，既有开阔的视野，也有花草树木的相随，既可以长久地仰望天穹，静看远方天空中流云自由舒展，亦可静观花园里鸟儿飞翔与蝴蝶展翅；在这样美丽而产生美好意绪之处，各类人物之间自然而然地产生了种种情感，之后又形成情感的纠葛。“花园”之中又存在四重小的空间：“住宅”、“走廊”、“凉亭”与“鱼池”，是以四处标志性的景物为中心而构成；前方与后方的景物紧密相连，上面与下面的景观融为一体，左边与右边的景象截然分开，远方与近处的景色遥相呼应，井然有序地构成整体的“花园”空间。“走廊”与“凉亭”是室外两处主要的活动场地，分别处于不同的地理位置且相互隔开；房格尔一家居住在“住宅”空间里，每一个人心中充满了诗情画意；而“鱼池”空间的阴沉、潮湿与死寂，却是与另外三处空间不相和谐的一处景观。四重空间构成了“花园”四个坚实的支柱，前两重空间是房格尔分裂的婚姻与家庭的象征，后两重空间是有限自由与无限自由的象征；如果离开了此四重空间的建构，那么“花园”地理空间便没有了得以形成的基础，人物的情感则没有了展现的前提。

一、“凉亭”与“走廊”：分裂的婚姻与家庭

“凉亭”是供人们休憩之所，“里面摆着桌椅。”（230）“凉亭”应是一个极其美丽而雅致的地方，处于房格尔大夫住宅花园内的右首，里面整齐地摆放着桌椅，不远处有一条大走廊，后方有一道开

① ［法］加斯东·巴什拉．空间的诗学．张逸婧译．上海：上海译文出版社，2009：4-5.

着小门的矮树篱笆，外面有一条宽阔的沿海大路，两旁遮着茂密而高大的树木；透过树林向远处望去，可以望见大片海峡的风景，与更远处连绵起伏的山峰。阿恩霍姆十年之后再次来到房格尔花园时，发现那里的环境较之以前有了一个很大的改变："除了树木长大了点儿之外——你还盖了一座新凉亭——"(238）如果此处的凉亭不是显得突兀与孤独，他不会有这样的好奇之语。艾梨达告诉他："这是我的避暑凉亭，因为它是我出主意盖的。其实还不如说是房格尔为了讨我喜欢出主意盖的。"(241）此语具有多重含义：其一，凉亭远离住宅与走廊而居于花园的一隅，说明艾梨达的思想游离于整个大环境之外，认为自己不属于花园里的任何地方，只有这座凉亭才是她个人所独有的空间，是其精神的寄居之地。其二，隐含了与房格尔之间微妙的关系：首先，房格尔是很爱她的，为了讨她的喜欢而修了这座凉亭；其次，两人之间的关系是不太和谐的，因为不和谐才会有这座凉亭的存在；最后，问题的症结出自于艾梨达的内心，她不愿意走入别人的世界，也不愿意别人走进她的空间。所以，在第五幕中，当她的内心冲突达到极点的时候，她对房格尔说了这样的话："在你家里，我完全是个无根无绊的人，从一开头我就是局外人。"(313）可见，"凉亭"是艾梨达在现实生活中能够有所喘息乃至心灵有所休憩的居住之地；同时，她一直想象并向往到大海中去生活，那是一片自由而理想的寄居地，可以将"凉亭"空间看做其内心的一个缩影，或者说是她向往的海阔天空世界的一个缩影。从某种程度上来说，"凉亭"是"有限自由"的象征，因为它的空间尺度毕竟太过狭小，无法与其心中向往的"海阔天空的世界"(279）相比拟。因此，"凉亭"具有双重含义：一方面，可以看做是"海阔天空的世界"在现实生活中的一个小缩影；另一方面，大的空间与小的空间之间又形成了鲜明的对比。艾梨达那颗矛盾、脆弱而敏感的心，始终在这样的"凉亭"里风雨飘摇。

"走廊"是房屋通往花园的通道，亦是供人们休憩娱乐之处，桌上摆着"大瓶的鲜花"(230)，还有一把"摇椅"(233)。如图5.1所示，"走廊"与"凉亭"相互隔得很远，一处与住宅相连，另一处与篱笆相接，而且中间还隔着旗杆，博列得与希尔达常在“走廊”空间里休息，因而这里是属于两姐妹独立的世界。她们的亲生母亲去世得太早，之后再也没有得到过母亲的关爱；当年轻的继母艾梨达来到这个家庭，她们的精神与生活又有了依靠，感到高兴同时也有一些失落，因为她们总也忘不了自己的亲生母亲。但是，艾梨达并没有为她们带来所预期的母爱，只是一味地沉浸在自己的世界里，回忆着过去在海边的生活，并没有与两个姑娘亲近，也没有担负起母亲的责任，相反还让这个家庭的气氛显得相当紧张。同时，她神秘与忧郁的气质深深地影响了两个姑娘，博列得与希尔达只能远远地站在走廊里，偷偷遥望凉亭空间里冷漠忧郁的她，而内心实际上渴望艾梨达的亲热与接近。两个姑娘长期生活在这样“花园”环境里，同时必须承受家庭所带来的压力，因而，作为大女儿的博列得不得不替艾梨达担负起“家庭主妇”的重担，从此养成了成熟而稳重的性格，同时又渴望到外面的世界去看一看；希尔达不仅养成了叛逆而刚强的性格，而且内心有一种与实际年龄不相称的沧桑，“穿黑衣的伤心寡妇”(324) 意象就是最好的说明。

“凉亭”与“走廊”看似两个相互独立而不相矛盾的空间，其表面上的和谐却蕴涵着众多不和谐的因素，是艾梨达与房格尔分裂婚姻的象征。艾梨达与房格尔有正式的婚姻形式，十年以前组成了家庭，为什么说他们俩的婚姻是分裂的呢？不可否认，房格尔将所有的心思都放在艾梨达身上；然而他为了讨艾梨达欢心，没有认真地照管过自己的女儿，甚至宁愿放弃自己的事业，将家搬到海边去居住。从艾梨达的角度来看，她也是爱房格尔的，“我不爱别人，只爱你一个人”(269)。然而，事实并非如此。

其一，“凉亭”与“走廊”的分离，构成了房格尔大夫花园的整体布局，此家庭氛围实际上长期处于分裂的状态。花园的住宅旁有一条“走廊”，右首是一座“凉亭”，“走廊”与“凉亭”是两个分离的空间，中间隔着“花园”，“凉亭”与“走廊”将这个家庭的成员分成了两个部分：艾梨达每天多半的时间“都消磨在这亭子里”，而“女孩子们老在廊下待着”(242)；房格尔有的时候在

“凉亭”里陪陪艾梨达，有的时候到“走廊”上陪着孩子们，并且他们总是“隔着花园谈天”(242)。如果这个家庭的气氛是和谐的话，那么便不会出现这种空间分离的状况，“凉亭”也就不会显得那样孤单与突兀；如果艾梨达与两个女儿关系融洽的话，她们就会待到一起说着知心话，房格尔也就不会那样辛苦两边来回跑了。

其二，艾梨达与房格尔及其女儿的关系处于分离状态。艾梨达与博列得、希尔达之间本就没有任何的血缘关系，虽然表面上一直维系着和平的状态，却隐藏着很深的信任危机。作为继母而言，艾梨达一直沉浸在自己的世界里，没有心思与心情去照顾房格尔的两个女儿，对她们的生活与人生前途也漠不关心，只是在表面上维持着自己作为继母的形象。作为父亲来说，房格尔一直以来没有尽到做父亲的责任，因为他的心思全在艾梨达一个人身上，也从不关心自己姑娘的命运与前途。作为女儿而言，父亲与继母在她们的心目中形同虚设，她们并没有感受到应有的亲情与温暖，哪怕是一句知心甚至是关心的话语，所以她们很怀念在十年以前已经死去的亲生母亲。生母在生前很会照顾她们，因此每年她们都会在母亲生日那天，在家中以特有的方式纪念她，当然，这一切都与继母艾梨达无缘。

其三，艾梨达与房格尔之间的夫妻关系也是分裂的。作为一个家庭的存在，夫妻关系的好坏主导着整个家庭的气氛，然而艾梨达与房格尔的结合是非常仓促的。首先，艾梨达与房格尔成婚之时缺乏共同的感情基础。艾梨达回忆起当初他们的结婚方式时说，“我说这是一桩大不幸——并且是无可奈何的事情。咱们做夫妻绝不会快活，尤其是想起了咱们结婚的方式。”(303) 他们的结合各有其现实目的：那时艾梨达正处于孤独苦闷之时，想找个情感的依靠，而房格尔“想给孩子们找一位继母”(304)，他们只是“见过一两次面，说过一两次话”(304)，随后便组成了一个新的家庭。如此看来，他们的婚姻的确是相当草率的。其次，婚后两人之间也没有太多的共同语言，甚至可以说是两个世界的人。在旁人看来，他们之间也有太多不相似的地方，阿恩霍姆曾经这样评价：“我觉得他跟你很不相同”(242)；房格尔也承认自己不了解艾梨达：“我从来没真正了解你，彻底了解你”(307)，虽然他曾经做过很多的努力，却从来没有走进过艾梨达的内心。最后，两人之间的婚姻已经名存实亡。在第四幕里，艾梨达说：“我看清楚了，咱们俩过的日子简直不是做夫妻。”房格尔对此感到十分“痛苦”①：“这话你说对了。咱们现在过的日子简直不是做夫妻。”艾梨达：“从前也不是，一开头就不是。”(304-305) 三年前，当艾梨达发现出生的小孩的眼睛，“长得跟那陌生人的一样”(271) 时，她便再也不愿意也不敢与房格尔“做夫妻”了；因此，一直以来，她与房格尔之间是非常痛苦的，不仅承受着身体上的折磨，还承受着心灵上的煎熬。由此可见，正是“凉亭”与“走廊”这一对分离的空间，揭示了这个家庭存在的内在冲突；剧作家以此为中心，一层一层地剥开隐藏在人物内心的秘密。同时以此为前提提出许多值得思考的哲理问题：在家庭之中人间的亲情到底以何种方式而存在？人与人之间的关系，包括父女之间、继母与继女之间、夫妻之间等，到底如何相处？

二、“住宅”与“鱼池”：有限的自由与无限的自由

“住宅”是家园地理空间最为普遍、最让人感觉温馨的场所，也是人们能够得以休憩与养生的居所。正如法国学者加斯东·巴什拉所问：“从内心的角度来看，最简陋的居所不也是美好的吗？”②只要是能够为之休息的居所，能够为之遮挡风雨的房屋，无论是陋室还是豪宅，都是世界上最为温情的角落，因为“所有的庇护所，所有的藏身处，所有的卧室，都有共同的梦境价值。”③ “海上夫

① 《海上夫人》中，房格尔与艾梨达谈话时，常常因为不理解艾梨达的言语与行为，不能与她的思想达成共识而表现出“痛苦”的神情，这种神情在剧中共出现 4 次，而且他的与“痛苦”相关的神情——“伤心”也出现过 4 次，说明他们的婚姻确实存在严重问题。

② [法] 加斯东·巴什拉. 空间的诗学. 张逸婧译. 上海：上海译文出版社，2009：2.

③ [法] 加斯东·巴什拉. 空间的诗学. 张逸婧译. 上海：上海译文出版社，2009：3.

人”艾梨达新的居所在房格尔医生家的花园环境里，旧的居所在海边灯塔。对新居所的地理环境有这样的描述：

> 房格尔大夫花园里的屋子，左右都有门。后方，两扇窗中间有一扇敞着的玻璃门。通到外面走廊里。下面是花园的一部分。屋内左前方，摆着一张沙发和一张桌子。右首有一架钢琴，靠后些有一个大花架。屋子中央有一张圆桌，周围摆着椅子。桌子摆着一丛盛开的玫瑰，屋里还有许多盆栽的花草。（《海上夫人》，290）

这里的“门”、“窗”、“玻璃门”、“沙发”、“桌子”、“钢琴”、“大花架”、“圆桌”、“椅子”、“盛开的玫瑰”、“盆栽的花草”、“走廊”、“花园”等地理意象，共同组成了一重完整的“住宅”空间；这样的家居环境自然是温馨与浪漫的，是人们身心为之休憩的港湾，也应是精神上可以寄托的家园。但是，那些人工雕琢的自然之物，从自然界中采摘而来的盛开的玫瑰，人工培植起来盆栽的花草，虽然能够装饰家居的环境，给人带来诗情画意之感；然而，却是不能够与外面广阔的大海空间相比，也不能与海阔天空的自然世界相提并论。十年前，艾梨达离开海边灯塔的生活，来到房格尔大夫的这间住宅，成为他的续弦妻子；但她始终忘不了过去大海生活的记忆，心中始终为初恋时的陌生人留有一席之地，大海似乎有着一股神奇般的魔力，时时控制着她的思想，让她始终生活在痛苦之中，每天都要离开家园到海里游泳。

艾梨达旧的居所是在肖尔得维克港海边的灯塔里，她本是灯塔管理员的女儿，从小就过着一种自由自在、无拘无束的海边生活。后来成为医生房格尔的续弦妻子，来到了小城中的花园住宅里，那里是一片新的天地，外面有凉亭、走廊、参天古树与鲤鱼池塘，花园外面是一条沿海大道，通往不远处的大海边，这是典型的家庭生活环境。对艾梨达而言，她在新的居所里，只是一味地痴望远方浩淼大海的方向，内心并没有因为幽静典雅的庭院环境而显得更加的宁静平和，相反却时时处于波涛汹涌的状态：旧的居所停留在过去，是在一望无际的海边，而新的居所是立足于现在，是美丽而诗意的庭院环境；旧的居所与新的居所之间发生了变化，是大的环境向小的环境的转换，是无限的空间向有限的空间的转移，是从远的景物向近的景物而推进；旧的居所并不只是停留在过去，它也来到了新的居所里，隐居在艾梨达的心房，一直在里面生根发芽而长成了一棵参天大树。时间在这两重居所之间慢慢流逝，转眼间十年的时间过去了，过去居所的记忆应该随风消散了，将被新的居所的记忆所替代。然而，一切并非如此，过去的记忆依然存在于艾梨达脑海里，时刻不能忘怀；而在新的居所之中，其情感始终无法安定下来，依然在旧的居所与新的居所之间，时刻游离不定。因而，在看似静止不动的画面之中，却由于时空在其间不断地流动，而形成一幅生动而活泼的画面。艾梨达在新的居所里，将以前与陌生人海上生活的记忆一再地放大再放大，直至成为一种十分理想的状态，陌生人的居无定所与自由自在的状态，吸引了艾梨达的注意力。1889年2月14日，易卜生在慕尼黑致朱力思·霍夫瑞信中这样谈到“陌生人”：

> 我必须反对在演出海报上把剧中一个角色写作“一个海员”或是“一个陌生的海员”或是“一个舵手”。实际上，他并不是这类角色。当艾梨达在10年前遇见他的时候，他是二副；7年后，他签约受雇于一个普通的水手长，就是说，他的职位比以前更低了。而现在，他已经不是船员，只是游船上的一名乘客；他穿着随便，像个游客，但不是穿着旅游服。谁也不应该知道他是干什么的，同样也不必知道他是谁、他的真名是什么。他的这种不确定性正是我有意选择的创作方法中的本质要素。①

正是陌生人的这种不确定性，以及在海上自由自在的生活方

① 易卜生．易卜生书信演讲集．汪余礼，戴丹妮译．北京：人民文学出版社，2012：288.

式，对一直崇尚自愿生活原则的艾梨达具有强大的诱惑力，多年来这个陌生人似有一股神秘的力量控制着她，让她无法从过去的记忆中走出来。同时，在现在的居所里，本就与房格尔缺少深入的交流，也与两个女儿的关系不太和谐，因而，艾梨达更加怀念从前海上自由自在的生活，而对现在花园里的生活感到疲惫不堪，成为内心深深的隐忧。正如巴什拉所言：

> 家宅不只是在历史的流逝过程中，在我们的历史叙事中日复一日地被体验着。通过幻想，我们生活中的各种居所共同渗透开来，保存着逝去岁月的宝藏。当新的家宅中重新出现过去的家宅的回忆时，我们来到了永远不变的童年国度，永远不变地就好像无法忆起。我们体验着安定感，幸福的安定感。我们通过重新体验受保护的回忆来获得自我安慰。①

因此，旧的居所与新的居所，被艾梨达日复一日年复一年的体验着、感受着，过去的生活与现在的生活，也在她的幻想中、在各种居所里不断地演绎着：在新的居所里，有着对于旧的居所解不开的情结；她重新体验着新的居所带来的感觉，然而，却再也无法找到一种"幸福的安定感"，只能在回忆中寻找着些许的快乐。巴什拉又指出："童年是存在的深井。当我这样梦想那深不可测的童年时——这童年本是一种原型，我确知我受到另一种原型的影响。井是一种原型，是人类心灵最严肃的形象之一。"② 那么，艾梨达也许就是在新的居所里，幻想着那已经永远逝去的童年记忆，小时候与父亲一起在海边自由自在的生活；在童年这所深井里，挖掘自己内心深处所一直要求的一种无限自由的生活方式，而那无边无际的大海与居无定所的陌生人，便成为其承载的主体。

---

① ［法］加斯东·巴什拉．空间的诗学．张逸婧译．上海：上海译文出版社，2009：4.

② ［法］加斯东·巴什拉．梦想的诗学．刘自强译．北京：三联书店，1996：144.

“鱼池”在剧中具有特别的含义，喻指房格尔一家生活的那座沿海小城，没有一丝生活的情趣，只有死水般的寂静与安全；房格尔的大女儿博列得将自己比喻为水池中的老鲤鱼，没有见识过外面精彩的世界，也没有经历过人生的风波。剧中第三幕：“房格尔大夫花园远处一角。一片郁郁葱葱的古树把这地方遮得暗沉沉、潮阴阴的。右望可以看见一池死水的边缘。一道可以出入的矮篱沿着便道把花园跟后方的海峡隔开。在海峡外极远的去处，峰峦壁立，高耸入云。”(273) 其一，“古树”、“死水”、“矮篱”、“花园”、“海峡”、“峰峦壁立”、“云”等意象，共同构成“鱼池”的空间；其二，“鱼池”周围的环境是阴沉而潮湿的，被一片古树遮挡着看不见一丝阳光，里面生长着几条很老的鲤鱼，这里的环境没有一丝生机。其三，“矮篱”意象在此应特别关注，篱笆将花园室内与室外的空间隔离开来，它就是一道屏障，或者就是一种界限。而就是这样一道并不高的矮篱，不仅将花园与后方的海峡隔离开来，也将这里人们的生活与外界的生活隔离开来。对于陌生人来说，这道矮篱根本不算什么，他可以轻松地“从矮篱上跨进花园”(326)，也可以自如地“纵身跳过矮篱”(328)；对于博列得来说，矮篱却是一道无法跨越的界限，她到底是留在家里好好地照顾家人，还是勇敢走出家庭到外面的世界，去实现自己的梦想？在人间的亲情与人间的爱情之间，在人间的生活与人间的事业之间，到底该如何取舍呢？是摆在她面前难以抉择的问题。

“鱼池”与博列得联系密切。她是一位美丽、安静的姑娘，可以说是贤妻良母型女性的代表；住宅花园里水池中的“老鲤鱼”意象，便是对她现实生活的一种隐喻。她对阿恩霍姆说：“我觉得我们的生活跟池子里的鲤鱼没多大分别。海峡离它们那么近，成群结队的海鱼在外头悠悠荡荡，来来往往，然而这些安分驯良的家鱼却一点儿都不知道，也没法参加。”(275) 这里有两重对照：一是“池子”与“海峡”意象首先形成了一重对照，外面的世界是开阔与丰富的，而沿海小城内房格尔一家的生活却与此不同，这个家庭中没有一丝生活的情趣，有的只是死水一般的沉寂。二是“鲤鱼”与“海鱼”意象形成了另一重对照，博列得将自己比喻为水池中的“老鲤鱼”，没有出过小城到外面的世界去看一看，其人生也没有任何波澜，然而她一再向往到外面世界，去过一种自由自在的生活。以上两重对照之中，又有着两层意思：一是表明了博列得现在的生活状态，她一直在家里料理家务，照顾着父亲、妹妹，有空闲的时候看一看书，做一点刺绣的针线活；艾梨达来到她们家庭之后，并没有履行继母的职责，因此博列得还是像以前一样，照顾一家人的生活，多年来一直没有改变。二是博列得并不想仅仅只是为了家人而生活在这个宁静的小城里，她十分渴望到城外的世界里，去见一见外面世界的精彩，可以重新学一点东西，并参加她所盼望的工作；也许对长期待在小城的她而言，那是一种更为幸福的生活。因而，易卜生在博列得身上所展现的，是家庭女性所拥有的安详、沉静与美丽气质，正是这股美丽娴静的气质，深深地吸引了雕塑家凌格斯川，他对她产生了并不真实可靠的感觉，这种感觉无比的单纯而没有任何杂质，他希望她能够在这座小城里默默地思念他，他的艺术创作就会保持永久的激情，从而很快完成自己的艺术工程。然而，这些只是凌格斯川的一厢情愿而已，博列得并不想待在小城的花园里，而是一直向往外界自由自在的生活。由此可见，平和而沉寂的“鱼池”空间以及生活于其间的“老鲤鱼”，正是与剧中人物的生存状态相对应的。

综上所述，“住宅”与“鱼池”分别与两位女性人物相对应，同时形成一种相互呼应之势，都是有限自由的象征；而与之对应的过去的大海、现在的海峡，则是无限自由的象征。其一，对于艾梨达而言，旧有的居所与新的居所形成对照：旧有的居所是一个海阔天空的世界，是有着无限自由的天空；而在新的居所里，花园庭院的空间范围自然是十分狭小；因此，她只能生活在对过去生活的回忆之中，其家庭的气氛也并不和谐。其二，对于博列得而言，“鱼池”与“海峡”空间也形成对照：“鱼池”中一潭沉寂的死水，以及周围多年生长的老树，与开放而辽远、波澜壮阔的“海峡”迥然不同，她一直想离开这样郁闷的环境，到外面的世界去看一看。因此，两重空间的对照反映的正是两位女性身处在有限自由空间的现状里，努力追求外面世界无限自由空间的理想。剧作家正是在对

“凉亭”、“走廊”、“住宅”、“鱼池” 四重地理空间的建构基础上，完成自己对于艺术与生命的哲学思考。正是有了“花园”地理空间的存在，剧作家才有了对家庭、社会、世界、生死、幸福、自由等多方面的深度探索，因而其表达才有了得以承载的基础，其思想才有了得以发生的前提。如果没有那样一些诗意化地理空间的存在，那么剧作家的表达便会显得苍白，艺术的构造便没有坚实的基础。

第二节　《野鸭》：“海洋深处”的“阁楼”地理空间

1884 年，易卜生侨居意大利时写作并出版了《野鸭》①。1884 年 9 月 2 日，他在奥地利的小城格森萨斯致弗雷德里克·海格尔信中说：“这部新剧在我的戏剧作品中占有一个重要的位置；它的构思与方法有多处与我以前的剧作不同。对此我目前不想解释太多。我希望批评家们能够发现那些隐示的要点；不过不管怎样，他们都会找到一些话题来争论、来解释。此外，我想《野鸭》很可能把我们中间一些年轻剧作家引上一条新的创作道路；这一前景我觉得是可以作为一个结果来期待的。”②《野鸭》一剧在当时确实引起了评论界的强烈反响：

> 与斯堪的纳维亚的其他导演不同，林德伯格先生特别欣赏《野鸭》在剧场表现上的丰富性。在读完该剧后他说：“这个剧为我们演员提供了多好的机遇啊！一想到这个我就兴奋不已。我们以前从未遇到如此之多的可能性。”在给易卜生的信

① 本文所引《野鸭》中的文字，皆出自易卜生文集（第六卷）. 潘家洵译. 北京：人民文学出版社，1995：1-123. 后文只在引文后的括号内标明页码。

② 易卜生. 易卜生书信演讲集. 汪余礼，戴丹妮译. 北京：人民文学出版社，2012：245.

> 中，他写道："您的新剧让我们进入一个全新的领域，在那里我们必须用锄和铲子为自己开辟道路。剧中的人物完全是新创的，依赖老剧场的陈腔滥调怎么可能演活他们呢？"①

在易卜生看来，《野鸭》一剧能够将年轻的剧作家引上一条新的创作道路，导演林德伯格也认为该剧是一种全新的创造。爱德伍德·贝尔亦有这样的理解："《野鸭子》是易卜生作品里的一种有所改变的表现，是对于它前面那些作品的一种反动，是向真理的热诚提出的一种对质，也是对于幻想的必需及'生命谎言'所采取的一种任其自然的担承。"② 但是，《野鸭》并没有抵消前一部剧作《人民公敌》中，斯多克芒医生对于社会当权者的谎言而做出的绝对反叛与牺牲，以及对人们的自我与自大所做的批评；也并没有消散《布朗德》中完全理想主义的影响，此剧之后的众多人物，还是在其崇高理想的感召之下，而屡遭失败甚至失去性命：《罗斯莫庄》中的罗斯莫与吕贝克，《海达·高布乐》中的海达·高布乐，《建筑师》中的索尔尼斯，《约翰·盖勃吕尔·博克曼》中的博克曼，《咱们死人醒来的时候》中的鲁贝克与爱吕尼，每一个人并不拥有完美的人性，反而经常会犯一些或大或小的错误，同时也会时常背离自我；但是他们都有着一个共性，那就是对自己坚守的理想会以毕生的精力去不懈追求，他们的死亡更是肯定了这一价值的崇高。因此，《野鸭》一剧的华丽转身，并没有悖逆剧作家的理想，而是旨在说明两个问题：一是更加注重心理的透析与对自我灵魂的反省，以及对于象征的运用，与19世纪90年代的新浪漫主义与象征主义思潮相对应；二是旨在阐明另外一个道理：每一个生命不可避免地在人生旅程中会遇到这样与那样的创伤，而经受过创伤

---

① 1884年12月22日，易卜生在罗马致奥古斯特·林德伯格信中的"编者注"。易卜生．易卜生书信演讲集．汪余礼，戴丹妮译．北京：人民文学出版社，2012：254.

② ［挪］爱德伍德·贝尔．易卜生传．杜若洲译．台北：中华日报社，1982：136. 此处所指的"《野鸭子》"，即《野鸭》一剧。

与打击的人们，希望的也许只是在平静而安定的生活中去寻找一种平淡的幸福，这样一种追求也许并不现实，因为生活中总是会有不可预期的外来因素，向那些可怜的人们提出“理想的要求”，从而剥夺他们幸福生活的权利。本章通过对《野鸭》中“阁楼”空间的探讨，从而对此剧重新审视，似可发现剧作家对于此种观点的阐发，达到了前所未有的高度。象征的运用主要体现在“阁楼”以及与之相关的“野鸭”、“森林”等意象之上。“阁楼”就是陆地之上的“海洋深处”，具有深厚的象征意蕴；剧作家对于“理想的要求”的审视，也集中体现在不同光线之下的“阁楼”空间，以及不同人物与“阁楼”、“野鸭”之间的关系之上。正如法国学者巴什拉所说：“梦想者自己以理性的方式做梦；对他而言，尖尖的屋顶劈开团团乌云。所有思想在接近屋顶时都变得清晰。在阁楼上，我们愉快地看见赤裸裸的坚固屋架。”① “较高的楼层和阁楼是梦想者‘建造’的，他把已经建好的楼层重新建造。”② 因此，“阁楼”作为家园地理空间的另一种类型，是处于“海洋深处”的“另外一个世界”，不仅是雅尔马一家人做梦的居所，而且外来人员与此也有着紧密联系；是坚持完全的理想，还是需要生活谎言，两种不同的思想在“阁楼”间不停交战，各种关系因而变得复杂而凌乱，剧作家无比的深情厚意也在其间得以凝聚。

一、“阁楼”：“另外一个世界”

《野鸭》中的“阁楼”空间，是与《海上夫人》中的“凉亭”、“走廊”、“住宅”与“鱼池”四重空间不太一样的空间类型；《海上夫人》中的四重空间处于同一平面之上，彼此对立而又相互交错，其范围则更为广阔；《野鸭》中的“阁楼”，其空间结构显得更加的曲折，阁楼里的光线随着天气的变化而变化；生活于

① ［法］加斯东·巴什拉．空间的诗学．张逸婧译．上海：上海译文出版社，2009：17.

② ［法］加斯东·巴什拉．空间的诗学．张逸婧译．上海：上海译文出版社，2009：17-18.

其间的人们，心理状态显得更为复杂，每个人心中都有一个属于自己的“阁楼”世界。为何说“阁楼”空间是“另外一个世界”呢？其一，“阁楼”的位置处于住宅空间中最高、最为偏僻的一隅，是与住宅环境截然分开的一处空间；其二，“阁楼”之内与住宅空间的内部构造与布置是截然不同的，更为重要的是，它是雅尔马一家人逃避世俗生活烦忧的好去处；其三，“阁楼”较之于威利家优裕富足的居住环境，自然算作两个不同的世界。

“阁楼”空间以及周围的居家环境，与威利家的相比确实是两个不同的世界。故事开始的时候，威利家正在举行宴会：

> 在威利家，一间又讲究又舒服的书房，摆着软垫弹簧家具和书橱。屋子当中有一张写字台，上头堆着纸张文件。几盏罩着绿罩的灯，射出柔和光线。屋子后方，一对敞开的折扇门，门帘向两边拉开。从门里望进去，可以看见一间漂亮大屋子，许多吊灯和分枝烛台把屋子照得辉煌明亮。(《野鸭》，6)

可以想见，威利家的生活何其奢华，为一般人的家庭所不及。格瑞格斯作为一个外来者，不经意闯进雅尔马平静的生活；他第一次去他们家的时候，见到的是这样一番景象：“雅尔马的摄影室，屋子很宽敞，一看就知道是在楼房的最高层。右首有扇斜面玻璃天窗，半遮着蓝色幔子。后方右角，有一扇通外面的门。靠前一点，也在右首，有一扇门通起坐室。对面有两扇门，门与门之间有一只铁炉子。后方有一对宽阔的推拉门。”(27) 雅尔马家也曾有过短暂的辉煌，但是由于父亲艾克达尔生意失利随后又入狱，他们的生活便陷入贫困潦倒的境遇。前后两段引文所描写的是两处不一样的居住环境，正好形成鲜明对比，正如雅尔马告诉格瑞格斯的那样：“我的家是一座愁城，尤其是刚吃过这么一顿讲究的酒席以后。”(18) 由此可见，“愁城”正是对雅尔马居住环境的最好形容，“讲究”正是对威利家居住环境的概括：威利家“又讲究又舒服的书房”、“摆着软垫弹簧家具和书橱”以及“漂亮大屋子”中“许多吊灯和分枝烛台”，是现在雅尔马的家庭所无法想象的。雅尔马家的居住环境，如“图5.2‘阁楼’空间平面示意图”、“图5.7‘格瑞格斯与威利’剧照”所示，可以发现：其一，“玻璃天窗”、“蓝色幔子”、多扇“门”、“起坐室”、“铁炉子”、“推拉门”等意象错落而有致、彼此相接，上与下、左与右、前与后的空间则连成一体，并以雅尔马的摄影室作为地理坐标的中心，构成了完整的住宅空间。其二，摄影室虽然宽敞却十分简陋，如果将其室内形状看作

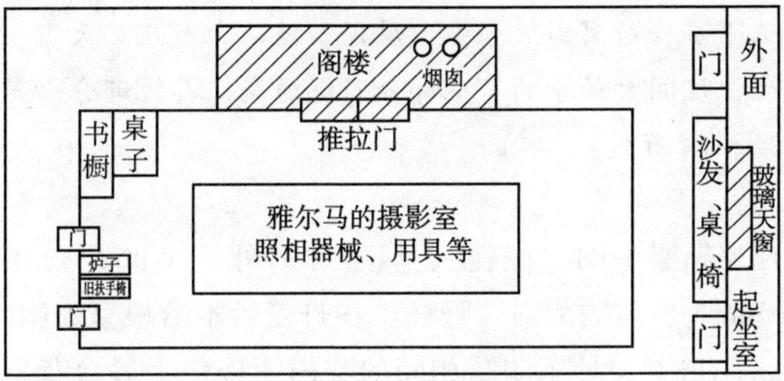

图 5.2　“阁楼”空间平面示意图

一个四方形的话，那么在住宅的四面所见的家具较少，而见到更多的还是“门”：一扇通往外面，一扇通往起坐室，有两扇通往卧室或厨房，还有一对宽阔的推拉门通往阁楼。其三，如此众多“门”之意象的存在，体现了两重不同的意味：一是意味着居室是一个开放的空间，并不能给人带来安全感；二是意味着外来的因素可以通过这些门，随时随地侵入到这个并不封闭的空间中来。其四，摄影室是处于楼房的最高层，因而就有阁楼存在的可能；这个奇特而神秘的阁楼，处于整个住宅空间最为偏僻的一隅，位于并不显眼的位置，却又是极其重要的；同时，通往阁楼之处是“一对宽阔的推拉门”，那么意味着“阁楼”空间比任何其他的地方都要开阔，而且更为开放，任何人都可以轻而易举地进入，“野鸭”就是最为典型的外来因素之一，格瑞格斯、医生瑞凌、神学家莫尔维克等，都

莫不如此。

随后，在雅尔马一家人的引导下，格瑞格斯看到了那个黑暗中的“阁楼”：

> 雅尔马和艾克达尔走到后方，把那一对推拉门一人推开一扇。海特维格帮着老头儿。格瑞格斯站在沙发旁边不动。基纳还是坐着做针线活。门洞开处，露出一间又大又深、形状极不规则的阁楼，周围上下满是奇形怪状的角槽洞窝，两根烟囱管子从下层楼房里通上来穿出屋顶。屋顶上有几扇天窗，晶莹的月光把这间大屋子的有些部分照得通亮，其他部分却是罩在黑影里。(《野鸭》，44)

格瑞格斯眼中的“阁楼”，属于“另外一个世界”。1885 年，William Bloch 导演的话剧《野鸭》在丹麦哥本哈根皇家剧院上演，Valdemar Gyllich 设计了明暗相间的室内阁楼作为舞台背景，如图 5.3① 所示。可以看出：其一，阁楼之开阔与深邃。“门洞开处”比较形象地概括了阁楼的整体特征：将一对宽阔的推拉门打开之后，给人的第一印象就是，里面像极了一个既宽阔且纵深很长的“山洞”。既然是“山洞”，那么给人们的印象应是野外的、杂乱的、神秘的、黑暗的，等等。阁楼也确实具有这样一些特征：首先，它显得极不规则，上下左右的四方全是奇形怪状的角槽与洞窝，里面更有两根烟囱管子，从下层楼房里通上来穿出屋顶；其次，它是在贫困人家的住宅里面，因而不会十分的讲究，相反还显得简陋而杂乱，里面生长着很多动物，有家养的母鸡兔子等，

---

① 剧照引自 Frederick J. Markker and Lise-Lone Marker. *Ibsen's Lively Art*: *A Performance Study of the Major Plays*. New York: Cambridge University Press, 1989: 134. 剧照下附有文字说明：Valdemar Gyllich's chiaroscuro design for the interior loft in William Bloch's production of *The wild duck* at the Danish Royal Theatre, Copenhagen, in 1885.

图 5.3　“明暗交织的阁楼”剧照

也有外来的野生的野鸭，也有天上飞翔的鸽子，靠近天窗边还有一棵干瘪的圣诞树，等等；再次，阁楼间的光线不是很明亮，偶有一些光线从天窗上散落下来，因此，阁楼常常小部分处于灰暗的光线下，大部分位置很多时候处于黑暗之中。其二，阁楼之神秘莫测。正值夜晚没有亮光的时候，屋顶上有几扇天窗，有晶莹的月光洒下来，把大屋子的有些部分照得通亮，但是其他部分却笼罩在黑影里。而黑暗中的那一部分到底又是什么呢？这间阁楼里面到底有着什么样的东西？那样多的“角槽”、“洞窝”到底是做什么用的？对于外来者格瑞格斯来说，一切都显得那样的好奇。此时他走上前去，想看清楚“角槽”与“洞窝”里面到底有什么，艾克达尔告诉他说：上头屋檐底下有笼子，鸽子在里面睡觉；墙根底下有窝，那是兔子居住的地方；还有一只铺干草的篮子，那里面有一只野鸭，还有一个水槽可供它游泳，如此等等。原来阁楼世界里饲养着一群动物。在 Frederick J. Markker 与 Lise-Lone Marker 著的 *Ibsen's Lively Art*：*A Performance Study of the Major Plays* 一书中，谈到 William Bloch 导演的话剧《野鸭》中，Valdemar Gyllich 设计的室内阁楼，其来源于现实中存在的“又大又深、形状极不规则”的阁楼，其阴暗的、幻想的、谎言的与自欺欺人的氛围，带有古怪与虚幻的成分。① 其三，阁楼是奇形怪状的，恰恰是适合生物成长的乐园；阁楼更是深不可测的，生物们躲在这样的安乐窝里面，没有了自然世界的凶险，却也失去了野性。这样的阁楼与摄影室中生活的人们，恰好形成了某种对应关系：平凡的人们生活在简陋的居所里，却也是那样的平静与安详，暂时没有外来因素的干扰；海特维格是一个懂事的孩子，帮爷爷艾克达尔干着力所能及的活，格瑞格斯享受平庸而懒散的生活，此时站在沙发边正一动不动，基纳还是勤劳地操持着这个家，安静地坐在一旁做着自己的针线活；如此的景象，却也是那样的和谐与幸福！由此看来，阁楼空间与住宅空间不太一样，属于“另外一个世界”，动物们得以生长，却与人间的生活相关联。

“阁楼”不仅是雅尔马生活空间中较为重要的组成部分，亦成为他们一家人精神世界里不可或缺的内容。那里是老艾克达尔的天堂，他常将此看作与“赫义达那片生气蓬勃的大森林完全一样”(106)，阔大的阁楼空间代替了从前海阔天空的生活。而雅尔马也乐于摆脱生活中的苦恼，与父亲一样沉浸于阁楼生活之中：“这些装置都是我设计的。没事的时候把它们摆弄摆弄，坏了把它们拾掇拾掇，真怪有意思的。”(64) 阁楼暂时成为其艰难生活的避难所。海特维格与母亲基纳也乐于参加到阁楼生活中来，一起帮助建设阁楼的空间，照顾生活于其间的动物们。当格瑞格斯突然之间闯入这个家庭时，意外地发现了丰富的“阁楼”世界，感到十分惊讶；正是这样一个异己分子的加入，让这个家庭失去了从前的风平浪

① Frederick J. Markker and Lise-Lone Marker. *Ibsen's Lively Art: A Performance Study of the Major Plays*. New York: Cambridge University Press, 1989: 135. 此处译文为笔者自译，原文为：In Bloch's production the main source of fascination, however, was the large, irregularly shaped interior loft that lay beyond the sliding doors in the rear wall. This was the real object of Gyllich's evocative chiaroscuro design- a striking physical embodiment of the dramas shadowy atmosphere of fantasy, lies, and self-deception, at once real and weirdly unreal in its appearance.

静，生存环境变得险象环生，心理都产生了巨大变化，如同阁楼里光线的不停变化一样。

格瑞格斯：“这间阁楼白天看着跟昨晚在月光底下看着很不一样。”

海特维格：“是啊，它常改样子，白天跟晚上不一样，下雨跟晴天也不一样。”

格瑞格斯：“你也喜欢在阁楼里跟野鸭待在一块儿吗？”

海特维格：“喜欢，要是我有工夫的话——”

格瑞格斯：“阁楼里大概是另外一个世界吧？”（《野鸭》，58）

由以上对话可以看出：其一，阁楼里的光线是变化多端的：在格瑞格斯的眼中，他只看见过夜晚月光下的、白天日光之下的阁楼，认为两种光线下的阁楼样貌是完全不一样的；对于海特维格而言，阁楼是她日夜相依相伴之地，因此对阁楼有着更清楚的认识，白天与晚上的情形不一样，雨天与晴天的景色又不一样。对于该剧中灯光的要求，易卜生在两次信件中都有谈到：一封是 1884 年 11 月 14 日，在罗马致汉斯·斯罗德尔的信：“这个戏在全体演员的表演和舞台布景上都要真实自然，在每个方面都要给人一种现实的感觉。灯光也很重要，它在每一场应该是不同的，应该不断地加以调节以符合每一场的基本情调。”① 另一封是 1884 年 12 月 22 日，在罗马致奥古斯特·林德伯格的信：“我想重点强调一下此剧的灯光运用。我希望它与全剧每一幕的基本情调、氛围是一致的。”② 可见，光线是影响阁楼最主要的因素之一。其二，阁楼间时明时暗光线之变化多端，对于居住在阁楼的人们来说具有重要意义：人与

① 易卜生．易卜生书信演讲集．汪余礼，戴丹妮译．北京：人民文学出版社，2012：252.

② 易卜生．易卜生书信演讲集．汪余礼，戴丹妮译．北京：人民文学出版社，2012：254.

自然和谐相处的阁楼之地，看似是一处平静与安宁之地，却隐藏着多变的风险；看似每一个人的梦想之地，却面临着暴风骤雨的袭击，因而生活于阁楼中人们的梦想，便在一瞬间被击碎。其三，为什么格瑞格斯会问海特维格，阁楼是不是“另外一个世界”呢？原因有二：一是他从自我的感觉出发，认为阁楼只是动物们生活的场所而已，阁楼的生活与现实的生活是格格不入的，因而，阁楼世界是与现实生活相反的一种生活方式；二是表明他并不喜欢这样的阁楼，认为阁楼仅仅只是阁楼而已，并不能承载整个精神世界，幻想中的“森林”里的自由生活是对现实生活的一种强烈的讽刺。基于此种想法，他意欲在这个穷苦的家庭中发动战争，向他们灌输“理想的要求”，向雅尔马揭开事实的真相，最终导致海特维格的死亡，酿成无法挽回的悲剧。

对于海特维格而言，阁楼空间无异于就是“另外一个世界”，她的理解与其他人是不一样的。闲暇时间她常去到阁楼上，与野鸭、母鸡、兔子、鸽子等生物待在一起消磨时光，她更将折了翅膀的野鸭看作自己的私有财产，并对它爱护有加；也许在其潜意识中，她认定这个可怜的陌生的外来生物与自己有着同样的命运，以至于后来不惜用自己的性命来换取野鸭的生存。阁楼空间对于海特维格而言，并不像其父亲雅尔马一样，只是为了寻求精神安宁暂时的避难所；也不像其祖父艾克达尔一样，将其想象成自然世界的大片森林，是为了逃避一个更大更为丰富的现实；更不像格瑞格斯一样，认定其是虚假的现实生活而一味地想要追求“理想的要求”。相反，她真正的在阁楼里找到了属于自己的“另外一个世界”：在那里她回到了更为遥远的时间，看到了更为开阔的空间，同时找到了一个令人害怕并不得不为之感动的现实，那就是死亡与生命。不可否认，阁楼中有很多吸引她的东西：

海特维格：真的，有好几个大柜子，里头净是书；好些书本里都有画儿。

格瑞格斯：哦！

海特维格：还有一张带抽屉和铰链板的旧写字台，还有一座大钟，钟上有小人儿会出来进去的。可是那座钟现在不走了。

格瑞格斯：所以在野鸭的世界里时间已经站住了。

海特维格：对。还有一只旧的颜色盒什么的。还有一大堆书。

格瑞格斯：那些书你大概都看吧？

海特维格：可不是吗！我有机会就看。可惜那些书多半是英文，我不懂英文，只能瞧瞧画儿。有一本大书，名字叫“海吕森的伦敦史”。这本书一定有一百年了，里头画儿多极了。第一面画着一个死神、一个计时的沙漏和一个女人。我觉得那张画难看极了。另外那些画儿都好看，有教堂、城堡、街道，还有在海里走的大船。(《野鸭》，58-59)

由以上对话可以看出：其一，由“柜子”、“书籍”、“画儿”、“抽屉”、“写字台”、“大钟”、“小人儿”、“海吕森伦敦史”、“死神”、“沙漏”、“女人”、“教堂”、“城堡”、“街道”、“大船”等众多意象，构成了“另外一个世界”，那是属于海特维格自己的阁楼世界。其二，这些奇特的东西与一位老船长有关：“从前有一位老船长在这儿住过，那些东西都是他从外国带回来的。人家叫他‘飞行荷兰人’。这名字真怪，他根本不是荷兰人。”“后来他在海里淹死了，留下了那些东西。”(59) 老船长的故事无疑为“阁楼”增添了一丝传奇性以及神秘感。其三，“飞行荷兰人”“是北欧民间传说中人物，讲一个沉船淹死的荷兰船长的鬼魂，驾船在海上漂泊，他唯有得到忠贞的爱情方能得到解救。”① 这则民间传说与格瑞格斯必须忠贞与完全真实的爱情观点，从某种程度来讲是相契合的，也是与其“理想的要求”思想相对应的；曾经在阁楼间居住过的老船长意外死亡，似乎是对后来居住在这里的人们，不再拥有平静生活的一种预言。因而，海特维格通过她童真的、敏锐的、自

① 引自《野鸭》中关于“飞行荷兰人”的“译注”。易卜生文集（第六卷）．潘家洵译．北京：人民文学出版社，1995：59.

然的现实感，在她发现的“另外一个世界”里，感受到了生命、死亡、爱情以及世界。如此丰富的意蕴，正是“阁楼”空间——“另外一个世界”所赋予的；而这个世界是属于海特维格的，也是属于雅尔马、老艾克达尔、基纳的，也是备受外来人员深切关注的，更为重要的它也是与“海洋深处”相联系的。

二、“阁楼”：“海洋深处”之险

在格瑞格斯看来，“阁楼”的空间就是“海洋深处”。为什么这样说呢？主要与三种大海意象有关：一是“野鸭”，二是“鱼网”，三是“海里走的大船”。三者各自具有独立的含义：“野鸭”是大海中的生物，它与剧中各类人物相联系；“鱼网”是“海洋深处”的外来因素，它与社会环境相关联；“海里走的大船”是大海之上的工具，它与死亡与生命相关联。与此同时，三者暗示了在人生中受过创伤的人们，他们在阁楼与住宅间的生活环境，与“海洋深处”的自然环境相似，都存在有许多风险，不可避免地会遭到外来因素的侵犯，有时甚至会造成悲剧性的结局。

（一）“野鸭”

“野鸭”是全剧的核心意象。它本是一只生活于大海深处的野生动物，格瑞格斯的父亲威利在船上打猎时把它打了下来，野鸭身上中了两三颗小子弹，伤在翅膀底下飞不起来了，因而一个猛子扎到水底下，死啃着海藻海带不肯浮出水面；是威利那只机灵的狗，追着野鸭钻进水底，又把它叼了上来。后来威利将野鸭带回家中，叫佣人培特森将它弄死的时候，老艾克达尔将它要了过来，并精心饲养在自己家的阁楼里，成为众多动物中最为宠爱的一只；这只外来的生物，特别讨海特维格的喜欢，甚至将它看得比自己的性命还要重要。以下是海特维格与格瑞格斯关于野鸭的一段对话：

海特维格：老母鸡也有亲人，好些老母鸡都有小鸡。只有它硬让人家弄来了，跟它的伴儿分散了。可是这只野鸭真古怪，谁都不认识它，也不知道它是哪儿来的。

格瑞格斯：它到过海洋深处。(《野鸭》，60)

海特维格：我笑的是这个：每逢我忽然间——一眨眼的时候——想起了阁楼里的那些东西，我就觉得整间屋子和屋里的东西都应该叫‘海洋深处’。你说这不是无聊吗！

格瑞格斯：你别说无聊。

海特维格：是无聊，你要知道，其实只是一间阁楼。

格瑞格斯：(眼睛盯着她) 你准知道是一间阁楼吗？

海特维格：(诧异) 什么？我准知道是一间阁楼？

格瑞格斯：你拿得稳吗？(《野鸭》，61)

从此对话中可以看出：其一，“野鸭”是与此处的“老母鸡”、“小鸡”甚至“鸽子”、“兔子”等家禽不一样的生物，“老母鸡”与“小鸡”是人工饲养的家禽，因而有同类做伴；野鸭不仅没有自己的同类，还脱离了以前生活的海洋环境；虽然艾克达尔父子也为它建有水槽，但是，人工建造阁楼里的生活，比起海阔天空的汪洋大海来说，无异于两个完全不同的世界。其二，正是因为野鸭以前生活在海洋深处，现在又到了阁楼空间里来，所以，格瑞格斯反复地追问海特维格，那仅仅只是一间阁楼吗？而这样的行为恰好说明两个问题：一是在格瑞格斯看来，此阁楼与现实中的阁楼是不太一样的，特别是有一只受伤的野鸭居住在里面，其意义便显得非同一般；二是在阁楼空间里居住的人们，恰似生活在海洋深处一样，特别是雅尔马就像那只折了翅膀的野鸭一样，一头扎进海洋深处，死啃着海藻与海草不肯出来，而且中了泥塘里的毒气，一头待在阴暗的地方等死。其三，海特维格认为那仅仅只是一间阁楼而已，如果说成是“海洋深处”的话，真是一件无聊的事情！面对格瑞格斯一再追问感到十分惊异，因而一时间陷入了沉思。其中蕴涵着三层意思：一是，海特维格对于格瑞格斯的话感到奇怪，一时间没有回过神来，也不明白格瑞格斯所要表达的意思，她没有太多的生活阅历，而且一直过着简单的家庭生活，在她的世界里，爸爸雅尔马就是她心中的偶像；因此，她认为那间阁楼只是野鸭、小鸡、鸽子、兔子们生存的地方，也是自己在空闲时间里玩耍的地方，并没有太多其他的含义。二是，在海特维格看来，“海洋深处”一定是一个不好的去处，因为海洋的深处是黑暗的，没有阳光普照与海风吹拂，却有汹涌的暗流、嶙峋的怪石、凶猛的动物、缠绕的植物等等；三是，受伤的野鸭来到家中阁楼里生活，她自然是十分欢迎并精心照顾的，同时也是寄予了无限的同情，正如她自己承认野鸭在阁楼里没有同类，显得十分孤独一样：“它是一只真正的野鸟。再说，它真可怜，孤零零的没人亲热。”(60) 也许她还将自己的孤独甚至生命，与它联系在了一起。

来自“海洋深处”的野鸭是各类人物的象征。正如有学者所指出的那样：“至于‘野鸭子’则是一只真实的鸟，它虽然是看不见的，但却是舞台上所描绘的真实一部分，因为我们知道，它住在阁楼上由圣诞树所造成的奇特圣灵里。这对于剧情是很重要的，一方面它与阁楼取得了一种比从前更丰富的象征内涵，而又若隐若现的与作品里的几乎全部人物有关联。”① 1972 年，英格玛·伯格曼导演了《野鸭》话剧，由 Marik Vos 设计的舞台背景，在瑞典斯德哥尔摩皇家剧院上演；如图 5.4② 所示，初次来到雅尔马家的格瑞格斯半蹲着观察着阁楼里的野鸭，戴着旧式军帽的老艾克达尔站在他旁边，自豪地向他介绍他们养的动物们，雅尔马则高兴地蹲在格瑞格斯旁边，一动不动地望着阁楼里的动物，海特维格双手搭在雅尔马的肩膀上，同样望着那一只野鸭，基纳则安静地坐在一旁的沙发上做着针线活。由此可见，那只来自于海洋深处的野鸭，虽然在舞台上是看不见的或者说是不太明显的，却处在各类人物关系圈子的中央，剧中人物的目光都凝聚在了它的身上，因此，它对于剧情的发展起着决定性的作用，同时也具有明显的象征内涵。格瑞格斯

① ［挪］爱德伍德·贝尔．易卜生传．杜若洲译．台北：中华日报社，1982：131.

② 剧照引自 Frederick J. Markker and Lise-Lone Marker. *Ibsen's Lively Art: A Performance Study of the Major Plays*. New York：Cambridge University Press，1989：146. 剧照下附有文字说明：“In the attic”：the abode of the wild duck as it was seen in Ingmar Bergman's production at the Royal Dramatic Theatre，Stockholm，in 1972. Stage design by Marik Vos.

图 5.4　“阁楼里的野鸭”剧照

一再强调说，雅尔马具有几分“野鸭气息”(67)：“野鸭总是这样子。它们使劲扎到水底下，死啃住海藻海带——和水里那些脏东西。它们再也不钻出来了。”(46)　“你也扎到了水底，死啃着海草。”“我并不是说你的翅膀已经折了。雅尔马，我是说你走了岔道，掉在一个有毒的泥塘里了；你染上了危险的病症，陷落在阴暗的地方等死。”(67) 他之所以这样说，就是基于这样一种现实：野鸭并没有生活在海洋之中，而是被格瑞格斯的父亲威利打伤了翅膀，眼下生活在雅尔马家的阁楼里；雅尔马与野鸭有着几分相似的气息，是因为他一味的逃避现实的困境，而将自己深锁于阁楼里，并且还幻想着以发明创造为家庭带来很大的利益，从而彻底改变生活困境。如此看来，“野鸭”正是受过伤以及受了伤人们的象征：他们经受了人生的创伤之后，一般都会固执于自己的幻想之上，而不肯回到现实生活中来。格瑞格斯将老艾克达尔、雅尔马与此联系在一起，然而，剧中的其他人物，包括阁楼空间里的海特维格、莫尔维克、瑞凌、基纳，甚至包括格瑞格斯自己，无不与野鸭有着或多或少的相似之处；他们都经受过了人生的创伤，却都有自己固执的幻想，不愿意承认现实生活的困境。其中，海特维格的命运与野鸭十分相似的。正如有学者所说：“她没有被作者理想化，而是一个栩栩如生的有诗意的创造。因此，在她所处琐碎不足道的环境里，更加闪耀出光彩来。她有一种悲剧的伟大的性质，超越了她所生活的世界里的阴沉现实”。① “海特维格”是易卜生妹妹的名字，他以一种罕见的温情在刻画她的特殊处境、她的爱以及她的自我牺牲，寄予了剧作家本人的深切谅解。

（二）“鱼网”

“鱼网”是渔民在江河湖海里捕鱼时最为常见的工具。阁楼中并没有出现真正的海洋与湖泊，也没有真正意义上的渔民；却出现有“鱼网”意象，剧作家赋予了它深刻含义。此意象出现在第三幕：

> 父子俩各人推开一扇门。早晨的阳光从天窗里照进来。有几只鸽子正在飞来飞去，另外有几只蹲在架子上咕咕地叫。阁楼后方，偶然有老母鸡咯咯的叫声。(《野鸭》，54)
>
> 他把一根绳子一拉，里头一幅幔子就滑下来了，幔子的下半截是一块旧麻布，上半截是一片张开的鱼网。这么一来，阁楼的地面就看不见了。(《野鸭》，55)

其一，阁楼里看似是一个阳光灿烂、自由自在的空间：有清晨和煦的阳光从天窗上洒进来，也有几只鸽子在阁楼顶上飞来飞去，偶有几只歇在高高的架子上停歇并咕咕叫着，还有老母鸡领着一群小鸡在地上踱来踱去，并发出咯咯的叫声，所有这一切，都显得那样的和谐与安详。可以想见，雅尔马的家庭虽然贫困，一家人却极尽所能为动物们创造良好的生长环境；因而，虽然简陋却不失宽阔的阁楼空间，也不失为动物们自由生长的好环境，在这样一个虚拟的森林空间里，它们有了暂时的安息与生存之地。其二，“绳子”、“幔子”、“旧麻布”、“张开的鱼网”等人工制造之物，似乎又将人们的注意力从虚拟的自然世界拉回到现实的生活之中。“绳子”可以用来捆住物体而不能挣开，“幔子”和“旧麻布”则可以遮挡

① ［挪］爱德伍德·贝尔．易卜生传．杜若洲译．台北：中华日报社，1982：135.

动物们的视线，也可以用来包裹住物体；至于“张开的鱼网”，则更是人类用于网住生物的工具，可以将海洋中的鱼等生物牢牢缚住，不能动弹。当张开的“鱼网”放下来后，阁楼的地面也就看不见了，由此可以想象，整个阁楼可以随时被一张“鱼网”网住，“鱼网”放下来后，整个阁楼就被网在了中央，那么生活在“鱼网”中的生物们，则没有了一点自由呼吸的机会，更谈不上到外面的大千世界去自由飞翔了。曾经在“海洋深处”生活过的野鸭的到来，为这个家庭带来了短暂的刺激与快乐，野鸭似乎也乐意享受这样的阁楼空间，此时已不再想念、也无力思念青天碧海了。然而，格瑞格斯一语却十分深刻：“你千万别让它再看见青天碧海了。”(47) 阁楼是与自然有着很大区别的空间；每一个动物都被一张鱼网牢牢的缚在里面，相较于青天碧海的大海，阁楼显得如此的狭小而让人窒息。如果说鸽子、老母鸡、小鸡等人工饲养之物能够在阁楼里安然自得的生活，但是，野鸭毕竟是户外的野生动物，它可以短时间的适应阁楼的人工环境，但是如果让它见到青天碧海的话，它一定会再次恢复野性，并愿意投入到广阔的大自然之中去。在此，“鱼网”意象便具有深厚的象征意义：到底是阁楼世界的一张“鱼网”？还是一张幻想之网，抑或是一张社会之网，或者还是一张人情之网呢？或许，就像那只自然世界的野鸭，被一张人工织的“鱼网”缠住，再也不能回到青天碧海去了一样，每一个生活在阁楼中的人们，都被自己所编织的一张网紧紧牵制住，以至于无法呼吸。1955 年，由 Alf Sjöberg 导演、Georg Magnusson 舞台设计的话剧《野鸭》，在瑞典斯德哥尔摩皇家剧院上演，如图 5.5① 所

① 剧照引自 Frederick J. Markker and Lise-Lone Marker. *Ibsen's Lively Art*: *A Performance Study of the Major Plays*. New York: Cambridge University Press, 1989: 142. 剧照下附有文字说明：In 1955, Hjalmar Ekdal (Ulf Palme) still entertains his luncheon guests in the traditional way in the third act of Alf Sjöberg's revival of *The wild duck* at the Royal Dramatic Theatre, Stockholm. Molvik (Gunnar Hällström) sips his akvavit while Gina (Eva Dahlbeck) and Hedvig (Margit Carlqvist) fuss over their Hjalmar, and Relling (Anders Henrikson, in the Abe Lincoln hat) exchanges asharp word with Gregers Werle (Olof Bergström). Setting designed by Georg Magnusson.

示，雅尔马在家里以传统的方式招待客人们，神学家莫尔维克（左一）喝完了白兰地，基纳（左二）正在为他斟酒，海特维格（左三）体贴地为父亲雅尔马（左四）拿着食物，医生瑞凌（左五，戴着林肯帽子者）斜视看着神情执著的格瑞格斯，两者正在交谈理想与谎言的问题；从剧照中可见雅尔马那间带着阁楼的简陋的房子，屋顶并不是很高，空间也不是很宽大，六个人在里面显得

图 5.5　“雅尔马家宴会”剧照

很拥挤，屋顶的天花板看起来正像一张鱼网一样，将他们网在了中央。而他们各自有着不同的人生经历，也有着不同的幻想：雅尔马处于社会生活的最底层，曾经的富家公子现在却生活贫困而落魄潦倒，他有着逃避现实之思虑以及重振家风之梦想；老艾克达尔一直将自己封闭在阁楼世界里，并将那里幻想成他在赫义达打猎的大片森林；格瑞格斯一直有着自己“理想的要求”，甚至对此痴迷达到了病态的程度，不管别人是否能够承受；医生瑞凌与神学家莫尔维克也曾受到过生活的创伤，始终无法逃出自己的心结；海特维格也一直编织着自己的理想世界，在阁楼空间找到了远古时代的历史，以及对于现实生活的幻想；或许基纳也有着对于家庭幸福生活的幻想，她与威利不光彩的过去，一直隐藏于内心深处，成为其心中无法释怀的情结，因此与雅尔马结婚以后能够容忍他以前养成的浪荡

公子习气，默默地用自己的双肩支撑着整个家庭。由此可见，表面上看似平静的阁楼空间，却有着一张“鱼网”在笼罩着，网住那些“海洋深处”的生物；现实生活中也有一张张无形的“网”，“网”住世俗生活中的人们，他们表面上看似安宁平静，却各自被无形之“网”网在中央，成为每一个人心中的隐忧。

（三）“海里走的大船”

“海里走的大船”意象，来自于海特维格在阁楼上发现的一本古旧的书——《海吕森的伦敦史》①：“这本书一定有一百年了，里头画儿多极了。第一面画着一个死神、一个计时的沙漏和一个女人。我觉得那张画难看极了。另外那些画儿都好看，有教堂、城堡、街道，还有在海里走的大船。”(59) 古老与破旧的书本在海特维格看来依然是那样的生动与有趣，书中的内容很能吸引人：“死神”、“沙漏”、“女人”、“教堂”、“城堡”、“街道”、“海里走的大船”等不同类型意象的展示，带给她无穷无尽的想象空间，同时为阁楼空间蒙上神秘而梦幻的色彩。“死神”是与死亡有关的意象，“沙漏”是与时间相关的意象，“女人”是与生命相关的意象，“教堂”是与信仰相关的意象，“城堡”与“街道”是与城市相关的意象，“海里走的大船”是与海洋相关的意象，因而，从不同的侧面展现了外在世界的丰富多彩，同时让阁楼显得更加的精彩；海特维格也因此在这样的世界里找到了自己的乐趣，同时看到了时间、死亡、生命、世界与爱情。“海里走的大船”意象与一位老船长有密切关联，海特维格告诉格瑞格斯：“从前有一位老船长在这儿住过，那些东西都是他从外国带回来的。人家叫他‘飞行荷兰人’。这名字真怪，他根本不是荷兰人。”“后来他在海里淹死了，留下了那些东西。”(59) 由此可以看出：第一，《海吕森的伦敦史》

① 《伦敦和威斯敏斯特城新通史》(渥尔特海吕森著)，1775 年伦敦版。参见《野鸭》“译注”。易卜生文集（第六卷）. 潘家洵译. 北京：人民文学出版社，1995：59.《野鸭》一剧创作于 1884 年，屈指算来，此书在该剧出版时，应有 109 年的历史。

一书是老船长从国外带回来的，他曾在海特维格居住的房屋里生活过，将很多好玩的东西留在了阁楼里；因此阁楼里除了那些鲜活的动物之外，还有一大堆书籍与其他物品，海特维格在空闲的时候，就会待在阁楼里消磨时间，陪伴可爱的小动物们，欣赏那里的书籍与玩具等，以此了解了外面世界的精彩。第二，“海里走的大船”与那位老船长有关，他的一生与大海、大船分不开，正是通过大船在大海中航行，到过国内与国外的很多地方，因而带回很多异域地方的书籍与文物，有一些书籍还是英文的，海特维格因为不懂英文，只能瞧瞧书上的那些画儿，不过，这样的时光也让她感到十分的愉快。过去与现在的记忆，同时在阁楼里得以显现与交织，过去老船长在海上自由自在的生活，与现在的人们蜗居于阁楼一隅的闭塞生活，形成鲜明的对比。第三，老船长被称为“飞行荷兰人”——北欧民间传说中人物，这是一个与爱情、死亡有关的悲剧性故事，只有获得了忠贞的爱情，老船长方能得到解救，海特维格也许不能理解这样的爱情，但是这样的传说为整个剧情增添了童话般的色彩。第四，老船长最后在海里淹死了，他带回来的那台大钟，时间也在野鸭的世界里停止了：其一，证明了他并没有得到忠贞的爱情，因此，他的灵魂永远得不到解救；其二，故事是对格瑞格斯观点的一种呼应，“真正的婚姻”(86) 必须是真诚纯洁的，必定“建筑在真理上头，不掺杂丝毫欺骗的成分——”(85) 其三，预示着阁楼中生活中的人们，如果没有忠贞的爱情作为基础，也许会出现老船长一样的结局；而最终的结局表明，海特维格成为雅尔马这场婚姻的牺牲品。1979 年，由 Christopher Morahan 导演、Ralph Koltai 舞台设计的话剧《野鸭》在伦敦国家剧院上演，如图 5.6① 所示，是海特维格开枪自杀后的情景，雅尔马“跪在旁边，

① 剧照引自 Frederick J. Markker and Lise-Lone Marker. *Ibsen's Lively Art: A Performance Study of the Major Plays*. New York: Cambridge University Press, 1989: 160. 剧照下附有文字说明：The last scene in Christopher Morahan's production of *The wild duck* at the National Theatre, London, in 1979. Stage design by Ralph Koltai.

很着急”(120)，之后“攥着拳，仰着头，大哭”(121)，基纳则“放声大哭”(120)，医生瑞凌望着她的离去，显得无奈而惋惜，老

图 5.6　“海特维格的死亡”剧照

艾克达尔茫然地站在他们后面，格瑞格斯则“站着吓傻了，浑身抽动”(122)，站在远处的门边不敢靠近，只能“直着眼发愣”(123)。海特维格的死亡无疑给他们的心灵带来了巨大的冲击，让每一个人从幻想的世界中回到了更为残酷的现实，也让生活于阁楼间的大人们认识到了自身的处境。有学者这样评价海特维格：“她的确可说是身陷在‘黑暗的阁楼’里面动弹不得。那个阁楼也不再是她久已相信的一片净土，而是一个妖孽出没作祟的邪恶渊薮，因为那里是其余人的伤疤，那里时光凝滞不动，在那里可以邂逅圣贞女和死神，就像阁楼深处那本关于伦敦历史上的大书上可以读到的那样，死神是可以同那个危险而阴森的‘大海海底’联想在一起的。对于海德维格来说，黑暗的阁楼并不只是如同每一个成人那样当现实压得太叫人喘不过气来的时候就溜进来躲避一下的庇护所。阁楼最终也成了她的丧生之地。”① 阁楼空间的黑暗、危险与

① ［挪］比约恩·海默尔．易卜生——艺术家之路．石琴娥译．北京：商务印书馆，2007：305.

阴森，是与“海洋深处”有着密切的联系，所以，格瑞格斯借此对海特维格说，阁楼空间就是“海洋深处”。而“野鸭”、“鱼网”、“海里走的大船”三种海上的意象，同样说明了这样的观点：“野鸭”本可以在大海上空自由翱翔，在大海里畅快游玩，却被人类打伤并圈养在狭小的阁楼空间里；“鱼网”本是人工制造的、在海里网住各种鱼类等的工具，对于自然界的动物们来讲无疑具有很大的威胁；“海里走的大船”，是与老船长的死相联系的，也许是大海中行走的大船出了事故，因此老船长才会被淹死。如此看来，看似风平浪静的大海，却有着不可预知的多股暗流；人类世界有着很多看不见的外来因素影响着人们的正常生活，它们正是酿成悲剧的根源。

三、“阁楼”：“理想的要求”与“生活的幻想”

《野鸭》阁楼空间中，蕴涵着很多丰富的地理元素；是与住宅空间不相同的“另外一个世界”，也是“海洋深处”的象征。阁楼空间里生活着一群动物，它们怡然自得的处于其中，与人们和谐相处；然而，人类世界却并不太平，其中有两股相对的气流，一直在阁楼间不停交战：是瑞凌所坚持的“生活的幻想”(或是“生活的谎言”)，与格瑞格斯所信仰的“理想的要求”两者之间的相互对立；是坚持“生活的幻想”还是坚守“理想的要求”，正体现了剧作家晚年提出来的重要哲学命题。

阁楼空间是与“理想的要求”相对立的。何谓“理想的要求”？在格瑞格斯看来，所谓“理想”就是“真理”，即生活中应该坚持绝对的真实，而不能有一丝的谎言与欺骗。瑞凌一直批判他：“他犯的是一种很厉害的正直病。”(77) 这里的“正直病”，就是格瑞格斯所说的“真正、愉快、大胆的牺牲精神”(108)。格瑞格斯曾对雅尔马说：“在这么个紧要关节之后，在彻底的新生活开始的时候，你们彼此的关系建筑在真理上头，不掺杂丝毫欺骗的成分——”(85) 这里的“紧要关节”，是指基纳与威利之间曾经有过的一场不伦之恋，而海特维格是他们两人的私生女；同时暗示雅尔马在婚姻上受到了蒙骗，他们一家现在处处受制于批发商老威利，因而雅尔马一家的生活远远没有他自己想象的那样纯洁与美好；格瑞格斯把这一生活的真相告诉了雅尔马，后者因此回到家中与基纳发生了激烈争论。格瑞格斯希望雅尔马夫妻能够彼此真诚相对，毫不保留地将过去的事情告诉给对方，从而换取更加美好、更加真实、更加自由的生活；然而，在生活的大课堂里，事实的真相并不比善意的谎言好到哪里去，有时候甚至会带来不可遏制的悲剧。格瑞格斯："我进来的时候，一心盼望你们夫妻俩都有一股改头换面的新光彩直射到我身上。没想到现在我看见的只是沉闷、忧郁和阴暗。"(85) 格瑞格斯的本意是，如果夫妻之间能够互相认罪并相互坦诚，那么一定会走向一种更为高尚的生活境界，他们的精神面貌也会改头换面；但是事与愿违，他所看到的只是"沉闷、忧郁和阴暗"的局面，离他所想象的"理想的要求"差得太远。格瑞格斯没有闯入这个家庭之前，雅尔马一家人生活于"另外一个世界"，或者蛰伏于"海洋深处"，保留着各自对于生活的幻想：雅尔马愿意将自己的艰辛暂时在阁楼生活的劳作中得到解脱，因而，格瑞格斯说他像野鸭："亲爱的雅尔马，据我看来，你也有几分野鸭气息。"(67) 其父亲老艾克达尔更是乐意将阁楼当成赫义达那片生气蓬勃的大森林；海特维格在阁楼中找到了"另外一个世界"，雅尔马、老艾克达尔、基纳，包括房客莫尔维克都找到了属于自己的世界，相互之间和谐相处并找到了各自的生活乐趣，他们所寻找到的都是与现实生活情境相反的世界。格瑞格斯却固执己见，认为自己手中掌握着不可争辩的真理，因此执意要将生活的真相告诉雅尔马，并希望他摆脱现在的困境："我并不是说你的翅膀已经折了。雅尔马，我是说你走了岔道，掉在一个有毒的泥塘里了；你染上了危险的病症，陷落在阴暗的地方等死。"(67) 他决定引导雅尔马走向一条通往"真理"的大道，也将意味着他在这个穷苦的家庭发动自己的战争："他揭穿了艾克达尔一家赖以和谐相处生活在一起的那个谎言。这个家里的男女老少多少年来沦为一场充满幻想错觉的装假游戏的牺牲品，以至于造成他们对自己的真实境况完全失盲。"① 这场战争的结果是生活在阁楼之间的人们，每一个人都看到了生活的真相：雅尔马看到了现实生活的困境，以及与基纳之间婚姻不纯洁的因素；老艾克达尔看到了阁楼里并不是他从前经常去打猎的赫义达森林，基纳看到了自己婚姻的不诚实，海特维格明白了自己的身世以及雅尔马对于她的情感，如此等等。他们每一个人终于对自己以及别人的境况有了一个更为全面与真实的了解，发现自己原来一直生活在"谎言"里，这个"谎言"一旦被揭穿，根本不会带来任何积极的结果。挪威学者比约恩·海默尔一语中的：易卜生所刻意描绘的格瑞格斯，却是一个"悔恨交叠的理想主义者"，"在为真理奋斗了几乎 20 年之久后最终变成了一个被幻觉弄得晕头转向的布朗德。"② 因此，从某种意义上来说，以"另外一个世界"与"海洋深处"作为象征的阁楼空间，是与"理想的要求"相对立的。

阁楼空间是与"生活的幻想"相对应的。何谓"生活的幻想"？挪威文的原意是："生活的谎言"。③ 在瑞凌看来，"幻想是刺激的要素"(106)。"如果你剥夺了一个平常人的生活幻想，那你同时就剥夺了他的幸福。"(107) 他认为，每一个人都不可避免的有这样与那样的毛病，为了医好他们心理上的毛病，"生活的谎言"不失为一张很好的方子；生活中需要有一些幻想的成分，或者说用谎言的方式来掩盖生活的真实，那么，艰难的生活也许就不会很辛苦，复杂的生活也就变得很简单；只有这样，人们的幸福指数才会很高，有的时候甚至自欺欺人也不失为一种不错的生活方式。不可否认，这种生活的理念是有一定道理的，莫尔维克就是瑞凌医治的结果："什么天才不天才！这是我编的一句谎话，让他活着有点劲儿。幸亏我这张方子，要不然，这个忠厚老实家伙多少年

① [挪] 比约恩·海默尔．易卜生——艺术家之路．石琴娥译．北京：商务印书馆，2007：296.

② [挪] 比约恩·海默尔．易卜生——艺术家之路．石琴娥译．北京：商务印书馆，2007：297.

③ 引自．易卜生文集（第六卷）．野鸭的"译注"．潘家洵译．北京：人民文学出版社，1995：106.

前就会由于自卑自贱、悲观绝望，没法子活下去了。”（106）他的这张方子，对于雅尔马一家也是非常适用的，表现最为突出的就是老艾克达尔：

> 瑞凌：那打熊的老猎人居然躲在漆黑的阁楼里打兔子！老实告诉你，那老头儿在那一大堆乱七八糟的东西里头悠悠荡荡过日子，世界上找不出比他更快活的猎人了。他攒的那四五棵干瘪圣诞树，在他眼睛里跟赫义达那片生气蓬勃的大森林完全一样；那些公鸡母鸡在他看起来就是枞树顶上的大猎鸟；在阁楼里知乱蹿乱蹦的小兔就是他这位山中的大猎人必须拼命扑杀的大熊！（《野鸭》，106-107）

将自己想象成勇敢的“山中的大猎人”，将“漆黑的阁楼”想象成为打猎的丛林，将“四五棵干瘪圣诞树”想象成“赫义达那片生气蓬勃的大森林”，将阁楼里的“公鸡母鸡”想象成“枞树顶上的大猎鸟”，将阁楼里“乱蹿乱蹦的小兔”想象成“必须拼命扑杀的大熊”，军人出身的老艾克达尔的想象力真是太丰富了，在简陋而闭塞的阁楼空间里，居然生活得这样有滋有味。而且将过去与威利合伙经营赫义达工厂时，在官地上私砍树木以至于后来坐监的事儿，忘得一干二净；也把现在只能替威利抄写文件，落得连酒钱都要赊账的艰苦日子忘得一干二净了。他为自己痛苦的生活找到了一个替代品，那就是将阁楼这个小空间建设成为自己心目中的理想家园，并时时以酒精麻醉自己，沉迷于幻想之中不再醒来；他亦像野鸭一样曾经受过伤害，而一个猛子扎到海洋深处，从此以后就再也不冒出来。正如法国学者加斯东·巴什拉所说：“我们经常登上的是更陡峭，更粗糙的阁楼的楼梯。它预示着通向最安静的孤独的上升。每当我回到昔日的阁楼上做梦时，我从不下楼。”① 老艾克达尔自从走进阁楼以后，一直在上面做着自己的美梦，不曾下过

① ［法］加斯东·巴什拉．空间的诗学．张逸婧译．上海：上海译文出版社，2009：26.

楼。他所实践的，正是瑞凌所说的给自己一个“生活的幻想”。瑞凌曾对格瑞格斯说：“请你别用那外国名词：理想。咱们本国有个很好的名词：谎话。”(107) 如此看来，“理想”与“谎话”是两种不同的人生态度，也是两股相互对立的力量；“理想”是“真理”的代名词，易卜生多年来所执著追求的便是“真理”二字，不过在不同的剧本中，其表达方式是不尽相同的。

综上所述，“阁楼”空间不仅一处实在之景，同时其中的意蕴丰富，剧作家也善于运用空间的艺术来表现人物的性格与情感以及自己的审美理想等。1979 年，由 Rudolf Noelte 导演的话剧《野鸭》在柏林演出，H. W. Lenneweit 将阁楼所在的雅尔马的摄影室设计成宽敞而开放的空间；如图 5. 7① 所示，剧中第三幕，当格瑞格斯与父亲威利相遇时，格瑞格斯坐在摄影室里远处的沙发上，背对着父亲说话，而威利一直站在门口并没有想进入简陋的摄影室；可以看见室内的空间空旷而开放，导演 Noelte 充分利用了这样的空间感来强调父子之间关系的分隔，通过剧照的画面似乎也能够感觉到两人紧张对峙的关系。由此可见，“阁楼”世界里是丰富而多彩的，“阁楼”空间更有着哲学的意蕴，它代表的是一种生活的态度：是抱着“幻想”永久居住在阁楼之中，还是坚持“真理”而毅然走下阁楼，还是居住在阁楼里偶尔到自然世界看一看风景？恰是剧作家内心存在的几股力量，持续不断的进行争斗与不间断的辩论；在不同的剧作中有不同的答案，随着每一部新作品的完成以及新的人物的塑造，都会有所改变。到了《野鸭》这里，剧作家是不是就否定了对真理的追求呢？写作此剧之时，他在给西奥多尔·卡斯巴利（Theodor Caspari）信中说：“好久以前，就不再提出那些有普

① 剧照引自 Frederick J. Markker and Lise-Lone Marker. *Ibsen's Lively Art*: *A Performance Study of the Major Plays*. New York: Cambridge University Press, 1989: 158. 剧照下附有文字说明：H. W. Lenneweit's spacious, open setting for the Ekdal studio in Rudolf Noelte's revival of *The wild duck* the Freie Volksbühne, Berlin, in 1979. Noelte makes effective use of the spaciousness to emphasize the separation between Gregers Werle (Peter Fricke, right) and his father (kurt hübner) in their tense third-act encounter.

图 5.7　“格瑞格斯与威利”剧照

通真理的要求了，因为我不再相信，谁有什么固有的权利，可以来提出这些要求。我个人的想法是，我们当中任何人唯一能做的最好的事情，就是努力在精神以及在真理上实现我们自己。”① 比约恩·海默尔的话对此做了进一步阐释：“《野鸭》是第一个标志，表明易卜生已经对于生存是一个何等复杂的问题赢得了新的、令人忧心的洞察力。于是，同当初他和勃朗兑斯聚集在以‘真理和自由是同一回事’为口号的大旗之下的那一次相比较，这一次世界反而显得简单明了得多。”② 如此看来，《野鸭》最为主要还是对人性与灵魂的深刻解析，同时反映了一种日益增加的怀疑观；此剧表明剧作家开始重新审视真理的相关问题，他提出了这样的疑问：是不是所有的生活都需要坚持真理呢？《野鸭》一剧，剧作家对于真理的追求并没有减退，反而有所增加，甚至从某种程度来说，扩大了对真理追求的范围：既不能像格瑞格斯那样为了追求所谓的真理而一味的牺牲，也不能像瑞凌那样只是用生活的谎言去欺骗自己与别人；真理始终要坚持，这是恒久不变的定律，然而对现实生活状况也要有清醒的认识；无论是追求真理也好，还是生活的谎言也

① 转引自［挪］爱德伍德·贝尔．易卜生传．杜若洲译．台北：中华日报社，1982：137.

② ［挪］比约恩·海默尔．易卜生——艺术家之路．石琴娥译．北京：商务印书馆，2007：314.

罢，人类自身的幸福才是最为真实的！剧中结尾，雅尔马对基纳说："可不可以——别让人家来搅我——什么人都别搅我——"（113）多么无奈的语言！然而，可以这样吗？什么样的家园，才是人类精神宁静的家园呢？这也许就是易卜生通过《野鸭》的"阁楼"空间所提出的问题罢。

第三节 《咱们死人醒来的时候》里的"茅屋"与"别墅"

《咱们死人醒来的时候》是易卜生最后一部戏剧，剧中家园地理空间有着多重显现，与以前创作的戏剧有很大的不同，其艺术的表达更具多面性，意义也更为深厚。此时剧作家已 71 岁高龄，对挪威的故国家园有了更为深刻的认识，对自己一生所从事的艺术事业，也有了更加清醒的认知，对人类的悲欢离合一切已了然于心；因此，家园地理空间在剧作家的心目中显得更为隐蔽与深沉，是对多年来在异国他乡生活的一种回顾，以及对自己的小家庭与社会大家庭看法的总结，如此等等。剧中相继出现"家乡"、"新房子"、"新家"、"家"、"大宅子"、"茅屋"、"寨子"、"别墅"、"城堡"等地理空间，它们与剧中人物的精神形态相关联：剧中既有"家乡"，也存在"异国他乡"；既有"新房子"、"新家"、"大宅子"，也有"旧房子"、"旧家"、"小宅子"；既有多座"茅屋"，也有"别墅"与"城堡"等；承载了剧中人物各自对故国家园情感的回顾，对过去生活的记忆不断流连，以及对于现在生活的比照与纠结，如此等等。具体来说，剧中形成了以"茅屋"与"别墅"为主体的家园地理空间。剧中人物与"茅屋"有着不同程度的联系：既是陶尼慈湖边的那一间"茅屋"，后来修建成了一幢"别墅"，也是荒山野岭中那一间破败的窝棚，是与乌尔费姆密切相关的。梅遏看中了乌尔费姆承诺的周围都是猎场的"城堡"，认为与鲁贝克生活在一起的别墅像一个"阴湿的笼子"（326）；爱吕尼一直生活在过去陶尼慈湖边"茅屋"的记忆里，鲁贝克虽然生活在现代化的"别墅"里，并且在世界各地旅游与度假，却始终留恋过去和爱吕尼一起待过的——陶尼慈湖边的“茅屋”。因此，众多家园地理空间，在每一个人物心中都有着不同的影像，因而具有丰富而深刻的内涵。本节将具体探讨两个方面的问题：一是两间不同的“茅屋”：陶尼慈湖边的“小茅屋”与荒山野岭中“半塌的茅屋”；二是“别墅”与“城堡”：陶尼慈湖边的“别墅”和乌尔费姆的“城堡”。

一、陶尼慈湖边的“小茅屋”与荒山野岭中“半塌的茅屋”

剧中出现了两间不同的“茅屋”：其一，两间“茅屋”所处的位置不同，一间是在陶尼慈湖边，一间处在荒山野岭之中；其二，两者的命运不一样，前者后来被买了下来修建成了别墅，后者则一直处于深山野岭之中，后来被雪崩掩埋；其三，各自联系的人物不一样，前者更多的与鲁贝克和爱吕尼相联系，后者更多的与梅遏和乌尔费姆相关联；其四，各自代表的意义不一样，前者是与过去和现在的记忆相关联，是与人类艺术的生命相链接，后者则是与对生活的享受以及人类的欲望有关。两间不同的茅屋有着不同的特点与性质，前者已经成为鲁贝克与爱吕尼精神的家园，他们在现实生活中无时无刻不在想念以前的茅屋，而后者亦只是乌尔费姆满足自己欲望的场所，鲁贝克与爱吕尼却不屑于在此茅屋停留，而执著地向更高处的雪山走去。

（一）陶尼慈湖边的“小茅屋”：一段逝去的记忆

陶尼慈湖边的“小茅屋”，是一段逝去的记忆。所谓的“茅屋”，在人们的记忆中，应是用芦苇或者稻草等物质，和着泥巴而建造成的极其简陋的房子，不是特别坚固耐用的建筑。对于科学技术高度发达的社会，到处都是现代化设施的高楼大厦来说，“茅屋”从某种程度上来说是“过去”与“贫困”的象征，因此具有两个方面的内涵：第一，它是与一段艰苦岁月的历史相连接，那个时代只居住在简陋的茅屋里，而少有皇家的亭院与别墅，因此它延续到今天已渐渐成为文化的符号；第二，它承载的是几代人逝去的记忆，或许生活于过去时代的人们，都有一段关于茅屋的不同经历，也许有的记忆是甜美的，有的记忆是辛酸的，如此等等。鲁贝克与爱吕尼也有一段“茅屋”的难忘经历，陶尼慈湖边的“茅屋”已不复存在，两人在分别之后各自经历过多重的人生磨难；多年以后再次相遇时，言语之中尽是对不再复返的逝去岁月的追忆，以及对不再拥有的青春激情的缅怀。

> 鲁贝克教授（向她微笑）：你记得不记得，那年夏天，咱们常常像现在似的坐在陶尼慈湖边一所小茅屋外面？
>
> 爱吕尼（点头）：常是在星期六晚上——在咱们做完了一星期工作之后。
>
> 鲁贝克教授：咱们还坐火车到湖边，在湖上过星期日——
>
> 爱吕尼（眼睛里微露怨恨）：阿诺尔得，那是一支插曲。
>
> 鲁贝克教授（好像没听见）：那时你也常常把鸟儿撒在溪水里游泳。你撒的是睡莲——
>
> 爱吕尼：它们是白天鹅。
>
> 鲁贝克教授：对，我说的是天鹅。我记得我还在一只天鹅身上拴了一张带茸毛的大叶子。看样子像一张牛蒡叶。
>
> 爱吕尼：后来那张叶子变成了罗恩格林的小船——天鹅拴在船上。(《咱们死人醒来的时候》，315-316)

由此段对话可以发现：其一，虽然没有对陶尼慈湖边风景进行具体的描绘与详细的说明，然而它却是不可忽视的地理位置存在；通过鲁贝克与爱吕尼对此地的流连忘返，也可预知其风景一定是十分秀丽与迷人的：湖水想必是清澈见底的，如有微风徐来，或许泛起些微的涟漪；四周想必是树木葱茏，而绿意盎然，他们常在众多的树木上摘下各种形状树叶，玩一种“把鸟儿撒在溪水里游泳”的游戏。其二，多年以前，鲁贝克与爱吕尼在忙完一星期的工作后，常坐火车到陶尼慈湖边渡过周末的时光，相伴坐在小茅屋外面，这样的记忆对于他们来说，是无比美好而纯净的；因而，陶尼慈湖边的小茅屋已在他们心中打下深深的烙印，多年来两人始终无法忘怀过去。其三，鲁贝克与爱吕尼的表情具有很强的戏剧性，两者的心中都在进行着激烈的争斗：鲁贝克开始回忆以往在陶尼慈湖边小茅屋前的时光，眼中充满无限的柔情与蜜意，因此深情地望着爱吕尼并微笑地诉说，爱吕尼感同身受；随着交流的日益深入，鲁贝克只顾着回忆那些美好的时光，却不管爱吕尼为什么当初要与自己分离，也不顾她在之后的流浪人生中受到的伤痛，因而爱吕尼的心中开始变得颇不平静，眼睛微露怨恨并斥责鲁贝克，以他们的交往只不过是“一支插曲”来讽刺他，这正是鲁贝克以前说过的话，当时在听到这样的话语之后，爱吕尼毅然离开了他去浪迹天涯；此时鲁贝克依然不理会爱吕尼的怨言，继续回忆着以前美好的生活。可以看出：一是，陶尼慈湖边“小茅屋”在他们心目中占有十分重要的位置，多年以后两人再次重逢之时，再次回忆起以前的岁月，往事依然历历在目，不能忘却的就是那样一间“小茅屋”。尤其是鲁贝克一直在不停叙说着过去，证明他对于过去生活的无比留恋之情，在见到爱吕尼之后感到十分欣喜，似乎想将心中压抑太久的思念，一股脑儿的向她倾诉。二是，两人在分开之后，各自经历了情感的创伤与人生的痛苦：爱吕尼已不再是以前那个青春靓丽与纯洁无邪的少女，而是一个沦落风尘、阅人无数的欢场女子，她的人生已经满目疮痍；而鲁贝克再也找不到艺术创作的激情，也没有找到真正的爱情与伴侣，每天的生活犹如行尸走肉。三是，爱吕尼对鲁贝克年轻时为了艺术对她无动于衷一直怀恨在心，因而两人再次相遇时，她心中有对其掩饰不住的控诉，鲁贝克对当初爱吕尼的不辞而别也很有意见，多少年一直在打听她的下落却没有任何音讯，因此也有怨言。四是，无论怨言如何，两人对于陶尼慈湖边“小茅屋”的记忆都不曾忘掉，这是他们情感交流的基础；无论他们走向哪里，无时无刻不在思念着那一间“茅屋”。因此，陶尼慈湖边的“茅屋”是鲁贝克与爱吕尼心中的影像，是他们离别多年后的心结之所在。

陶尼慈湖边“小茅屋”——“新房子”——“新家”。陶尼慈湖是鲁贝克北方家乡的湖，他一直生活在国外，在异国他乡完成了自己的杰作“复活日”并以此成名。在家乡挪威的一处海滨疗养浴场时，他已是一位年事已高、功成名就的绅士，带着远比他年轻许多的娇妻，侨居国外多年后再次回到家乡，他的心中产生了一种别样的情感。两人之间有这样一段对话：

梅遏：你离开家乡的日子比我长久得多，现在你又回来了，心里十分快活吗？

鲁贝克教授：也许我离开家乡太久了。我跟这——这种家乡生活太疏远了。

梅遏：然而为什么不现在就走——马上就走？你想，咱们回到那儿，多安逸、多舒服，住在咱们那所可爱的新房子里。

鲁贝克教授（宽容地一笑）：咱们应该说：咱们那个可爱的新家。

梅遏（尖峭地）：我喜欢说新房子——咱们一定要这么说。(《咱们死人醒来的时候》，270)

其一，“家乡”指家族多年以来祖祖辈辈居住的地方，亦是与“家园”同义；鲁贝克的故国家园亦在挪威，作为一位艺术家常年居住在异国他乡，对自己家乡的生活已经相当疏远，正如有学者所指出的那样：“在故国家园的人生对他来说是早已死亡了，而且本国同胞似乎亦不见得特别可亲可爱。他是在外面的广阔世界里赢得了自己的声誉，并早已在艺术上遐迩驰名。”① 他对家乡的感情十分复杂，有一点疏离也有一点怨尤，却又始终无法割舍；就像陶尼慈湖边“小茅屋”留给他的记忆一样，他不清楚爱吕尼为什么会离开他，一直成为其心中的纠结，然而却又无法割舍那种旧情。从此种意义来讲，易卜生与鲁贝克的经历相似，剧作家在他身上寄予的是自己对祖国的情感。其二，陶尼慈湖边的“小茅屋”，后来被修建成了园林“别墅”，鲁贝克称之为“新房子”，梅遏称之为“新家”。“新房子”也许只是一幢冰冷的建筑物，没有人居住过所

① ［挪］比约恩·海默尔．易卜生——艺术家之路．石琴娥译．北京：商务印书馆，2007：524.

以也就缺失了温暖与亲情；而“新家”是带有情感色彩的，也许是一对情侣新婚时的居住之处，是一个家庭共同奋斗而来的居所，是与亲人们的幸福生活相联系的，也必定是人类精神的寄托之处。两种不同的地理意象指向鲁贝克在故乡建造的同一处居所，而梅遏却坚持要将“新家”说成是“新房子”。为什么会如此呢？第一，鲁贝克功成名就之后有能力在京城里盖公馆，将陶尼慈湖边的茅屋买下来，并修建成漂亮宽敞的园林别墅，在他的心目中，新修的房子应该算是一个完整的家了，而这样的家必定是温馨的。第二，梅遏却认为鲁贝克的“新家”只是一幢“新房子”而已，其态度是十分坚决的，后来她又有这样的补充：“是，是，屋子什么的实在不缺少”(271)，言下之意十分明显：新房子里确实不缺少任何物质上的东西，但是在精神世界里他们却一片空白。第三，说明了两人的情感是很淡漠的，鲁贝克期望“新家”能够带给他温情，弥补他与爱吕尼情感的缺憾，但是事与愿违，他与梅遏的关系形同陌路，没有情感的交流也没有共同的爱好；梅遏的心胸直爽，认为“新房子”只是能够供人的躯体躲避风雨的居所，他们的灵魂却从来没有在里面停留过；所以，他们虽然是夫妻，实质上却没有能够组建成一个温馨的家。她这样对鲁贝克说：“近来你心绪很不安定，喜欢换地方。无论在哪里——本国也好，外国也好——你都不能安心待着。近来你很有厌世气息。”(273) 同样是在陶尼慈湖边，同样是那一间“小茅屋”，只是后来变成豪华的“别墅”，然而，与陪伴自己的人没有产生爱情，思想上从没碰撞出火花，那么再美丽与奢华的居所也只是一所空壳而已；此情此景，鲁贝克更加思念以前与爱吕尼在陶尼慈湖边“小茅屋”的生活。即使再豪华的“新房子”，如果与自己生活在一起的人，他的思想与精神没有停留在居所里，只是不停地在外面的世界流浪，那么再美丽的“新房子”也不可能成为“新家”；就像梅遏责怪鲁贝克一样：“也许你带我上过一座相当高的山——然而你没让我看全世界的荣华。”(303) 梅遏没有陶尼慈湖边“小茅屋”的记忆，所以她的生活只能停留在“新房子”的阶段，无法组成一个完整的“新家”。

（二）荒山野岭中“半塌的茅屋”：伤痛的前半生

剧中在荒山野岭与悬崖绝壁间，这样一片人迹罕至之地，很难找到人工雕琢的痕迹，竟然还有一间“茅屋”存在于山腰之上。如此安排，其意义有三：一是更加突显荒山野岭中的环境之恶劣；二是与陶尼慈湖边的“茅屋”形成鲜明的对比；三是与人物的性格以及形象的塑造有很大关联。

荒山野岭中“半塌的茅屋”出现在第三幕。“荒芜坼裂的山腰，后方峭壁耸立。右首一列披雪的山峰，逐渐隐没在浮雾里。左首石坡上，立着一所半塌的茅屋。拂晓。天色正在发亮，太阳还没出来。”(322) 在荒芜坼裂的山腰，以及披雪的峭壁、耸立的山峰之间，一切都是自然世界所造之物，“半塌的茅屋”这一意象的出现，显得如此突兀。不禁让人产生一些疑问：为何在这样的荒山野岭之中，出现了一座人工建造的茅屋呢？这座茅屋是什么时间建造的？又是由谁建造的？为什么没有人来维修呢？是剧作家的精心创造：其一，茅屋并不是全新的，也不是半旧的，也并不是全部坍塌不能使用的，而是处于“半塌的”状态。“半塌的”一词形象地再现了茅屋的破败与废旧，想必经历过多年风霜雪雨的不断洗礼，被腐蚀成为现在这种状态。如果要成为长期的居家住所的话，是需要维修或者重建的，因此，可以看出茅屋间并没有太多人的光临；但是，如果有暴风雨来临的话，还是可以暂时遮挡一下风雨，也许就是猎户们修建的暂避风雪之处。由此可见，茅屋是处于有用与无用之间的。其二，“半塌的茅屋”的出现，与整体的自然环境形成了一种对应关系，是为了说明当时高山上环境之恶劣，主要体现在两个方面：一是茅屋出现在崇山峻岭之处，并不是平缓的小山麓，远处还有更高的披雪山峰；荒山野岭之处并没有人群居住，如果山上有人烟的话，也就会有多处的茅屋，或者有多座不同的居所，也就会有尘世生活的气息了；年久失修“半塌的茅屋”，足以证明此地是人迹罕至之处。二是高山之处自然环境险象环生，据乌尔费姆所言：“总算有一条路——从峭壁上一直下去。”(325) “山里的迷雾更危险。”(327) “那是山顶上吹来的暴风！你看，乌云正在翻腾下降——一会儿就会像一幅尸衾似的把咱们裹住！”(329) “峭壁”、“迷雾”、“尸衾”等意象，层层递进地说明了自然环境之恶劣：山中本是峭壁林立，还有满山的浓雾迷人眼，更有乌云不断翻滚下降，预示着一场暴风骤雨即将来临，就像一幅尸衾将他们团团裹住；同时，乌尔费姆与梅遏相约到高山上来打熊，可见山上也有熊之类危险动物的存在，更增添了半山上茅屋处自然环境之恶劣。

“半塌的茅屋”：乌尔费姆与梅遏伤痛的前半生。“半塌的茅屋”是与剧中人物不同的人生形态相关联的。从某种程度来说，沧桑的居所会给人带来一段悠久与伤痛的历史，也许乌尔费姆就身处其中，此“半塌的茅屋”与他有着密切的关联。

> 梅遏：你满口夸耀的那座猎寨怎么样了？你说过，寨子就在这附近。
>
> 乌尔费姆（把手一扬指着破茅屋）：那不就是吗，就在你眼前。
>
> 梅遏（瞧他）：那个烂猪窝！
>
> 乌尔费姆（暗笑）：里头还窝藏过好几位公主呢，老实告诉你。
>
> 梅遏：你从前说过，那个丑家伙变了熊来找公主，是不是就在这茅屋里？（《咱们死人醒来的时候》，324）

此处所说的“破茅屋”指“半塌的茅屋”，可以发现乌尔费姆的内在品性：其一，他是一个满口谎言式的人物，梅遏所用的“满口夸耀”一词可以为证，说明他之前一直在她面前谈及高山上有一座“猎寨”，而且极尽所能的炫耀那一座寨子，从而诱骗她跟随他山上来，看这座所谓的“猎寨”。其二，当梅遏在山上看到他所夸耀的“猎寨”与其幻想的简直有天壤之别，仅仅只是一间处于荒山野岭中的“破茅屋”而已，此时她的语气饱含了对乌尔费姆的不屑与讽刺：所谓的“猎寨”与“寨子”，原来只是一间“烂猪窝”罢了！其三，“猎寨”指向“破茅屋”这一实体，同时也有着丰富的内涵：顾名思义，“猎寨”就是猎人在山上捕食猎物时，供其居住的场所，乌尔费姆经常在山上捕熊，说明其是名副其实的猎人；他所说的茅屋里面“窝藏过好几位公主”，看来他对女性有着特殊的嗜好，已有好几位“公主”成为他手中的猎物。如此看来，乌尔费姆是一位野性之人，其行为举止野蛮粗俗，没有文化亦没有修养。梅遏急于想逃离与鲁贝克之间毫无趣味的婚姻生活，而选择与乌尔费姆一起上到高山上去，没有想到乌尔费姆是如此的无赖而粗俗，来到茅屋之处时意欲对她实施不轨。后来两人通过交谈却发现了各自人生的悲伤，他们都在夫妻生活中遇到了挫折，一个受到了妻子的欺骗，一个受到了丈夫的欺骗；终于，他们明白了各自到底是一个什么样的人：乌尔费姆只不过是一个可悲的遭受了欺骗的丈夫，于是为了报复妻子而在其他女性身上寻找刺激；梅遏决定逃离鲁贝克"阴湿的笼子"，走向更为自由而丰富的生活。两人推心置腹的交谈，让彼此清楚他们并没有过真正意义上的人生，因而乌尔费姆建议："难道咱们不能把破布条东一片西一片地归聚起来——从那里头拼凑出一种人的生活来吗？"(326) 如此看来，"半塌的茅屋"有着更深层的意蕴：其一，乌尔费姆与梅遏的人生旅程已经走过一半，两者并没有找到真正志趣相投的人，也就没有真正享受人生的乐趣；犹如那一间"半塌的茅屋"一般，屋顶已经坍塌了一边，然而另一边还是完整的，还是可以供人居住的。其二，虽然他们逝去的时光一去不会复返，而且在有限的人生中都遭受了创伤，然而，毕竟还有另外一半人生还是空白的，可以供他们好好享受，未来还有更值得追求的自由与幸福。

鲁贝克与爱吕尼："半塌的茅屋"与高山上的尖峰。如果说乌尔费姆与梅遏在荒山野岭间的那一间破茅屋间，发现了各自的人生悲苦，并决计抛弃以前的生活，而去追求一种更为世俗与现实的生活，那么，鲁贝克与爱吕尼的爱情却是超越于世俗生活之上，走向一种绝对理想化状态。当风暴在山上突袭之时，乌尔费姆与梅遏决定确保性命安全，迅速向山下撤去，临走之前乌尔费姆对鲁贝克说："我只能照顾一个人。风暴发作的时候，你们暂时在茅屋里躲一躲。等我打发人上来，把你们俩带走。"(粗暴地）"如果必要的话，强迫你们下去。这是个生死问题，你要明白。"(向梅遏）"走吧——放心把自己托付给你的伙伴。"(开步下山，大声向他们俩）"你们在茅屋里待着吧，等他们上来，用绳子把你们捆走。"(329) 这里的"茅屋"就是那间"半塌的茅屋"，鲁贝克与爱吕尼的人生也如同那间茅屋一样，自从双方分开了以后，一度处于"半坍塌"

的状态，与乌尔费姆与梅遏的人生是雷同的，只不过各自的追求不一样而已。对于乌尔费姆来说，“茅屋”是他以前及时行乐之处，也是暴风雨来临之时的安息之地；作为长期在山上打猎的猎人，他看到天上的乌云翻滚，知道一场暴风雨将要来临，因此决定与梅遏尽快离开这个风险之地，而向低地的安全之处撤退，从而能够保全自己的性命；当风险来临的时候，他们选择的是迅速撤离，这是一种务实的生活方式。鲁贝克与爱吕尼的选择，却与此相反：乌尔费姆一再要求他们在风暴发作的时候，到“茅屋”里面去躲一躲，并且一直在那里面待着，等着他派人上来接他们下山；但是，鲁贝克与爱吕尼对于“茅屋”却是不屑一顾的：一是认为它太过于破败与世俗，与陶尼慈湖边的“小茅屋”是不一样的，与理想中的高山上的尖峰完全不能同日而语；二是到“茅屋”中去躲避风雨，意味着再次回到现实的不自由与失败的人生中去，这是他们所不愿意做的。他们毅然放弃了在“半塌的茅屋”中苟且偷生，执著地朝高山的更远处走去，勇敢地面对即将到来的狂风暴雨，爱吕尼情不自禁地说：“走上光明的高处，走进耀目的荣华！走上乐土的尖峰！”(332) 挪威学者海默尔曾经指出：鲁贝克与爱吕尼“恰好反其道而行之，向更高处进发，不断朝着更高处走去。这就是艺术家的道路，需要义无反顾地奋勇向前。”“在艺术的世界里既由创造力也由破坏力所统治，既由光明势力也由黑暗势力所支配。他们相信他们能够凌驾于这一境界之上。”① 如图 5.8② 所示，一身白衣、面色苍白的爱吕尼与头发花白的鲁贝克，站在山峰的最高处，四周灰暗而阴森，一场暴风雨就要来临，而他们依然望着那光明的高

---

① ［挪］比约恩·海默尔．易卜生——艺术家之路．石琴娥译．北京：商务印书馆，2007：550.

② 引自孟胜德、［挪］阿斯特里德·萨瑟编选《易卜生研究论文集》（北京：中国文学出版社，1995 年）中的插图，图片由挪威奥斯陆图书馆大学图片部提供。图片下面附有文字说明：*When We Dead Awaken* at Det Nye Teater（The New Theatre）in 1947. Lilebil Ibsen（married to Ibsen's grandson, Tancred Ibsen）as Irene. 1947 年在新剧院演出《当我们死而复苏时》的剧照，剧中主角艾琳由易卜生的孙媳莉勒比尔扮演。

处——带着耀目荣华的、乐土的尖峰，就是他们最终的归宿，只有那个更为辽阔的宇宙世界，才能够真正容纳他们的艺术理想；他们走向更为高远的人生境界，那是一种远离世俗生活的境界；如同希尔达与索尔尼斯一样，不惜一切代价去追求梦想中的“空中楼阁”。

When We Dead Awaken **at Det Nye Teater (The New Theatre) in 1947.**
Lillebil Ibsen (married to Ibsen's grandson, Tancred Ibsen) as Irene
1947的年在新剧院演出《当我们死而复苏时》的剧照，
剧中主角爱吕尼由易卜生的孙媳莉勒比尔扮演。

图5.8　“鲁贝克与爱吕尼在高山”剧照

二、陶尼慈湖边的“别墅”与乌尔费姆的“城堡”

陶尼慈湖边的“别墅”是由“茅屋”而来。“别墅”与鲁贝克密切关联，他是为了纪念与爱吕尼之间逝去的爱情，而将陶尼慈湖边的“茅屋”买下来，重新修建成了豪华的“别墅”；爱吕尼有着关于“茅屋”的记忆，却没有在“别墅”中居住过；梅遏虽没有关于“茅屋”的记忆，婚后却一直在“别墅”里生活，最后却毅然离开了“别墅”，而接受乌尔费姆许诺的“城堡”。因此，“茅屋”是属于过去的记忆，而“别墅”意味着现在的生活；陶尼慈湖边的“别墅”与乌尔费姆的“城堡”，有着相同之处，却也有明显的区别。

（一）陶尼慈湖边的“别墅”：“茅屋”的另一种影像

所谓“别墅”，“亦称‘别业’。指本宅外另置的园林建筑游息处所。《晋书·谢安传》：‘［安］方与玄［谢玄］围棋赌别墅。’”① 陶尼慈湖边的“别墅”，是一处花园式的园林建筑，其间有园林也有花草，是富裕人家居住的地方；然而，它只不过是“茅屋”的另一影像而已。对于鲁贝克而言，他一直将现在的“别墅”当成过去的“茅屋”，生活在现在“别墅”中，却始终停留在过去“茅屋”的记忆里，过去的“茅屋”与现在的“别墅”影像叠加在一起，现在“别墅”的生活，却失去了过去“茅屋”的美好，因而他的心灵始终处于煎熬之中；对于梅遏而言，她并没有“茅屋”的过去，只有现实的“别墅”生活，她似乎与鲁贝克是两个世界的人。富贵华丽的别墅抵挡不住心灵的空虚，鲁贝克与梅遏之间的关系相当冷漠，心灵源泉的枯竭与繁花似锦的住处，形成强烈对比。因此，生活在陶尼慈湖边“别墅”里面的人们，并没有感到幸福。

鲁贝克教授：从那时候起，你当了教授夫人，并且在一个可爱的家里——对不起，我应该说，在一所很漂亮的新房子里——当了主妇。还有一所别墅，在陶尼慈湖边最时髦的地区。梅遏，你不能不承认，那所房子又漂亮、又大方。并且还很宽敞，咱们无需经常挤在一起，搅得彼此都不方便。

梅遏（轻描淡写地）：是，是，屋子什么的实在不缺少。

鲁贝克教授：你还应该记着，你在那儿的生活环境比家乡的宽敞大方，你结交的人物比家乡的文雅。（《咱们死人醒来的时候》，271）

可以说明三个方面的问题：第一，鲁贝克成功之后，梅遏才与之结婚组成家庭，彼此之间不存在感情的基础，也没有可以为之回

① 辞海编辑委员会．辞海．上海：上海辞书出版社，2000：520.

忆的过去，而且他们在一起生活的时间并不太长，其感情没有经历过风浪，也没有一丝情趣可言。第二，梅遏从贫苦的环境转入“又漂亮”、“又大方”、“很宽敞”的“别墅”的生活，首先她自己似乎不太适应，其次在鲁贝克看来，他给予她的已经很多，包括物质上的享受，以及人际交往层次的提高，他认为她应该没有任何怨言，没有什么可不知足的了。如此看来，鲁贝克与梅遏之间的关系并不平等，鲁贝克永远是那样高高在上，从没有将她当成一个平等的对象交流。第三，“咱们无需经常挤在一起，搅得彼此都不方便”一句，说明两人在那样宽敞的新房子里，各自拥有独立的空间而互不干扰，基本上没有情感的交流，双方都有对对方的不满意：鲁贝克认为梅遏不应该感到不知足，因为物质上并不缺乏，同时他觉得梅遏一向把物质享受看得很重，与自己的注重精神上的独立以及追求高远艺术理想不相吻合；梅遏认为别墅里虽然什么也不缺少，但鲁贝克的心思从没放在她心上，只把她当做笼子里的一只“金丝鸟”，因而她没有一丝自由与尊严可言。鲁贝克曾直接对梅遏说：“我跟你过的这种生活，我已经厌倦了——我的精神疲倦、烦躁、衰弱到了难以忍受的程度！”(304) 如此的直言不讳与斩钉截铁！说明鲁贝克对梅遏的厌倦已达到了极限，他已不再顾忌对方的感受，精神烦躁得连伪装恩爱也不会了；也说明他考虑得十分清楚，觉得这样的夫妻生活没有必要继续下去了。“别墅”中长期疲倦的家庭生活，让鲁贝克的艺术激情同样处于极度匮乏的状态：“那时我心里想的是这个：什么艺术家的任务、艺术家的使命这一套说法，我开始觉得都是空空洞洞、毫无意义的。”“在充满阳光和美丽的世界上过生活，难道不比一辈子钻在阴寒潮湿的洞里、耗尽精力、永远跟泥团石块拼命打交道，胜过百倍吗？”(303) 湖边“茅屋”的记忆是他生命无法替代的过去，现实的生活再也没有了“茅屋”，也没有了与之一起探讨的知心人，因此，自从他成名以后，就再也没有了年轻时代艺术创作的灵感，此时他开始反思自己的艺术生命，认为对于生命的享受才是第一位的，而以前所持有的艺术作品第一，其次才是人生的观点是那样的荒唐，就是这样的观点，让他错失了与爱吕尼之间最为珍贵的爱情。

“茅屋”——→“别墅”——→“茅屋”，构成了鲁贝克漫长的人生历程。可以说，“茅屋”象征着鲁贝克年轻而无知的青年时代，而“别墅”象征着他的中年人生，最后剧中出现的“半塌的茅屋”，也算是对前面“茅屋”人生的一种延伸，鲁贝克经历了人生的苦难之后，又向年轻时代的梦想回归。无论是什么样的家宅，鲁贝克都不可能脱离陶尼慈湖边那一间“小茅屋”的影响，从某种程度上来讲，“茅屋”正是爱吕尼的象征，是青春与激情的象征。年轻时代的鲁贝克生活得比较艰苦，费尽心血创作一座象征最理想女人觉醒的大理石雕像，在很长的一段时间里，他的艺术创作几乎没有任何进展，直到碰到了美丽的少女模特爱吕尼。这个来自北方的清纯少女一下子打开艺术家的心门，她不顾世俗的一切束缚，帮助他创造了杰作《复活日》。鲁贝克为了自己的艺术事业，同时不亵渎自己的灵魂，因而没有接受爱吕尼的爱情，后来导致她不辞而别而远走他乡，变得放荡不羁也历经了生活的苦难。但是，他们却有着一段无法让彼此忘怀的经历，最为难忘的便是陶尼慈湖边的周末，他们经常相伴在湖边的茅屋前，一起度过很多快乐的时光。中年时代的鲁贝克借助《复活日》而获得了巨大名声，也娶了年轻的爱玩乐的梅遏为妻，婚后鲁贝克对她渐渐厌倦，梅遏也感到没有一丝生活的乐趣，鲁贝克开始回忆过去的美好生活，将陶尼慈湖边的茅屋买了下来，并修建成了豪华别墅。当鲁贝克与爱吕尼在海滨浴场不期而遇时，告诉她：“我早把旧房子拆掉了。在那地基上，我给自己盖了一所又宽敞、又漂亮、又舒服的别墅——周围有园林。那儿就是我们——（缩住，改正）那儿就是我夏天常住的地方。”(317) 爱吕尼若有所思地举目远望：“陶尼慈湖边的生活美极了。”(317) 此时鲁贝克对于往事无比留恋，他开始后悔轻易放弃了那段美好的生活。爱吕尼（替他把意思说完）：“——然而咱们俩却把那种生活和它的美丽轻轻放过去了。”鲁贝克（低声，迫切地）：“现在后悔是不是太迟了。”(317) 从鲁贝克与爱吕尼的对话可以看出：其一，“别墅”位于陶尼慈湖边，是以前“茅屋”的所在地，鲁贝克有钱以后，将那里的“茅屋”买了下来，并在那块地基上盖了宽敞、漂亮而豪华的“别墅”，周围还有植被丰富的园林，一切都是后来人工所建造之物，最初的原始与自然气息荡然无存。其二，鲁贝克以为自己功成名就之后，将旧房子换成了新房子，在周围人工修建了美丽的园林，并娶了年轻的梅遏为妻，就可以过上幸福与快乐的家庭生活；然而，没想到他的内心越来越空虚，他再也找不到像爱吕尼那样的模特，也找不回以前艺术的激情，现在雕塑的“大型群像”，在他看来毫无意义与价值。其三，对于鲁贝克而言，陶尼慈湖边“茅屋”到“别墅”的过程，是他的人生发生改变的过程，从不出名变得非常有名，从相当贫穷变得十分富裕，从拥有激情变得没有激情，从拥有爱情变成失去了爱情，等等。而鲁贝克与爱吕尼的再次相逢，当他们的灵魂再次发生碰撞，相约再次走向高山的时候，竟然在荒山野岭中发现一间“半塌的茅屋”，对岁月流逝的惋惜之情以及对人生幸福如镜花雪月般的感叹，一切人生的韵味尽在此意象之中呈现；于鲁贝克和爱吕尼来说，他们的生命业已走过一大半，此时重又从死亡中慢慢苏醒过来，从“别墅”向“茅屋”生活渐渐回归，重新经历人生以及对自我的认识，在享受片刻尘世的幸福之后，义无反顾走向更为虚妄的艺术境界。正如比约恩·海默尔所说：“鲁贝克和爱吕尼选择了远离问题诸多的现实世界走入艺术本身的、与世隔绝的王国。”①

（二）乌尔费姆的“城堡”：口头承诺的“王国”

鲁贝克和爱吕尼执著于走向艺术的最高境界，而不惜牺牲自己的性命；乌尔费姆和梅遏却是以享受生命作为第一位，以满足自己的欲望作为最高宗旨，当然他们是与艺术的世界毫无关系的。前者与陶尼慈湖边的“茅屋”相关联，后者与乌尔费姆的“城堡”相联系。对于乌尔费姆而言，“城堡”是他在反复思量的状态下，向梅遏口头承诺的“王国”，说明了其人生已经开始向更为积极的方面转变；对于梅遏而言，“城堡”亦是她摆脱笼子般的“别墅”生

① ［挪］比约恩·海默尔．易卜生——艺术家之路．石琴娥译．北京：商务印书馆，2007：553.

活，离开那个让人窒息的艺术世界所能做的唯一选择。

“城堡”是乌尔费姆口头承诺给梅遏的“王国”。当乌尔费姆与梅遏在高山上，彼此谈到自己辛酸的历史，他们的心灵已经能够彼此靠近。梅遏开始思索自己未来生活归宿的问题，她对乌尔费姆说，他并没有什么东西将她拴住，也没有什么地方值得她留恋的；此时的她似乎是在试探性地询问乌尔费姆：如果我们在一起了，你会给我未来生活的保障吗？鲁贝克尚且给予我高档的湖边别墅，而你能给予什么呢？乌尔费姆明白她的话中之意，亦向她许诺：

> 乌尔费姆：我可以送给你一座城堡。
>
> 梅遏（指着茅屋）：就像那样儿的？
>
> 乌尔费姆：是一座还没倒塌的。
>
> 梅遏：也许还带着全世界的荣华？
>
> 乌尔费姆：是一座城堡，我告诉你——
>
> 梅遏：谢谢！城堡我已经够多的了。
>
> 乌尔费姆：城堡周围多少里都是漂亮的猎场。
>
> 梅遏：你那座城堡里是不是也有艺术品？
>
> 乌尔费姆（慢吞吞地）：唔，没有——艺术品倒没有，然而——
>
> 梅遏（放心）：啊！无论如何，这是个优点！（《咱们死人醒来的时候》，327）

这一段对话非常有意思，乌尔费姆与梅遏各自的心理活动也相当丰富，在此提出两个问题进行解析：

第一，“城堡”的意蕴何在？所谓“城”，是指“旧时在都邑四周用作防御的墙垣。”① 而城堡是欧洲中世纪的产物，欧洲的贵族们为争夺土地等而不断爆发战争，因而他们修建了坚实的城堡以此保卫家园。如此看来：其一，“城堡”是与“茅屋”、“别墅”等不一样的居所，前者最初是为抵御外敌而建，是与战争相关联

① 辞海编辑委员会．辞海．上海：上海辞书出版社，2000：1535.

的，与人类的安全有很大关系，因而，它显得更为大气与坚固，里面的空间也更为开阔自由，后两者是人世间家居生活中最为普遍的居所；三者所用的建筑材料有区别，其富贵程度也有很大的不同，因此人物身份也就不一样。其二，乌尔费姆的“城堡”可以引申为“王国”之意，既然是一个“王国”，那么就有着自己的组织与制度，“王国”之内也有着很多人居住；乌尔费姆告诉梅遏，他的“王国”四周多少里都是漂亮的猎场，人们可以在那里自由自在的打猎，如果将这样的“王国”送给梅遏，她自然是十分感动的；《建筑师》中的索尔尼斯，十年之前答应给希尔达修建一座“王国”，而十年之后的那一天，希尔达果真为了这个诺言，找到索尔尼斯索要她的“王国”。其三，梅遏所要求的居所，既不能像荒山野岭“半塌的茅屋”一样破旧，也不能像陶尼慈湖边的“别墅”里，到处摆满令她厌烦的艺术品，也许对乌尔费姆送她的“城堡”，是抱有美好期待的。梅遏问乌尔费姆，说“城堡”里“也许还带着全世界的荣华?”乌尔费姆可能没有明白她的意思，或者也不知道如何去回答，他反复强调的是那是一座“城堡”，而不是其他的什么建筑。她最感兴趣的是，有人能够带她去看“全世界的荣华”(此词亦包含“幸福”之意)，因为鲁贝克答应带她上高山，去看“全世界的荣华”，然而她却没有能够看到“荣华”，反而感到的只是约束与痛苦。她十分渴望得到男性的尊重，并与之能够平等交流，一起相伴到高山上看那世界的“荣华”；乌尔费姆是与她有着同样遭遇的人，也是属于同种类型的人物，梅遏幻想着乌尔费姆的“城堡”，能够让她看到无尽的“荣华”。其四，梅遏也总会拿乌尔费姆的“城堡”与鲁贝克的“别墅”相比较，当她问起“城堡”中有没有艺术品时，乌尔费姆有点为难地说没有，他误认为梅遏还是希望屋中应有高雅的艺术品存在。当时他的话没有说完：“然而——”，或许是在表达：“也许还有比艺术品更好的东西?”而当时梅遏的心态也较为复杂：一是她觉得没有艺术品的“城堡”，至少也不会高级到哪里去；二是也许她忽然忆起，自己生活在那间满是艺术品的“别墅”中，是何等的忧郁与难受，所以马上又安慰乌尔费姆说，没有艺术品的“城堡”，却是其中最大的优点了。无论梅遏是否真心实意的接受这座“城堡”，抑或她是否真心愿意接受乌尔费姆这个人，此时的她似乎别无选择，实在是一种无奈之举了：在鲁贝克那里，她得不到最起码的尊重与认可，根本也谈不上生活的幸福与快乐，同时对他那个高雅的艺术世界没有一丝的兴趣；在乌尔费姆那里，他是一个粗鲁而色情的猎人，却也懂得关心与照顾她，也能够坦诚而平等与自己交流，甚至有时候梅遏在他面前可以娇纵妄为；也许最后她认识到了，世间并没有完美的“城堡”与“别墅”世界，两相比较之后，乌尔费姆的“城堡”还是比鲁贝克的“别墅”更适合自己一些。因此，她最终选择的还是乌尔费姆许诺给她的“王国”，也是两个受伤的灵魂取暖时相互间的安慰罢了。

第二，为什么乌尔费姆向梅遏许诺的是一座“城堡”，而不是“茅屋”或者“别墅”呢？主要有两个方面的原因：其一，说明了乌尔费姆并不是一个很愚笨的男人，他懂得用金钱等世俗的东西，来征服眼前这个女人的心，抑或他本身也是这样世俗之人，而以自己的想法作为衡量他人的标准，他懂得在这个时候该送这个女人什么样的东西：如果选择送一座“茅屋”的话，也许太过于寒酸，因为他知道梅遏很注重物质的享受，他们也没有像鲁贝克与爱吕尼一样，有着一段过去“茅屋”的美好记忆，况且，梅遏以前就以“破茅屋”的话嘲笑过他，因此，他是决计不会送一座“茅屋”给她。如果选择送一座“别墅”的话，他是一直生活于山野之中的猎人，也许真还没有如此讲究的高档居所可以赠送，这也不是他最好的选择。因此，他决定用不一样的居所，来征服眼前这个女人，“城堡”便是最好的选择了，也符合他猎户的身份；它代表的是一个“王国”，是一个完整的世界，同时也有对梅遏足够的尊重。其二，无论乌尔费姆口中的“城堡”，在现实的生活中是否真实的存在，因为他之前也犯过类似的错误，将“半塌的茅屋”形容成躲藏公主的“猎寨”与“寨子”；然而此时此刻，是真实还是虚假的“王国”，对于两个人而言，并不是最重要的了，这种行为也许只是两个受伤的灵魂相互安慰时，而表达出来的一种美好愿望，同时也可以从中发现，乌尔费姆在此时对梅遏有了一丝怜惜之情。他已经开始了转变，发誓将自己从放荡不羁的生活中解救出来；通过与梅遏的短暂相处与交流，他似乎认清了自己的过去，渐渐对她产生了些许的温情，也有了对人生的责任感，有了让自己后半生过得幸福的想法；刚认识梅遏的时候，他也许只是为了寻找刺激，而勾引她一起上到高山去，只是将她作为众多猎物中的一个罢了，后来坦诚地将自己的伤疤向她揭开后，他发现其实两人是何其的相似！就在那一瞬间，他明白了人生的处境，愿意将自己的后半生与梅遏联系在一起。于此，他心甘情愿将自己的“王国”作为礼物送与梅遏，也许“王国”中包括他的全部世界，是自己整个人生的托付。

《咱们死人醒来的时候》建构了以“茅屋”与“别墅”为主体的家园地理空间。在每一个人物的精神世界里，都有一个不一样的“茅屋”形象，也有一个不同的“别墅”形象，抑或还有一个不同的“城堡”形象。过去的“小茅屋”变成了现在的“别墅”，而现代的园林“别墅”里叠映了过去“茅屋”的影像；简陋的“小茅屋”里珍藏有一段逝去的美好记忆，豪华的园林“别墅”里却是痛苦而沉闷的婚姻，过去美好的记忆以及现实婚姻的不如意，反复在鲁贝克的心中纠结。“半塌的茅屋”承载的正是剧中人物伤痛而不完整的前半生，为了一直没有实现的理想，为了弥补人生留下的遗憾，鲁贝克与爱吕尼执著地走向了高山，去寻找那满是耀眼荣华的高山顶峰；梅遏亦从园林“别墅”走向不可知的“城堡”，乌尔费姆亦从“半塌的茅屋”走向自己许诺的“城堡”，“城堡”虽然只是一个口头承诺的“王国”，不同于“茅屋”的简陋，也不同于“别墅”的奢华，但对于情感上受过伤的人们来说，却不失为另一种不错的选择，一段全新的人生旅程从此开始，也许还能看见“全世界的荣华”。于此，剧中每一个人都拥有不一样的家园世界，对于家园的理解也就有了千差万别：对于鲁贝克而言，现实生活中的家是冰冷的，他的家园世界在爱吕尼那里；对于爱吕尼而言，无论在世界各地如何流浪，她所有的精神世界，同样只在鲁贝克的家园里；对于梅遏而言，从来没有在新房子里享受过尊重与温暖，因此她很渴望有一个温暖的家，而且一直在努力寻找，当遇到乌尔费姆的时候，马上决定跟这个男人一起上山，也许还会一起度过后半生；对于乌尔费姆而言，在生活中同样受到过伤害，与梅遏的交往让他找回了自我，同时也有了未来生活的寄托。由此看出，剧中的每一个人物，都在努力寻找属于自己的家园世界。虽然鲁贝克与爱吕尼为了追求更高的艺术境界，而双双在雪山中殉情，但从某种程度上来说，他们最终的结局还是幸福的；因为他们的精神是完整的，前半生曾经有过幸福的回忆，而后半生的再次相遇，弥补了中年人生的遗憾，他们终于又走到了一起。人生的过程便在于努力寻找精神的家园，也在于不断弥补旅途中的各种遗憾。这也许就是易卜生在"戏剧收场白"中，交的最后一份人生答卷罢。

第四节　"空中楼阁"：以凉亭楼阁为主体的家园地理空间之魂

一、家园地理空间之魂——"空中楼阁"

并不只有以上三部戏剧存在家园地理空间的建构，也并不只是其戏剧作品中存在有家园地理空间，追溯到易卜生早期的诗歌创作，同样可以发现这样的地理元素：《建筑计划》中的"空中楼阁"(14)，《在画廊里》中的"美的王国"(19)，《家居》中的"屋子"(34)、"房间"(34)，《磨坊男孩》中的"磨坊"(55)、"家园"(56)，《出租的厅房》中的"内厅"(71)、"殿堂"(71)，《霍空王的宴会大厅》中的"古老的大厅"(78)、"银灰的高墙"(78)等。由早期的诗歌到后期的戏剧，说明易卜生对家园地理的关注由来已久。为什么其作品中会出现"花园"、"阁楼"、"茅屋"、"别墅"、"王国"、"房子"、"家"等各种类型的家园地理空间？是与剧作家对于挪威复杂情感紧密联系的，特别是在异国他乡生活多年的经历，让他对故国家园有了更为深刻的认识。他在挪威之外的南方国家自然环境中得到了精神的滋养，有的时候甚至将南方国家当作自己的精神故乡，同时也在他乡不停遥望故国家园；终究无法逃避的是自己的故园之根，一生中所经历的苦痛，多半由于"根"的缘故。晚年的易卜生回顾自己的一生，发现一直努力寻找的竟然是一个精神上的“故乡”；那个称之为“挪威”的国家，虽然近在咫尺却远在天涯。故国挪威与罗马、慕尼黑等南方国家，常在剧作家的心中彼此交错，甚至将自己对于故乡的情感转移到异国他乡，并将他乡当做“精神故乡”：1879 年 6 月 27 日，在罗马致马库斯·格隆沃尔德信中说：“我已经有一种感觉，我必须再次离开；而且我很可能再次选择慕尼黑。慕尼黑给我提供了很多便利条件，住在那里我感觉仿佛是在自己的精神故乡里。”① 1888 年 10 月 30 日，他在慕尼黑致乔治·勃兰兑斯信中说：“对我来说要在挪威永久定居下来是几乎不可能的。待在其他任何地方都比待在挪威更让我有家的感觉。一个具有成熟心智的人，不会再满足于古老的民族观念。”② 之所以会这样，是因为易卜生对挪威的情感十分复杂，他一再的选择远离，是因为挪威让他感到不太适应，然而他无时无刻不在思念家乡以及童年的故居。正如 1877 年 11 月 18 日，他在慕尼黑致克里斯蒂安·鲍尔斯信中说：“我上次回挪威的时候，有种强烈的愿望想去看看希恩以及我的家人。但同时我又很不愿意与当地盛行的某些风气有任何接触，因为这些风气我很不认同。跟他们发生冲突可能会导致不快，我尽量要回避这种正面的抵触。不过，我并没有放弃再次去看看我童年故居的念头。”③ 晚年的易卜生依然认为自己的精神一直在途中：1898 年 3 月 23 日，他《在克里斯蒂阿尼亚一个盛宴上的讲话》中谈到一个在国外四处流浪的人，不论他流浪在哪里，其灵魂深处感到哪儿都不是他的家，甚至自己的祖国也是这样。④ 从以上几封书信可以看出：其一，易卜生的一生，与故国家园的关系处于分分合合的状态，有的时候亲近有

① 易卜生．易卜生书信演讲集．汪余礼，戴丹妮译．北京：人民文学出版社，2012：178.

② 易卜生．易卜生书信演讲集．汪余礼，戴丹妮译．北京：人民文学出版社，2012：284.

③ 易卜生．易卜生书信演讲集．汪余礼，戴丹妮译．北京：人民文学出版社，2012：173.

④ 引自易卜生．一八九八年三月二十三日在斯替阿尼遏的盛大宴会上的讲话．易卜生文集（第八卷）．北京：人民文学出版社，1995：230.

的时候远离，有的时候又是时远时近的。剧作家对于故乡的情感，也投射到了其戏剧创作之中；众多家园地理空间呈现出一种纵横交错的形态，正是剧作家对于精神家园的努力寻求。其二，剧作家更多的时候是迷惑的，始终无法找到自己的精神归宿，即使是祖国也不能给自己带来安慰，因此，他的精神似乎一直都在流浪。然而在晚年承认自己与故乡有着一种血浓于水的感情，终究还是无法离开并于1891年回到挪威定居。其三，易卜生一直在故国与他乡之间徘徊，因而其情感一直处于矛盾冲突之中。也许他在祖国受到过一些挫折，正如《野鸭》中的瑞凌医生所说，人的一生中不可避免会遇到各种各样的困惑，每一个生活在世界上的人，都或多或少的有着一些病症，在家庭或社会中受到过不同程度的创伤。因而，剧作家一直执著于理想精神家园的建设，家园地理空间的建构毫不例外地都指向人类的精神领域，人物所执著追求的也是对理想家园的寻找。“空中楼阁”便是在纷繁复杂的精神形态中为自己找到的一个出口，指向精神的最高理想境界，是家园地理空间的灵魂所在。

“空中楼阁”的建造毫无疑问是与易卜生的人生经历相关联的，他在国外生活了27年，南方国家的自然地理与人文地理因素内化到其心灵之中成为其自身气质的一部分，又因为与祖国关系的分分合合，因而其精神一直处于流浪的状态，说明其人生的情感没有多少深厚的根基；如果一个人对于自己的家园有着深厚的情感，他也许就不会对于家园有着很多奇异的幻想，也就没有那么多对于人生苦难与离别的体验。从此种意义上来讲，“空中楼阁”也许正是易卜生对于祖国挪威的一种美好幻想，或者是在异国他乡与挪威家园之间寻找到的一个平衡点，承载的正是剧作家离奇的幻想与复杂的情感。“空中楼阁”的建构不仅使剧中各类人物的精神境界得到提升，而且是众多家园地理空间的点睛之笔，即家园地理空间之灵魂所在，表明作家最为独特的审美发现与审美创造。

二、“空中楼阁”——精神的出口

剧中人物执著于“空中楼阁”的寻找，是剧作家徘徊与矛盾心态之下的不得已，正是易卜生对故国家园矛盾心态的丰富体现。

《海上夫人》建构了以“凉亭”与“走廊”为主体的“花园”地理空间，剧中人物的思想与情感在花园里反复交织；《野鸭》建构了“海洋深处”的“阁楼”地理空间，野鸭所生存的阁楼空间里，仿佛“海洋深处”一般危险与阴森，而“理想”与“谎言”两股气流在阁楼里不停交战；《咱们死人醒来的时候》建构了以“茅屋”与“别墅”为主体的家园地理空间，与主人公的过去与现在相关联；剧中人物都有一副受伤的灵魂，在过去与现在之间徘徊，在理想与现实之间抉择，如此等等。多重地理空间的建构又是以“阁楼”作为核心，“阁楼”并不只是指向雅尔马家那座高高的“阁楼”，它代表着一种精神的形态，一种向高处走的理想境界，即我们所说的“空中楼阁”。“花园”中出现的人们，有不断走向更高、更远、更开阔的理想：艾梨达一直向往远方大海自由自在的生活，她的心中也有一座“空中楼阁”；博列得一直向往外面精彩的世界，因而其心中也有着自己的“空中楼阁”；凌格斯川希望自己到南方后，能够在雕塑艺术上成就一番事业，他也一直生活在自己建造的“空中楼阁”里。“阁楼”空间里生活的人们，每一个人心中更是有自己的“空中楼阁”：老艾克达尔将“阁楼”看作“赫义达那片生气蓬勃的大森林样”(106)；雅尔马也将自己深藏于阁楼空间里，而逃避现实生活中的种种苦难；同时，海特维格、莫尔维克、瑞凌、基纳，甚至包括格瑞格斯，都在“阁楼”空间里找到了属于自己的世界。生活于“茅屋”与“别墅”中的人们也同样如此：鲁贝克与爱吕尼，最终选择了远离束缚众多的现实社会，毅然走向与世隔绝的艺术王国，而双双在雪山中殉情；乌尔费姆与梅遏在婚姻生活中同样受到过伤害，各自有着幸福生活之梦想，终于能够彼此理解对方，一起去寻求属于自己的理想家园。

由此可见，不同的家园地理空间承载的是人物不同的精神形态，然而它们却有一个共同的特征，那就是每一位主人公心中都有一个属于自己的“空中楼阁”。在《觊觎王位的人》中，修士乙对斯古利国王说：“我要把你带上一座高山，让你看看世界的荣华。”(127) 在《布朗德》中，布朗德执著于走向高山去寻找“冰雪教堂”；《培尔·金特》中的培尔，一直流浪在海外，梦想建立自己的“金特王国”；《罗斯莫庄》中的罗斯莫与吕贝克，希望建立一个“和平、快乐、互相容忍的美德”(155) 的世界；《海达·高布乐》中的海达，包裹在高布乐家族的天地里，妄想获得绝对的自由与极端的肆意妄为；《建筑师》中希尔达为了治疗索尔尼斯有毛病的良心，引导他与自己一起去建造一座容纳人生幸福的“空中楼阁”；《小艾友夫》中的沃尔茂与吕达，为了弥补对小艾友夫犯下的错误，决定去帮助海边那些流浪的小孩，执著地“朝着山顶走，朝着星球走，朝着伟大肃静的地方走。”(173) 还有《约翰·盖勃吕尔·博克曼》中的主人公博克曼，一直生活在“乌托邦”王国里，即自己建造的一座“空中楼阁”，幻想有朝一日能够重振家威，再次成为叱咤风云的人物；正如勃兰兑斯所指出的：“博克曼在瑞替姆家的楼上所过的生活，使人回想起《野鸭》剧中的阁楼里的生活情况，而博克曼把自己比作一只受了伤的鸟。”① 博克曼多么像那一只生活在阁楼里的“野鸭”！挪威学者比约恩·海默尔亦有此言：“‘空中楼阁’的妄想幻觉不仅在主人公的，而且在所有涉及者的人生中都占有中心位置。”② 诚如此言，剧中人物的人生都经受过或多或少的创伤，而“空中楼阁”可以说是为他们的精神找到的一个出口，正是有了这样一个出口的存在，每一位人物的人生才会显得丰富而多彩，他们并不只是生活在世俗的现实生活之中，而更多的是在为着一种更为高尚、更为远大的理想而不懈努力。因而，剧中“空中楼阁”的建造，在众多人物的一生中处于中心位置，每一个人都不可避免的受着此种理想的牵制，有的甚至为了达到一种理想的精神境界，而不惜付出自己的性命。如果没有“空中楼阁”的存在，这些人物也许只会生活在低处，有的人永远无法从伤心与痛苦中走出来，或者无法超脱于生与死之外，或者也不会找到自己的精神家园。

---

① ［丹］乔治·勃兰兑斯．第三次印象．姚俊德译．易卜生．易卜生文集．（第八卷）．北京：人民文学出版社，1995：320．

② ［挪］比约恩·海默尔．易卜生——艺术家之路．石琴娥译．北京：商务印书馆，2007：488．

以南方与北方为框架的地理空间建构，“南方”与“北方”两种不同的人生观念在剧作家心中不停交织与冲突，正是表明他对于家园地理不断寻找的过程；以高山峡湾为主体的挪威地理空间建构，剧中人物执著于走向高处，也是对于自己心中“空中楼阁”的渴望；以挪威为中心的世界地理空间建构，剧中人物执著于到高山上去看“全世界的荣华”，也是基于对“空中楼阁”的追求；以教堂塔楼为核心的宗教地理空间建构，那“尖顶塔楼”之上有一种向上腾飞之“力”，有一种“庄严崇高的理想与抱负”，也是对“空中楼阁”另一种形式的探求；四重不同类型的地理空间的建构，最终统一于以凉亭楼阁为主体的家园地理空间中，剧中人物纷纷从挪威、北欧、世界地理，从南方、北方等不同的方向，不约而同地走向了对于家园精神世界的追寻。正是如此，易卜生剧作中各类人物之间的情感、心理、想象与思想等，才能形成一个又一个的混合体；它们在时间的不断推移之中，在空间的不断转换之中，有着一个不断发展与演进的过程。因此，易卜生的剧作才有一种内在的连续性，才能成其为一个有机的整体。① 剧作中的思想与艺术的创造性以及思想与艺术上的生命力，主要来自于多种多样的地理空间以及不同形态的“空中楼阁”的建造，来自于种种力量交织与冲突而形成的思想冲击力。

---

① 1898年3月，易卜生在克里斯蒂阿尼亚写作《〈易卜生文集〉前言》，其中谈道：“只有把我所有的作品作为一个持续发展的、前后连贯的整体来领会和理解，读者们才能准确地感知我在每一部作品中所力求传达的意象与蕴涵。”引自易卜生．易卜生书信演讲集．汪余礼，戴丹妮译．北京：人民文学出版社，2012：410.

第六章　结语：易卜生戏剧中的地理空间建构

在易卜生的世界里，我们体验了南方与北方迥然相异的世界地理景观，感受到了北欧五个国家不同的地域风情，到挪威的高山上体验了峭岩绝壁，到大海峡湾里感受到了大海的风浪，同时随着索尔尼斯登上了教堂的塔楼聆听风中竖琴的鸣响，也随着鲁贝克与爱吕尼，上到高山去看那“全世界的荣华”……华兹华斯曾把自然界体验为传达着某种情感的物象存在：“寓于落日的光辉，浑圆的碧海，/蓝天，大气，也寓于人类的心灵，/仿佛是一种动力，一种精神，/在宇宙万物中运行不息，推动着/一切思维的主体、思维的对象/和谐地运转”①。(《廷腾寺》) 大自然给人类带来了温暖，因此人类对其无比热爱；自然世界给人类带来了丰富多彩的情感体验，因此显得如此的温情而让人不舍。易卜生戏剧世界里，东西南北中生长的动物与植物，山峦、湖泊、峡湾、教堂、亭台与阁楼等，更有那些生活于其间的精灵，甚至还有宇宙间的星星、月亮、太阳等天体意象，种种地理意象组合成地理的空间，内容之丰富、内涵之深刻、意蕴之多样，不能不令人称奇。

本书着重探讨了易卜生戏剧建构的五重地理空间：一是以南方与北方为框架的地理空间建构，二是以高山峡湾为主体的挪威地理空间建构，三是以挪威为中心的世界地理空间建构，四是以教堂塔楼为核心的宗教地理空间建构，五是以凉亭楼阁为主体的家园地理空间建构；五重地理空间之间相互关联、且相互影响与相互印证，

---

① 王忠祥编选．华兹华斯诗选．杨德豫，楚至大译．长春：时代文艺出版社，2011：118.

最终形成了一幅球形的立体艺术图式（参见“图 6.1 五重地理空间示意图”）。具体而言，五重地理空间之间大致形成四种主体框架：一是以南北为中轴线，是其他四重地理空间构成的框架；二是从挪威走向世界，空间的范围一圈圈向外扩展；三是从世界向家园的回归，放眼世界各地的风景最终追寻的还是理想的精神家园；四是由外在的地理到内在的宇宙，从外在的自然世界转向对人物内心世界的深度挖掘。

一、以南北为中轴线

如“图 1.3 以南北为框架地理空间示意图”所示，“南方”与“北方”两种表示地理方位的意象，在易卜生的诗歌与戏剧中占有重要的位置；“南方”与“北方”连接成一条直线，成为整个球状体的中轴线（即图中的 AB 坐标线）；不仅建构了以南北为框架的地理空间，而且形成了立体的艺术空间。

其一，以“南方”与“北方”链接成的中轴线具有明显的调控作用。正是有了这条中轴线，那些看起来似乎自然而随意的空间组合，从而变得严谨与合理；看似漫不经心设置的高山峡湾、山水花木与亭台楼榭等地理元素，恰如其分嵌入到整体而和谐的空间秩序中去；因而，纷繁复杂的地理空间，就有了主要的与次要的、大的与小的、上与下的、远处与近处的分别。各类地理空间围绕着这条中轴线，安排得紧凑而有序，同时存在某种内在的联系，彼此之间相互呼应且相互影响；它们或者形成前后对应之势，或者形成左右组合之态，或者形成上下对立之形，或者形成远近呼应之势，如此等等。《武士冢》中北部的甘达尔夫率领一群勇士来到南部的海岛上复仇，但最终被南部的少女布兰卡的信念所感化，南部的姑娘随着北部的勇士去到北方的挪威，开始了幸福而美满的生活；表明“南方”与“北方”的相遇，相互连接并凝聚在了一起。在《苏尔豪格的宴会》中，“北方”的古得蒙思念着温暖的“南方”，成为其内心的隐忧：“我的心思跟随海鸥同飞翔，飞向挪威草原归故乡。”“把咱们送到温暖的南方。”(32)① 在《布朗德》中，南方是温暖而富庶的海滨之地，而北方是阴暗而贫穷的高山之地，“南方”与“北方”常在他的内心不断发生冲突。在《罗斯莫庄》中，来自北方的吕贝克与南方庄园的罗斯莫，在思想观念与行为举止上有着众多的差异；最后两人因为“清白的良心”(215)，手牵手走上碧爱特走过的道路，搂抱着一起跳到水车沟里；在此，“南方”与“北方”产生了不可调和的矛盾，而他们只能以死亡这一方式洗刷过去的污点，从而达到一种至为高尚的人生境界。以上一再表明，“南方”与“北方”在易卜生的剧作中起着重要的作用，成为其建构的地理空间中一条不可或缺的中轴线。

其二，具体到另四重地理空间的建构：“以高山峡湾为主体的挪威地理空间”中，存在挪威地理上的“南方”与“北方”；“以挪威为中心的世界地理空间”中，存在北欧地理、世界地理上的“南方”与“北方”；“以教堂塔楼为核心的宗教地理空间”中，“南方”与“北方”的宗教观念也是有差异的；“以凉亭楼阁为主体的家园地理空间”中，存在家园意义上的“南方”与“北方”，是两种不同的精神形态之体现。因此，四重地理空间的建构中，存在一根内在的轴线，其中一端是“南方”，另一端是“北方”；而在众多以南方与北方为框架的地理空间中，又是以挪威作为地理坐标的原点，辅以许多长长短短、且方位不一的直线或曲线，不同方向的线段之间，相互穿插而交织进行，组合成大小不一的地理空间。因而，《布朗德》剧中形成“‘叠景层见’式高山”、“‘叠景层见’式谷地”，南方“春天‘高山雪野’”与北方“夏天‘高山绝壁’”之景相互转换，以及在北方高山之上鸟瞰布朗德家园谷地空间之景，各种自然景物与人文景观的交叉错动、移换层叠而造成的地理空间与山水林木的空间变幻，其中似有一种新奇的迷惘，同时又是那样的生动有趣，而让人叹为观止。在作为“戏剧收场白”

① 本文所引《苏尔豪格的宴会》中的文字，皆出自易卜生文集（第一卷）．潘家洵译．北京：人民文学出版社，1995：1-72．后文只在引文后的括号内标明页码。

的《咱们死人醒来的时候》中，构建了“图3.6‘南北交织’式地理示意图”，形成两条南北线路：南方南美洲地区——北方欧洲俄国乌拉尔山——北方挪威海滨浴场；南方不知名城市——北方挪威陶尼慈湖边——北方挪威海滨浴场——北方海上旅行——北极海。如此等等。如果没有南北方向的中轴线，或者没有南方与北方为框架的地理空间，那么，易卜生剧作中的地理空间建构就会显得杂乱无章；正是因为有了主体的中轴线，所有其他的地理空间都可以纳入，从而形成一重整体的艺术空间。“以挪威为中心的世界地理空间建构”一章中，《咱们死人醒来的时候》“南北交织”式、“上下辉映”式两重地理空间，形成“复合交错”式地理空间结构，亦无法离开南方与北方而存在；“以高山峡湾为主体的挪威地理空间建构”一章中，垂直与水平的地理景观交织成为立体的挪威地理空间，则形成了“垂直与水平”地理空间结构，都是以南北方向作为中轴线。

其三，“南方”与“北方”对于剧作家而言，具有不一样的意义。在易卜生心目中，祖国挪威是属于北方的国家，而挪威之外的慕尼黑、罗马、德累斯顿等城市则是属于南方国家的范围。他对南方的城市有着不一般的情感，离开了祖国各种制度的束缚，在南方的世界里思想更为开阔，行为更为自由；而南方城市的阳光灿烂与绿树成荫以及异域他乡的风情，给他带来了灵感，因此对南方的国家有着很深厚的情感与众多的赞美之辞。易卜生对故国家园常常有十分复杂的情感：挪威没有南方城市的阳光与温暖，不仅是自然气候的不同，也与那里人们“冷漠的、不理解的眼神”,① 以及思想进步比较缓慢有密切关联；挪威并没有像南方的城市那样给予他更多的热情，冷淡让剧作家时常耿耿于怀，一直以来都不愿意回去定居，直到1891年到了暮年方才决定回国。他对“南方”与“北方”截然不同的态度十分明显。《布朗德》中“南方”是阳光灿烂的富饶之地，而“北方”则是贫穷而冷凝的高山绝壁之地；它们

① 易卜生．易卜生书信演讲集．汪余礼，戴丹妮译．北京：人民文学出版社，2012：258.

是剧作家两种不同的人生观念："南方"代表的是阳光灿烂的人生观，而"北方"代表的是冷峻严肃的人生观。"南方"与"北方"并非各自独立，而是存在着一定联系：在"南方"有对"北方"的回望，在"北方"有对"南方"的思索，同时也存在"南方"与"北方"的融合；于此，"南方"与"北方"之间的关系，有的时候处于对立的状态，有的时候处于相互交叉的状态，有的时候处于相互平行的状态；如果将其连成一体，那么，就可以形成一重阔大的南北地理空间，交织着其他不同类型的地理空间。不仅只是地理意义上的"南方"与"北方"，也是心理意义上的"南方"与"北方"：布朗德心中有取与舍的信仰困境，海上夫人有去与留的情感困惑，布兰卡在南方有对北方的情殇，北方的吕贝克受到南方罗斯莫高尚情操的感染，如此等等。易卜生的剧作中也存在一些"东方"与"西方"的地理，但是没有"南方"与"北方"表现得那样明显，也没有像"南方"与"北方"那样形成一种整体的框架，而只是涉及了一些"东方"与"西方"的国家，如《海上夫人》中涉及有西方的加利福尼亚（美国）、英国、澳大利亚等国，还有东方的中国等。由此可见，以"南方"与"北方"方向而形成的中轴线以及由此建构的南北地理空间，是其他地理空间产生的基础，同时也与剧作家有着不可分割的联系。

二、从挪威走向世界

剧中所建构的五重地理空间，其范围一环接一环渐渐向外扩展，由挪威逐渐走向更为开阔的北欧世界，从北欧又走向更为广袤的世界，直至更为浩渺的宇宙空间，整体呈现从挪威走向世界的趋势，从而形成多种类型的地理空间及其相应的戏剧艺术结构。具体体现在以下三个方面：

其一，挪威是地理坐标的中心点。每个人心中都有一处无法选择的地理位置，那便是自己小时候生活过的故乡；挪威是易卜生的故国家园，其剧作大多以此作为人物活动的地理背景。《奥拉夫·里列克兰斯》、《海尔格伦的海盗》、《布朗德》、《培尔·金特》、《青年同盟》、《社会支柱》、《群鬼》、《人民公敌》、《罗斯莫庄》、

《海上夫人》以及《咱们死人醒来的时候》等剧，讲述的都是在挪威这片土地上发生的事，有的是以挪威的高山峡谷作为地理背景，有的是在挪威北部海尔格伦岛上发生的事，有的是以挪威的峡湾小村与高山雪野作为地理背景，有的是以挪威的沿海小城或铁矿地区作为地理背景，有的是以挪威北部的海滨浴场与高山雪原作为地理背景，如此等等。剧中以挪威作为地理发生的背景，由多种地理意象而组合成为地理空间，从而形成了多种样式的地理空间结构。《培尔·金特》中形成"'回环曲折'式挪威地理空间示意图"(图3.1)、"'回环曲折'式世界地理空间示意图"(图3.2)，多重地理空间的并置且交织成立体的地理空间。剧中有挪威的地理环境：中部的村落、奥丝家园、黑格镇农庄、燕汀山背与龙德山中等；也有世界的地理环境：阳光灿烂的非洲海岸、撒哈拉沙漠与开罗疯人院等；培尔在其故乡挪威拐走了新娘英格丽德，遭到村民们的追捕而逃到龙德山中，后又被迫逃离挪威到海外流浪；在外流浪了多年的浪子，最后为了找寻真实的自我，再次回到了自己的家乡，来到森林深处索尔薇格的茅屋前，实现自己精神的救赎。由此看来，此剧是以挪威作为地理坐标的原点，无论是在世界的哪一个国家流浪，培尔的精神始终指向挪威的那一间索尔薇格的茅屋——他最后的归宿。《海上夫人》更是如此，所有的人物都从四面八方聚集到挪威的一个滨海小城，故事的大部分情节都发生在房格尔医生的花园里；同时也涉及世界各国的地理，陌生人杀掉船长之后，不得不向北方国家逃窜，经过了挪威、芬兰、阿尔汉格尔斯克（前苏联）、加利福尼亚（美国）、中国、澳大利亚与英国等国家，形成了一重阔大的世界地理空间，但最终还是回到挪威的滨海小城来寻找艾梨达。由此可见，挪威是戏剧作品中众多地理空间得以形成的中心点。

其二，空间范围一环比一环更为广阔。易卜生众多戏剧中，都是以挪威的地理作为坐标的中心，空间的范围渐渐向外扩展，从挪威向北欧延伸，从北欧向世界扩张，并从世界渐渐走向宇宙空间。当然，并非每一部戏剧都有一个完整的模式，《布朗德》讲述的仅仅是发生在挪威的高山、峡湾中的事，《海上夫人》讲述的是滨海小城的事，并从挪威小城走向了北欧与世界，《培尔·金特》中的培尔站在挪威的土地之上，仰望更为遥远而浩瀚的天体宇宙，等等。《培尔·金特》故事起源于挪威中部村落的奥丝家园，同时与燕汀山背、黑格镇农庄与龙德山中，形成了四重平行的地理圈；由摩洛哥西南海岸、撒哈拉沙漠、埃及沙漠与开罗疯人院四重地理圈建构的世界地理空间，亦是以挪威作为中心，培尔在国外频频遥望森林深处索尔薇格的茅屋。当他潦倒一生回到家乡途中时，开始质疑自己走过的路，并仰望苍穹："我的流星老弟，培尔·金特向你致敬！你一闪而过，然后就熄灭，永远消失在太空中——""难道宇宙里就没个人吗？深渊里没有人？上苍也没有人吗？"(444)"可爱的地球，不要因为我白白在你上面踩了这么一辈子没有留下什么痕迹而生我的气吧。可爱的太阳，你浪费了你的光辉，你那灿烂的光辉徒然照耀在一间空屋子上。"(445)天边飞逝而过的流星，激起了培尔无限的遐想，流星的瞬间即逝与自由自在，让他心中顿生羡慕之情，或许对人生有不可知的渺茫之感，或许对自己一生在做回顾与忏悔，或许有对宇宙天体的奇特幻想，有对广阔而神秘宇宙空间的好奇与向往，叠合着对于星空不断思考与不断探索的情感。培尔在海外流浪了多年，从挪威到北欧再到世界各地，最终却以一无所有的姿态面对宇宙苍穹，他的心似乎在天地之间苦苦追逐，寻找一处安宁而祥和的精神家园，终点就在挪威高山之中索尔薇格的茅屋。后期象征剧《海上夫人》中，从"花园"⟶"山坡"⟶"大海"⟶"挪威"⟶"北欧"⟶"世界"，六重地理圈的建构，一圈更比另一圈开阔，一环紧扣另一环，环环相扣而形成一个圆形的艺术结构："'由小及大'式圆形地理空间示意图"(图3.5)。如果说在早期的《培尔·金特》中，剧作家对地理空间建构的艺术表现，还显得有一些粗糙而不够成熟，不同的地理元素在剧作中虽然丰富多彩，有时候却显得没有条理而杂乱无章，那么《海上夫人》一剧渐渐趋向于娴熟而圆润，形成了多幅圆形的艺术图式，是剧作家对于人类精神的不断探索历程之反映，意味着向更高与更远处不断攀登，并达至最高境界执著迈向全世界并走向未来的发展轨迹。

其三，多幅艺术图式的形成。第二章“以高山峡湾为主体的挪威地理空间建构”：在《布朗德》中，由“‘叠景层见’式谷地空间想象图”(图2.2)等，形成“叠景层见”式地理空间结构；在《培尔·金特》中，由“‘奥丝家园’小山麓与涧溪谷地想象图”(图2.3)、“‘燕汀山背’与冰河谷地想象图”(图2.4)、“‘龙德山中’与沼泽谷地想象图”(图2.5)，形成“‘回环螺旋’式地理空间示意图”(图2.6)；《海上夫人》中存在过去与现在交织的大海峡湾（如“图2.7‘大海’地理空间想象图”所示)、《小艾友夫》中存在变幻与汹涌相间的大海峡湾（如“图2.8变幻的大海峡湾空间想象图”所示)；因而以高山谷地为主体的地理空间，形成了垂直向度的垂直地理景观，以大海峡湾为主体的地理空间，形成了水平向度的水平地理景观；垂直与水平的地理景观相互交织，组接成一重立体的挪威地理空间，形成一幅“‘垂直与水平’地理空间示意图”(图2.9)。第三章“以挪威为中心的世界地理空间建构”：《培尔·金特》中地理空间的建构，由“‘回环曲折’式挪威地理空间示意图”(图3.1)、“‘回环曲折’式世界地理空间示意图”(图3.2)，形成“‘回环曲折’式地理空间示意图”(图3.3)；在《海上夫人》中，由“以‘挪威’为中心世界地理空间示意图”(图3.4)，形成“‘由小及大’式圆形地理空间示意图”(图3.5)；在《咱们死人醒来的时候》中，由“‘南北交织’式地理空间示意图”(图3.6)、“‘高山上荣华’地理空间想象图”(图3.7)，形成“‘复合交错’式地理空间示意图”(图3.8)。正是由于剧作中如此丰富多样的地理空间展示，才会形成多幅的艺术图式；从中可以发现剧作家在艺术建构上逐渐精炼，而最终走向成熟：也许早期诗剧《布朗德》只是对挪威地理意象以及地理空间的叠加与并置，更多停留在地理景观写实的层面，某些地理因素并不具有深刻含义，因而，只能形成“叠景层见”式结构；《培尔·金特》一剧，则从挪威的地理走向了世界的舞台，而形成“回环曲折”式结构；《海上夫人》对挪威与世界的地理有更为丰富的描绘，从而形成“圆形”的结构；最后《咱们死人醒来的时候》一剧，各种地理因素的表现则更为复杂，而彼此组接与交织在一起，因而形成“复合交错”式结构。由简练到复杂，由叠加到环状，由圆形结构再到复合结构，其艺术表现逐渐趋于复杂，最终形成多重艺术的复合结构。如果没有从挪威走向世界地理空间的呈现，如果没有大千世界里多种多样的自然与人文景观，那么，其剧作中也许不会有开阔视野下的地理空间展现，也就难以形成多种类型的艺术图式。正是因为剧中的地理景观并不是局限于一隅，也不仅仅局限于挪威一个国家，而是走向了更为辽远的世界与宇宙空间，因而，具有深厚的审美意义，丰富的地理诗学品质由此而生。

三、从世界向家园的回归

如果说“以南方与北方为框架的地理空间”是其他四重地理空间所赖以存在的基础，“以高山峡湾为主体的挪威地理空间”、“以挪威为中心的世界地理空间”，则是“挪威”——→“北欧”——→“世界”三重地理空间的一圈圈向外扩张，那么，“以教堂塔楼为核心的宗教地理空间”、“以凉亭楼阁为主体的家园地理空间”则是对两重不同人文地理空间的探讨，是对人类存在的两种不同精神形态的探索，各类人物对于理想的追求，以及对于精神家园的寻找。因而，剧作中建构的五重地理空间，呈现出这样一种发展趋势：“挪威”——→“北欧”——→“世界”——→“家园”。

“挪威”的世界是精彩的，“北欧”的世界是丰富的，“世界”更是精彩纷呈的；无论外面的世界多么精彩，总有一方让心灵休憩的居所，总是有一处人类的信仰之地，那就是人类赖以生存的精神家园。所以，当剧中人物各自经历了世界各地的精彩之后，他们最终所追求与留恋的，还是自己的信仰与精神的家园。布朗德心中怀有一种完全诗意的信仰，那就是“全有或全无”的哲学思想，一心想要将世俗陈旧的宗教彻底抛弃掉，重建一种全新的理想宗教；或许他的人生经历过“古老的教堂”阶段，那是世俗的宗教观念的象征；也经历过“现实生活的教堂”阶段，本身就身处于一个以“务实”为原则的世俗社会；他所追求的是“自然世界的教堂”，那座在冰天雪地里巍然屹立的冰教堂，是其崇高理想的所在地，他总想在信仰与现实之间搭建一座桥梁。他生长于北方的一个偏僻谷地间，也曾在温暖的南方或者各地传过教，然而，他最终选择北方高山绝壁的谷地，来开展自己的“战争”，谷地虽然偏僻与寒冷；但是，他的信仰极度虔诚，理想也极其高远，其人生的终极目标只为高山顶上的那一座“冰雪教堂”，他一直所追求的便是崇高的理想，抑或是人类理想的精神家园。《建筑师》中的索尔尼斯也有对理想精神家园的追求：他不顾自己的头晕病，而听从了年轻女性希尔达的鼓励，固执地上了梯子向那高处的尖顶塔楼爬去，他心甘情愿走上一条艰难的朝圣之路；他必须一步步向高处攀爬，在这一条路上他要忏悔自己的一生，对于自己的家庭、爱情、事业、下一代人的态度等各方面，他都作出了深刻的反省；他像年轻时候的自己一样，爬上了尖顶塔楼的最高处，是为了修复自己有毛病的良心，也是为了最高处瞬间的“荣华”，更为那一座能够容纳人间幸福的“空中楼阁”。《咱们死人醒来的时候》中的鲁贝克与爱吕尼、梅遏与乌尔费姆，无不是在为追求理想的精神家园而奋斗：鲁贝克与爱吕尼之间，有着过去的“陶尼慈湖边茅屋”与现在的“陶尼慈湖边别墅”，两人的中间虽然阻隔了千山万水；然而，为了寻找逝去的激情与快乐，他们重又从世界的北方与南方不约而同来到挪威的海滨浴场，重新回顾过去美好的岁月，最后相携走向理想的精神家园——“朝阳照耀的塔尖”——一座与世隔绝的艺术世界。梅遏与乌尔费姆虽是为了实用功利的目的彼此仓促结合，但不可否认的是，他们在对方身上找到了尊重，并发现了自身的价值，而将彼此的人生交到对方手中，同样是为了追求未来的幸福，梦想建立一座理想而幸福的家园，而在做着不懈的努力，也是令人感动的。

从早期布朗德孤身一人的斗争，到索尔尼斯与希尔达的相伴而行，再到最后的鲁贝克与爱吕尼双双殉情，他们中有的人在世界各地流浪过，也曾经历过大千世界的精彩，然而，他们的精神世界却是一片空白，有的甚至是受到不同程度的创伤，大多数人并没有找到精神的依托，所以他们的最终目标还是从世界各地返回自己的故乡，去寻找那一块曾经温馨而理想的家园。也许在布朗德那里表现得不是特别明显：年轻时候的布朗德是一个人在进行着战争，一味地建造自己不切实际的理想王国，而向全世界所有的人开战，这个王国也是以牺牲一切作为代价，不顾一切代价的结果便是一无所有。而到了索尔尼斯这里，他已不再拥有年轻与激情，有了更多的社会阅历，并且经历了人生的许多坎坷，做了很多违背道德原则的事，也有了一颗并不清白的良心；因此，在希尔达的鼓励之下，他走向了幻想中的“空中楼阁”，最终解脱了自己的灵魂。到了鲁贝克这里又有了很大的不同，此时的他已到了人生的暮年，拥有了名誉与地位，失去了布朗德所拥有的朝气，不会不顾一切地去做无谓的牺牲，也不会像索尔尼斯那样没有得到过人生的幸福，没有自己生活的目标；虽然与前两者有着很多相似之处，却又比他们有了更为明显的改变，毕竟年轻的时候曾经享受过爱情，年老之后与爱吕尼相遇后，也短暂地抓住过人生的幸福；最后他与爱吕尼的双双殉情，亦是为了去追求更为高尚的艺术理想，最终将人生的幸福永远定格在那高山雪野之中。如此看来，这些人物有着一个共同之处，就是所有的人都身处一个现实的世界，在那个世界里他们同样有着受伤的灵魂，或者还看到了社会的病症；因此，为了治疗自己有病的良心，以及为了治疗社会的病症，他们试图去寻找一个出口，那就是对于真理与自由的不懈追求，他们奋力拼搏的就是对于此种精神家园的寻找。从刚开始的不顾一切，到后来的思虑再三，再到最后的复杂矛盾，他们从世界向家园回归的路程，却是困苦与艰难的。

四、由外在的地理到内在的宇宙

《海上夫人》的问世，让学界开始意识到这样一个问题：源于易卜生给出版人写的一封信：“这个剧本将是我创作的一个转向，或者说我找到一个新的创作方向。”① “新方向”到底指的是什么呢？历来众说纷纭，莫衷一是。王忠祥先生曾经指出：“这句话的意思是指他此后越来越重视象征手法，越来越离开社会问题的辩论

① 参见易卜生文集（第六卷）．北京：人民文学出版社，1995. 王忠祥先生为《海上夫人》所做的“题解”（第227页）。

而趋向内心描写。”① 因而，学者们倾向于认为“新方向”就是指剧作家更趋向于人的心灵内化的描写，将人性的曲折复杂表达得更为潜隐与含蓄。然而，所谓的“新方向”，在以前的戏剧创作之中是有所表现的，只是当时并没有特别提出来而已；并不只是突然之间就有了转向，易卜生剧作建构的地理空间，有着从外在地理的展现到内在宇宙开掘的发展趋势，实际上是一个循序渐进的过程。正如 David Thomas 所说：

> 作为一个作家，他认为自己的任务就是要超越语言文字和舞台表演，即戏剧修辞的表层以及肤浅的外部现实，而达到一个更深层的意义和理解。他后期的戏剧中有一些充满动态的诗歌，作家设想这些诗歌也能在舞台上展示他深邃而精辟的作品，易卜生在这些诗歌中开辟了一条通向生活的“内心秘密通道”，从而进入隐秘的内心与精神领域。他深信，演员、观众和批评家能够跟随他沿着这条道路走，这条道路是他之所以能够成为一位诗人戏剧家的前提。“唯有关联……”他邀请我们观看或阅读他的剧作时，每次都需要尽情发挥自己的想象。②

---

① 参见易卜生文集（第六卷）. 北京：人民文学出版社，1995. 王忠祥先生为《海上夫人》所做的“题解”（第 227 页）。

② David Thomas. *Macmillan Modern Dramatists*: *Henrik Ibsen*. London: Macmillan Press, 1983: 165. 此处译文为笔者自译，原文为：The task he set himself as a writer was to pierce through words and appearances, the surface rhetoric of drama and the superficial skin of external reality, to a deeper level of meaning and understanding. In the kinetic poetry of his mature plays, a poetry that presupposes the thoughtful and subtle realization of his work on stage, Ibsen opened up a route into life's "innermost secret chamber", into the hidden vaults of the heart and mind. His conviction that actors, audiences and critics would be able to follow him along that route was the resolute premise on which he based his work as a poet of the theatre. "Only connect…" That is the invitation he extends every time we watch or read one of his plays.

易卜生从早期的诗歌创作开始到后期的象征剧，开辟了一条通向人类灵魂深处的道路，这是一个连续不断发展的过程。他善于关注自然世界的万物，也关注世界各地风云的变幻，其对自然、人生、生命、爱情、社会以及对自由等的看法，都是建立在对地理的观察基础之上；而所谓的“自然世界”，也就是大千世界里所存在的自然现象，但是剧作家总是向更深处进行挖掘，通过对自然世界的描摹，旨在剖析世界万物存在的内在本质，特别是对人类心灵世界的剖析。

联系其早期诗歌，与11部诗剧、中期的6部社会问题剧、后期创作的8部象征剧等相比照，从而发现其中很多的人物与意象，都存在一个前后连贯一致的现象。诗歌中有一些人物是如此的熟悉：诗歌《在高原》的年轻男子——抑或是诗剧《布朗德》中的布朗德，或是《建筑师》中的索尔尼斯，或是《咱们死人醒来的时候》中的鲁贝克与爱吕尼？诗歌《磨坊男孩》中的“磨坊男孩”——抑或是戏剧《奥拉夫·里列克兰斯》的“游吟诗人”索尔吉尔德？《在高原》的那一位年轻男子，躲入深山老林之中独自向隅而离群隐居，最后眼睁睁地看着自己的母亲死了，未婚妻也改嫁了；他只是为了自己在高处的理想，以及追求自由解放的渴求，而其代价就是“对一切无动于衷”；却因此得到了快活的心境与独立自主的人格：“这里有自由和上帝。我一人得到了它们，/其他所有的人都在谷地踱步。”(142) 而到了诗剧《布朗德》，剧作家将笔墨更多指向布朗德痛苦的灵魂，他与年轻男子有着相似之处，为了高山之上的“荣华”而一无所有；布朗德的形象则更为丰满与复杂，内心时刻处于矛盾冲突之中，儿子与妻子相继离他而去，当地的教民们也背叛了他，其时而隐现的温情与冰冷的理想之心，常常让他陷入两难的困境，而这样的刻画却更加趋向人性化，读者不得不为他悲情的灵魂而叹息。到了《建筑师》，索尔尼斯已不再是年轻冲动的小伙子，而是一位饱经沧桑却事业有成的中年建筑商人，他经历了人生中很多的苦痛，同样失去了小孩，与妻子之间形同陌路，事业正在走下坡路，受着下一代人的威胁；他有着一副可悲而又可怜的灵魂，从没有得到过人世间的幸福，还时时刻刻受着良心的谴责，而那幻想中的“空中楼阁”便是他唯一的出路。到最后《咱们死人醒来的时候》，人物的内心活动则更加的丰富，表达更加潜隐，一个微小的动作、一声轻轻的叹息、一处小小的意象，似乎都有丰富的内涵，而那个年老的画家鲁贝克，将曾经的爱情与幸福轻易放走了，因而多少年来心里一直不平静，与年轻妻子梅遏之间没有共同语言，也没有一丝温情，他质疑自己年轻时为之追求的艺术理想以及对于爱情与生命的态度，最终与以前深爱的模特爱吕尼相遇，从而弥补了彼此人生中的遗憾，双双在高山雪崩之中失去生命。如此看来，高山上那一位年轻的男子，成长为一名牧师，又成为建筑商，最后成为一位老年的画家，他们是同一个人，却又不是同一个人，他们随着剧作家的笔墨，走过了精彩的一生；而后来的人物形象之所以越来越精彩，命运越来越曲折，越来越能够打动读者的心，一个最为主要的原因，就是剧作家从对外在世界的观察，转向了对事物本质的挖掘，即对人物内心世界的刻画，其间有对于生与死、真理与自由等问题的探讨，与现实的人生更为接近。

其早期的诗歌作品中也有一些地理元素耳熟能详：《建筑计划》中的“空中楼阁”——抑或是戏剧《建筑师》中的“空中楼阁”？《在画廊里》中的“美的王国”——抑或是诗剧《培尔·金特》中的“金特王国”？《一座教堂》中的“教堂”——抑或是诗剧《布朗德》中的“教堂”？《一朵睡莲》中的“睡莲”——抑或是戏剧《小艾友夫》中艾斯达手中的“睡莲”、或是戏剧《咱们死人醒来的时候》中爱吕尼洒在陶尼慈湖上的“睡莲”？也许在诗歌中地理意象较为单一，而到了后期的戏剧中其意蕴则更为丰富，即从最初地理景观的表层上升到对更为深刻的内在本质的挖掘，由较为单纯的蕴意而变为更加丰富的象征。爱德伍德·贝尔有这样的评价：

> 单纯性与集中的力量，也是易卜生使用的特色。他所使用的意象很多，但都是精挑细选的。他喜欢在一首诗中守住一个意象、一个具体的处境或一个意念，并且把它发挥到极致，这

> 因此会产生一个首尾一贯的寓意，例如《建筑蓝图》；或者就形成含义深刻的象征，例如《采一朵荷花》、《矿工》与《在高山上》。或者把一条思路做表现的说明，例如在《用气球送给一位瑞典女郎的信》里面所提到的埃及的古代遗迹；或者成为一个有抒情联想的主题，例如《写给海柏格夫人的韵文信》里面的那些帆船。①

其作品中的“空中楼阁”就是一个典型的例证。《建筑计划》创作于1858年：“我想建筑一座空中楼阁，充满阳光，/天风拂拂，一个正宫外加两个耳房；/大间住着一位不朽的诗人，/小间为一位温柔少女而开门!”(14）后期象征剧《建筑师》创作于1892年，更是以“空中楼阁”作为主体意象，与人物的情感相系，与人物的命运相联，而建筑师索尔尼斯为了那一座“空中楼阁”，不惜失去了自己的性命。其诗歌中与戏剧中的“空中楼阁”有“首尾一贯的寓意”，后者对前者有继承亦有发展。诗歌中的“空中楼阁”指向自己的文学创作，此时易卜生刚完成《海尔格伦的海盗》的创作，正在积极为下一部诗剧《爱的喜剧》做准备，或许包含着剧作家对此剧所做的思考：“不朽的诗人”抑或就是《爱的喜剧》中的诗人福克，那位少女或者就是斯凡希尔德？抒情主人公“我”想建造一座“空中楼阁”，在这样的空间里，大间住着一位不朽的诗人，而小间住着一位温柔的少女；似乎会有着一个浪漫而诗意的爱情故事发生，但是“我”却发现诗人的理想太过远大，雄心与壮志已将爱情打入了冷宫。戏剧《建筑师》中的“空中楼阁”，延续了诗歌中的意义，同时又有了创新与发展：是一处位于尖顶塔楼之上的居所，包含着索尔尼斯与希尔达的美好幻想，同时包含着艺术的青春与人生的幸福；更为重要的是，与索尔尼斯曲折的人生相

---

① ［挪］爱德伍德·贝尔．易卜生传．杜若洲译．台北：中华日报社，1982：80. 此处所说的诗作《建筑蓝图》，亦译做《建筑计划》（易卜生文集（第八卷）．北京：人民文学出版社，1995：14. 下同）；《采一朵荷花》亦译做《一朵睡莲》（27-28）；《在高山上》亦译做《在高原》（123-142）。

连接，也与其有病的良心相关联；是希尔达一直所追求的理想，为了实现高远的理想，她宁愿以索尔尼斯的性命作为代价；戏剧中语言的吞吐量则更为宽广，剧作家此时已到了人生的暮年，总在思考人生与艺术中最为本质的问题，所以，较之诗歌中的“空中楼阁”意象，意义表达得更为曲折与潜隐，内涵也显得更加的迷离与丰富。

值得特别指出的是，在易卜生戏剧作品中存在的五重地理空间建构，既是一种实有性的存在，也是一种抽象性的存在，并且绝大部分情况下是实有与抽象的统一，具有独到深刻的审美内涵与重要的审美意义。首先，其作品里存在的高山峡湾、高原谷地等地理意象是具体的，海滨小城、海中小岛、高山教堂与雪野石屋等地理景观是现实的，所以这些地理景观与地理意象都可以从易卜生所在地的自然世界得到印证，也可以从其书信演讲中得到论证，甚至可以从挪威与北欧、欧洲与世界的地图上的相关内容得到说明；然而，从本质上说，凡是进入文学作品里并产生了意义的地理景观与地理意象，以及在此基础上建构起来的地理空间，就都具有了人性的品质与美学的品质，读者从中所看到就不再只是纯粹的自然与客观的自然，不再是自然世界中原始存在的地理现象，因为它已经经过了作家的观察与选择，经过了作家的想象与创造，渗透了作家的感觉与情感，寄寓了作家的思想与精神，已经成为了一种人化的自然与艺术化的自然。以此意义而言，易卜生戏剧作品里所有的地理景观与地理意象以及在此基础上建构起来的地理空间，都是艺术空间与美学空间的同义语。正是因此，我们才可以从其作品中寻找到具有共性的地理空间，并探寻其背后的思想内涵与象征意义，也才可以从地理叙事的角度探讨其建构的方式与特点，探索其中存在的丰富的地理品质与深厚的地理诗学观念。因此，我们没有必要将易卜生戏剧作品里的与地理相关的现象等同于他从小开始所观察的自然世界，也没有必要将其作品中的地理现象当成他国外旅行 27 年生活里的地质景观记录，并且他在自己的日记、书信与演讲中很少有这样的记录，他从来没有记流水账的习惯。我们研究的不是挪威的地理与北欧的地理，也不是欧洲的地理与世界的地理，而是其作品里与地理相关的艺术现象与美学现象，是其作品里体现出来的美学思想与艺术思想。五重地理空间的建构既是其戏剧艺术的本体，也是其戏剧艺术的目标。那么，本书所要探讨的重点就是五重地理空间建构与易卜生核心哲学思想之间的密切关系。

综上所述，易卜生剧作中五重地理空间的艺术建构，形成了一幅完整的立体球状艺术图式，如图6.1所示。本书第一章“以南方与北方为框架的地理空间建构”中，呈现了“以南北为框架地理空间示意图”(图1.3)，图中由AB、CD两条坐标线，以O为圆心的ABCD圆面等组成；第二章“以高山峡湾为主体的挪威地理

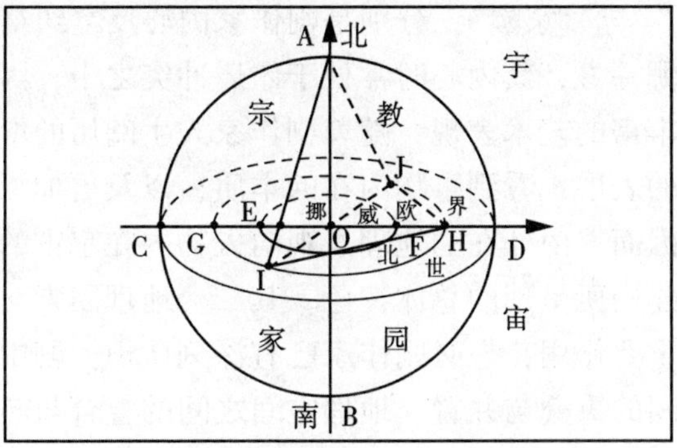

图6.1　五重地理空间示意图

空间建构”中，呈现了“‘垂直与水平’地理空间示意图”(图2.9)，由AIJ垂直三角面、JIH水平三角面组成的立体图式；第三章“以挪威为中心的世界地理空间建构”中，呈现了“‘挪威·北欧·世界’三维一体示意图”(图3.9)，由OEF、OGH、OCD圆圈，AB、CD两条坐标线，以O为圆心的ABCD圆面等组成；此三幅艺术图式的形成，是“图6.1五重地理空间示意图”的主要组成部分。由图可见，易卜生剧作中建构的五重地理空间，形成了以南方与北方为中轴线（即AB线），以挪威作为圆心的中心圆面(即以O点为中心而形成的OEF圆圈)，并从挪威的地理向北欧地理（即以O点为中心而形成的OGH圆圈）、世界的地理（即以O

点为中心而形成的OCD圆圈）扩展，又从世界渐渐向精神家园回归，宗教与家园两种无形的精神力量充斥于中间，而在宗教、家园、挪威、北欧与世界之外，还存在一个浩瀚的宇宙空间（处于球状体之外的空间）。因此，五重地理空间的建构，其直线与平面的结合，垂直与水平的组接，南方与北方的连接，上方与下方的呼应，圆形与三角的组合，点与面的连接，外在与内在的融合等，形成了立体的、球状的艺术结构，因而“五重地理空间示意图”得以形成。剧作家之所以有这样的艺术创造，有着其深刻的意蕴：其一，地理空间不仅能够成为剧中人物活动的背景，也是剧作家自身最为隐秘的情感之外现：“南方”与“北方”、“挪威”与“北欧”、“世界”与“家园”，分别是剧作家内心反复纠结的影像，到底要归属于哪一方，其内心时常处于矛盾冲突之中，因而，其剧作中才有如此丰富的艺术表现；随着剧作家人生阅历的增加，更加能够穿透事物的表层，看到事物内在的本质，以及更加深切地把握人物的心理，因而，由外在的地理景观向人物内在宇宙的转化，是地理空间艺术建构所呈现的总体特色。其二，地理因素对于戏剧艺术建构起到的重要作用，想必剧作家已有深刻认识：剧中反复出现的地理意象之间的重叠与并置、地理空间之间的叠合与转换、地理路线的曲折弯曲与向外延伸，等等；全部作为主导的元素而参与到艺术建构中来，对故事情节的展开、人物形象的塑造、主题思想的表达、审美理想的发现，等等，有着至关重要的作用。而且在塑造不同人物的时候，对地理空间的取景也不一样：可以远观，也可以近视；可以俯视，也可以仰望；可以前瞻，也可以后顾，等等，从不同的角度去摄取不同或者相同景物，有的时候可以从一个角度、一个点摄取景物，有的时候可以将摄取点前移或者后退，有的时候可以有左右、远近、俯仰、上下等各种转向，从而形成地理空间之间的叠合与分离，同时也有着凝聚与扩张之形态。这样一种复杂而多变的空间转换，并不是单调而乏味的呈现，而是多维度、多样化的表达，使其剧作具有一种整体的艺术建构与诗意创造。其三，易卜生剧作中建构的五重地理空间，以南北作为中轴线，因而建构了以南方与北方为框架的地理空间，是其他四重地理空间赖以存在的基础；从挪威走向世界，因而建构了以挪威为中心的世界地理空间、以高山峡湾为主体的挪威地理空间，其视野并没有局限于挪威的一隅，而是向北欧与世界一圈圈扩散；从世界向家园的回归，因而建构了以教堂塔楼为核心的宗教地理空间、以凉亭楼阁为主体的家园地理空间，表明剧中人物执著于对理想精神家园的追求；剧作家并没有停留在对外在地理的描绘，而是深入到人物的内心世界进行挖掘，从外在的自然世界转向对人物内在宇宙是整体的艺术趋势。因此，由点到线，由线到片，由片到面，由面到圈，不同地理空间之间彼此回环相生、相映成趣、互相关联、彼此印证，因而组合而成立体的空间，留下巨大的想象空间，具有多重的审美意义；"五重地理空间示意图"，这样一幅球状立体的艺术图式的形成，正是剧作家的一种独创，其作为一种圆润的艺术构思方式、立体的艺术表达途径，体现了剧作家对自然地理的细致观察与艺术想象方式。如此看来，易卜生在剧作中的审美表达以及艺术表现，是与地理空间的呈现有着密切联系的；多种类型地理空间的建构，以及萦绕于其间的精彩而曲折的思想，打造出了如此精致而繁复的戏剧作品。易卜生剧作中地理空间的建构，不仅是诗意的，而且是象征的；不仅是多维的，而且是立体的；不仅是哲理的，而且是审美的；从某种程度上来说，不仅具有外在的美形，而且具有内在的美质，因而其剧作中蕴涵有十分深厚的地理诗学品质。

参 考 文 献

一、易卜生作品（以出版时间后先为序）

[1] [挪]亨利克·易卜生. 易卜生戏剧选. 潘家洵译. 北京：人民文学出版社，2012.

[2] [挪]亨利克·易卜生. 易卜生书信演讲集. 汪余礼，戴丹妮译. 北京：人民文学出版社，2012.

[3] 王忠祥编选. 易卜生精选集. 北京：北京燕山出版社，2004.

[4] [挪]亨利克·易卜生. 易卜生戏剧全集(一)：婚姻伦理篇. 吕健忠译著. 台北：左岸文化出版社，2004.

[5] [挪]亨利克·易卜生. 易卜生戏剧全集(二)：家庭伦理篇. 吕健忠译著. 台北：左岸文化出版社，2004.

[6] [挪]亨利克·易卜生. 易卜生文集.(共八卷). 北京：人民文学出版社，1995.

[7] Ibsen, Henrik. *Ibsen's Selected Plays*, edited by Brain Johnston. Norton: W. W. NORTON & COMPANY, 2004.

[8] Ibsen, Henrik. *Poems.* Oslo; Boston: Scandinavian University Press, 1997.

[9] Ibsen, Henrik. *The Complete Major Prose Plays*, translated by Rolf Fjelde. New York: Farrar, Straus & Giroux, 1978.

[10] Ibsen, Henrik, *Letters and Speeches*, Edited by Evert Sprinchorn, Clinton: The Colonial Press Inc, 1964.

[11] Ibsen, Henrik, *The Collected works of Henrik Ibsen* (I-XII), Translated by William Archer and A. G. Chater, New York: Charles Scribner's Sons, 1911.

[12] Ibsen, Henrik, *Speeches and New Letters of Henrik Ibsen*, Translated by Arne Kildal, Boston: The Borham Press, 1910.

[13] Ibsen,Henrik, *Letters of Henrik Ibsen*, Translated by John Nilsen Laurvik and Mary Morison, New York: The Premier Press, 1908.

二、易卜生研究论著(以出版时间后先为序)

[1] 邹建军，胡朝霞. 文学地理学视野下的易卜生诗歌研究. 广州：世界图书出版广东有限公司，2013.

[2] 袁艺林. 易卜生诗歌译介与研究. 广州：世界图书出版广东有限公司，2013.

[3] 邹建军. 易卜生诗剧研究. 广州：世界图书出版广东有限公司，2012.

[4] 孙建，[挪]赫兰德(Helland，F.). 跨文化的易卜生.(英文). 上海：复旦大学出版社，2012.

[5] 聂珍钊，周昕. 绿色易卜生：易卜生国际学术研讨会论文集. 武汉：华中师范大学出版社，2011.

[6] 何成洲. 对话北欧经典——易卜生、斯特林堡与哈姆生. 北京：北京大学出版社，2009.

[7] 李兵. 现代戏剧之父——易卜生心理现实主义剧作研究. 成都：四川大学出版社，2009.

[8] 陈惇，刘洪涛. 现实主义批判——易卜生在中国. 南昌：江西高校出版社，2009.

[9] 林尚义. 2009 易卜生国际学术研讨会论文集. 台北："国立台湾艺术大学"，2009.

[10] 刘明厚. 不朽的易卜生：百年易卜生中国国际研讨会论文集. 北京：中国戏剧出版社，2008.

[11] 聂珍钊，陈智平. 易卜生戏剧的自由观念——中国第三届易卜生国际学术研讨会论文集. 北京：外语教学与研究出版社，2007.

[12] [挪]比约恩·海默尔. 易卜生——艺术家之路. 石琴娥译.

北京：商务印书馆，2007.

[13] 邹建军主持，王远年编选．易卜生诗歌研究．香港：雅园出版公司，2006.

[14] 田民．莎士比亚与现代戏剧：从亨利克·易卜生到海纳·米勒．北京：中国社会科学出版社，2006.

[15] [德]莎乐美．阁楼里的女人．马振骋译．上海：华东师范大学出版社，2004.

[16] 王宁，孙建．易卜生与中国：走向一种美学建构．天津：天津人民出版社，2004.

[17] 王忠祥．易卜生．北京：华夏出版社，2002.

[18] 王宁编．易卜生与现代性：西方与中国．天津：百花文艺出版社，2001.

[19] 孟胜德，[挪]阿斯特里德·萨瑟．易卜生研究论文集．北京：中国文学出版社，1995.

[20] 刘明厚．易卜生晚期象征主义戏剧．上海：同济大学出版社，1994.

[21] [美]哈罗德·克勒曼．戏剧大师易卜生．蒋嘉，蒋虹丁译．长沙：湖南人民出版社，1985.

[22] [挪]爱德伍德·贝尔．易卜生传．杜若洲译．台北：中华日报社，1983.

[23] 高中甫．易卜生评论集．北京：外语教学与研究出版社，1982.

[24] 茅于美．易卜生和他的戏剧．北京：北京出版社，1981.

[25] 陈瘦竹．易卜生“玩偶之家”研究．上海：新文艺出版社，1958.

[26] [俄]杰尔查文．易卜生论．李相崇，王以铸译．北京：作家出版社，1956.

[27] 中国人民对外文化协会，对外文化联络局．1956年纪念世界文化名人易卜生．1956.

[28] [丹]勃兰兑斯．易卜生评传及其情书．林语堂译．上海：大东书局，1940.

[29] 刘大杰. 易卜生. 上海: 商务印书馆, 1928.
[30] 袁振英. 易卜生传. 广州: 受匡出版部, 1928.
[31] 袁振英. 易卜生社会哲学. 上海: 泰东图书局, 1927.

三、其他论著(以出版时间后先为序)

[1] 邹建军. 江山之助——邹建军教授讲文学地理学. 北京: 中央编译出版社, 2014.
[2] 覃莉编. 文学地理学与当代中国的研究生教育: 邹建军教授访谈录. 广州: 世界图书出版广东有限公司, 2014.
[3] 杨义. 文学地理学会通. 北京: 中国社会科学出版社, 2013.
[4] 高旭东. 中西比较文化讲稿. 安徽: 安徽大学出版社, 2012.
[5] 曾大兴, 夏汉宁. 文学地理学(二). 广州: 世界图书出版广东有限公司, 2013.
[6] 曾大兴, 夏汉宁. 文学地理学. 北京: 人民出版社, 2012.
[7] 唐晓峰. 文化地理学释义: 大学讲课录. 北京: 学苑出版社, 2012.
[8] 杨义. 文学地图与文化还原——从叙事学、诗学到诸子学. 北京: 北京师范大学出版社, 2011.
[9] 高旭东. 生命之树与知识之树: 中西文化专题比较. 北京: 北京大学出版社, 2010.
[10] 高旭东. 多元文化互动中的文学对话. 北京: 北京大学出版社, 2010.
[11] [法]加斯东·巴什拉. 空间的诗学. 张逸婧译. 上海: 上海译文出版社, 2009.
[12] 邹建军. 多维视野中的比较文学研究. 武汉: 长江文艺出版社, 2009.
[13] [英]理查兹(Richards, J. D.). 北欧海盗. 徐松岩译. 北京: 外语教学与研究出版社, 2009.
[14] 杨义. 感悟通论. 北京: 人民出版社, 2008.
[15] 邹建军. "和"的正向与反向: 谭恩美长篇小说伦理思想研究. 武汉: 华中师范大学出版社, 2008.

[16] 周宁．西方戏剧理论史．厦门：厦门大学出版社，2008.
[17] 王思涌等．中国文化地理丛书·中国文化地理．北京：北京科学出版社，2008.
[18] 罗念生．罗念生全集．(共十一卷)．上海：上海人民出版社，2007.
[19] 杨慧林．诗学与神学．北京：宗教文化出版社，2007.
[20] 石琴娥．北欧文学大花园．武汉：湖北教育出版社，2007.
[21] [美]皮特．现代地理学思想．周尚意等译．北京：商务印书馆，2007.
[22] 陈慧琳．人文地理学．北京：科学出版社，2007.
[23] 刘南威．自然地理学．北京：科学出版社，2007.
[24] 杨慧林．神性与诗性．北京：中国人民大学出版社，2006.
[25] 高旭东．跨文化的文学对话：中西比较文学与诗学新论．北京：中华书局，2006.
[26] 王先霈，王又平．文学理论批评术语汇释．北京：高等教育出版社，2006.
[27] 梅新林．中国古代文学地理形态与演变．上海：复旦大学出版社，2006.
[28] [德]黑格尔．自然哲学．梁志学、薛华等译．北京：商务印书馆，2006.
[29] [美]奥尔森．人类基因的历史地图．霍达文译．北京：生活·读书·新知三联书店，2006.
[30] [美]哈罗德·布鲁姆．西方正典——伟大作家与不朽作品．江宁康译．南京：译林出版社，2005.
[31] 石琴娥．北欧文学史．南京：译林出版社，2005.
[32] [美]勒内·韦勒克，奥斯汀·沃伦．文学理论．刘象愚等译．南京：江苏教育出版社，2005.
[33] 潘朝阳．心灵·空间·环境：人文主义的地理思想．台北：五南图书出版股份有限公司，2005.
[34] [英]迈克·克朗．文化地理学．杨淑华，宋慧敏译．南京：南京大学出版社，2005.

[35] [加]史密斯．宗教的意义与终结．董江阳译．北京：中国人民大学出版社，2005.
[36] [英]威廉·阿契尔．剧作法．吴钧燮等译．北京：中国戏剧出版社，2004.
[37] [美]乔治·贝克．戏剧技巧．余上沅译．北京：中国戏剧出版社，2004.
[38] 高旭东．中西文学与哲学宗教．北京：北京大学出版社，2004.
[39] 谭霈生．戏剧鉴赏．北京：高等教育出版社，2004.
[40] 胡亚敏．叙事学．武汉：华中师范大学出版社，2004.
[41] [美]苏贾．后现代地理学：重申批判社会理论中的空间．王文斌译．北京：商务印书馆，2004.
[42] 杨义．重绘中国文学地图——杨义学术演讲集．北京：中国社会科学出版社，2003.
[43] [法]于贝斯·菲尔德．戏剧符号学．宫宝荣译．北京：中国戏剧出版社，2003.
[44] 高旭东．比较文学与二十世纪中国文学．北京：人民文学出版社，2002.
[45] 胡兆量等．中国文化地理概述．北京：北京大学出版社，2001.
[46] [法]丹纳．艺术哲学．傅雷译，傅敏编．桂林：广西师范大学出版社，2000.
[47] [英]约翰·希克．第五维度：灵性领域的探索．王志成，思竹译．成都：四川人民出版社，2000.
[48] [法]安托南·阿尔托．残酷戏剧——戏剧及其重影．桂裕芳译．北京：中国戏剧出版社，1993.
[49] 张步天．中国历史文化地理．长沙：湖南教育出版社，1993.
[50] 王会昌．中国文化地理．武汉：华中师范大学出版社，1992.
[51] 张述林．风景地理学原理．成都：成都科技大学出版社，1992.
[52] 李润田．现代人文地理学．开封：河南大学出版社，1992.

[53] [美]谢觉民. 人文地理学. 北京：中国友谊出版社，1991.
[54] 王思涌. 文化地理学导论. 北京：高等教育出版社，1991.
[55] [法]热拉尔·热奈特. 叙事话语 新叙事话语. 王文融译. 北京：中国社会科学出版社，1990.
[56] [美]米尔希·埃利亚德. 神秘主义、巫术与文化风尚. 宋立道，鲁奇译. 北京：光明日报出版社，1990.
[57] 王家泰，金其铭. 人文地理学词典. 武汉：湖北教育出版社，1990.
[58] 张文奎. 人文地理学概论. 长春：东北师范大学出版社，1990.
[59] [美]普雷斯顿·詹姆斯，杰弗雷·马丁著. 地理学思想史. 李旭旦译. 北京：商务印书馆，1989.
[60] [英]彼得·布鲁克. 空的空间. 邢历等译. 北京：中国戏剧出版社，1988.
[61] 敬东. 北欧五国简史. 北京：商务印书馆，1987.
[62] [俄]波德纳尔斯基. 古代的地理学. 梁昭锡译，赵鸣歧校，齐思和审. 北京：商务印书馆，1986.
[63] [古希腊]亚里士多德. 诗学. 罗念生译. 北京：人民文学出版社，1982.

四、论文(以发表时间后先为序)

(一)期刊论文

[1] [挪]克努特·布莱恩西沃兹威尔. 易卜生笔下的女性——对中国语境的特别观照(英文). 当代外语研究. 2014(3).
[2] 汪余礼. “深沉阴郁的诗”与“不可能的存在”——对《海达·高布乐》的审美感通学批评. 武汉大学学报(人文科学版)，2014(3).
[3] 王忠祥. 精华之集构成剧作家全貌最佳缩影——“翻译家丛书”之一《易卜生戏剧选集》序. 外国文学研究. 2013(5).
[4] 张旭. 论易卜生笔下人物的自我寻求. 北京舞蹈学院学报. 2013(4).

[5] 汪余礼．易卜生晚期戏剧的复象诗学．外国文学研究．2013(3)．
[6] 何先慧．易卜生《群鬼》生态环境之危机与困境．小说评论，2013(S1)．
[7] 黄小苹，李贵苍．易卜生戏剧在现代自我话语中的跨文化重构．外国文学研究，2013(1)．
[8] 王忠祥，杜雪琴．《外国文学研究》与多维视阈中的易卜生评论．外国文学研究，2012(1)．
[9] 付瑶．论《小艾友夫》与《咱们死人醒来的时候》中的“高山”意象．世界文学评论，2012(2)．
[10] 汪余礼．从《易卜生书信演讲集》看易卜生的人生观与戏剧观．世界文学评论，2012(1)．
[11] 汪余礼．易卜生晚期戏剧与“易卜生主义的精华”．戏剧艺术，2011(5)．
[12] 陈方竞．“易卜生主义”：一个一再激起多重反响的“五四”话题．中山大学学报(社会科学版)，2011(3)．
[13] 彭珊珊．《建筑师》《当我们死人醒来时》中“动静结合”的地理想象．世界文学评论，2011(1)．
[14] 曹山柯．人生长恨水长东——《群鬼》的生态伦理解读．外国文学研究，2010(5)．
[15] 邹建军．无爱的悲剧：布朗德形象本质新探．华南师范大学学报(社会科学版)，2010(3)．
[16] 邹建军，周亚芬．文学地理学批评的十个关键词．安徽大学学报(哲学社会科学版)，2010(2)．
[17] 王宁．探索艺术和生活的多种可能——易卜生《培尔·金特》的多重视角解读．当代外语研究，2010(2)．
[18] 吴海超．易卜生诗歌的文学地理学研究．世界文学评论，2010(2)．
[19] 谭芳．海洋——易卜生后期戏剧的中心意象．世界文学评论，2010(2)．
[20] 钟云霞．《咱们死人醒来的时候》的两重地理空间．世界文学

评论，2010(2).
[21] 周钢山．论《海上夫人》的两种地理意象及象征意义．世界文学评论，2010(1).
[22] 邓岚．《海上夫人》中爱情与地理空间的关系．世界文学评论，2010(1).
[23] 谭咪咪．论《咱们死人醒来的时候》中的文学地理意象及其隐喻意义．世界文学评论，2010(1).
[24] [英]艾罗尔·杜尔巴赫．二十世纪的西方易卜生批评．戴丹妮译．戏剧(中央戏剧学院学报)，2010(1).
[25] 何成洲．易卜生与跨文化戏剧．复旦外国语言文学论丛，2010(1).
[26] 王宁．"被译介"和"被建构"的易卜生：易卜生在中国的变形．外国文学研究，2009(6).
[27] 陈爱敏．女性主义、个人主义，还是资本主义？——谈对易卜生《玩偶之家》的误读．南京师大学报(社会科学版)，2009(6).
[28] 王忠祥．19世纪挪威文学与北欧文化巨人．外国文学研究，2009(5).
[29] 王忠祥．绿色之思 道德之艺——易卜生戏剧《野鸭》的现代阐释．信阳师范学院学报(哲学社会科学版)，2009(4).
[30] 李兵．从《建筑大师》看易卜生剧作中的"妖性"．外国语文．2009(4).
[31] 聂珍钊．《老人与海》与丛林法则．外国文学评论．2009(3).
[32] 汪余礼．易卜生晚期戏剧中的生态智慧．外国文学评论．2009(3).
[33] 丁扬忠．哲理 诗情 象征——论易卜生象征主义戏剧．戏剧(中央戏剧学院学报)．2009(3).
[34] 邹建军．三种向度与易卜生的诗学观念——对易卜生诗歌的整体观察与辩证评价．外国文学研究．2009(2).
[35] 邹建军．作为比较文学之文学地理学的提出．世界文学评论．2009(2).

[36] 高丹．诗意的栖居：论《培尔·金特》中的三重地理空间建构．世界文学评论．2009(2)．
[37] 邹建军．文学地理学研究的主要领域．世界文学评论．2009(1)．
[38] 邹建军．易卜生诗歌的政治情结．西南石油大学学报(人文社会科学版)，2009(1)．
[39] 邹建军．易卜生诗歌的伦理主题．南京师范大学文学院学报．2008(4)．
[40] 胡静．易卜生与现代中国戏剧思潮．外国文学研究．2008(2)．
[41] 刘遥．文学地理学的研究方法与发展前景——邹建军教授访谈录．世界文学评论．2008(2)．
[42] [英]马丁·艾思林．易卜生与现代戏剧．汪余礼译．戏剧(中央戏剧学院学报)．2008(1)．
[43] 聂珍钊．不朽的易卜生与易卜生研究新发展．国际学术动态．2007(2)．
[44] 吴学平．易卜生对王尔德戏剧创作的影响——以《玩偶之家》与《温德米尔夫人的扇子》为例．广西社会科学．2007(6)．
[45] 李会学．易卜生戏剧中婚姻男女地位与关系的变迁．中南民族大学学报(人文社会科学版)，2006(6)．
[46] 王忠祥．关于易卜生主义的再思考．外国文学研究．2005(5)．
[47] 杨建．乔伊斯与易卜生．国外文学．2005(4)．
[48] 杜娟．易卜生研究的状况与发展趋势——王忠祥教授访谈录．外国文学研究．2004(4)．
[49] 孙建．易卜生戏剧中的悲喜剧内涵．外国文学研究．2003(6)．
[50] 阚结、何成洲．试论北欧新浪漫主义文学．外国文学研究．2003(4)．
[51] 杨挺．奥尼尔与易卜生．外国文学评论．2003(4)．
[52] 宋丽丽．论易卜生的《爱情的喜剧》中的反讽特征．外国文学

研究.2003(3).
[53] 王宁.作为艺术家的易卜生：易卜生与中国重新思考.外国文学研究.2003(3).
[54] 何成洲.影响、抑或互文性——论《朱丽小姐》、《海达·高布乐》和《三姐妹》.外国文学研究.2003(2).
[55] [挪]克努特·布莱恩希尔德斯瓦尔.从怪异美学的角度论《培尔·金特》剧中的身份危机.宋丽丽译.外国文学研究.2003(2).
[56] 王忠祥.论《罗斯莫庄》的悲剧精神和象征意义.外国文学研究.2003(2).
[57] 徐燕红.海达·高布乐的女性视角透视.外国文学研究.2000(1).
[58] 钟翔.南方淑女与北方海盗——评易卜生诗剧《武士冢》.外国文学研究.2000(1).
[59] 钟翔.郭沫若对易卜生的接受——重读《娜拉的答案》.外国文学研究.1998(3).
[60] 何成洲.试论易卜生的"社会问题剧"及其对中国话剧启蒙的影响.外国文学研究.1998(1).
[61] 王宁.易卜生剧作意义重构.外国文学研究.1997(3).
[62] 钟翔.读易卜生的诗作札记.外国文学研究.1997(3).
[63] 何成洲.女权主义的发展：从易卜生到萧伯纳.外国文学研究.1997(2).
[64] 李鸿泉.易卜生与女权主义.外国文学研究.1996(3).
[65] 宋剑华.胡适与"易卜生主义".徐州师范大学学报.1996(1).
[66] 王忠祥.易卜生戏剧创作与20世纪中国文学.外国文学研究.1995(4).
[67] 王宁.易卜生创作的多重代码.外国文学研究.1995(4).
[68] 蹇昌槐.易卜生与戏剧的"近代突破".外国文学研究.1988(4).
[69] 王忠祥.易卜生与易卜生主义.外国文学研究.1985(4).

[70] 王忠祥．易卜生及其戏剧在“五四”前后．外国文学研究．1979(2)．

(二)硕博论文

[1] 袁艺林．易卜生诗歌中的三重地理空间建构．华中师范大学硕士学位论文，2013(导师：邹建军)．
[2] 邓岚．论易卜生后期象征剧中的“婚姻结”．华中师范大学硕士学位论文，2011(导师：邹建军)．
[3] 张瑾．易卜生戏剧中个人主义的不同表达方式．上海戏剧学院硕士学位论文，2011(导师：荣广润)．
[4] 李泽涛．象征主义戏剧艺术探究．陕西师范大学硕士学位论文，2011(导师：马晓翙)．
[5] 高丹．从《布朗德》和《培尔·金特》看易卜生的矛盾思想．华中师范大学硕士学位论文，2011(导师：邹建军)．
[6] 罗闻．易卜生在中国的历史命运．中南大学硕士学位论文，2010(导师：阎真)．
[7] 张健．鲁迅与易卜生——鲁迅对易卜生的继承和发展．广西师范大学硕士学位论文，2010(导师：肖百容)．
[8] 艾洪磊．曹禺、易卜生戏剧女性形象比较研究．山东大学硕士学位论文，2010(导师：王同坤)．
[9] 孙焱．海达·高布乐：黑暗中的舞者．河南大学硕士学位论文．2008(导师：吕长发)．
[10] 张廉．易卜生诗歌与“易卜生主义”．华中师范大学硕士学位论文，2008(导师：邹建军)．
[11] 马焕然．易卜生后期戏剧研究．兰州大学硕士学位论文，2008(导师：古世仓、樊得生)．
[12] 丁礼宁．论新时期国内导演对易卜生戏剧作品的现代性诠释．上海戏剧学院硕士学位论文，2008(导师：张仲年)．
[13] 王远年．论易卜生诗歌与北欧民间文学传统．华中师范大学硕士学位论文，2007(导师：邹建军)．
[14] 刘永．奥尼尔的早中期创作与易卜生的影响．华东师范大学

硕士学位论文，2007(导师：王圣思).
[15] 马骋．论“易卜生主义”．湖南师范大学硕士学位论文，2006(导师：宋剑华).
[16] 汪余礼．灵魂自审与人性探索——易卜生晚期戏剧新论．中央戏剧学院博士学位论文，2008(导师：谭霈生).
[17] 李兵．易卜生心理现实主义剧作研究．中央戏剧学院博士学位论文，2005(导师：丁扬忠).
[18] 薛晓金．“易卜生主义”及其对中国话剧的影响．中央戏剧学院博士学位论文，1997(导师：谭霈生).
[19] 王晓昀．易卜生与中国．复旦大学博士学位论文，1991(导师：贾植芳).

五、英文文献(以首字母为序)

(一)英文著作

[1] Andrew, Thacker. *Moving through Modernity: Space and Geography in Modernism.* Manchester: Manchester UP, 2003.
[2] Bakhtin, M. Mikhail. *The dialogic Imagination: Four Essays.* Caryl Emerson and Michael Holquist. Austin, TX: University of Texas Press, 1981.
[3] Bloom, Harold (ed.). *Henrik Ibsen.* Philadelphia: Chelsea House Publishers, 1999.
[4] Brückner, Martin and Hsuan L. Hsu (eds.). *American Literary Geographies: Spatial Practice and Cultural production*, 1500-1900. Delaware: University of Delaware Press, 2007.
[5] Bulson, Eric. *Novels, Maps, Modernity: The Spatial Imagination*, 1850-2000. London: Routledge, 2006.
[6] Carter, Paul. *The Road to Botany: An Essay in Spatial History.* London: Faber & Faber, 1987.
[7] Chamberlain, S. John. *Ibsen: The Open Vision.* London: The Athlone Press Limited, 1982.
[8] Durbach, Errol. *A Doll's House: Ibsen's Myth of Transformation.*

Boston: Twayne Publishers, 1991.

[9] Durbach, Errol. *Ibsen The Romantic.* London: The Macmillan Press Ltd, 1982.

[10] Durbach, Errol (ed.). *Ibsen and the theatre.* London: The Macmillan Press, 1980.

[11] Egan, Michael. *Henrik Ibsen: The Critical Heritage.* London: TJ Press, 1972.

[12] Ferguson, Robert. *Henrik Ibsen: A New Biography.* London: Richard Cohen Books, 1996.

[13] Gilman, Richard. *The Making of Modern Drama.* New Haven: Yale University Press, 1999.

[14] Gray, Ronald. *Ibsen-A Dissenting View: A Study of Last* 12 *Plays.* London, New York and Melbourne: Cambridge University Press, 1962.

[15] Harvey, David. *The Condition of Postmodernity.* Oxford: Basil Blackwell, 1989.

[16] Hemmer, Bjørn and Vigdis Ystad, *Contemporary Approaches to Ibsen* Vol. VIII. Norway: Scandinavian University Press, 1994.

[17] He, Chengzhou. *Henrik Ibsen and Modern Chinese Drama.* Oslo: Oslo Academic Press, 2004.

[18] Johnsen, A. William. *Violence and Modernism: Ibsen, Joyce, and Woolf.* Florida: University Press of Florida, 2003.

[19] Johnston, Brian. *Text and Supertext in Ibsen's Drama.* University Park, Pennsylvania and London: The Pennsylvania State University Press, 1989.

[20] Kort, Wesley A. *Place and Space in Modern Fiction.* Florida: University Press of Florida, 2004.

[21] Lefebvre, Henri. *The Production of Space*, trans. by Donald Nicholson Smith. Oxford: Blackwell, 1991.

[22] Markker, J. Frederick and Lise-Lone Marker. *Ibsen's Lively Art: A Performance Study of the Major Plays.* New York: Cambridge

University Press, 1989.

[23] McFarlane, James. *The Cambridge Companion to Ibsen*. London: Cambridge University Press, 1994.

[24] McFarlane, James. *Ibsen and Meaning: Studies, Essays and Prefaces* 1953-87. London: Norvik Press, 1989.

[25] Moi, Toril. *Henrik Ibsen and the Birth of Modernism: Art, Theater, Philosophy*. Oxford: Oxford University Press, 2006.

[26] Muir, Kenneth. *Last Periods of Shakespeare and Ibsen*. Wayne: Wayne State University Press, 1961.

[27] Robinson, Michael. *Turning the Century Centennial Essays on Ibsen*. London: Norvik Press, 2006.

[28] Rose, Kristin. *The Emergence of Social Space: Rimbaud and the Paris Commune*. Minneapolis, MN: University of Minnesota Press, 1988.

[29] Robt, Dalboan, *The Life of Ibsen*. London: George Allen & Unwin LTD., 1931.

[30] Shaw, Bernard. *The Quintessence of Ibsenism*. London: Constable and Company Limited, Standard Edition, 1932.

[31] Shepherd-Barr, Kirsten. *Ibsen and Early Modernist Theatre*, 1890-1900. London: Greenwood Press, 1997.

[32] Soja, W. Edward. *Postmodern Geographies: The Reassertion of space in Critical Social Theory*. New York: Verso, 1989.

[33] Tam, Kwok-kan. *Ibsen in China* 1908—1997: *A Critical-Annotated Bibliography of Criticism, Translation and Performance*. Hong Kong: The Chinese University Press, 2001.

[34] Templeton, John. *Ibsen's Women*. London: Cambridge University Press, 1997.

[35] Thomas, David. *Macmillan Modern Dramatists: Henrik Ibsen*. London: Macmillan Press, 1983.

[36] Theoharis, T. C. *Ibsen's Drama: Right Action and Tragic Joy*. New York: St. Martin's Press, 1996.

[37] Williams, Raymond. *The Country and the City*. Oxford: Oxford University Press, 1973.

[38] Wegner, P.. *Spatial Criticism: Critical Geography, Space, Place and Texuality*. Edinburgh: Edinburgh University Press, 2002.

[39] Østerud, *Erik. Theatrical and Narrative Space: Studies in Ibsen, Strindberg and J. P. Jacobsen*. Aarhus: Aarhus University Press, 1998.

(二)英文期刊论文

[1] Aarseth, Asbjφrn. Freedom and the Ibsen Stage. *Foreign Literature Studies*, 2005, 27(5): 31-36.

[2] Aarseth, Asbjφrn. Teichoscopia and Claustrophobia: Some Characteristics of the Ibsen Stage. *Foreign Literature Studies*, 2009, 31(6): 33-39.

[3] Anderson, Runni Andrew. Ibsen and the Classic World. *The Classical Journal*, 1916, 11(4): 216-225.

[4] Aarseth, Asbjφrn. Ibsen and Darwin: A Reading of *The Wild Duck. Modern Drama*, 2005, 48(1): 1-10.

[5] Bentley, Eric. What Ibsen Has Meant. *Southwest Review*, 2003, 88(4): 31-8.

[6] Bentley, Russell Eric. The Theatres of Wagner and Ibsen. *The Kenyon Review*, 1944, 6(4): 542-569.

[7] Branislav, Jakovljevic. Shattered Back Wall: Performative Utterance of *A Doll's House*. *Theatre Journal*, 2002, 54(3): 431-48.

[8] Brynhidsvoll, Knut. Limitations of Freedom in Henrik Ibsen's Dramas. *Foreign Literature Studies*, 2005, 27(5): 16-21.

[9] Brynhildsvoll, Knut. Inverted Transcendence in Henrik Ibsen's *When We Dead Awaken*. *Foreign Literature Studies*, 2009, 31(6): 15-23.

[10] Carlson, Marvin. Ibsen, Strindberg, and Telegony. PMLA, 1985, 100(5): 774-782.

[11] Crockett, Campbell. Norwegian Arts and Habits. *The Journal of*

Aesthetics and Art Criticism, 1955, 14(1): 58-65.

[12] Durbach, Errol. Afterword: Ibsen, Beckett, and Uncertainty. *Modern Drama*, 2006, 49(3): 396-401.

[13] Farfan, Penny. Reading, Writing, and Authority in Ibsen's "Women's Plays". *Modern Drama*, 2002, 45(1): 1-8.

[14] Fuchs, Elinor. The Apocalyptic Ibsen: *When We Dead Awaken. Twentieth Century Literature*, 2000, 46(4): 396-404.

[15] Gerould, Charles Daniel. George Bernard Shaw's Criticism of Ibsen. *Comparative Literature*, 1963, 15(2): 130-145.

[16] Hamm, Christine. Sigrid Undset(s) *Ida Elisabeth*— a maternal melodrama? . *Foreign Literature Studies*, 2007, 29(5): 9-21.

[17] Horton, John. Ibsen, Grieg and "*Peer Gynt*". *Music & Letters*, 1945, 26(2): 66-77.

[18] Johansen, Dines Joergen. Deals and Gifts Exchange, Power, and Freedom in *The Lady From the Sea. Foreign Literature Studies*, 2005, 27(5): 22-30.

[19] Johnsen, A. William. Ibsen's Drama of Self-Sacrifice. *Contagion: Journal of Violence, Mimesis, and Culture*, 1996, 3: 141-61.

[20] Juan Jr., E. San. Joyce/Ibsen: Dialectics of Aesthetic Modernism. Orbis Litterarum, 2008, 63(4): 267-84.

[21] Jørgen, Lorentzen. Ibsen and Fatherhood. *New Literary History*, 2006, 37(4): 817-36.

[22] Kelly, E. Katherine. Pandemic and Performance: Ibsen and the Outbreak of Modernism. *South Central Review*, 2008, 25(1): 12-35.

[23] Kenner, Hugh. Joyce and Ibsen's Naturalism. *The Sewanee Review*, 1951, 59(1): 75-96.

[24] Kim, Jonggab. De-naturing as Disembodiment: the Claims of Ideals in *The Wild Duck. Foreign Literature Studies*, 2009, 31(6): 24-32.

[25] Kittang, Atle. Ibsen, Heroism, and the Uncanny. *Modern Drama*, 2006, 49(3): 304-26.

[26] Laan, F. Van Thomas. The Tragic Vision of Ibsen's *Rosmersholm*. *Modern Drama*, 2006, 49(3): 370-86.

[27] Laan, F. Van Thomas. Ibsen and Nietzsche. *Scandinavian Studies*, 2006, 78(3): 256-302.

[28] Leck, Ralph. *Enemy of the people*: Simmel, Ibsen, and the Civic legacy of Nietzschean Sociology. *The European Legacy*, 2005, 10 (3): 133-47.

[29] Leigh, James. Ebb and flow- Ibsen's *The Lady from the Sea* and the possibility of feminine discourse. *Modern Drama*, 1998, 41 (1): 119-33.

[30] Machiraju, F. A. Ideals and Victims: Ibsen's Concerns in *Ghosts and The Wild Duck*. *Modern Language Review*, 1992, 87 (1): 134-42.

[31] Mahaffey, Vicki. Portal to Forgiveness: A Tribute to Ibsen's Nora. *South Central Review*, 2010, 27(3): 54-73.

[32] Mishler, William. Sacrificial Nationalism in Henrik Ibsen's *The Pretenders*. *Contagion: Journal of Violence, Mimesis, and Culture*, 1994, 1: 127-38.

[33] Nie, Zhenzhao. Ibsen's Play in China and Their Ethical Value: A Speech at the Closing Ceremony of the Third International Ibsen Conference in China. *Foreign Literature Studies*, 2005, 27 (5): 37-41.

[34] Oguer, Fabienne. Ibsen's *A Doll's House* as a Psychological Trust Game with Guilt and Reciprocity. *Review of European Studies*, 2010, 2(1)84-90.

[35] Price, Rachel. Animal, Magnetism, Theatricality in Ibsen's *The Wild Duck*. *New Literary History*, 2006, 37(4): 797-816.

[36] Reinert, Otto. Ibsen and Mimesis. *Scandinavian Studies*, 2010, 82 (2): 213-30.

[37] Rekdal, Marie Anne. Women, Freedom and Transgression: A Perspective on Ibsen's Plays *A Doll's House* and *Ghosts*. *Foreign*

Literature Studies, 2009, 31(6): 40-49.

[38] Riikonen, K. H.. Outcast from Life's Feast: Some Topoi of Loneliness in Scandinavian and Finnish Literature. *Foreign Literature Studies*, 2007, 29(5): 22-37.

[39] Roshwald, Mordecai. The Alienated Moralist in *An Enemy of the People*. *Modern Age*, 2004, 46(3): 227-33.

[40] Steene, Birgitta. Ingmar Bergman: From Rebel to Icon—A Reception Study. *Foreign Literature Studies*, 2007, 29(5): 38-52.

[41] Templeton, Joan. *The Doll House* Backlash: Criticism, Feminism, and Ibsen. PMLA, 1989, 104(1): 28-40.

[42] Thresher, Tanya. Vinløv i håret: The Relationship between Women, Language, and Power in Ibsen's *Hedda Gabler*. *Modern Drama*, 2008, 51(1): 73-83.

[43] Toril, Moi. "First and Foremost a Human Being": Idealism, Theatre, and Gender in *A Doll's House*. *Modern Drama*, 2006, 49(3): 256-84.

[44] Vardoulakis, Dimitris. Spectres of Duty: Silence in Ibsen's *Ghosts*. *Orbis Litterarum*, 2009, 64(1): 50-74.

[45] Wilkinson, R. Lynn. Gender and Melodrama in Ibsen's *Lady Inger*. *Modern Drama*, 2001, 42(2): 155-73.

[46] Yuehua, Guo. Gender Struggle over Ideological Power in Ibsen's *A Doll's House*. *Canadian Social Science*, 2009, 5(1): 79-87.

后　记

2006年的那个清秋，懵懂无知的我从秀丽清幽的江南之滨来到大气雄伟的江城，在华中师范大学开始了为时七年的研究生学习生涯。七年的光阴，桂子山的美丽已沉入记忆的最深处，成为永不磨灭的印痕；记忆中的那些人、那些物、那些事、那些生命，常让我感动得潸然泪下！是那三月里粉白黛绿、绚丽灿烂的桃花，引我进入满是雨季的春天江南；是那四月里雍容华贵、娇艳欲滴的牡丹花，引我进入满是知识与真理的天堂；是那九月里满园迷漫、清新淡雅的桂花香，引我进入满是书卷香味的圣地；是那枝叶茂盛、青葱碧绿的梧桐树，引我进入满是青春与朝气的殿堂；是那只哀婉凄伤、不停歌唱的无名鸟，陪我度过七个春夏与秋冬的轮回；更是那些勤勉高尚、诲人不倦的师者们，将无知渺小的我领入了追求真知的圣堂！

或许自己的生命，与石缝间那一颗倔强的草籽极为相似！多年前的一阵清风，将这粒毫无生机的草籽吹落到桂子山上，那个时刻才突然发现，自己所面对的现实是如此的严峻，一切生命赖以生存的土壤，要靠自己十倍的艰辛去努力寻找！所有的一切，只有幸运——导师邹建军先生并未嫌弃我的愚钝与无知，给予我得以自由生长的环境，让我能够在桂子山的那一片沃土里，充分享受雨露之湿润，尽情感受阳光之温暖，努力吸收天地之精华。硕士之时，先生循循善诱、孜孜不倦引我入学术之门；攻读博士之时，先生更是倾尽全力、谆谆教诲我全方位提高素养。他的博学与严谨不断地激励着我，指引我在学术之路上努力向上攀登；他的开阔与诗意的品格，不断地影响着我为人处世的观念；如果没有先生的指导与鼓励，就没有我今天的成长与进步！此书得以顺利写作完成，无不蕴涵先生点点滴滴的良苦用心，得益于先生倡导的文学地理学批评，受惠于先生关于人与自然共生共存的和谐理想。于此，这一颗苍白而顽强的草籽，经过多年的风雨洗礼，渐渐地开始成长起来，能够成为一棵枝繁叶茂之树，是先生对我的美好期许！

2013 年博士毕业后，我又来到中国人民大学做博士后。北国气象万千的旖旎风光、深厚广博的文化底蕴深深地吸引并熏陶着我。感谢合作导师高旭东先生，不嫌弃吾之资质愚钝，怀琢石成玉之心，在诸多方面给予悉心指导与热忱帮助，包括出站报告的开题与撰写、每一次课题的申报与本科生课程的设置，无不凝结先生之心血，感恩之心无法言表！先生严谨求实之学术风范，博古通今之学术功底，为我开启了另一扇学术之窗，让我感受到中西文化无穷之奥妙。先生之于易卜生研究的反思与今后进一步研究的建议，将成为我未来努力之方向。在两位先生面前，常感觉自己学识尚浅，唯有不断努力修行，方能不负厚望！

特别感谢中国易卜生研究界老一辈专家王忠祥教授的关心与指导。在读博时，老先生给予我无私的指导与帮助，来京做博士后期间，依然关心并询问我的学业完成情况，并寄予深厚期待。常感叹路途之遥远、生命之艰辛，不能常去探望，愿日后尽力补偿！此书稿能够得以完成，还要感谢很多朋友的帮助：武汉理工大学的陈清芳老师，是我硕士班的同学，常在英文翻译等方面为我答疑解惑；浙江理工大学的何庆机老师，在美国加州大学伯克利分校访学时为我搜集了英文资料；武汉大学的汪余礼老师、武汉工程大学的陈智平老师，为我提供了有关易卜生的中英文资料。常向他们请教学术方面的问题，让我有了更多写作的灵感。华中师范大学的颜红菲、覃莉、张一鸣、陈富瑞、张琼、李彦武、刘慧、王海燕、胡朝霞、白阳明、黄惠等同门，我们相聚在“中外文学讲坛”的大家庭里，共享学术之盛宴，畅想人生之未来，建立了深厚的同门之谊，不会随着地域的转移而流逝，不会随着岁月的流逝而褪色！还有生命中提供支持的尚未道及的朋友，在此一并表示感谢！

感谢家人多年来对我的理解与支持。我的父母双亲，年岁尚高却以薄弱之躯承担所有家务，学识不高却对子女求知给予高度肯定，他们现已满头华发且饱经沧桑，这份亲情何其厚重！现在依然起早贪黑不停劳作，看见他们被岁月压弯的腰肢，平日一直在外地求学，回到家中又忙于论文写作，未能尽到为人子女的孝道；每念及此，便有一股深深的自责与悲哀！我的爱人与小儿，一直在南方小城默默支持与静静守候，滨江画廊里那个温暖平实的家园，是我永恒的精神归宿以及不断前行的动力；唯愿小儿健康成长并不断进步，成为一个坚强、有爱心、有责任心的男子汉；哪怕远方风雨兼程，你我共同担负未来！我的妹妹在繁重工作之余替我照顾家中老小，对书稿资料的整理与图片的绘制给予极大帮助，这份姊妹之情何其温馨！此番恩情铭于心底，愿日后不负殷望！

此书根据我的博士论文修改而成。原论文有四十多万字，考虑再三，计划分成两本专著出版：一本以《易卜生戏剧地理空间研究》为题，主要探讨易卜生戏剧中的五重地理空间建构的问题，着眼于对易卜生戏剧的文本分析；另一本则以《易卜生戏剧地理诗学问题研究》为题，探讨易卜生及其戏剧的地理诗学观念问题，着眼于理论的提升。在此感谢当年出席答辩委员会的各位专家：武汉大学外国语学院任晓晋教授、华中师范大学文学院聂珍钊教授、华中师范大学文学院胡亚敏教授、华中师范大学外国语学院李俄宪教授、华中师范大学文学院苏晖教授，他们中肯的批评与极大的鼓励是我继续从事学术研究的基础。因此，本书根据当年论文评阅、答辩老师的意见与最新的研究成果，对原文的部分章节略有调整，同时根据近年来新出版的文献，替换了一些不甚恰当的引文。在出版的过程中，武汉大学出版社的胡艳编辑、华中师范大学出版社曾巍副社长给予了大力支持与帮助，特致谢忱！

学术之路，生命许之，其间冷暖，唯有自知！黄昏时分，北国校园高朗清逸的天空下，如常遥望桂子山的方向，努力寻觅无名鸟儿栖身的树枝，聆听它幽怨而悦耳的歌声，开始迎接人生的下一个春天！

杜雪琴

2013 年 4 月完成于武昌桂子山

2014 年 12 月修订于北京兴华园